Agnes Brinkmann

Unter afrikanischem Zauber

Für Uwe

. . .
breathe, breathe in the air
don't be afraid to care
leave, but don't leave me
look around, choose your own ground . . .

Pink Floyd

Es sind gerade die Mißerfolge und Irrtümer in der Entwicklungspolitik, die uns vielleicht zum ersten Mal ernsthaft befähigen, die Kulturen anderer Völker zu verstehen, ernst zu nehmen und zu respektieren.

Richard von Weizsäcker, 1986

AGNES
BRINKMANN

UNTER AFRIKANISCHEM ZAUBER

ROMAN

Landbuch
Verlag

Hinweis

Dies ist ein Roman. Personen, Orte und die Darstellung der Ereignisse knüpfen zwar an Tatsachen an, wurden aber einer freien Gestaltung unterworfen. Alle Personennamen wurden verändert; wo eine Ähnlichkeit mit lebenden Personen entstand, ist sie zufällig und unbeabsichtigt.

Sämtliche Zeichnungen: Uwe Brinkmann

Lektorat: Dr. Helge Mücke, Hannover
Satz, Druck und buchbinderische Verarbeitung:
Landbuch-Verlag GmbH, Hannover

ISBN 3 7842 0485 6

Inhalt

MALI
Westafrika

– Schauplatz des Romans –

Algerien
Taoudeni
Sahara
Timbuktu
Niger
Gao
Mopti
Dogon-Plateau
Niger
Burkina-Faso

Vorwort

An einer langen Kette ziehen bauchige Kähne gemächlich dahin, an Holzbaracken auf Pfählen, einem rostigen Fabrikschlot, den vergoldeten Giebeln eines Tempels vorbei, stromaufwärts bis zu der Brücke, hinter der sich der Chao-Phaya-Fluß in den Horizont verliert. Ein Auto fährt darüber, es schimmert wie ein ferner Glitzerpunkt.

Inseln von Pflanzenbüscheln treiben unter mir dem Meer zu. Der kleine, weiße Dampfer pflügt eine blanke Spur in den grünen Teppich, pastellfarbig spiegeln sich die Wolken. Er nähert sich der Anlegestelle. Das schrille Pfeifen reißt mich aus dem Schlaf.

Wir sind neu in Thailand, einem neoindustrialisierten Land, wie die Geberländer dazu sagen. Ich ziehe den Vorhang beiseite. Der Betonklotz mit den ausladenden Blumenkästen gehört UNICEF, einer der großen Organisationen der Welt, die Entwicklungshilfe betreiben. Sie haben heute nicht geflaggt.

Ein Männchen steigt aus einem Auto. Formell gekleidet und mit einem Aktenkoffer eilt es über den asphaltierten Hof. Es könnte Simon sein, mein Mann, er arbeitet für eine ähnliche Organisation, er bemüht sich, die Reisbauern im Nordosten vom Leberegel zu befreien.

Schon wieder habe ich von Mali geträumt. In Mali war alles ganz anders. Mali ist immer noch ein Entwicklungsland. Was war an diesem Land, das mich nicht losläßt? – Warum träume ich diesen Traum schon zum dritten Mal?

Mali gehört zum Sahel. Es liegt im Westen, im Herzen Afrikas. Der schwarze Taxifahrer in New York, der uns fragte, wo wir herkämen, vermutete es im Süden Afrikas. „Dort wo wir herkommen, gibt es keine Rassenprobleme.“ „Aber sicher doch Elefanten und Giraffen, die vor Ihrem Haus grasen.“

Sahel bedeutet im Arabischen Ufer der Sahara und ist eine Zone, die heimgesucht wird von Dürreperioden, Hungersnöten und Seuchen und daher im Blickpunkt der Medien steht – doch darum geht es hier nicht. Am Berührungspunkt afrikanischer Traditionen mit westlichem Denken wurden wir in einen Zauber verwickelt. Ein Unschuldiger wurde geopfert, leicht hätten noch viel mehr Menschen ins Unglück stürzen können.

Ich habe versucht, die Bausteine zusammenzufügen, um verständlich zu machen, wie es dazu kam. Einiges ist uns klargeworden, über manches rätseln wir immer noch. Simons Briefe waren hilfreich. Um weitere Einzelheiten über bestimmte Begebenheiten zu erfahren, in denen ich nicht zugegen war, habe ich Simon „bis auf den letzten Blutstropfen ausgequetscht." Er sagte am Ende: „Das weiß ich nun wirklich nicht mehr, denk dir einfach etwas aus!"

Was kann man über andere wissen? Was geht in den anderen vor? – an diese Grenze stieß ich immer wieder. Ganz frei gestaltet sind die Passagen der Widersacher, die in Kursivschrift kenntlich gemacht wurden. So hätte es sein können. Ein Roman kann oft die Wirklichkeit besser verdeutlichen als das bloße Dokument. Ich hoffe, das ist auch hier gelungen . . .

Die wichtigsten Personen dieses Romans

Dr. Simon Andersen:	Tropenarzt, Projektleiter
Dr. Vicky Andersen:	seine Frau, Ärztin
Oliver:	deren Sohn
Abdul El-Bakar:	Malischer Partner im Projekt
Mussa:	sein Vetter, Verwalter
Dr. Monique Madina:	Ärztin, malische Partnerin im Projekt
Ousman:	ihr Mann, Zollinspektor
Dr. Karim:	Computerexperte
Mariam:	seine Freundin
Der Dicke:	Angestellter, El-Bakar-Clan
Prof. Ag Sid:	Institutsleiter
Dr. Höppli:	Mitarbeiter im Projekt
Nicole:	seine Freundin
Jürgen:	Entwicklungshelfer
Gudrun:	Ethnologin
Dr. Joop:	Kollege
Abeba:	seine Frau
Zeki:	Chauffeur, El-Bakar-Clan
Sina:	seine Frau
Idris:	Chauffeur, El-Bakar-Clan
Selim:	Chauffeur, El-Bakar-Clan
Ali:	Chauffeur, El-Bakar-Clan
Elias:	Koch
Kamara:	Hauswirt
Dr. Modibo:	Agent

An den Ufern des Niger

Sie träumte, sie sei wieder in Mali.

Der Wind raschelt in den Zuckerrohrgräsern, er fächelt die dunkel samtenen Bananenblätter, schlägt das Gartentor metallisch scheppernd zu, erhebt sich, braust, und mit unheimlicher Wucht wirbelt er das Haus in die Luft

– in gekreuzten Balken segelt es davon –

und schmettert es in einem Schlag zurück in das Fundament, verwandelt in einen rauchenden, lianenumwachsenen Trümmerhaufen. Und die Wände fügen sich wieder zusammen.

Dort in ihrem bananenumstandenen Haus an der Staubstraße von Badalabugu hat damals alles für sie angefangen: für Simon, der sogleich sein Büro einrichtete, für Vicky, die viel zu beschäftigt war, um darüber nachzudenken, und für Oliver, der unter Heimweh litt und sich nicht vorstellen konnte, daß er sich einmal dorthin zurücksehnen würde.

Die Luft zitterte. Das Rollfeld löste sich in der Ferne auf, in der grauen Blässe des Himmels. Was zuerst aussah wie ein Vogel, wuchs heran zu einem Walfisch auf Rollen, seine Schwanzflosse überragte das Flughafengebäude, von weither sichtbar. Er vollführte schwerfällig eine Halbdrehung, den rudernden Bewegungen eines Schwarzbehelmten gehorchend wie ein ferngesteuertes Spielzeug. Das Dröhnen der Triebwerke pflanzte sich in den Mauern fort, und überschritt die Schmerzgrenze der Wartenden davor. Dann wurde es plötzlich still. Die fahrbare Treppe legte an. Die Zuschauer von der Balustrade winkten und riefen. Einer Prozession von Ameisen gleich bewegten sich die Passagiere der Ankunftshalle zu.

Darunter drei Leute. Der Mann trug einen dunklen und mit grauen Haaren durchsetzten Vollbart, der dicht und kurzgeschoren war und an die Kapitäne der englischen Handelsmarine im vorigen Jahrhundert erinnerte. Er war kräftig gebaut und hielt mit spielerischer Leichtigkeit dieses kastenförmige, klobige Gepäckstück, das den Apple Macintosh verriet, das Statussymbol der neuen Intellektuellen.

Die Tasche der Frau war zu mächtig und paßte nicht zu ihrem eleganten Lederkostüm und den Stöckelschuhen. Der Junge wirkte erregt.

„Das war ja toll, wann fliegen wir zurück zur Omi?“

Die Mutter brachte es nicht über das Herz, ihm zu sagen, daß es noch lange dauern würde bis zu einem Wiedersehen.

Er zeigte jetzt auf die gewaltigen Turbinen, die sich noch langsam drehten, und sah seinen Vater an.

„Warum fällt so ein Jumbo nicht einfach runter?“, wollte er wissen.

Von Außenluft, die angesogen und verdichtet, und dem Flugbenzin, das eingespritzt würde, begann der Vater zu erzählen.

Die Frau war nur mit halbem Ohr dabei. Sie wunderte sich über die Afrikanerinnen, die modisch gekleidet in Paris das Flugzeug bestiegen hatten, und jetzt nur in lose, bunte Tücher gehüllt über den Platz hasteten. Sie fühlte sich beengt und überlegte, wo sie einen Ort finden könnte, um ihre Strumpfhosen auszuziehen. Dieser Gedanke wurde sogleich von der Besorgnis verdrängt, ob die Koffer auch mitgekommen seien, und wie sie mit ihrer Familie ins Hotel gelangen sollte.

Am Rande des Feldes verharrte eine große Gestalt. Eine Brise kam auf und brachte die Strähnen seines Schnauzbartes durcheinander, die so lang waren, daß sie zu beiden Seiten des Kinns wie trockenes Johanniskraut herabhingen. Sie erinnerten an einen Kolonialsoldaten, und es hätte ihm dazu nur noch der an der Seite hochgeschlagene Segeltuchhut gefehlt. Wenn man ihn später hinter seinem Schreibtisch sah, mit seinen gutmütigen, runden Augen und einem Bauchansatz, dann war er alles andere als ein kolonialer Krieger, sondern ein Verwaltungsbeamter in den mittleren Jahren, der aus seiner stürmischen früheren Zeit einen ungewöhnlichen, aber sichtlich dünn gewordenen Bart zurückbehalten hatte. Als Kanzler der Botschaft betreute er deutsche Bürger, die für Projekte der Entwicklungshilfe entsandt waren.

Er musterte die kleine Gruppe, setzte sich in Bewegung und stellte sich dem ersten der drei Ankömmlinge in den Weg.

„Dr. Andersen, ich nehme an, Sie sind der neue Projektleiter. Die Zentrale hat Sie mir angekündigt.“ Der Angesprochene sah überrascht auf.

Der Kanzler schätzte, daß der Knabe mit dem blonden Schopf etwa genau so alt wie seine Tochter sein mußte, nämlich zehn Jahre. Er verbeugte sich leicht, auch vor der Frau, die eine Tragetasche hinter sich herschleifend, die anderen inzwischen eingeholt hatte.

„Die Frau Gemahlin, und der Herr Sohn, willkommen in Bamako!“

Sie fühlte seinen prüfenden Blick auf sich gerichtet und das Lederkostüm, was ihr auf einmal etwas zu knapp vorkam. Ihm fiel auf, daß es ihre Figur vorteilhaft zur Geltung brachte. Die langen Haare wehten im Wind. Sie verhüllten für einen Moment ihr Gesicht und gaben ihr einen unbestimmten erotischen Reiz.

Er wandte sich dem Doktor zu. „Wie ich hörte, sind Sie nicht das erste Mal in Westafrika, aber neu bei uns."

„Ich bin bereits seit zehn Jahren in den Tropen, in der Forschung tätig", bestätigte Simon, „und die längste Zeit davon in Nachbarländern", fügte er hinzu.

„Und die Familie, macht die das mit?"

„Immer dabei!"

Der Kanzler nickte anerkennend. „Es ist gut, daß Sie da sind!"

Er nahm die Tasche der Frau. Der Junge hielt stolz einen metallenen Koffer fest, der einem der beruflich Reisenden hätte gehören können, wäre da nicht dieser glitzerne Aufkleber, eine Comicfigur, gewesen. Für diesen Koffer hatte er sich aus der gewohnten Umgebung, von der Großmutter und Freunden weglocken lassen und ohne Tränen und guten Mutes die Reise begonnen. Er hatte jetzt wahrscheinlich das Gefühl, es habe lange genug gedauert, und es sei an der Zeit, in die Maschine zu klettern, um nach Hause zurückzukehren. Er verstand nicht, warum sie auf das Gebäude mit all den fremden Menschen zugingen. Aber es gab zu viele Eindrücke, als daß er sich hätte bemerkbar machen können, und so schloß er sich den Erwachsenen an.

Sie steuerten auf die Ecke zu, in der sich der Empfangssalon für die hochgestellten Persönlichkeiten befand, die Familie des Präsidenten, hohe Beamte, reiche Kaufleute. Mit wackeligen Plüschsofas, einer Wanduhr und einem altersschwachen Ventilator ausgestattet, war er nicht komfortabler als die Halle, in der sich die minder Privilegierten um die Schalter drängten. Ein gewöhnlicher Auslandsexperte verirrte sich selten hierher, es bedurfte schon einer gewissen Protektion, um sich dort niederlassen zu können. Nicht daß man ihn behelligt hätte – Mali war ein friedliches Land –, er wäre schlicht vergessen worden, derweil sein Gepäck die Reise an die Küste fortgesetzt hätte.

Unserer kleinen Familie konnte das nicht passieren. Der Kanzler kannte sich aus. Er richtete sich hoch auf und schritt mit den Pässen von dannen. Irgendwann kamen dann die Koffer wie von selbst. Sie stiegen in den Peugeot und fuhren in Richtung Stadt.

In der Kabine hatte das Klima Europas geherrscht. Der Pilot

hatte etwas von einer Außentemperatur von 37 Grad Celsius verkündet, aber niemand hatte so recht daran zu glauben vermocht, bis zu dem Augenblick, als die Flugzeugtür beiseite schwang.

Vicky erschien das jetzt noch untertrieben. Sie fühlte sich wie in einem Backofen. Ein feuchtheißer Wind durchwühlte ihr Haar, er erfrischte nicht im geringsten. Sie spürte, wie sich unter ihrer Bluse einzelne Tropfen lösten und fortwährend an Brust und Bauch herunterrannen. Die Schenkel klebten am Sitz. Ihr Mann wischte sich die Stirn. Sie sah, wie sich die Strähnen über seinem Hemdkragen kräuselten wie sonst bei Regenwetter.

Der Kanzler beklagte sich, daß ihm die verschmierte Brille die Sicht nähme. „Leider kann ich die Klimatisierung nicht einschalten, ich habe keine! Wissen Sie, das haben wir denjenigen zu verdanken, deren Jugendträume wir jetzt nachempfinden dürfen." Er erläuterte umständlich, sie würde deswegen nicht genehmigt, weil Kollegen, die früher als Entwicklungshelfer in den Tropen gearbeitet hätten, inzwischen zu Führungspositionen im Ministerium aufgestiegen seien und nun allen Experten das karge Leben von Freiwilligen und Missionaren verordnen wollten. „Klimageräte in Dienstfahrzeugen, ein unzumutbarer Luxus. Ha, ha! Die sollte man hier mal schmoren lassen!"

„Mit dem gleichen Argument müßte man denen im Winter die Heizung im Büro abstellen", bemerkte Simon und lachte.

Der Kanzler stimmte ein, und es klang dumpf und meckernd. Er warf einen Blick auf seinen Beifahrer und sagte: „Irgendwoher kenne ich Sie doch, – Nigeria? – die Condormaschine mit dem mit Plastik abgeklebten Cockpit – Sie waren es, der den Fieberkranken heimholte. Die Fotos gingen damals durch die Presse. Meine Hochachtung!"

„Schon möglich, ist lange her", brummelte Simon. Vickys Gedanken schweiften ab.

Vor ihnen breitete sich die Landschaft einer Savanne aus, einer Ebene, die mit buschigen Kugeln Grüns durchsetzt war. Sie duftete nach Erde und welkem Oleander. Am Wiesenrain hockten einige Frauen hinter Körben voller Mangofrüchten. Ihre Kopftücher und Wickelröcke leuchteten farbig, die Haut dagegen war schwarz und glänzend. Kühe grasten am Rande des Asphalts. Der Hirte trug einen runden, nach oben spitz zulaufenden Hut aus Bast. Lumpen bedeckten ihn nur notdürftig, und ein Hund zockelte hinterdrein, so gemütlich, daß Vicky in den Sinn kam, er hielte eine Pfeife in der Schnauze.

Auf einmal fühlte sie sich frei und schwerelos, sie hätte tanzen mögen, sie hatte vergessen, daß sie die letzten Nächte kaum geschlafen hatten. In einer Kette waren Besucher gekommen, um sich zu verabschieden, nebenher hatte umgeräumt und gepackt werden müssen.

Der Koffer mit den Spielsachen stand zwischen ihr und dem Jungen. Von der Seite sah sie seine Wangen, sie waren hochrot wie damals, als sie mit einem Volkswagenbus im afrikanischen Hinterland unterwegs gewesen waren, um die Bevölkerung zu untersuchen. Seine festen Beine berührten die ihren.

Sie hatten die Hauptstraße erreicht und fuhren durch die Vororte. Der Verkehr umbrauste sie. Ein Lieferwagen rechts von ihnen auf dem Lehmstreifen nahm Fahrt auf. Ein Passagier hing hinten über dem Trittbrett und hielt sich an der Türe fest. Auf dem Dach türmten sich Ballen und Körbe, so daß das Buschtaxi doppelt so hoch wie breit wirkte. Bedenklich schwankend, neigte es sich zu ihnen und überpuderte sie mit einer Wolke von Staub. Der Junge fing an zu husten und konnte gar nicht aufhören. Vicky beeilte sich, das Fenster zu schließen.

„Was hat der denn?", erkundigte sich der Kanzler.

„Oliver reagiert allergisch auf Staub", bemerkte sie.

„Hier gibt es viel Staub", stellte ersterer fest.

Sie fühlte nach ihrer Handtasche und registrierte erleichtert, daß sie das Mittel bei sich hatte.

„Mit etwas Atemspray gibt sich das wieder, wir sind schon mit Schlimmerem zurechtgekommen!"

Sie dachte an die furchtbare Nacht auf der winzigen, griechischen Insel, wo er als Zweijähriger an einem asthmaartigen Anfall fast erstickt wäre. Es hatte ihnen wenig genützt, daß sie beide Ärzte waren, denn ihnen hatten medizinische Geräte gefehlt. Und ein Boot, um ihn zu dem nächsten Krankenhaus zu transportieren, war auch nicht gefahren. Er hatte sich erholt, es war mehr wie ein Wunder gewesen, und eine halbe Tablette hatte dazu beigetragen. Seitdem führte sie immer Medizin für den Notfall mit sich. Sie waren wie eine Mannschaft in einem Raumschiff, sie hatten soweit wie möglich vorgesorgt.

Was würde passieren, wenn er das Klima nicht vertrüge? – Simon hatte es immer schon gereizt, ein großes Programm der Krankheitsbekämpfung durchzuführen; und als ihm eine Organisation der Entwicklungshilfe die Leitung des umfangreichsten Projektes dieser Art anbot, begriff er das als einen Wink des Schicksals und nahm die Herausforderung an. Ein Posten wie dieser würde nicht so bald wieder frei, Simon würde in Mali bleiben, und sie mit dem Jungen nach Deutschland zurückkehren. Ihr Mann war nicht der Typ, um lange allein zu bleiben.

Sie wagte nicht, den Gedanken weiterzuspinnen, und es war auch nicht möglich, denn plötzlich gab es einen Ruck, und sie wurde gegen den Vordersitz geschleudert. Ein Motorradfahrer hatte sie überholen wollen und war haarscharf vor ihnen eingebogen. Der Kanzler hatte das Steuer nach rechts gerissen und dabei gebremst.

„Das war knapp! Verdammter Saukerl!" schimpfte er. „Manchmal wünschte ich mir vorn am Auto ein Maschinengewehr eingebaut! Auf meiner letzten Station in Beirut hätten wir den mal eben mit einer Handgranate weggeputzt."

In diesem Moment klang das glaubhaft. Wenn man ihn allerdings zu Hause erlebte, wie liebevoll er mit seiner Frau umging und sich von seinem Nesthäkchen um den Finger wickeln ließ, dann wurde man gewahr, daß er keiner Fliege etwas hätte antun können.

Vicky war mit diesem großsprecherischen Gehabe vertraut, was so häufig bei denen anzutreffen war, die in den Tropen arbeiteten. Letztlich war es nur eine Reaktion auf den täglichen Frust und die vielen kleinen Niederlagen, denen diese Männer ausgesetzt waren.

Die Dämmerung hüllte die Umgebung in einen rosa Schimmer. Rauch und Staub lasteten über den Hütten. Auf den Gehwegen wimmelte es von Gestalten im Zwielicht verborgen. Vicky erschien es, als führen sie durch eine neblige Höhle. Hier und da blitzten Lampen daraus hervor, der grelle Schein blendete sie.

Den Kanzler störte das weniger, er hatte begonnen, seinem Beifahrer das Projekt zu erklären.

„Gegenwärtig haben Sie ein schäbiges Büro im staatlichen Untersuchungsamt. Da funktioniert nichts. An sich sollte eine verkommene, nebenstehende Baracke renoviert werden, aber bisher ist da noch wenig passiert. Ihr famoser Vorgänger ist ja nie dazu gekommen, obwohl das Geld längst bewilligt wurde. Die Puffs und Perlhühner nahmen ihn völlig in Anspruch, und solange es noch irgendwo etwas zu erlegen gab, war von dem nichts zu erwarten. Das Projekt kommt nicht vom Boden hoch, von hiesiger Seite hat man sich bereits beschwert.

Aber die Herren Projektleiter können sich ja einiges leisten, bis etwas passiert. Ihr Vorgänger – die Zentrale hat sie doch eingewiesen? – ein größerer Fehlbetrag in der Kasse . . .!“ –

Sein Grinsen war unvermittelt und gab die Barthaare frei, die sich zwischen den Lippen verfangen hatten.

„Meist kam er mittags in mein Büro, um die Post zu holen, mit einer Fahne, ich kann Ihnen sagen, drei Meilen gegen den Wind. Nur einmal habe ich ihn nüchtern erlebt, und zwar, als ich ihm das Telex von der Zentrale unter die Nase hielt. Fristlos gekündigt! – Der Mann war erledigt. – Ab nach Deutschland – das wars! –

Zur Zeit sind Sie der einzige weiße Experte, demnächst kriegen Sie noch Verstärkung von einem süddeutschen Kollegen. Geländefahrzeuge müßten reichen, es sind noch welche bestellt. Ihr Vorgänger hat eine Reihe von Hiesigen eingestellt als Laboranten, Chauffeure, Nachtwächter, ca. dreißig Leute.“ Er sagte das in abgehackten Sätzen.

– Vicky bedauerte im Stillen, daß noch nicht erfunden wurde, das Gehirn aufzudatieren, vielleicht mit einer Diskette, um so den Menschen auf den letzten Informationsstand zu bringen. –

„Es wäre gut, wenn Sie einige davon entlassen könnten. Die Zentrale hat das schon beanstandet. Eigentlich ist es die Aufgabe des Ministeriums, diese Leute zu finanzieren, gehört zu den sogenannten Partnerschaftsleistungen“, fuhr der Kanzler fort. „Von staatlicher Seite werden Sie eng mit einem Mann aus dem Norden zusammenarbeiten, einem gewissen Abdul El-Bakar, er ist verantwortlich, also ihr Partner. Ich habe ihn noch nie zu Gesicht bekommen, seinen Vetter, den Verwalter, kenne ich besser. Er kommt regelmäßig am Monatsende, immer mit seinem Aktenköfferchen – na, zum Glück gehört das von nun an zu Ihren Aufgaben –, um die Gehälter abzuholen für dieses ganze Pack von Halunken und Nichtsnutzen. Der Mann ist recht jung, sehr schwarz, einer von dieser arroganten Sorte.

Im übrigen“, er sagte das mit Nachdruck, und aller Schalk war aus seinen Augen gewichen, „kann ich Ihnen nur folgenden Rat geben: sehen Sie sich vor, trauen sie niemandem, nehmen Sie sich in acht, die betrügen alle, sind nur auf Ihr Geld aus. Wenn Sie Fragen haben, wenden Sie sich an mich!“

Simon hatte während dieser Ansprache ab und zu genickt. Einiges war ihm bereits aus den Akten bekannt. Auch in der Zentrale hatte man ihm hauptsächlich von Einsparungen gesprochen, der Erfolg des Projektes erschien eher nebensächlich. Er lehnte sich zurück. Er würde das schon in den Griff kriegen, wenn er nur erst einmal angefangen hätte.

Der Abend zog über das Viertel herauf. Sie passierten eine fahle Neoneinfassung. Vicky erinnerte sich später noch, wie sie auf der Höhe dieser Tankstelle im Dämmerlicht, unter einem blutroten Himmel in einen nicht befestigten Seitenweg eingebogen und unter dem Dach mächtiger Mangobäume, vorbei an glimmenden Abfallhaufen durch tiefe Schlaglöcher geschaukelt waren, ehe sie unvermittelt angehalten hatten, und dann hatte der Kanzler mit ausladender Geste gesagt: „Dieses ist Ihr Haus." Zunächst hatte sie nur die kleinen Lagerfeuer wahrgenommen und die schummerigen Gestalten unter den Schirmakazien, und ihr war die Idee gekommen, sie müßten fortan an einem Lagerfeuer leben.

Das Haus lag im Dunkel eines verwilderten Gartens. Es war nicht viel zu sehen, der Strom war abgestellt worden.

„Da Sie keine Betten haben, können Sie heute nacht nicht bleiben", meinte der Kanzler.

An den Bogenlampen war zu erkennen, daß sie auf der Brücke waren. Das scheidende Licht brachte den Himmel zum Leuchten, und der Strom unter ihnen gab es funkelnd zurück wie einen Teppich von Rubinen.

Die Stadt am anderen Ufer, im Schleier des Dunstes, zwängte sich in die Ebene zwischen den Fluß und die dahinter schroff aufsteigenden Bergwände, die in ein Hochplateau übergingen. Einzelne Tafelberge, die sich in die Ebene vorschoben, waren offenbar besiedelt, was man an den Lichtern, die aus der Vegetation hervorschimmerten, erkennen konnte.

„Da oben sind die Regierungsgebäude. Aber der Präsident wohnt nicht dort. Obwohl da sein Palast wäre, fühlt er sich sicherer in den Kasernen seiner Elitetruppen, würde ich sagen. Afrikaner meinen, er fürchte sich vor dem Geist seines Vorgängers, an dessen Sturz und Tod er direkt beteiligt sein soll, wie das Gerücht geht. Wissen sie, die Afrikaner haben Angst vor übernatürlichen Dingen. Sie erzählen sich, daß der Tote als Widergänger zurückkommen wird, um sich an denen zu rächen, die ihn umgebracht haben, vor solchen Wesen packt sie nacktes Entsetzen."

Die Spitze des Minaretts blitzte grün und gelb, und das Hotel Amitie, was Freundschaft heißt, protzte mit seinen Lichterketten. Das Gekreisch der Fledermäuse empfing sie. Im Schatten der Bäume schwelten Holzkohlenfeuer. Der Ruß vermengte sich mit den violetten Abgasen der Mopeds. Der Kanzler umzirkelte ein Schlagloch. Entlang den Blumenrabatten um den Spring-

„... im Dunkel eines verwilderten Gartens": Bananenstauden.

brunnen glitten sie die Auffahrt zum Hotel hinauf. Es war das höchste und teuerste. Ein Diener mit purpurner Schärpe öffnete die Wagentür. „Bonsoir Madame, bonsoir Messieurs!"

Die Lobby erschien ihnen so angenehm kühl wie ein Herbsttag in Europa. Ihr Zimmer lag im elften Stock. Oliver drückte auf den Fahrstuhlknopf, und dabei lächelte er das erste Mal in diesem fremden Land.

Die Nacht um sie war schwarz und sanft. Scheinwerfer beleuchteten die Palmen an den Ufern des Niger, des schwarzen Flusses. Man vernahm nur ein fernes Glucksen, denn das Zirpen der Zikaden war allgegenwärtig und dauerte an wie Frequenzen, die jemand auf dem Synthesizer wahllos hervorgebracht und vergessen hatte abzuschalten. Die Speisen waren auf- und abgetragen worden. Der Kanzler füllte die Gläser nach. Das Bier vor ihnen war kalt. Simon begann sich wohlzufühlen, er war wieder angekommen – daheim.

Vicky näherte sich dem Tisch. Sie trug das enge, rote Kleid, das Simon so gefiel. Sie war immer noch attraktiv. Er lächelte ihr fast unmerklich zu, und sie hatte das Gefühl, an jenem Abend besonders gut auszusehen. Ob es dem Eindruck ihres Kleides zuzuschreiben war, oder einfach, weil sie am Tisch ihren Platz einnahm, die beiden Männer hörten auf, über das Projekt zu sprechen.

Sie blinzelte Simon zu und sagte: „Oliver schläft jetzt endlich, es hat ein bißchen gedauert, er war so aufgeregt."

Er sah sie an, ihre Blicke trafen sich, und für einen Moment erschien es so, als wenn sie sich erkannten. Vielen ihrer Freunde war ihre Beziehung ein Rätsel. Auch der Kanzler hatte bemerkt, wie ungewöhnlich es doch sei, daß sie schon so lange in den Tropen und immer noch verheiratet seien.

Manchmal sprachen Simon und Vicky darüber, was sie wohl in die Tropen geführt hatte. Simon war der Ansicht, es läge an ihrer ähnlich verlaufenen Vergangenheit.

Sie stammten aus sehr unterschiedlichen Familien, aber das besagte nicht viel in einem Land, in dem fast alle nach dem Zweiten Weltkrieg entwurzelt waren. Vickys Familie war kurz vor dem Eintreffen der russischen Truppen aus der masurischen Heimat geflohen. Der immer wieder von marodierenden Soldaten bedrohte Treck hatte sie nach einem Jahr in den kleinen holsteinischen Ort geführt, in dem sie aufgewachsen war. Eigentlich war ihre Familie von dort nur deswegen nicht wieder aufgebrochen, weil man das andere Ende des sich auflösenden Reiches erreicht hatte, und weil sowieso alles zu Ende zu sein schien. Die Angst, sie könnte irgendwo allein zurückgelassen werden, hat Vicky seit diesen wirren Jahren ihrer frühsten Kindheit nie wieder verlassen.

Er verbrachte seine Kindheit nur wenige Kilometer entfernt in einer Kleinstadt, in der seine Eltern vorübergehend einquartiert worden waren, nachdem in einer Bombennacht deren Wohnung in der Hansestadt mit all den Besitztümern und Erinnerungen einer alteingesessenen Kaufmannsfamilie in Flammen aufgegangen war. Sowohl er wie sie hatten nie zu den Einheimischen gehört. Nur in der Phantasie ihrer Kinderspiele konnten sie Orte für sich beanspruchen. Er versuchte, sich die Buchten und Inseln vorzustellen, die er auf der Landkarte fand. Vicky lebte in der Welt des Reisenden Sven Hedin und vergoß schon mal Tränen, wenn sie las, wie die Kamele des Forschers im Hochland erfroren. Lange bevor sie sich zum ersten Mal begegneten, war eine exotische Ferne mehr Heimat für ihn und Vicky als die eher feindselige Umgebung der norddeutschen Tiefebene.

Sie lernten sich in Berlin kennen, über Himbeereis in einem ungewöhnlich warmen Monat Mai mit blühenden Kastanien und Abenden, die zum Flanieren animierten. In den Vorlesungssälen, die meistens überfüllt waren, hielt Vicky für ihn, der häufig zu spät kam, einen Platz frei. Er schenkte ihr ein Plakat, das Che Guevara zeigte, und sie fand insgeheim, daß er dem Dargestellten etwas ähnlich sei. Und da sie nur wenig Geld hatten, wanderten sie durch die abendlichen Straßen und Alleen und sprachen über ferne Länder. Es gab unerschöpflich viel, worüber sie sich austauschen konnten. Auf einem ihrer Spaziergänge brach er in einem Vorgarten eine Rose ab, schenkte sie Vicky und küßte sie lange.

Vicky hatte sich als Studentin sehr einsam gefühlt. Er gab ihr die innere Mitte und Ruhe. Sie konnte stundenlang tagträumend neben ihm liegen und in einem unbestimmten Glücksgefühl des Naheseins versinken. Sie war für ihn etwas Neues, zum ersten Mal traf er eine Frau, die von den gleichen Träumen erfüllt war wie er. So wurde sie von Anfang an Freundin und Geliebte, sein weiblicher Pol, etwas von seiner eigenen Identität und doch immer aufregend anders.

Er zählte sich zu jenen Träumern, die solange unzufrieden sind, bis ihre Träume Wirklichkeit geworden sind. Fernen Ländern nur auf Landkarten zu begegnen reichte ihm nicht. Sie reisten mit wenig Geld per Anhalter nach Griechenland, in die Türkei und nach Frankreich. Vicky war von der Fremde ebenso gefesselt wie er. Es machte ihr nichts aus, verwanzte Hotels und Heuschober mit ihm zu teilen.

Es war eher nebensächlich, daß sie heirateten, nachdem sie ihr Studium beendet hatten, sie befanden sich gerade auf einer Reise in den Süden Marokkos. Wenig später verließen sie Berlin, um ihre Ausbildung in Äthiopien fortzusetzen. Simon vergaß seine hoffnungsvoll begonnene Karriere als Nervenarzt in dem Moment, als sie in Addis Abeba aus dem Flugzeug kletterten. Es war beschlossen, daß sie zusammen als Ärzte in tropischen Ländern arbeiten würden, ohne daß dies jemals zwischen ihnen ausgesprochen worden war.

Ein Nachtvogel flog krächzend auf. Der Ober stellte neue Biere vor sie hin. Der Kanzler prostete Simon zu: „So, Sie sind also entschlossen, den Tiger zu reiten! – Ich wünsche Ihnen viel Erfolg im Projekt, und alles Gute in Mali!“

Tropische Nacht

Es gab Momente, in denen Vicky ihren Mann beneidete, dieser war einer davon.

Sie kniete auf den Fliesen über eine Metallkiste gebeugt, vorsichtig entfaltete sie ein Paar Socken und schälte eine Spezialbirne heraus, die sie zu den Werkzeugen legte, die Socken rollte sie zusammen und warf sie zu den Haufen von T-Shirts und Unterhosen. Simon ging an ihr vorbei. An seinem Hemd zeichneten sich die parallelen Faltkniffe ab. Mit einer Hand preßte er sich das Haar an den Kopf, die andere hielt die Ledertasche mit den abgestoßenen Ecken. Die Fußspitze schob den Wälzer, Differentialdiagnose der Inneren Erkrankungen, beiseite.

„Ich fahre ins Institut, tschüß, bis später!"

Die Tür, die mit Fliegendraht ausgefüllt war, klappte hinter ihm zu. Die drei Stufen der Terrasse ließ er hinter sich.

Sie wollte ihm noch nachrufen: vergiß die Betten nicht, und wir haben noch keine Vorräte!, aber die Wildnis hatte ihn bereits aufgenommen. Die Blätter der Bananenstauden federten in ihre ursprüngliche Lage zurück, zitterten noch ein wenig nach. Da war das metallische Klicken des Gartentors und ein Motorengeräusch, das sich entfernte.

Seufzend zog sie einen Karton heran, der nur halb so hoch war, wie er eigentlich sein sollte. „Geschirr" stand darauf. Es war ihre Schrift, sie hatte es eingewickelt. Zwei Stockwerke von Gläsern waren zusammengesintert. Sie sah das Blitzen aus seinen Augenwinkeln und den schadenfroh verzogenen Mund vor sich. Warum hatte er das ihr überlassen, das Packen gehörte zu seinen Aufgaben. Ihm zerbrach selten etwas, denn er arbeitete mit System. Sie fand das eher umständlich. Die meiste Zeit ihres Zusammenseins hatten sie in Übersee verbracht. Sie konnte nicht einmal zählen, wie oft sie schon umgezogen waren. Drei Jahre waren die längste Spanne, die sie jemals am selben Ort gewesen waren.

Sie gehörten zu jenem Stamm moderner Nomaden, die als Forscher und Manager im Solde der verschiedenen internationalen oder nationalen Organisationen von Land zu Land, von Kontinent zu Kontinent wandern, wann immer ein neues Projekt zu haben ist, und bereit sind, immer ebenso schnell wieder abzureisen, wenn die Aufgabe erfüllt ist.

Vicky hielt ein Päckchen hoch und schlug die doppelte Lage Wellpappe zurück. Sie drehte die Teekanne. Das durchsichtige Porzellan schien unversehrt, jedoch die feine Ziselierung endete abrupt in einem gezackten Krater, dem Drachen fehlten die Krallen. Sie warf die Kanne zu dem Scherbenhaufen, der gleich für mehrere Polterabende gereicht hätte. Mit einem Mal wurde es ihr schwarz vor den Augen. Sie hatte die Hitze vergessen und auch nicht bemerkt, daß der Ventilator über ihr aufgehört hatte, sich zu drehen. Sie ließ sich in einen der Sessel mit dem Cordüberzug fallen. Er gehörte zu der Sitzgarnitur von Ikea, die sie übernommen hatten. Sie versuchte, sich den durchsichtigen Stuhl aus Plexiglas, in dessen Beine leuchtende Neonstreifen eingelassen waren und der ihr auf der Messe so gefallen hatte, vorzustellen. Es war ein Einzelstück gewesen, unverkäuflich, aber sie hätte ihn sowieso nicht hierherbringen können.

Sie schreckte auf, die Lehne, auf die sie ihren Arm stützte, gab nach und polterte herunter. Sie hob sie auf, Holzwürmer hatten die Unterseite zerfressen. Das Haus erschien ihr klein, die Dekken niedrig und die Türen schief eingelassen. Ihre Wohnung in Hamburg hatte einer Kathedrale geglichen.

Ein Gecko huschte über die Tapete, die einen Eichenwald abbildete und die ganze Wand vor ihr einnahm. Sie glaubte, die Bäume an der Alster vor sich zu sehen. Das Laub war golden wie auf dem Plakat. Einzelne Blätter fielen herab. Das Wasser war bewegt und trug weiße Schaumkronen. Kirchtürme blickten herüber aus bläulichem Dunst. Dort hatten sie sich wohlgefühlt. Damals hatten sie noch gedacht, ihr Leben sei in gleichmäßigere Bahnen geraten. Simon war gerade Dozent geworden und sah als Abteilungsleiter in einem Institut einer akademischen Karriere entgegen. Der Junge war auf das Gymnasium gekommen, und sie hatte sich in einer Praxis eingearbeitet.

Ihre Gedanken schweiften weiter bis zu jenem Morgen in ihrem Schlafzimmer. Sie hatte in seinen Armen gelegen, den weichen Pelz seines Bartes gespürt und das Haar, das seinen Körper wie ein Fell bedeckte. Darin fühlte sie sich immer geborgen, sie hatte das Gefühl, ein gutmütiger Bär hielte sie umfangen. Haarlose Männer erschienen ihr dagegen nackt und sonderbar. Die Schatten der Zweige spielten auf dem Vorhang, und sie hatte die Zeit festhalten wollen.

Da hatte Simon gesagt: „Ich habe gekündigt. Der neue Chef hat mir das Reisen untersagt. Wenn ich den Kontakt zu den Tropen verliere, interessiert sich kein Student mehr für meine

Vorlesungen. Ich bin nicht dazu geboren, bis zu meiner Pensionierung die Speicheldrüsen von Millionen von Mückenweibchen zu sezieren."

Bald darauf hatte sich eine Organisation der Entwicklungshilfe gemeldet und ihm einen Posten im Sahel angeboten.

„Wir gehen nach Mali!", hatte er gesagt, und auf einmal hatte er innegehalten und sie angesehen, als wäre ihm etwas Unaussprechliches eingefallen.

„Oder willst du lieber hierbleiben mit Oliver?"

Ebenso hätte er fragen können, „Oder willst du dich lieber scheiden lassen."

In ihrem Kopf war Luft gewesen, sie hatte an gar nichts gedacht. Erneut hatte sie dem Standesbeamten nachgemurmelt: „Ich werde dir folgen bis ans Ende der Welt, ein Leben lang, wo du hingehst, will ich auch hingehen." Die Familie war ihr das wichtigste.

Als sie das Haus in der Hauptstadt übernahmen, hatten sie sich verpflichten müssen, den Koch und den Nachtwächter weiterzubeschäftigen. Elias, der Koch, stand plötzlich vor ihr. Sie hatte gar nicht bemerkt, daß er hereingekommen war. Er hielt den Kopf leicht vorgebeugt, um nicht an die Zwischenmauer zu stoßen, die das Wohnzimmer unterteilte. Das Haupthaar war wollig und stand ab, und der für einen Afrikaner ungewöhnlich dichte Bart war graumeliert und verlieh ihm eine gewisse Würde. Er sah wesentlich älter aus als die Jahreszahl, die auf dem abgegriffenen Empfehlungsbrief, den er ihr vorgehalten hatte, eingetragen war. Sein Anzug mit kurzen Ärmeln war eine Schattierung heller als seine Haut.

„Madame, der Strom ist ausgefallen", sagte er mit tiefer, gezogener Stimme.

„Wie lange dauert es denn gewöhnlich, bis er wiederkommt?", wollte sie wissen.

„Eh, Madame!" – Er erschien wie belebt. „Das ist schwer zu sagen, heute ist es glaube ich das erste Mal, und gestern . . .", er rechnete an den Fingern, „. . . sechs Stunden ausgefallen, und später noch einmal, allerdings nur für kurz, und vorgestern . . ." – Er wußte es nicht, da war er zur Andacht gefahren, er war nämlich Laienpriester in der christlichen Gemeinde – und davor konnte er sich nicht erinnern. Die ehemalige Madame, er sprach von ihr als Missi, habe einen Generator besessen.

Vicky erkundigte sich, was er zum Abendessen zubereiten könne. Elias führte eine Reihe von Gerichten an, und sie glaubte ihm, daß er früher für die deutsche Botschaft gearbeitet hatte. Sie entschied sich für Steak mit Reis, denn Fleisch war preiswert, hatte sie erfahren.

„Bevorzugen Madame die weiße oder die braune Soße?", und er ließ wissen, daß Missi die weiße Soße besonders gerne gemocht habe. Er sagte dann die Rezepte der Reihe nach auf, als läse er aus einem Kochbuch vor.

„Also gut, die weiße", entschied sie, darin würde er geübt sein.

Er starrte sie an, als hätte sie etwas Ungeheuerliches von ihm verlangt. Er hob die Augen zum Ventilator und sagte nichts. Erst jetzt bemerkte sie, daß sein linkes Auge aus Glas war.

Schließlich kamen ihm die Worte wieder: „Aber Madame!" – Und er zählte einzeln auf, was ihm alles dazu fehlte und was davon in Bamako nicht erhältlich sei, sondern erst aus Frankreich und Deutschland eingeführt werden müsse. Er fragte nach, wo Madame die Kiste mit den Nahrungsmitteln aus Europa habe, schließlich sei er ein Botschaftskoch.

„Wir wollen mit dem leben, was es hier gibt", bemerkte sie und biß sich auf den Zeigefinger, ein Zeichen, daß sie nicht mehr weiterwußte.

Der Koch lächelte versonnen, und sie erfuhr, daß in dem Sessel, in dem sie saß, Missi geruht hatte, die Beine auf Kissen gelagert, die er ihr untergeschoben hatte. Missi war dreimal so dick wie die neue Madame. Sie konnte nicht laufen, denn sie war leidend, ihr Mann selten daheim. Der Koch hatte alles für sie gemacht, sie versorgt, sie getröstet, er hatte mit ihr gebetet. Betreten sah Vicky an Elias vorbei auf die Tapete mit den Eichen. Er folgte ihrem Blick. Eben dieser Wald habe Missi so beruhigt, stundenlang habe sie ihn betrachten können. So etwas Besonderes gäbe es in Afrika nicht.

Das Schreckgespenst einer herumsitzenden Schlampe, die ihr Heimweh in Bildertapeten auskostet, um es anschließend mit Tabletten und Alkohol zu betäuben, stand vor Vicky. Sie spürte, wie sich etwas in ihr zusammenbraute.

Elias hatte den entrückten Ausdruck eines Predigers, der aus einem Psalm vorliest, angenommen. „Und das ist das Kostbarste, laßt es uns bewahren!"

Sie nahm den Koch nur undeutlich wahr. Sie sprang auf und riß mit einem Ruck die Tapete herunter. Mit den Fetzen rieselten getrocknete Käfer und Knäuel von Spinnweben auf sie herab. Elias hatte eine Bewegung gemacht, als wollte er sie aufhalten. „Aber Madame, was wird der Patron sagen!", stammelte er.

„Besser, Sie holen den Besen und beseitigen das hier!“, sagte sie höhnisch, im gleichen Augenblick wurde ihr klar, daß sie drauf und dran war, die Beherrschung zu verlieren, einer der schlimmsten Fehler, die man begehen kann, wenn man sich in einem Gastland aufhält. Sie klopfte sich ab, währenddessen versuchte sie, sich zu beruhigen. Der Patron im Haus war sie, das würde er lernen müssen.

Dann nahm sie einen Kasten mit Playmobil und den Stoffaffen auf und begab sich zu den hinteren Zimmern. Am Ende des Ganges hatte sich Simon ein Arbeitszimmer eingerichtet. Sie warf einen schnellen Blick hinein. Die Computer waren bereits angeschlossen, die Stifte in Töpfen geordnet und auf dem Schreibtisch thronte die kleine, gläserne Pyramide, Lichtreflexe gingen von ihr aus. Es war so still, vielleicht war Oliver eingeschlafen. Vorsichtig öffnete sie die Tür zum Kinderzimmer.

Der Raum war völlig kahl, aber er erglühte in warmem Schein. Die Sonnenstrahlen fielen durch die Zweige des Feuerbaumes in die Mitte. Der blonde Schopf des Jungen schimmerte rötlich. Er saß auf den Fliesen, die Bausteine um sich verstreut und bewegte ein Flugzeug durch das Licht. Äng, äng! – kam es ihr vor, als ahme er das Brummen des Motors nach, und jetzt landen wir bei der Omi, hätte er fortfahren können. Aber dafür war er schon zu alt. Schon als kleines Kind konnte er stundenlang für sich spielen.

Er war, als sie für längere Zeit in Deutschland waren, eingeschult worden. Während er mit afrikanischen Kindern gut ausgekommen war, gab es in der neuen Klasse Probleme. Die Lehrerin hatte die Eltern zu sich bestellt.

Vicky konnte sich an den Nachmittag noch gut erinnern. Der Geruch nach Turnhalle lag in den leeren Korridoren. Kleine Fische zogen lautlos ihre Bahnen durch ein Aquarium, bunte Zeichnungen waren fein säuberlich in Schaukästen geordnet. Die Tür zur Klasse stand halboffen. Frau Sperling lehnte gegen eine Schulbank direkt vor der Tafel und machte sich Notizen, ehe sie ihnen das Zeichen gab, einzutreten. Sie klappte das Büchlein zu. Ihre braunen Pupillen rollten nach oben, in Richtung der von den Haarwellen freigehaltenen Stirn.

„Wie soll ich es sagen?“ Sie lächelte nicht mehr. „Ihr Junge hat eine blühende Phantasie, er kann nicht so recht unterscheiden, was Wirklichkeit ist und was er sich einbildet. Neulich hat er doch die Geschichte erzählt: er sei draußen an einem Gebäude hochgefahren bis in den 23. Stock, und das auch noch in Hongkong. Ich habe das Gefühl, ihr Junge ist ein krankhafter Aufschneider."

Der Fahrstuhl befand sich außen am Sheraton Hotel und wegen seiner länglichen Form hatten sie ihn ›Würstchenfahrstuhl‹ getauft. Um Oliver zufriedenzustellen, waren sie gleich einige Male auf- und abgefahren. Sie waren im YMCH untergekommen, was wesentlich billiger war, und hatten es sich geleistet, in dem luxuriösen Hotel zu frühstücken.

Simon und Vicky sahen sich betreten an. Dieser Frau waren sie ausgeliefert. Sie hatte Oliver in der Hand, das Kind war ihre Geisel.

Vicky versuchte einzuwenden: „Aber das stimmt doch, wir sind vor drei Monaten in Asien gewesen."

Die Haartolle neigte sich bedenklich und drohte vor die Stirn zu kippen. Unbeirrt fuhr Frau Sperling fort: „Und wie stehen Sie dazu, was ihr Sohn kürzlich im Religionsunterricht zum besten gab: in einer Kirche mit Säulen, irgendwo in Paris, sei er Gott begegnet, und Jesus soll ein Verwandter von Wischnu sein? Sie müssen zugeben, daß hier irgendetwas nicht ganz stimmt!"

Oliver war jedesmal von den Tempeln, die sie besichtigten, beeindruckt, andächtig verharrte er vor den Altären und Bildern der Heiligen. Simon fiel ein, daß er mit ihm in Paris im Pantheon umhergewandert war und versucht hatte, ihm die Götterwelt der Inder zu erklären. Sie hatten zwischen den Säulen einen Mann mit einem wallenden Bart getroffen.

Frau Sperling verwies mit einer Handbewegung die Haarwelle auf die dafür vorgesehene Stelle, so daß die glatte Stirn wieder zur Geltung kam. Die kleinen Pupillen rollten. „Sie tun Ihrem Jungen nichts Gutes, wenn Sie ihm einen solchen Unfug beibringen!"

Sie hatten nicht enden wollende Fahrten durch Savanne, Urwald und die Berge im Himalaja unternommen. Vicky erinnerte sich schuldbewußt an die vielen Geschichten, die sie erfanden, um ihrem Kind die Zeit zu vertreiben.

Simon sagte: „Sie wissen offenbar genau, wie die Welt entstanden ist, und was und wie um sie herum vorgeht? – Wenn Sie glauben, bereits unsere Umwelt einfach erklären zu können, dann versuchen Sie, dem Jungen doch einmal auseinanderzusetzen, wie ein Telefon funktioniert."

Der Lehrerin hatte es die Sprache verschlagen.

Schon wenige Wochen darauf waren sie zu einem Projekt nach Mittelamerika aufgebrochen, Oliver sollte dort in eine spanische

Schule gehen. Frau Sperling teilte ihnen mit, sie sähe das äußerst negativ, den Jungen zu beurlauben, denn er sei nicht ausreichend sozialisiert.

Simon und Vicky konnten sich keinen Vers darauf machen. Freunde, die mit ihren Kindern aus dem Ausland zurückkamen, hatten Schwierigkeiten mit ihren Sprößlingen, die sich erst an den ruppigen Ton in der Schule gewöhnen mußten. Da erst wurde ihnen klar, die Lehrerin hatte gemeint, der Junge sei nicht aggressiv genug. Denn Kameraden waren für Oliver das Wichtigste. Nach der Schule war er meistens auf dem Spielplatz oder mit Freunden mit dem Fahrrad unterwegs.

Oliver setzte mit dem Flugzeug zur Landung an. Er sah kaum auf: „Ich möchte nach Deutschland!“, sagte er.

„Kommst du mit in den Garten?“ fragte Vicky.

Er legte das Spielzeug hin, bereit, ihr zu folgen.

Der Koch stand vor den Überresten des Eichenwaldes. Er machte einige Schritte rückwärts, um sie vorbeizulassen, derweil der Nachtwächter die Wand mit dem Lappen säuberte.

„Du mußt tüchtig reiben!“, forderte der Koch ihn auf. Jener war erst vor kurzem aus seinem Dorf in die Stadt gekommen, um seine Familie mit Geld zu unterstützen. Er war zwar nicht sehr groß, aber stämmig. Schweiß perlte ihm von Gesicht und Nakken. Trotzdem lächelte er Oliver an, als bestünde ein geheimes Einverständnis zwischen dem Kind und dem noch nicht erwachsenen jungen Mann. Sein spitzbübischer Ausdruck schien die Botschaft zu enthalten: ich weiß zwar nicht, was dir nicht gefällt, mir macht das Schrubben auch keinen Spaß, laß uns doch nach draußen gehen, Karten, vielleicht Fußball spielen, oder wir schießen mit dem Katapult nach Vögeln!

Dem gestrengen Koch war dieser Gedanke offenbar nicht entgangen. Er zeigte unmittelbar auf eine besonders schmutzige Stelle an der Wand und ermahnte den Helfer, daß er noch viel mehr Mühe aufwenden müsse, wenn er das noch rechtzeitig sauber bekommen wolle.

Vicky hatte inzwischen den widerstrebenden Oliver aus der Tür in den Garten gezogen.

Die Sonne hielt sich hinter einer Nebelwand. Eine Brise wehte vom Niger herüber, wiegte die Blütenzweige des Hibiskus und brachte den Papyrus zum Knistern. Das Grundstück war von einer Mauer aus Zementsteinen umgeben, die oben mit Glassplittern bespickt war. Ein eiserner Zaun, von Hecken überwuchert, schützte es zur Straße hin. Die Blätter der Bananenstauden hingen so tief, daß sie die Pforte verdeckten. Der Pfad dahin war mit Steinplatten ausgelegt, dazwischen kam das Gras hervor. Ein Dickicht von Zuckerrohr entlang der Garage streckte die weißsilbrig schimmernden Büschel empor. Langnadelige Tamarisken legten ihre Seitenäste über das Vordach. Das Gewirr ihrer Kronen hielt das Licht so stark ab, daß man glaubte, in einem grünen Tunnel unter ihnen zu stehen. Das Geflecht der Zweige beherbergte unzählige, bunte Vögel, wechselfarbige Eidechsen und Insekten.

Der Hund hatte sich in den Winkel der Vorratskammer gepreßt, man hörte nur sein schmatzendes Lecken. Schwerfällig erhob er sich, um die beiden zu beschnüffeln. Augen und Fell hatte er von einem Elternteil, einem Deutschen Schäferhund, geerbt, aber seine Ohren hingen schlaff herunter. Oliver streichelte ihn vorsichtig, denn am Morgen hatte er den Hund so stürmisch begrüßt und dabei den Arm um dessen Hals gelegt, daß Jimo nach ihm geschnappt hatte. Sie gingen über den Rasen, das harte Gras stach ihnen in die Füße.

Der Hintergarten glich nicht weniger einem Dschungel. Bananen verstellten den Blick auf die Mauer. Ein Pavillon, der ein Strohdach hatte wie eine afrikanische Rundhütte, verschwand fast völlig unter Schlingpflanzen mit weißvioletten Blüten, über denen Zitronenfalter tanzten. Ein Gummibaum, wie man ihn in europäischen Büros findet, hatte hier seine Wurzeln in den Rasen vorgeschoben, und aus seiner das Schwimmbad überragenden Krone waren Luftwurzeln heruntergewachsen und gaben ihm ein abenteuerliches Aussehen, das so wild und urwaldartig war, wie es seine Vettern, deren Blätter jeden Morgen mit dem Staubtuch poliert wurden, nie erreichen würden.

Der Hund streckte sich in den Schatten des Strohhäuschens auf den Zement. Sie setzten sich auf den gekachelten Rand, wo sie die Beine in das Becken baumeln ließen, jederzeit auf der Hut, sich der schwarzen, plumpen Plagegeister zu erwehren, die mit hohem Sirren und blutgierig immer wieder versuchten, auf einer ungeschützten Körperstelle Platz zu nehmen. Der Lärm der Autos von der Hauptstraße drang gedämpft und fern zu ihnen herüber. Eine Libelle, einem blau schillernden Luftschiff gleich, stand schwirrend über dem Wasser. Sie starrten auf den milchiggrünen Spiegel des Schwimmbades unter ihnen und sahen einem Frosch zu, der mit kräftigen Stößen durch die Algensuppe ruderte und schließlich in der schwarzen Tiefe verschwand.

Vicky versuchte Oliver zu schildern, wie lieblich der Garten doch sei. Er rührte mit einem trockenen Halm in dem undurchsichtigen Schleim.

„Weißt du, ich habe überhaupt keine Freunde, nicht mal einen Bruder habe ich mehr", sagte er unvermittelt.

Ihre Augen wurden blind von Tränen. Sie mußte sich abwenden, er sah sie so ernsthaft an. „Aber weißt du, es wird schon alles wieder werden!", versuchte sie ihn zu besänftigen.

Aber mit einem Schlag war alles zusammengebrochen. Der Garten war nicht mehr schön, sondern ein verseuchter Dschungel voller blutsaugender Mücken, sie waren in einem fremden Land, das ihnen feindlich gegenüberstand, alles war schwierig, selbst das Einfachste.

Während sich ihr Leid in Tränen löste, dachte sie an jenen Tag, als ihr erster Sohn verunglückte. Er war gerade fünf geworden. Das war noch zu jener Zeit, als man über antiautoritäre Erziehung diskutierte und viele Eltern sich nicht damit zufriedengaben, ihre Sprößlinge einfach nur unterzubringen. Eine neue Generation sollte heranwachsen, so frei wie möglich, unnötige Zwänge wollten die Eltern vermeiden. Gleichgesinnte taten sich zusammen und gründeten Kinderläden, wo die Kinder nicht nur still in Bänken saßen und Papier bemalten.

Mütter kochten abwechselnd. Väter riskierten, daß sich in den Büros Akten stapelten, um mit den Kleinen Sandburgen zu bauen.

Gemeinsam räumten und putzten sie, häufig bis abends. Auch dann gingen sie nicht gleich auseinander, sie stellten Dienstpläne auf und erörterten ausgiebig Probleme der Erziehung und in der Partnerschaft.

Es geschah Anfang Mai. Nach einer Folge von nassen, kalten Tagen brach endlich die Sonne hervor. Die erfahrene Kindergärtnerin, die gewöhnlich die Kinder zum Spielplatz brachte, fiel aus, die junge Mutter, die noch studierte, sprang für sie ein.

Die kleine Schar war außer Rand und Band. Ein heimlich eingesteckter Ball, eine Rangelei und – der Ball rollte . . .

Wie es im einzelnen passierte, wird sich nie klären lassen, fest steht, daß es Vinni war, der ihn einfangen wollte. Der Lastwagen fuhr zu schnell durch die enge Wohnstraße. Der Junge war sofort tot. Für Vicky war das Nachschwingen der Blumenkinderepoche und der Revolution der späten Sechzigerjahre abrupt zu Ende gewesen. Das alles lag nun schon lange zurück, und doch war die Wunde nicht verheilt. Ein würgender Schmerz drohte sie unterzukriegen. Nur mit äußerster Willensanstrengung gelang es ihr, den verborgenen Kummer in das Gefängnis in ihrem Herzen zurückzustopfen, worin sie ihn eingesperrt hatte, wie ein gefährliches Untier, um mit dem Erlebten überhaupt fertig zu werden.

Sie schlang die Arme um Oliver und drückte ihn an sich. „Du, Simon und ich, wir sind alle hier zusammen, und das ist doch alles nicht so schlimm! – Wir werden das Schwimmbad reinigen und frisches Wasser einlassen!“ Sie bemühte sich, das so neutral wie möglich zu sagen, denn immer noch kämpfte sie mit der Erregung.

„Und was passiert mit dem Frosch?“ Oliver sah sie an, und ihr fiel auf, wie ähnlich er doch seinem Vater war. Die Augen unter schwarzen Brauen schienen unter langen Wimpern hervorzuspähen.

Gleich mehrere Mücken hatten sich auf ihren Beinen niedergelassen, sie erwischte zwei davon.

„Am besten, du bringst den Frosch zu dem Fluß, der Nachtwächter kann dir dabei helfen.“ Sie war froh, daß ihr diese Idee gekommen war, um ihn zu beschäftigen.

Der Koch rief nach ihr, die Matratzen wurden gebracht.

Der Abend war bereits vorangeschritten. Vicky saß am Bett von Oliver, um ihm Gute Nacht zu sagen.

„Ich möchte nach Deutschland“, äußerte er bestimmt. Tränen rollten ihm über die Wangen. „Der Papa kann ja hierbleiben, wenn er unbedingt arbeiten muß, aber du kommst doch mit!“ Seine warme Hand tastete unter dem Laken hervor nach ihrer.

Sie hatte ihm schon vormittags zu erklären versucht, warum das nicht ging.

„Ich kann ja bei der Omi wohnen!“, sagte er und preßte die Lippen aufeinander.

Es versetzte ihr einen Stich. Sie glaubte, nicht mehr atmen zu können. Sofort mußte sie diesen Zustand beenden. In großen Sprüngen durchjagte sie das Dickicht ihres Gedächtnisses, irgendeine Kletterpflanze von Idee ans Licht zerrend, ohne zu erwägen, ob sie brauchbar war.

Sie bedauerte es schon, noch während sie es aussprach: „Zwei Wochen lang mußt du hierbleiben, dann darfst du zurück nach Deutschland, das verspreche ich dir!“ –

Sie strich ihm über die Stirn, die sich heiß und klebrig anfühlte.

Er gab sich anscheinend damit zufrieden, denn er beobachtete sie aufmerksam. Dann gähnte er und lächelte sie an.

„Mama, ich möchte, daß du immer so aussiehst wie jetzt. Deine Haare müssen sich immer so ringeln, du darfst nie alt werden."

Sie gab ihm einen Kuß, steckte das Moskitonetz an der Kante fest und schaltete das Klimagerät ein. Der Apparat rasselte mit Getöse los, blubberte, hörte auf, als wenn er sich verschluckte, um dann in gleichmäßiges, dumpfes Brummen zu verfallen.

„Das höre ich gern", meinte Oliver, „ich bin schon ganz müde."

Sie machte das Licht aus und schloß die Tür.

Simon blätterte in einer Computerzeitschrift. Die sphärischen Klänge von Tangerine Dream drangen bis zu ihnen auf die Veranda. Vicky lehnte sich so weit zurück, daß sie einzelne Sterne am Himmel sehen konnte. Sie dachte an die vielen ausgedehnten Reisen, die sie gemeinsam unternommen hatten und die Gefahren, denen sie sich ausgesetzt hatten.

Sie hatten nie den einfachen Weg gewählt. Sie fragte sich, woher die Paare, die sich gegenseitig zu zerreiben suchten, die Energie nahmen, vielleicht langweilten sie sich, sie dagegen brauchten alle Kräfte, um zu überleben. Sie erinnerte sich, mit welchem Neid sie die unbeschwerten jungen Leute in den Straßen beobachtet hatte am Tage, nachdem ihr Kind gestorben war. Sie hatte sich uralt gefühlt, für sie war alles zu Ende gewesen.

Simon war oft leichtsinnig gewesen. Er hatte in einem Dorf in Mangrovensümpfen, in denen die Cholera wütete, die Kranken versorgt und mit den Bewohnern die letzte Nahrung geteilt, ohne sich zu sorgen. Bei einem Unfall mit dem Landrover hatte er sich einen Halswirbel gebrochen. Er hatte überlebt – fast wäre er gelähmt geblieben – und nur eine Narbe von der Operation nachbehalten. Sie hatten auch Glück gehabt. Es war ihnen gut gegangen, sie hatten die Höhen und Tiefen ausgekostet.

Um sie her war alles so friedlich. Die Sterne sandten ihr kaltes, funkelndes Licht, nichts erinnerte an das Feuer, aus denen sie bestanden. Sie hatte das Bild, das zu Hause über ihrem Schreibtisch hing, vor Augen. Es war ganz in Türkis gehalten. Der Himmel war voller Schmetterlinge. Große Kugeln berührten einen Planeten aus Eis, eine Scholle war aufgefaltet, und darunter kam die Glut zum Vorschein. Jederzeit konnte sie hervorbrechen, wie aus dem rauchenden Vulkan in Guatemala, den sie gemeinsam bestiegen hatten, um alles zu verzehren und unter sich zu begraben.

Der Agent

Die kühleren Monate setzten ein und vergingen. Es war Februar, und die Temperaturen kletterten wieder stetig.

Wenn Vicky mittags vor der amerikanischen Schule wartete, legte sie ein Handtuch über das Steuer ihres privaten Peugeots, um sich nicht die Handflächen zu verbrennen. Oliver war meistens unter den Ersten, die vom Schulhof stürmten; mit rotem Kopf, freudig erregt stieg er ein und erzählte ihr, wie die Lehrerin ihn gelobt, weil er seine Vokabeln gekonnt, und welche kleinen Bildchen er sich verdient hatte. Das Mädchen mit den langen, blonden Zöpfen, die Tochter des Kanzlers, kam meist etwas später. Vicky konnte insgeheim lächeln, wenn sie an ihre Besorgnis und die Notlüge in den ersten Tagen dachte. Die beiden Wochen waren verstrichen, und Oliver hatte sie nicht einmal an das Versprechen, zurückreisen zu dürfen, erinnert. So eifrig war er in der Schule und beim Fußballspielen mit den afrikanischen Nachbarskindern am Nachmittag, daß er Deutschland vergessen hatte. In der Klasse saß er neben dem blonden Mädchen, zusammen waren sie wie Hänsel und Gretel. Sie hatte ihn unter ihre Fittiche genommen. Wenn er etwas nicht verstand, versuchte sie es ihm heimlich auf Deutsch zu erklären, was nicht erlaubt war, denn während des Unterrichtes und der Pausen durfte nur englisch gesprochen werden.

Die Schule war das, was sich die Eltern für ihre Kinder nur wünschen konnten, nämlich ideal mit nur fünfzig Schülern, von denen die Hälfte Amerikaner waren und die andere aus einem bunten Gemisch von Nationen stammte, die alle Schattierungen von Hautfarben aufwiesen. Die Lehrer gaben sich die größte Mühe, und ihnen war es ein Vergnügen, den Kindern etwas beizubringen.

Nebenher gab es für Oliver solche Abwechslungen wie, Freunde einzuladen oder zu besuchen, die zahlreichen Geburtstagsparties der internationalen, kleinen Gesellschaft und die Feste und Sportereignisse im Klub, und Vicky mußte darauf achten, daß er seine Lektionen in Deutsch auch regelmäßig übte.

Vicky war auch sonst beschäftigt. Für eine Organisation wohltätiger Kaufleute richtete sie ein Ernährungszentrum in einer Provinzhauptstadt ein. Sie kümmerte sich um eine Geburtsklinik in einem Vorort und war gerade dabei, eine Hilfssendung für die Krankenstationen in Timbuktu zusammenzustellen. Der Koch hatte sich an sie gewöhnt. Manchmal war er stolz auf sie, zum Beispiel, wenn sie seine Landsleute in der Nachbarschaft behandelte. Das war noch vor jener Zeit, als der große Lastwagen von dem Hilfswerk vor dem Haus parkte, und wenn Fremde ihn fragten, er sagen konnte, der gehöre Madame. Einflußreiche Malier gingen bei ihr ein und aus.

Eines Tages führte er wieder so einen Gast herein. Dieser war dünn und hochgewachsen, und sein Teint, der heller war als der der Afrikaner des Südens, ließ auf einen Fulbe schließen. Er trug das traditionelle Gewand, einen Bubu. Da sein Nachname sehr verbreitet war, nannte man ihn allgemein Dr. Modibo.

„Guten Tag, Frau Doktor!“, sagte er, denn er sprach etwas Deutsch, dabei verneigte er sich und deutete an, ihr die Hand zu küssen. „Ich habe mir erlaubt, vor Ihrem Zaun eine Fuhre Dünger abladen zu lassen. Ihre Bananenstauden sahen mir etwas mickrig aus.“

Aus seinen kleinen Augen blitzte es verwegen. Sich nicht lange mit Floskeln der Begrüßung aufhaltend, kam er, wie er es von Europäern her kannte, sofort zur Sache. „Ich brauche unbedingt ein neues Auto, wenn Sie das Ihrem Präsidenten mitteilen würden, und fünf Tonnen Milchpulver für die Versorgung meiner Nomadenkinder.

Dem Lande geht es nicht gut. In den letzten Jahren hat der Niger nicht ausreichend Wasser gebracht, es hat zu wenig geregnet. Die Stämme im Norden darben, ihre Herden sind schmal geworden.“

Der Koch kam mit schlurfenden Schritten und erkundigte sich, was er bringen solle. Der Gast bat um Tee.

„Sehen Sie sich vor, vor Modibo, der Ratte!“, hatte der Kanzler gesagt. „Der Mann hat Belege gefälscht, sich Millionen in die Tasche gesteckt. Bei uns hat er Hausverbot.“

Vicky betrachtete das fliehende Kinn, die lange Hakennase und die engstehenden Augen. Sie fand, daß der Besucher dem klugen, listigen Tier ähnlich sei.

Als hätte er in ihren Gedanken gelesen, bemerkte Modibo: „Sie würden mir einen großen Gefallen tun, wenn Sie herausfinden könnten, warum man mich in der Deutschen Botschaft nicht mehr empfangen will.“

Er fuhr fort: „Ich bin ständig unterwegs, kenne den Norden wie meine Westentasche. Ich habe mit den Wüstenstämmen verhandelt, sie haben mir ihr Wort gegeben. Es hatte alles seine Richtigkeit, das kann ich Ihnen versichern. Die Deutschen woll-

„... dabei kennen sie die Gesetze der Wüste nicht, da zählt nur das Ehrenwort“: Tuaregs auf dem Weg zum Kamelmarkt.

ten nachträglich Papiere unterschrieben sehen, sie behaupteten, ich hätte sie betrogen, dabei kennen sie die Gesetze der Wüste nicht, da zählt nur das Ehrenwort.

Ich könnte Ihnen viele Beispiele aufzählen, wo es nicht mit rechten Dingen zugegangen ist. Da gibt es einen Getreidespeicher, der von vier Himmelsrichtungen fotografiert und viermal bezahlt worden ist. Ich habe in der DDR studiert und dort gut Deutsch gelernt. Die Dokumente kenne ich. Der Bauaufseher hat das Zehnfache eingesteckt von dem, was er an die malischen Kollegen weitergegeben hat. Das ist Betrug. Pst, – ich sage nichts darüber!

Die ganzen Organisationen sitzen nur in der Hauptstadt rum, niemand weiß, was im Hinterland passiert. Ich setze mich für den Norden ein, ich schone mich nicht. Sehen sie her!“ –

Er machte eine Bewegung, als würde er den Bubu zurückstreifen, aber seine Gestalt zeigte sich auch so deutlich. Seine Unterarme ragten wie Stöcke aus dem weiten, ärmellosen Gewand. Breitgetretene Füße steckten barfuß in Sandalen. Sie waren ausgedörrt, oben dunkel, verwelkt und unten heller und rissig. Man sah ihnen an, daß sie endlose Einöden durchwandert hatten.

„Die Wüste ist wie ein Meer." Modibo war auf die Wüste gekommen und hielt nicht so bald inne, zumal er eine schöne und aufmerksame Zuhörerin gefunden hatte.

„Wenn Sie durch das Bewässerungsgebiet des Office de Niger gefahren sind und sich an den grünen Reisfeldern erquickt haben, wenn Sie den letzten Deich hinter sich gebracht haben und den Spuren folgen, die in Richtung Lere weisen, dann haben Sie die unsichtbare Grenze in ein anderes, unermeßlich großes Reich überschritten. Von dort erstreckt sich bis nach Algerien, Libyen, Niger, Marokko oder Mauretanien nur noch eines, der Ozean des Sandes. Die Grenzen, die Sie von der Landkarte her kennen, sind bedeutungslos. Die Wüstenstämme sind zum Schmuggel geboren. Sie bringen die Waren von einem Ufer zum anderen.

Die Staaten, die sich anmaßen, ihre Autorität in die Wüste auszudehnen, sind verdammt zu unterliegen, wie Marokko, das versucht, die Polisario zu fangen, die vor ihr verschwindet wie Sand vor einem Sturm, und ohne Spuren zu hinterlassen, Truppen erstickt und zerstört. Es weiß nicht, gegen welche Seite es sich verteidigen soll, denn eine Nation der Polisario existiert nicht. Da oben gibt es Herrschaften und Fehden, die Jahrhunderte andauern können. Alle Stämme sind sich einig, sie wollen keine Einmischung von außen. Die Geschichte der Wüste wurde mit Blut geschrieben. In Ihren Geschichtsbüchern steht nichts über die Grausamkeiten der Franzosen, die während des ersten Weltkrieges die Edlen der Tuareg unter fragwürdigen Anschuldigungen bis auf wenige zusammengeschossen haben. Diejenigen, die übriggeblieben sind, haben sie in die malariaverseuchten Urwälder Gabuns in Arbeitslager verschleppt, wo sie nicht lange überlebt haben. Danach waren die Tuareg führerlos und ihrer Elite beraubt, davon haben sie sich bis heute nicht erholt.

Die Franzosen haben während ihrer kolonialen Besatzung den Stämmen des Nordens nie getraut und die gefügigen Leute aus dem Süden bevorzugt. Nach ihrem Abzug haben die Knechte aus dem Süden die Macht übernommen und überlieferte Regeln umgestoßen. Die neuen Herren haben Reformen eingeführt, die sie sozial oder sozialistisch nannten. Großgrundbesitzer wurden enteignet, die sogenannte Umverteilung der Güter vorgenommen, und die alte Ordnung vernichtet. Wer den Boden verliert,

verliert seine Identität. Die Stämme des Nordens können das nicht hinnehmen und sinnen auf Rache, um die alte Macht wieder an sich zu reißen.

Wissen Sie, ich reise zwischen den Stämmen umher, um zu helfen, hier und da etwas aufzuschnappen, was nützlich sein könnte und vielleicht für meine Regierung wichtig ist. Ich bin ein gern gesehener Gast, weil ich nie mit leeren Händen komme, und habe so manchen Streit schlichten können. Manche Fehde ist so alt wie das Grab von Askia Mohammed, des großen Königs der Vorzeit, dessen Grabmal in Gao steht und langsam im Sand versinkt.

Nehmen Sie die beiden Sippen, El-Bakar und Madina als ein Beispiel. Eigentlich weiß niemand so genau, wie der Streit angefangen hat, ob er wirklich mit dem spanischen Söldner El-Bakar begann, der am Hof von Askia Mohammed als Heerführer diente und als Belohnung eine Tochter des Herrschers zur Frau erhielt. Einige sagen, er habe im Zank einen Madina erschlagen, und andere wieder behaupten, die Fehde sei erst später, zur Zeit der Kinder und Kindeskinder entstanden. Jeder weist dem anderen die Schuld zu, und wenn auch die eigentliche Ursache vergessen wurde, so hat sie doch in jedem Jahrhundert zu neuem Blutvergießen und Greueltaten geführt.

Diese Sache ist nie geendet, und wird nie enden, solange es beide Familien gibt. Sehen Sie, selbst zu unserer Zeit wird behauptet, daß der von uns allen so geliebte Landwirtschaftsminister Madina nur deswegen vom Präsidenten in die Salzminen geschickt worden ist, weil ein El-Bakar ihn verleumdet hat. Aber das sind Geschichten, die erzählt werden, und am Lagerfeuer der Karawanen nimmt jede Begebenheit ihr eigenes Leben an, sie wird ausgeschmückt und verändert und ist kaum wiederzuerkennen, selbst nicht für den, der die Wahrheit kennt, und weiß, wie es wirklich gewesen ist."

Er lächelte vielversprechend. „Und diejenigen, die daran beteiligt sind, sind noch unter uns, und der Tag der Abrechnung wird kommen. Wehe dem, der hineingezogen wird!

Madame, Sie sind sehr gütig, Sie haben mir viel geholfen! Ich werde Ihnen dieses Reich zeigen. Wenn Sie mir das Auto besorgen, werde ich Sie mitnehmen."

Vicky war begierig, geheimnisvolle Stämme kennenzulernen und stimmte ihm begeistert zu. Seine Einladung war nicht uneigennützig. In seinen Augen war sie durchaus reizvoll. Für einen flüchtigen Moment kam ihr der Gedanke, es sei vielleicht ungewöhnlich, mit einem fremden Mann eine so große Reise zu unternehmen, wo sie doch völlig in seiner Hand sein würde. Sie verwarf das aber als lächerlich, konnte sie sich doch nicht vorstellen, daß er sich ihr körperlich nähern sollte.

Für ihn erklärte sie, indem sie einwilligte mitzukommen, ihr Einverständnis zu einem erotischen Abenteuer, und alle seine Genossen pflichteten ihm darin bei.

Westliche Frauen folgten anderen Regeln. Die Freiheit, mit der sie sich bewegten, zur Schau stellten, sich geradezu anboten, war keinem der weiblichen Wesen seines Stammes erlaubt.

Letztlich hatte er die Erfahrung gemacht, daß die fremden Frauen nicht bereit waren, das Versprechen einzulösen, und damit genauso unzugänglich waren wie die daheim. Nachdem er diese nüchterne Erkenntnis gewonnen hatte, gestattete er sich, hinter gesenkten Lidern auf ihre engsitzende Hose zu schauen und wenigstens in diesem Augenblick genußvoll auszuloten, was ihm entgehen würde. Er rührte in seinem Tee. Ein leichter Seufzer kam ihm über die Lippen. Als ihm klar wurde, daß seine Stammesbrüder nicht wissen könnten, was tatsächlich zwischen ihnen passierte, und ihn für einen großen Frauenhelden halten würden, wenn er mit ihr auftauchte, war er ein wenig versöhnt und fand sich darein, dieses Mal seinem Trieb zu entsagen.

Vicky war sein nachdenklicher Ausdruck nicht entgangen. „Das Reisen strengt Sie zu sehr an, Sie müssen sich ausruhen!" sagte sie einfühlend.

„Die Wege der Wüste sind weit", bemerkte er ausweichend.

Er schob das Gewand auf die Schulter zurück und erwähnte abschließend: „Von dem Bekämpfungsprojekt hört man ja viel Gutes, Ihr Mann bemüht sich sehr. Allerdings wird er es schwer haben, denn das Projekt gehört den El-Bakars."

Sie wollte protestieren, aber er ließ sie nicht zu Wort kommen.

„Ich rechne fest mit dem Auto und hoffe, daß das Milchpulver auch bald eintrifft! –

Ich zeige mich schon jetzt dafür erkenntlich und möchte ihnen folgenden Rat geben: Ihr Mann darf in seinem Projekt nie gleichzeitig mit einem El-Bakar und einem Madina arbeiten." Er schwieg noch eine Weile, blickte in den Tee und verabschiedete sich.

Vicky hatte den Wink nicht verstanden. Bei einem späteren Besuch war Modibo darauf zurückgekommen und hatte das Gesagte noch vertieft. Sie wußte nicht, was sie davon halten sollte.

Abdul El-Bakar sah zwar ungewöhnlich aus mit seinem eckigen, schwarzen Kopf und dem zernarbten Gesicht, möglich daß er als Kind die Pocken durchgemacht hatte, ehe sie weltweit ausgerottet worden waren. Sein Äußeres machte ihr jedoch nichts mehr aus; sie schätzte an ihm, daß er stets liebenswürdig und hilfsbereit ihr gegenüber war. Wann immer sich die Gelegenheit bot, kam er zu ihr ins Haus, saß in einem der morschen Cordsessel im Wohnzimmer den Tee schlürfend, den der Koch gebracht hatte, und gab ihr Ratschläge, wie sie die Geburtsklinik am besten unterstützen konnte.

Daß er womöglich darauf aus sein sollte, die Leitung des deutschen Projektes an sich zu reißen, wie sie Modibo verstand, erschien ihr absurd. Wenn sie Simon und Abdul beobachtete, wie sie zusammensteckten und sich die Köpfe heißredeten, um sich scherzend und unter Schulterklopfen zu trennen, zeigte ihr das allein schon an, daß jene mehr als bloße Partner in einem Projekt der Entwicklungshilfe, daß sie vielmehr Freunde geworden waren.

In der Wüste an den Lagerfeuern wurde viel geraunt. Modibo hatte einiges davon aufgeschnappt und probierte aus, inwiefern er sie damit beeindrucken konnte.

Gewiß mußte er eifersüchtig auf Abdul El-Bakar sein, weil dieser seine Verwandten und ehemaligen Sklaven aus dem Haushalt in seiner Heimatstadt in das Projekt eingeschleust hatte. Sie waren Verwalter, Fahrer, Helfer und Nachtwächter geworden. Ihr Gehalt mußten sie angeblich bei dem Chef der Großfamilie abliefern oder zumindest einen Anteil davon.

Oder verfolgte der Wüstenscheich noch ganz andere Absichten? Warum erzählte er ihr, Abdul sei mächtig und reich geworden! Er sähe ihn jetzt immer im weißen Mercedes in der Stadt herumfahren, und Abdul sei sich nur noch fein genug, mit Ministern und Gouverneuren umzugehen.

Jedes Mal bevor Modibo ging, drückte er sich so geheimnisvoll aus wie, Näheres wolle er nicht sagen, und, man würde schon sehen, oder, er habe sie nun gewarnt. Er vergewisserte sich dann beim Koch, ob der Hund auch wirklich angebunden sei.

Der Schäferhund hatte eine seltsame Art, auf Leute zu reagieren. Manche Besucher wedelte er freundlich an oder beachtete sie nicht weiter, während er andere verfolgte und anfiel, als handelte es sich um Diebe und Mörder. Vicky hat nie verstanden, warum der Hund Dr. Modibo so abgrundtief haßte.

Gundam

Simon saß am Schreibtisch und zog mit dem Lineal farbige Balken über ein kariertes Blatt. Der Klimatiseur in der oberen Ecke des Raumes rasselte laut. Da gab es ein vernehmliches Klopfen, und Abdul steckte seinen Kopf herein. Sein pockennarbiges Gesicht war dunkel, und nur die großen Zähne kamen zum Vorschein.

„Ah, du bist zurück!“, äußerte Simon und machte eine Geste, daß jener sich setzen möge.

Abdul faltete den weißen Bubu umständlich, ehe er in dem mit Plastik überzogenen Sessel Platz nahm. Er sagte eine weitschweifige Begrüßungsformel auf. Simon zupfte sich an den Barthaaren, die an der Oberlippe etwas länger stehengelassen waren, und hörte ihm zu.

„Die Dorfchefs sind unterrichtet, es war nicht leicht, sie zu gewinnen, die Untersuchungen können beginnen. Alle zwanzig sind zur Mitarbeit bereit, nur zwei Dörfer zeigen kein Interesse.“ Seine Augen schienen aus den tiefen Höhlen zu leuchten. Abdul verstand es, die Leute zu überzeugen und mitzureißen.

„Das sind gute Nachrichten“, bemerkte Simon. „Beide Teams sind zur Zeit mit Dr. Höppli im Dogonland, sie können dann die Untersuchungen im Office de Niger wie geplant fortsetzen.“

Abdul fingerte unbewußt nach einer Zigarette in seiner Brusttasche, ließ sie aber stecken. Der neue Chef schätzte es nicht, wenn man bei ihm rauchte.

„Ich bin überrascht, was sich hier in der Zwischenzeit getan hat“, ließ er in seiner tiefen, schmeichelnden Stimme vernehmen. „Das Gebäude glänzt, die Büros, sogar die Bibliothek ist eingerichtet, und die Leute strahlen.“

Er fuhr mit dem Fingernagel über die Kante des Metallschrankes. „Ist der französisch?“

„Gefällt er dir? – Das ist hiesige Anfertigung, kostet auch nur ein Drittel, verglichen mit den ausländischen Schränken. – Mussa hat die aufgetrieben.“

Abdul nickte. Er warf seinen Kopf zurück, so daß sein bombastisches Kinn hervortrat. „Und die Computerabteilung hat schon angefangen, wie ich hörte.“

„Jetzt wo die Teams richtig loslegen, häufen sich die Daten.“

Abdul hatte sein schiefes Lächeln aufgesetzt und sagte

abschätzig: „Und wie macht sich der Dicke, bist du mit ihm zufrieden?"

„Er macht große Fortschritte, ich halte ihn für befähigt. Er ist sehr eifrig. Nachts studiert er die Programmanleitungen unter der Straßenlaterne."

Abdul seufzte. „Ja, so haben wir alle einmal angefangen! Das freut mich für ihn." Er wischte sich mit dem Ärmel über sein Gesicht, das aus lauter aneinandergereihten, winzigen Kratern zu bestehen schien, und führte aus: „Er stammt aus einer berühmten Familie von Märchenerzählern. Diese Leute waren es, die die Geschichte unserer Familie auswendig lernten und sie bei großen Festen in allen Einzelheiten wiedergaben. Ein gutes Gedächtnis ist bei ihnen erblich und wird seit Generationen trainiert. Sie sind keine ruhmreichen Krieger, für die Verwaltung haben sie zu viel Phantasie. Vielleicht sind sie für eure Computer brauchbar, die Spielzeuge für Erwachsene."

Simon hatte das Lineal hin und hergedreht, indem er es beiseite legte, entgegnete er: „Mag sein, daß der Dicke für die Zukunft deines Landes wichtiger ist als all die alten Stammeskrieger. Auch in der Vergangenheit waren es nicht die Helden und militärischen Anführer, die das Leben der Menschen prägten, sondern die Erfinder und Techniker. Gegen die schnellschießenden Gewehre der Ingenieure kamen eure Tapferen nicht an. Ihr habt in Afrika viel zu lange die handwerklichen Schmiede verachtet. Der Computer ist eine so grundlegende Erfindung wie seinerzeits das Rad oder die Buchdruckerkunst. Er wird unsere Welt verändern, und ihr habt die Chance, von Anfang an dabei zu sein und an der Entwicklung dieser neuen Technologie mitzuarbeiten."

„Männer werden keine Männer mehr sein!", gab Abdul zu bedenken. Die zurückgenommenen Lippen legten die großen Zähne frei. Sein Lächeln glich mehr einer Grimasse.

Es klopfte wieder. Dieses Mal war es der Chauffeur Zeki, der so lang war, daß er über den Türrahmen hinausragte. Er war jung, stattlich und seine Züge waren ebenmäßig und wesentlich aristokratischer als die des einheimischen Projektleiters. Auch er war ein Songhai und konnte seinen Stammbaum in gerader Linie auf den ersten Imam von Gundam bis ins 12. Jahrhundert zurückverfolgen. Bei Abdul war das nicht so klar, er behauptete dieses jedenfalls auch von sich. Zeki fehlte es an Ehrgeiz. Er hatte eine Banklehre abgebrochen und als Fahrer angefangen, eine ähnlich verachtete Beschäftigung wie das Schmiedehandwerk. Als er auch noch eine Bambarafrau heiratete, schloß ihn die Sippe von allen traditionellen Rechten aus.

Abdul blickte sich um: „Ah, unser neuer Transportchef, wie ich vernommen habe!“ Er grinste ironisch seinem Cousin zu.

Zeki verzog keine Miene, sondern sah an ihm vorbei auf Simon, grüßte kurz und übergab einen Brief. Abdul rückte zur Seite, denn der Raum war eng.

Simon überflog das Schreiben und teilte seinem Fahrer mit: „Ach Zeki, halte dich bitte bereit, nach Abidjan zu fahren, der bestellte Peugeot ist eingetroffen. Das Projekt braucht ihn dringend für Stadtfahrten, denn die Geländewagen sind zu schade dafür.“

„Compris, Chef!“, ließ Zeki vernehmen und ging nach einer militärischen Kehrtwendung.

Simon hatte die Rolle mit den Landkarten hervorgeholt. „Wir werden eine Reise in den Norden unternehmen, ich bin schon so lange hier und kenne das Land immer noch nicht genug.“

Abdul sah auf, und seine Augen glänzten. „Dann kann ich dir meine Heimatstadt, Gundam, zeigen. Sie liegt auf einem länglichen Hügel, halb umgeben von einem See, nur eine Tagesreise westlich von Timbuktu. Sie ist gut geschützt, die anbrandenden Stämme der Wüste konnten ihr wenig anhaben. – Und Madame Vicky, wird sie mitkommen?“

„Ich glaube schon, denn sie sucht Projekte für ihr Hilfswerk, aber das hängt auch davon ab, ob wir unseren Sohn bei Freunden unterbringen können, denn der muß in die Schule.“

Auf das belebende Grün der Reisfelder folgte das einförmige Grau der Wüste, ganz wie Modibo gesagt hatte. Weich gerundete Sanddünen wechselten mit schroffem Felsgestein. Die Vegetation war spärlich. Palmen mit ihren gelben, welken Kronen neigten sich über ausgetrocknete Flußbetten, nacktes Dornengestrüpp reckte seine bizarren Nadeln dem dörrenden Wind entgegen, und Grasbüschel drängten sich aus Felsspalten hervor. Vögel mit ausgebreiteten Schwingen segelten über die eintönigen Ebenen. Die Luft war glühend heiß. Der Schweiß trocknete auf der Haut, sobald er aus den Poren drang, salzige Krusten hinterlassend. Die Haut der Unterarme, die versehentlich aus dem Fenster herausgehalten wurde, verbrannte, um sich später in Fetzen zu lösen. Lippen wurden spröde und rissig. Das gleißende Hell schmerzte in den Augen. Der Kopf schlug ständig gegen die Decke, wenn man erschlafft zurücksank, ermüdet, sich festzuhalten. Der Wagen ruckte, fuhr an, stoppte, wendete, wich aus. Der Fahrer arbeitete hart. Der Passagier döste und träumte. Schlafen war unmöglich. Gedanken konnten nicht zu Ende gedacht werden, sie schweiften und schwebten. Triviale Melodien spielten im Ohr, sie saßen fest wie Holzböcke. Für jede kleine Abwechslung wie einen Hügel, einen großen Stein, eine Herde oder eine wandernde Nomadenfamilie war der Fahrgast zu haben. Er genoß es, wenn eine Gruppe von Menschen wie ein biblischer Zug durch die Einöde zog. Den hochbepackten Kamelen folgten die Nomadenfrauen. Sie waren groß und schlank. Ihr Haar war geflochten und mit silbernen Talern geschmückt. Sie trugen indigofarbene Gewänder. Selbstbewußt schritten sie neben ihren Eseln, auf denen ihre Kinder saßen, inmitten der Habe und baumelnden Töpfen und Pfannen. Der Mann führte ein selbstgebasteltes Gewehr mit sich, das mehr für harmlose Abenteuer als zum Töten bestimmt schien.

Durch diese Landschaft rumpelten sie. Die Dunkelheit kroch herauf. Irgendwann in der Nähe eines Wasserlaufes blieben sie erschöpft stehen. Simon und Vicky schlugen ihre Betten unter dem freien Himmel auf, Abdul und Zeki kauerten im Auto. Die Sterne funkelten. Die Palmblätter knarrten geheimnisvoll. Sie hörten ein seltsames Laufen und Scharren. In der Frühe erhob sich ein Wind. Er blies kühl und stetig aus einer Richtung. Vicky wickelte sich fester in ihren Schlafsack. Als sie erwachte, schien die Sonne schon hell und heiß. Alles an ihr klebte, die Kleidung am Fußende ihres Lagers war verstaubt. Aus dem Kanister füllte sie Wasser in einen blechernen Trinktopf und ging damit den Berg hinunter, um sich hinter den Palmen zu waschen.

Zeki bereitete Kaffee über einem kleinen Holzkohlenbecken zu. Abdul sog gierig an einer Zigarette. Sein sonst so schwarzes Gesicht wirkte grau und aschfahl. „Dieses ist ein Grabhügel, ein Ort, wo Geister lauern“, stellte er fest.

Simon nahm eine Tonscherbe auf und wendete das abgerundete Teilchen zwischen seinen Fingern. Ein blaugrünes Ornament war zu erkennen.

„Sieh her, sie gehört zu einem Topf! Darin wurde vor langer Zeit Milch oder Getreide aufbewahrt. Wir befinden uns über den Relikten einer vergangenen Zivilisation, vielleicht so alt wie jene, die man in der Nähe von Jenne ausgegraben hat. Dort stieß man auf verzierte Krüge, die vor 2500 Jahren gefertigt wurden. Der modrige Grund hinter dem Palmdickicht stammt von einem Gewässer. Wir stehen auf einer verfallenen Stadt an einem See.

„... in diesem verlassenen Kaff schien es überhaupt nichts zu geben“: Straße in Bandiagara.

Sicher hat es einen Tempel gegeben, in dem unbekannte Götter verehrt wurden.

„Aha, die Grabstätte von Ungläubigen“, erklärte Abdul. Ein sähmiger Milchstrom ergoß sich von der Büchse in seine Kaffeetasse.

„Das war noch vor Mohammed, wie soll es da Gläubige gegeben haben?“, warf Simon ein.

Abdul stellte die Dose auf die Metallkiste und schaufelte den Zucker eßlöffelweise in seinen weißlichen Morgentrunk. Seine Stimme klang verärgert. „Sie sind zu Recht vernichtet worden. Sie harren in der Erde auf den Tag, wenn die Welt zu Ende sein wird, um zusammen mit den Dämonen den letzten Kampf gegen Allah und die Seinen zu führen. Möge Allah uns schützen!“

Und weiter ging es im gleißenden Licht. Die Sonne stand weiß glühend über dem Ort in der Dornenwüste. Die Hitze flirrte. Sie hielten am Markt, um zu rasten. Unter dem spärlichen Laub einer Akazie hockte eine alte Frau im Staub. Ihr Gesicht war von Lepra entstellt. Von der Nase waren nur zwei Löcher übrig. Sie reckte ihnen ihre unnatürlich runden Fingerstümpfe entgegen. Zeki fuhr mit dem Geländewagen davon, um Treibstoff aufzutreiben. Vicky war wie benommen. Sie schwankte, als wäre sie soeben aus einem Kutter in Seenot an Land geklettert. Sie hatte auf eine Herberge gehofft, einen Ruheplatz, um sich frisch zu machen. Sie war hungrig, denn morgens hatte sie nur den Kaffee getrunken. Aber in diesem verlassenen Kaff schien es überhaupt nichts zu geben. Abdul meinte, er wüßte schon, wohin er sie bringen könne.

Sie gingen über einen Hof. Hühner liefen gackernd vor ihnen her. Zwei junge Frauen führten Vicky in ein niedriges, rosa gestrichenes Haus. Sie schwatzten und lachten. Bei jeder Bewegung klapperten die schweren Silberketten, die ihnen vom Hals und den Armen hingen. Ihre schwarzumrandeten Augen hoben sich dunkel gegen den hellen Teint ab. Sie starrten sie an, als versuchten sie zu ergründen, warum ihre weiße Schwester so mitgenommen sei. Sie musterten ihr schwingendes, indisches Kleid und waren angezogen von der glitzernen Brosche, die einem Schmetterling nachgebildet war. Die Mädchen zupften verstohlen an den Haarlocken der Fremden. Die Ältere der beiden wies auf die Kissen an der Erde, auf denen sie sich lagern sollte. Sie breitete die Falten des Gewandes in einem Fächer um Vicky, und nahm die bleiche Hand, die sie vorsichtig öffnete. Spielerisch verfolgte sie die Linien, ehe sie auf die Füße sprang und verschwand. Vicky nahm das alles nur verschwommen wahr, die Teppiche, die Moschee, die ihr von der Wand in grellen Farben entgegenleuchtete und den golden gerahmten Koranspruch. Das Zimmer war stickig, aber schützte sie vor der Sonne.

Eine Weile hatte sie so gesessen. Sie hörte die Mädchen kichern. Sie winkte eine heran und tat so, als wolle sie sich das Haar kämmen. Sie folgte dem behenden Mädchen zu dem Schuppen, der etwas abseits im Hof lag. Aus einem Zinkeimer schöpfte sie lauwarmes Wasser und wusch sich das Gesicht. Rotbraune Ströme flossen zwischen ihren Fingern ab. Aus dem kleinen Spiegel, der schief von der Lehmmauer hing, blickten sie rosig verquollene Wangen an. Sie trocknete sich an einem Zipfel ihres Kleides und bürstete sich das vom Staub gesteifte Haar.

Sie dachte an den letzten Sonntag in Badala, als der Herr von der deutschen Botschaft sich bei ihnen nach einem Zinksarg erkundigt hatte. Eine junge, belgische Freiwillige, die erst kürzlich in diese Gegend gekommen war, hatte man tot aufgefunden. Der Herr von der Botschaft vermutete einen Hitzschlag. Vicky war überzeugt, auch bald einem Sonnenstich zu erliegen. So betäubt, wie sie sich fühlte, würde sie langsam ins Jenseits hinüberdämmern, ohne es zu merken.

Sie hielt nach Simon Ausschau, der in dem Flecken spazierenging. Abdul saß im Schatten eines Blätterdaches, einen Teller mit Fleischspießen vor sich. Er war nicht hereingebeten worden. Ein Windstoß wirbelte den Sand auf. Sie hörte, wie er sich räusperte und ausspuckte, ehe sie wieder hineinging.

Simon kam zurück. Er schwärmte von dem Treiben auf dem Markt. Er war sich vorgekommen wie im Mittelalter. Er hatte zwei Filme abgeknipst. Der Gastgeber, den sie noch nicht zu Gesicht bekommen hatte, ein offenbar reicher Viehhändler, gesellte sich zu ihnen. Vicky betrachtete sein hageres, gegerbtes

Gesicht, das unter einem mit Goldfäden bestickten Fes zum Vorschein kam. Schüsseln mit Kuskus und Hammelfleisch wurden aufgetragen. Sie aßen, und Vicky ging es allmählich besser. Sie tranken Kaffee aus feinen Mokkatäßchen. Sie sprachen über religiöse Führer. Der Gastgeber zweifelte daran, ob es noch echte gäbe. Er sei über Gaddafi enttäuscht, jener habe sich dem Wohlleben ergeben, und er verdächtigte ihn sogar, Alkohol zu trinken. Über die Polisario und Marokko schweifend, kam das Gespräch auf Europa.

Er fände die Deutschen gut, am meisten bewundere er Hitler, und wie der Diktator mit den Juden umgegangen sei, äußerte der Gastgeber. Simon stellte die Tasse ab. Er schämte sich, am Tisch dieses Mannes zu sitzen. Wäre er doch lieber auf dem Markt geblieben. Er versuchte, dem Gastgeber zu erklären, welchen Schaden Hitler den Deutschen zugefügt habe, daß Deutschland zerstört, das Land geteilt und Vickys Heimat verloren sei, aber der Gastgeber konnte diesen Argumenten nicht folgen. Sie kamen auf andere Themen, bis man schließlich aufbrach.

Nach dieser Unterbrechung ging das Geschüttel weiter. Die letzten Strahlen glitzerten zwischen den Dornenbüschen und färbten den Himmel rot. Die Dunkelheit senkte sich rasch. Vicky konnte nicht sagen, wie lange sie nun schon unterwegs waren. Sie hörte auf die Rockgesänge, die in ihrem Kopf spielten. Das Haar umpeitschte ihr Gesicht. Die Büsche leuchteten im Schlaglicht der Scheinwerfer, um sogleich wieder von der Finsternis verschluckt zu werden. Ihre Welt war auf eine Höhle mit vier Reisenden zusammengeschrumpft.

Ein Damm aus Sand türmte sich plötzlich vor ihnen auf. Strünke wie Arme ragten aus dem Dunkel. Zeki hielt, schaltete das Vierradgetriebe ein und fuhr die Spur rückwärts. Sie wußten nicht, wo sie waren. Obwohl sie ein großes Stück vorwärts gemacht hatten, schienen sie nicht von der Stelle zu kommen.

„Du mußt dich weiter nach links halten! Ich verstehe das nicht“, sagte Abdul, „wir sollten längst aus dem Gestrüpp heraus sein.“

„Wahrscheinlich bewegen wir uns im Kreis“, stellte Simon fest. „Ich sehe keinen Sinn darin, die ganze Nacht herumzuirren, laßt uns nach einem Schlafplatz umsehen!“

Abdul drehte sich um, und das Weiße seiner Augen glitzerte gespenstisch. „Ich verbringe nicht noch eine Nacht auf dem Friedhof. Euch Weißen scheint das ja nichts auszumachen, euch auf dem Gebein von Toten zu betten“, grollte er.

Im Dunkeln dicht über dem Horizont zeichnet sich ein Feuerstreifen ab. Beim Näherkommen verschwindet er, ein tiefer Stern ist weitergewandert. So erging es ihnen wieder und wieder.

„Ich glaube, da ist ein Licht“, sagte Zeki, und dieses Mal war es kein Himmelslicht. Das Feuer brannte vor den Hütten. Sie rumpelten über eine Brücke. Die Stadt schien zu schlafen. Die Straßen waren wie ausgestorben. Langsam fuhren sie durch das verschachtelte Viertel. Die Moschee erhob sich vor ihnen, die Holzenden traten seitlich aus den Lehmziegeln hervor. Die Straußeneier auf dem Minarett spiegelten das Mondlicht. Sie bogen in die geschlängelte Gasse ein. Von Ferne hörten sie Trommeln. Vereinzelt glimmten Feuer. Zeki passierte die Einfahrt eines umfriedeten Grundstückes und hielt an. Die Scheinwerfer beleuchteten eine bröckelige Mauer. Ein Alter kam mit einer Lampe herbeigehumpelt. Zeki wischte sich die Stirn und lächelte: „Geschafft!“ Er machte sich daran, das Gepäck auszuladen. Abdul war im Haus verschwunden. Sie folgten Zeki durch ein Labyrinth von Gängen. Rauhe Lehmwände reflektierten den Schein. Schatten tanzten auf und ab. Eine Maus hüpfte von einem Vorsprung und huschte vor ihnen durch das Dunkel. Der Boden war uneben. Zeki schob ein Tuch beiseite, dahinter öffnete sich eine Kammer. Der Geruch nach Stall und Urin schlug ihnen entgegen.

Zeki stellte ihre Bündel ab. „Hier hat lange niemand geschlafen, deswegen ist es voller Fledermäuse“, sagte er und stieß einen Fensterladen auf. Etwas suchte sich flatternd den Weg ins Freie. „In Kürze wird es besser, gefegt haben sie schon.“ Er breitete eine Strohmatte aus.

Sie stiegen die unregelmäßigen Lehmstufen an der Außenwand zum Dach empor. Der Mond schien über die flachen Dächer ringsum, die kalkweiß dalagen. Ein warmer Hauch kam von der Wüste. Er trug mit sich den Duft des Sandes. Männer in Turbanen und langen Gewändern erschienen auf dem Dach. Abdul in leuchtendem Weiß stellte sie ihnen der Reihe nach vor. Der gebeugte Greis, dessen Bart silbern schimmerte, war der Imam von Gundam. Abdul erklärte ihnen, jener sei ein bedeutender Marabu, ein islamischer Gelehrter, berühmt für seine Heilkunst. Die Leute seien von weit her zu ihm gekommen, besonders als der Imam noch jünger gewesen sei. Der Alte suchte sich einen Platz neben dem Mann mit der Brille, dem Lehrer. Aluminiumschüsseln, gefüllt mit Reis, Hammelstücken und Fleischsoßen, wurden gebracht und in die Mitte gestellt.

Sie aßen schweigend. Nur das Mahlen und die Knochen, die ab und zu klappernd zu Boden fielen, waren vernehmlich. Der langgezogene Schrei eines Esels durchbrach die Stille. Ein Hund heulte auf. Die Frauen aßen im Hintergrund, man hörte, wie sie schmatzten. Offenbar hatten sie ihre kleinen Kinder bei sich, die hin und wieder aufjaulten und mit einem kleinen Klaps beruhigt werden mußten. Die Leute verschwanden nach und nach. Von der eben noch großen Gesellschaft waren nur wenige nachgeblieben. Auch Abdul war gegangen. Sie tranken den Tee aus kleinen Gläsern. Er war bitter und sehr süß.

Der Mond stand hoch am Himmel, beinahe voll beleuchtete er die Umgebung unwirklich hell. Am Horizont schob sich ein Hügel wie eine Nase in die Ebene vor. Der Lehrer deutete über die Dächer hinweg und sagte: „Wenn ihr euch umschaut, seht ihr nur Sand und Wüste, das ist nicht immer so gewesen. Als ich ein Junge war, konnte man die Düne, die das Sandmeer ankündigt, nicht sehen, denn die Stadt und den See umgab dichter Wald, der voller wilder Tiere war. Da gab es Gazellen, Trappen und Löwen. Ihr könnt euch nicht vorstellen, wie versessen wir darauf waren, Tiere zu erlegen. Der Schlauste und Gerissenste von allen war Abdul. Er war unser Anführer. Er stellte die geschicktesten Fallen. Er wußte immer, wo es etwas zu holen gab. Heimlich kletterte er in den Garten des französischen Kommandanten, um halbreife Orangen zu stehlen. Wir bewunderten ihn, wie er es anstellte, unter den Augen des geizigen Hamid eine fette Henne zu entwenden, die wir dann heimlich am Lagerfeuer brieten. Manche verehrten ihn geradezu. Ich habe ihn gewarnt, vorsichtig zu sein, aber er hat nicht auf mich gehört. Er wurde zu übermütig. Er trieb es zu weit. Jagen war seine ganze Leidenschaft. Um sich auf die Pirsch zu begeben, entwendete er das einzige Auto der Stadt, es gehörte seinem Onkel. Ich weiß nicht, wie er das Auto in Gang bekommen hat, denn er hatte noch nie gefahren. Im Hochgefühl der Freiheit muß er weit in die Wüste hineingeraten sein. Eine Düne wurde ihm zum Verhängnis, der Wagen kippte um. Er war nicht weiter verletzt, aber er hatte kein Wasser. Er ging drei Tage lang, bevor er ohnmächtig wurde. Zufällig fand ihn ein Ziegenhirte. Sein Onkel war so wütend, daß er den Halbtoten noch prügelte. Er ließ ihn auf einen Esel binden. Eine Karawane nahm ihn mit. So verließ Abdul damals seine Heimatstadt." –

Zu dieser Zeit wußte Simon noch nicht, was er erst nach und nach über Abdul erfahren und später einmal zu Papier bringen sollte, zu einer Zeit, als er schon tief in das Projekt verstrickt war:

„Abdul kommt als Junge, als die französischen Kolonialtruppen abziehen, aus dem Norden nach Bamako. Entfernte Verwandte nehmen ihn auf, er bildet sich auf dem Basar, und er lernt auch lesen und schreiben. Er ist intelligent und geschickt, aber er will mehr, der Beruf eines Kaufmanns ist ihm nicht genug. Der junge Staat braucht Beamte in allen Bereichen. Er interessiert sich für Gesundheit. Man schickt ihn auf eine dieser neuen Schulen, wo er andere trifft, die von einer großartigen Zukunft reden. In der Parteijugendorganisation wird er ein Gruppenführer. Er steigt weiter auf. Er kommt mit einer anderen Art von Weißen zusammen. Sie sind untersetzter und blonder als die Franzosen, sie können Französisch viel schlechter als viele Malier. Sie sind weder Moslems, noch sind sie Christen. Sie sprechen vom Freiheitskampf der sozialistischen Internationale, und sie laden ihn ein, fremde Länder zu besuchen. Und wer, der unter den Sternen der Wüste aufgewachsen ist, würde je das Angebot zu einer Reise ausschlagen!

Als er aus Bulgarien und der Sowjetunion zurückkommt, hat er eine andere Form des Rassismus erfahren. Er hat Schuhe und Bluejeans geschmuggelt, und er hat gesehen, wie arm die Mehrzahl der Weißen in den sozialistischen Ländern lebt. Er hat gelernt, sie zu verachten wie die Franzosen, vielleicht noch etwas mehr. Er hat ihre Art zu argumentieren, ihr Vokabular übernommen. Seine Karriere geht weiter, er weiß, wie man Weiße behandeln muß, damit sie einem alles geben. Und seine Vorgesetzten schätzen das, denn er vergißt nie, sie gebührend zu beteiligen. Schließlich erhält er ein eigenes Projekt, das heißt er wird zum nationalen Verantwortlichen für ein Projekt ernannt und hat nun mit Personen aus dem westlichen Deutschland zu tun."

Der Lehrer nahm seine Brille ab und bemerkte: „Abdul ist zu beneiden, er hat seinen Weg gemacht. Viele sind ihm gefolgt. Es ist still geworden in Gundam. Die Zurückgebliebenen treiben etwas Handel und bearbeiten ihre Gärten am Ufer des Sees, der sich immer weiter zurückzieht. Sie sind fromme Moslems, die zur Moschee gehen, wenn der Muezzin ruft. Sie fristen ein mühseliges Dasein, denn es wird trockener Jahr um Jahr. Sie müssen von nun an kämpfen, um zu überleben. Eine große Dürre wird kommen, ein weiser Mann hat das aus den Käfern und Wüstenpflanzen gelesen."

Er hatte seine Erzählung beendet, nachdenklich sog er an einer Zigarette. Der alte Imam beugte sich zu ihm und murmelte etwas.

„Er erkundigt sich nach Zeki, er ist ihm der Liebste, er fragt, ob du ein guter Patron für ihn bist."

Simon pries seinen Chauffeur, der Lehrer übersetzte. Sie schwiegen. Die Geräusche der Nacht drangen zu ihnen herauf. Aus einem der Häuser unter ihnen hörte man einen Seufzer, ein Mensch, der sich im Schlaf umdrehte. Der Imam erhob sich. Simon und Vicky waren ebenfalls aufgestanden.

Der Alte beugte seinen umwickelten Kopf. Er nahm die Hände der beiden und legte sie übereinander, so daß sie ein Kreuz bildeten, und spuckte darüber hinweg. Im flackernden Schein der Petroleumlampe wurde sein zerfurchtes Gesicht deutlich. „Sei ein guter Patron für meine Leute!" lispelte er. Er tappte zur Treppe und stieg langsam die Stiege hinunter.

Die kleine Flamme zuckte ein letztes Mal auf, ehe sie verlosch. Über ihnen breitete sich die Milchstraße wie ein Schweif aus. Unzählige Sterne funkelten. Ein Kind fing an zu schreien. Man hörte die besänftigenden Laute der Mutter. Dann war es wieder still. Vicky dachte an Oliver. Sie stellte sich vor, wie sie ihm die Decke zurechtlegte und den Klimatiseur einschaltete. Sicher schlief er bereits. Sie wünschte sich sehnlichst, ihm eine Botschaft zu senden. In wenigen Tagen würde sie bei ihm sein.

Sie stiegen hinab in die kleine Kammer. Der Mond schien auf ihr Lager. Sie waren nackt. Vicky durchschaukelte im nachhinein noch einmal jeden Hügel und jede Senke in geraffter Geschwindigkeit. Die Sonne schien in ihr nachzuglühen. Sie sah auf den wilden Wüstenkrieger neben sich. Er schnarchte tief, die Barthaare bebten mit jedem Atemzug. Mit erhobenen Armen lag er da, die Hände geöffnet wie Christus am Kreuz, ihr völlig ausgeliefert. Sie strich leicht über ihn hin und verfolgte die Linien seiner dicken Finger bis zu den eigentümlichen uhrglasartigen Nägeln. Im Studium hatten sie gelernt, daß diese ein Symptom für eine Krankheit seien. Er war nicht krank. Er war zäh und viel stärker als sie. Sie mußte mit ihren Kräften haushalten, um mit ihm Schritt zu halten. Im Schlaf war er ganz unverstellt, am Tage dagegen immer auf einer Bühne. Er paßte sich seiner Umwelt wie ein Chamäleon an, unter Franzosen wurde er ein Franzose, unter Wüstenbewohnern zum Wüstenscheich, nur seine Männlichkeit blieb, die legte er nie ab. Das Mondlicht schien ihr ins Gesicht. Sie fragte sich, wer sie eigentlich sei.

Als Mädchen konnte sie stundenlang vor dem Spiegel stehen, ein melancholisches, weltentsagendes Gesicht aufsetzen und sich betrachten. Wenn man dreißig ist, kann man sich auf seine Schönheit nicht mehr verlassen, hatte eine ältere Freundin ihr einmal gesagt. Bei ihr hatte es länger gedauert. Sie hatte versäumt, sich darüber zu grämen, denn sie war mit Simon in die Hungergebiete nach Äthiopien gereist, um dort zu helfen. Zum ersten Mal hatte sie über ihre Identität nachgegrübelt, als ein Reporter über sie schreiben wollte. Es kam für sie wie ein Schock. Wer war sie denn, daß man ein Idol aus ihr machen wollte. Sie hatte ihre Kinder vermißt, die sie nicht in das Lager mitnehmen konnten. Sie war nichts Besonderes, eine junge Frau ihrer Zeit. Sie liebte Popmusik und die psychedelischen Schwingungen, die den Zeitgeist ausmachten. Sie war zu keinem besseren Ergebnis gekommen. Sie kannte sich nicht. Sie genoß es, mit Freunden zusammen zu arbeiten, für etwas, was ihr sinnvoll erschien. Eine Karriere bedeutete ihr nichts.

Simon drehte sich im Schlaf, er atmete hörbar aus. Sie legte ein Bein auf seinen kühlen, haarigen Schenkel. Ein tiefer Frieden breitete sich in ihr aus. Sie schlief ein.

*

Von der Petroleumlampe ging ein flackernder Schein aus. Der Raum war schmucklos bis auf das Bildnis eines grinsend dreinblickenden jungen Mannes in Uniform. Männer mit schwarzen Gesichtern unter geknoteten Turbanen tauschten lautlose Umarmungen, Schulterklopfen und geflüsterte Worte. Sie ließen sich nieder auf Kissen und Teppichen, die den festgestampften Boden fast völlig bedeckten, bis auf einen. Er hielt eine Rede, malte ihnen eine bessere Zukunft aus. Das Elend, das sie umgab, führte er auf die veränderten Verhältnisse zurück. Die Schuld gab er den Kapitalisten aus dem Süden. Er rief sie auf, sich zu wehren. Ihre arabischen Brüder im Libanon und Gaddafi stünden ihnen bei. Seine Stimme klang flach und peitschend. Sie hörten ihm schweigend zu. Er konnte ihre von Hoffnungslosigkeit gezeichneten Gesichter nicht sehen. Sie waren verwirrt.

Einer wiegte den Kopf und gab zu bedenken: „Wer sagt uns, daß Gaddafi ein wahrer Moslem ist? Kennt nicht der Imam den Koran am besten? Der Sand wird unsere Stadt begraben, selbst die Hyänen werden verstummen. Allah hat es so gewollt."

„Der Imam ist alt. Er hat einen Tag gebraucht, um den Mond zu sehen, der den Fastenmonat beendet." Er ereiferte sich, er beschwor sie. Sein im Schatten grotesk verlängertes Kinn hüpfte auf und ab.

„Sind wir wie sklavische Hunde, daß wir mit winselnder Dankbarkeit den Ungläubigen gehorchen? Wenn ihr schwach seid, sind wir alle verloren. Wir müssen uns auf die Wurzeln unserer Macht besinnen!"

Er gurrte wie eine Taube. Er zitierte aus dem Koran. Seine Augen leuchteten. „Wir werden kämpfen, der Sieg ist unser! Allah wird uns beistehen!"

Das Feuer in ihm rührte sie an. „Du bist unser Herr!", bemerkten sie beifällig. Viele standen auf, andere hielten lange seine Hand und umarmten ihn, bevor sie sich still und schweigend im Dunkel der Gassen zerstreuten.

Am Staudamm

Unwissenheit, Armut und Krankheit bilden das verhängnisvolle Dreieck der sozialen Ungleichheit. Ein Angriff auf einen der Faktoren hilft die beiden andern zum Verschwinden zu bringen . . . Wichtig ist nicht, daß es ungelöste . . . Probleme in der Welt gibt, sondern daß es Tausende von Gemeinden gibt, die seit langem von Krankheit unterdrückt werden und die befreit werden könnten . . . Beharrlichkeit ist dabei wichtiger als Vollkommenheit . . . Wir dürfen uns nicht erlauben, aufzugeben . . . unsere Pflicht ist es, die Krankheit jetzt zu besiegen, mit Waffen, die sich bereits als brauchbar erwiesen haben, selbst wenn sie unvollendet sind. Das ist besser als die Hände zu falten und auf eine zweifelhafte Supertherapie der Zukunft zu warten. (L. W. Hackett).

Die Straße führte breit und gerade durch die leichtgewellte Landschaft. Flächen hohen Grases wechselten mit Baumbewuchs ab und gaben ihr das Aussehen eines Parkes, nur an wenigen Stellen war die nackte, rote Erde sichtbar. Hier und da leuchteten gelbe Blütensträucher aus dem Dickicht hervor. Eine Affenfamilie kletterte in den ausladenden Ästen einer Schirmakazie.

Zeki bremste, ein dunkler Schatten bewegte sich über den Asphalt. Kurz bevor er ihn erreichte, erkannten sie den Waran, der von dem Auto erschreckt blitzschnell in dem Gebüsch am Straßenrand verschwand. In der Ferne zwischen den bläulichen Hügeln hob sich ein Hochspannungsmast ab, ehe sie in einer Biegung kegelförmige, strohgedeckte Hütten entdeckten. Sie hatten den äußeren Rand der Siedlung erreicht, wo die Straße endete.

Der Ort wirkte wie ein Fremdkörper. Peitschenlampen säumten die Fahrbahn. Durch die Stacheldrahtzäune schimmerten geweißte, barackenartige Häuser, deren umgebende Gärten verwahrlost wirkten. Die Pflanzen waren braun, denn sie wurden nicht regelmäßig gewässert. Wild wuchernde, rote und lachsfarbene Ranken der Bougainvillea verdeckten die häßlichen Fertighäuser. Ein Dreirad und anderes Spielzeug ließ darauf schließen, daß eine Familie mit Kindern anwesend war. Die Ingenieure hatten die Quartiere geräumt, nachdem sie den Staudamm von Selingue errichtet hatten. Jetzt kamen an Wochenenden oder für einige Ferientage europäische und besser gestellte afrikanische Familien hierher, um an dem künstlichen See Ferien zu machen.

Als sie auf den Damm fuhren, mußten sie das kleine Häuschen passieren, vor dem ein uniformierter Mann an einer Schranke stand. Sobald er das Zeichen des Ministeriums und des Projektes an der Autotür sah, legte er die Hand an die Mütze und öffnete die Schranke. Er lächelte dem Fahrer zu, der mit einem lässigen Gruß antwortete, dem unschwer anzumerken war, daß sich die beiden schon öfter begegnet waren.

Unterhalb des Dammes schlängelte sich ein Rinnsal durch grüne Reisfelder, die von Tagelöhnern bestellt wurden. Der Stausee erstreckte sich nach Süden, soweit man sehen konnte. Die Sonne brannte von einem hohen, klaren Himmel. Ein lauer Sommerwind strich über den See und kräuselte die Oberfläche, das reflektierende Licht bot einen Läufer von glitzernen Sternen dar. Keine Boote weit und breit. Es war so, als könne man die Stille hören. Da war nur das Klatschen der Wellen an der Staumauer und das entfernte Tuckern einer Pumpe.

Die Schönheit des Sees ließ nicht erkennen, daß dieses Werk moderner Ingenieurskunst unzählige Dörfer, die Mangoplantagen, die Friedhöfe und die Siedlungsgeschichte vieler Generationen ertränkt hatte. Die Menschen, die hier in einem entlegenen, bewaldeten Flußtal so lange gelebt hatten, wie die Erinnerung zurückreichte, waren vom Wasser vertrieben worden. Sie lebten jetzt in neuen Dörfern, die man ihnen zugewiesen hatte, wie in Lagern. Sie fühlten sich entwurzelt, enterbt und entrechtet. Die bescheidene Abfindung, die man ihnen ausgezahlt hatte, war schon nach kurzer Zeit, und oft genug für irgendwelchen Tand, ausgegeben worden. Der Boden, den sie jetzt bearbeiten sollten, war karg.

Am See waren Angehörige eines anderen Stammes, die Bozos, aufgetaucht. Sie waren Nomaden, die in provisorischen Schilfhütten hausten, die sie dort am Ufer aufschlugen, wo der Fischfang lohnend zu sein versprach. Sie hatten die Bilharziose, die Krankheit mitgebracht, die man bekommt, wenn man ins Wasser geht, und die übertragen wird, wenn die Eier des Blutwurms mit Urin oder Stuhl des Infizierten ins Wasser gelangen. Die Bozos, die Herren des Wassers, hatten sich nie viel um Sauberkeit gekümmert, sie verweilten nie lange auf festem Boden. Die meiste Zeit verbrachten sie in ihren Booten.

Als die Reisenden die andere Seite des Dammes erreichten, konnten sie die flache Halbinsel gegenüber sehen, die weit in den See hinausragte und von der größten Siedlung der Fischernomaden bedeckt war.

Abdul wies auf die windschiefen Hütten und sagte zu Simon: „Höppli ist heute mit dem Team da drüben. Der neue Doktorant ist auch dabei. Wir treffen sie später noch im Klub der Feriensiedlung."

Er schlug vor, die Gesundheitsstation in einem Dorf am Weg zu inspizieren.

Mit dem Damm endete die asphaltierte Bahn. Sie fuhren über einen steinigen Pfad durch die Wildnis. Zweige schrappten an die Fenster des Wagens, und Simon zog seinen Arm ein. Sie überraschten eine Herde von Rebhühnern, die friedlich vor ihnen im Sand pickten. Abdul griff instinktiv nach seinem Gewehr, und indem er gewahr wurde, daß er keines dabei hatte, seufzte er auf: „Das wäre ein Abendessen!"

Zeki gab automatisch Gas, um die Vögel niederzuwalzen, entsann sich jedoch im letzten Moment, daß sein Chef neben ihm saß, der es untersagt hatte, mit dem Auto Tiere zu erlegen.

Gebeugt von einer riesigen Last von trockenen Ästen schwankte eine magere Gestalt vor ihnen über den Weg. Beim Herannahen erkannten sie eine alte Frau, die nur mit einem Tuch um die Hüften bekleidet war und deren Brüste wie schlaffe Säckchen herabhingen. Sie verließen den Weg und holperten über gebleichte Grasbüschel zwischen einigen Stämmen hindurch. Das Laub war gelb, als wenn es Herbst würde. Sie überquerten einen weiten Platz und hielten am Ende vor einem soliden Gebäude. Die Wände, vor nicht allzu langer Zeit noch weiß, waren staubig rot verfärbt.

Sie stiegen aus und reckten sich. Simon zerrte an seiner feuchten Hose, um den Stoff vom Körper zu lösen. Er nahm einen Schluck aus einer Plastikflasche. Das Wasser war warm und schal. Er blickte sich um, sah auf die Anhöhe, über die sich ein langgezogenes Gebäude erstreckte und bemerkte: „Die Schule ist immer noch nicht in Betrieb, und hier scheint auch sonst niemand zu sein."

„Ich kann die Leute nicht verstehen", sagte der lange Chauffeur. „Das Konsortium hat ihnen eine so schöne Schule und Gesundheitsstation hingesetzt, und sie benutzen sie nicht."

„Das Dorf ist einige Kilometer weit entfernt, hier in der Gegend gibt es zu wenig Wasser," erklärte Abdul. „Jetzt gegen Ende der Regenzeit trocknen alle Brunnen aus, die Frauen müssen weit gehen, um aus dem See Wasser zu holen. Es schmeckt ihnen nicht, und ihre Kinder werden krank davon."

Ein junger Mann in einem karierten Hemd kam auf sie zu. Sie

begrüßten den Pfleger, der schüchtern auf sein Stethoskop hinuntersah, das ihm aus der Hosentasche hing.

„Und wo sind die Patienten?“, erkundigte sich Abdul.

„Die sind schon weg.“

„Was jetzt schon, es ist doch noch nicht Mittag. Wieviel waren es denn?“

„Es waren drei.“ Das Gesicht des Pflegers nahm einen undurchdringlichen Ausdruck an, als habe er ein Visier heruntergelassen. „Ich habe nicht so viel Zeit zu arbeiten, schließlich muß ich mich um mein Feld kümmern, ich habe sonst nichts zu essen“, brachte er hervor.

„Also klappt es hier nicht, daß die Dorfbewohner für den Unterhalt des Gesundheitshelfers sorgen“, stellte Simon fest und blickte die andern der Reihe nach an.

Abdul lächelte und meinte dazu: „Weißt du, das ist ja auch nur so eine Idee, von irgendwelchen Fremden aus irgendwelchen Ländern in irgendwelchen Konferenzsälen ersonnen, als wenn Bewohner afrikanischer Dörfer idealistischer sein sollten als die Händler auf dem Markt.“

Sie waren inzwischen die wenigen Stufen zur Veranda hochgestiegen, von der mehrere Türen abgingen. Der Pfleger beeilte sich, sein Sprechzimmer aufzuschließen. Im schwachen Licht wurden ein Tisch und ein Stuhl erkennbar. Der Pfleger stieß einen Fensterladen auf und holte aus einem Metallschrank ein Kästchen mit Medikamenten hervor.

Abdul blätterte in einem Heft und sagte zu ihm: „Fünf Patienten pro Tag, immerhin, das ist ein Anfang, du machst Fortschritte!“

Simon betrachtete die leeren Ampullen in einem Karton. Es handelte sich um Quinimax, das gebräuchliche Mittel gegen Malaria, und ein Antibiotikum. Ganz zu unterst befand sich ein Paket, das noch ungeöffnet war: ein Kochtopf war darin.

„Und warum ist der nicht ausgepackt, worin sterilisieren sie ihre Spritzen?“

Der Pfleger verstand nicht, und Abdul übersetzte in die Stammessprache.

„Den Frauen sticht der blanke Topf in die Augen, er wollte sichergehen, daß dieser noch da ist, wenn der Kreisarzt die Station besucht.“

Abdul prüfte das Medizinkästchen und gab dem Pfleger noch einige Ratschläge, wie er dieses und jenes verbessern könne. Jener blickte nicht mehr so abweisend drein.

Simon äußerte betrübt, daß die Pfleger ihre Bestecke nicht ausreichend sterilisierten und so womöglich Gelbsucht oder sogar Aids verbreiteten. Besser wäre, sie verzichteten ganz darauf, Spritzen zu geben!

Abdul hielt dagegen, eine Behandlung ohne eine Spritze sei unwirksam, die Patienten verlangten danach. Für die Pfleger sei es die einzige Möglichkeit, sich etwas dazuzuverdienen, denn von dem Verkauf der Tabletten könnten sie nicht leben.

„Wenn wir in unseren Stationen wenigstens die Medikamente aus Deutschland, die unsere Teams bisher kostenlos verteilen, verkaufen könnten, würden wir sogar noch verdienen, denn die Leute reißen sich darum. In den Apotheken ist das deutsche Mittel bisher nicht erhältlich."

„Die Medikamente wurden mit deutschen Steuergeldern angeschafft, sie sind ausschließlich für das Bekämpfungsprogramm da. Es geht nicht an, daß wir an den armen Bauern noch Geschäfte machen", beharrte Simon.

„Ich sehe nicht, wie die Gemeinden ihre Gesundheitsstationen finanzieren sollen, wenn keine Profite möglich sind? Sie sollen sich eigenverantwortlich tragen, und eure hochherzige Spende erstickt den Ansatz dafür bereits im Keim." Abdul lächelte ironisch. „Zu viel Unterstützung hindert sie daran, selbständig zu werden."

Simon nahm erneut einen Schluck aus seiner Wasserflasche und entgegnete: „Meine und deine Regierung haben Abmachungen getroffen, daß diese Medikamente kostenlos abgegeben werden, ob wir das nun für richtig halten oder nicht."

Abdul machte eine wegwerfende Geste. „Ihre Gesetze halten sie doch selber nicht ein!"

Sie besichtigten den Raum, der für die Behandlung vorgesehen war. Das Moped des Pflegers, das das Projekt angeschafft hatte, damit dieser auch die Kranken der umliegenden Dörfer aufsuchen konnte, stand darin. Das Gelaß war ohnehin nicht zu gebrauchen, eine Sperrholzplatte hing lose von der Decke und es roch widerwärtig nach Fledermäusen.

Ein junges Mädchen, dessen Haar zu Zöpfen geflochten in winzigen Antennen abstand, hatte sich zu ihnen gesellt. Sie war die Hebamme. Sie betraten ihren Arbeitsraum. Den Zementboden deckte lediglich eine Strohmatte. Außer ihrem metallenen Koffer mit den Geräten war die Kammer leer. Sie hatte ihn vor zwei Wochen das letzte Mal benutzt, denn die werdenden Mütter zogen es vor, sich von einer alten Frau aus dem Dorf entbinden

„. . . nie endende Pflichten einer afrikanischen Mutter": Am Brunnen.

zu lassen. Sie trauten der jungen staatlichen Hebamme nicht. Ihnen behagte auch nicht, das Wasser erst mühevoll in die Station zu schleppen. Nur wenige Schwangere kamen zur Beratung und Mütter mit Neugeborenen gar nicht mehr, denn sie waren von morgens früh bis abends spät mit Holen von Wasser, Sammeln von Holz, Hirsestampfen und den nie endenden Pflichten einer afrikanischen Mutter und Hausfrau mehr als ausgelastet. Es herrschte Trockenzeit, und die letzte Ernte war bereits aufgebraucht. Es war eine Zeit der Muße vielleicht für die Männer, niemals für die Frauen.

Seitdem ein Glücklicher im Schlamm des Flusses ein Klümpchen Gold gefunden hatte, wurden die ärmlichen Anwohner von einer neuen Krankheit heimgesucht, dem Goldfieber. Sie gruben kreisrunde Löcher am Rand des Sees und wuschen den Schlamm, um glitzernde Krümel zu fördern. Der Erlös war geringer als das, was sie auf ihren Feldern erwirtschaftet hätten. Aber das Hoffen auf einen großen Klumpen Gold, der sie aus dem Elend herausführte und ihnen ein Leben im unermeßlichen Wohlstand der Hauptstadt bescheren würde, hatte vollständig von ihnen Besitz ergriffen. So gaben sie sich dem müßigen Goldsuchen hin, und unterließen es, ihre neuen Dörfer bewohnbar zu machen und dem Land um sie herum Erträge abzutrotzen.

Der Wind, der sich stets um die Mittagszeit erhob, wirbelte das trockene Laub auf und fegte es über den Platz. Abdul hatte sich mit dem jungen Mann und dem Mädchen auf den schattigen Stufen des Gebäudes niedergelassen. Er sprach mit ihnen die Symptome einer Krankheit durch. Seine beiden Zuhörer wetteiferten, seine Fragen zu beantworten.

„Sie haben das Gelernte gut behalten, in unseren Lehrgängen gehörten sie zu den Besten", wandte er sich zu Simon.

„Und trotzdem wird die Station von den Leuten nicht genutzt, wo gehen sie hin, wenn sie krank sind? In einer Bevölkerung von tausend Einwohnern ringsum muß es doch mehr als drei Krankheitsfälle pro Tag geben", äußerte Simon.

„Die Frauen suchen die traditionelle Hebamme auf, die es ablehnt, mit unserer zusammenzuarbeiten. So mancher geht zu den Heilern. Es gibt viele Dinge, die wir als krank erkennen, die hier aber anders gesehen werden, nämlich als Magie und Hexerei."

„Ich weiß zu wenig darüber", sagte Simon.

„Ich bin auch nicht aus dieser Gegend und verstehe das nur oberflächlich", stimmte Abdul zu.

„Um eine wirksame Gesundheitserziehung zu erzielen, müssen wir erfahren, was die Leute unter Gesundheit verstehen. Ich kenne eine Ethnologin aus Deutschland, die bereit wäre, herzukommen, und uns sicher weiterhelfen könnte."

„Glaubst du etwa, daß die Leute einer Ausländerin, einer Weißen, erzählen, wie sie denken?"

„Sicher nicht sofort, aber Ethnologen haben Geduld und wissen, wie man so etwas erfährt."

Sie verabschiedeten sich von dem Pfleger und der Hebamme, und Abdul versprach den beiden noch, mit dem Dorfkomitee über die Leckstelle im Dach und einen neuen Anstrich für die Außenmauern zu verhandeln.

Simon konnte kaum verbergen, wie enttäuscht er war. Das war also eine der ländlichen Gesundheitsstationen, ein Pfeiler des Gesundheitsdienstes, in die man so viel Hoffnung setzte, sie würden moderne Gesundheitseinrichtungen für alle erreichbar machen.

„Gesundheit für alle im Jahre 2000", das Schlagwort der Weltgesundheitsorganisation wurde 1978 auf einer Konferenz in Alma Ata geboren. Damals bestand die große Hoffnung, die Gesundheitsdienste zu reorganisieren. Ein Netz von Gesundheitsstationen sollte die großen Mammutkrankenhäuser ersetzen. Die weltweite Anstrengung, die Malaria auszurotten, war fehlgeschlagen. Das Konzept, gegen einzelne Krankheiten mit Bekämpfungsaktionen vorzugehen, war noch in der Kolonialzeit entwickelt worden. Es funktionierte nur mit gut organisierten Arbeitsgruppen, die beweglich waren und keinerlei Nachschubprobleme hatten. Es war gegen Schlafkrankheit, Lepra, Flußblindheit und andere tropische Krankheiten angewandt worden. Aber die Erfolge der Vergangenheit ließen sich immer seltener vorweisen. Die Pocken waren zwar durch ein beispielhaftes Programm ausgerottet worden, das war aber eher die Ausnahme und bestätigte die Regel. Nur wenig später tauchte eine neue heimtückische Seuche, Aids, auf.

Alma Ata war ein Aufbruch, eine Hoffnung von Geberländern und den Gesundheitsplanern der Entwicklungsländer zugleich. Die Gemeinden sollten sich beteiligen und das Gesundheitswesen zu ihrer eigenen Angelegenheit machen. Dezentralisierung sollte schwerfällige Bürokratie überflüssig machen. Horizontalisierung, Selbstverantwortung und primäre Versorgung waren die Schlagworte. Doch je dichter die Jahrtausendwende kam, um so deutlicher wurde der Graben zwischen Wunsch und Wirklichkeit. Es wurde nach Gründen gesucht, warum das intellektuell so bestechende Programm in der Praxis selten oder nie funktionierte. Kontrollprogramme, die weiterhin bestanden, wurden verdächtigt, die knappen Mittel zu vergeuden, wenn sie meist mit einem ganzen Stab von Leuten, mit Geländewagen und Hubschraubern gegen eine Krankheit ausrückten.

Den Idealisten, die in der Folge der achtundsechziger Studentenrevolution in die Entwicklungsmedizin geströmt waren, erschienen solche straff organisierten Projekte schon immer undemokratisch und verdächtig in der Art und Weise, in der sie durchgeführt wurden. Am liebsten hätten sie sie alle abgeschafft. Mit missionarischem Eifer setzten sie sich für die Einrichtung der Gesundheitsstationen auf dem Lande ein, die irgendwann von dem Gesundheitsbudget des Landes und von der Bevölkerung, der sie dienten, unterhalten werden sollten. Die Aufgaben einer solchen Station waren vielfältig, sie reichten von der Erste-Hilfe-Versorgung der Bevölkerung, Hygienemaßnahmen, Verhütung von Krankheiten, Versorgung um die Geburt bis zur Ernährungsberatung und Impfprogrammen. Dieser Dienst sollte zusätzlich die Bekämpfungen der wesentlichen Seuchen übernehmen.

Idealisten lehnten es oft ab, in wirtschaftlichen Kategorien zu denken. Sie übersahen frühe Warnzeichen, weil sie davon ausgingen, daß die andern ebenso bereit sein würden, freiwillig zu arbeiten und auf Gehälter oder Gewinne zu verzichten, wie sie das von sich selber meinten. Sie sahen nicht, daß auf sich allein gestellte ländliche Gesundheitsdienste keine Doktoranden und Privatdozenten ausländischer Universitäten als Mitarbeiter haben würden. Die alte kapitalistische Weisheit: „Es gibt nirgendwo ein freies Mittagessen" war ihnen nicht bekannt, und so übersahen sie, daß letztlich jeder Beitrag von irgendwelchen bezahlt werden muß.

Als Simon nach Mali kam, wurde die Hoffnung von Alma Ata von den Idealisten verteidigt, aber sie wirkten weniger überzeugend, als noch wenige Jahre zuvor. Noch immer flatterte der Wahlspruch „Gesundheit für alle im Jahr 2000" vor allen Einrichtungen der Weltgesundheitsorganisation, aber die Farben wirkten verwaschen. Noch immer begannen alle Offiziellen ihre Reden mit einer Beschwörung des Geistes von Alma Ata, aber ihre Sätze waren hölzern und einer Zeremonie ähnlich.

Das Projekt, in dem Simon arbeitete, war ein Kompromiß, es enthielt beide Komponenten, die vertikale, nämlich die Eindämmung der Bilharziose mit Bekämpfungsteams, und die horizontale, die Einrichtung und Steuerung von Gesundheitsstationen. Das Ziel war, die Gesundheitsposten so funktionstüchtig zu machen, daß sie die Bekämpfung der Bilharziose zukünftig übernehmen würden.

Simon selbst hatte zu denen gehört, deren Arbeit die Grundlage für die Deklaration von Alma Ata gebildet hatte. Da er von jeher alle Ideologien verabscheute, hielt er sich aber mehr für einen Pragmatiker und Realisten als für einen Idealisten. Er sah die Vorteile und Nachteile beider Ansätze und war bereit zu nutzen, was immer ein Mehr an Gesundheit für die Bevölkerung versprach.

*

Die Sonne stand senkrecht über dem kleinen Hof. Die Strahlen spiegelten sich in den Fenstern und Chromteilen der eng geparkten

Fahrzeuge. Eine schwarzweiße, dürre Katze pirschte sich zwischen den Autos hindurch, strich über den glühenden Sand und schlüpfte in die düstere Garage. Sie folgte einem verlockenden Geruch. Sie war vorsichtig, sie hatte erfahren, wie gut die Menschen zielen konnten, ihr Schwanz, der in einem bizarren Winkel abstand, zeugte davon. Der Hunger war noch größer als die Furcht, von den Burschen erwischt zu werden. Die Gelegenheit war günstig. Sie schlich sich zu dem Tisch und machte einen Satz. Das Mittagsmahl war unterbrochen worden. Inmitten von Werkzeugen und Maschinenteilen bot sich ihr eine fettriefende Köstlichkeit auf einem Blechteller dar. Sie schnappte zu, würgte einen großen Fleischbrocken herunter und einen zweiten hinterher, mit dem dritten im Maul machte sie sich davon. Eine Blechdose fiel klappernd zu Boden. „Verdammtes Vieh!", stieß einer der Gehilfen hervor.

Mehrere dunkelhäutige Männer standen um ein Wrack, das nur noch entfernt an einen Peugeot erinnerte. Die Achse war schief. Alle Scheiben zersplittert. Der Motor, soeben von einem Flaschenzug aus der Verankerung gehoben, hing in der Luft. Einer zeigte mit einem Schraubenzieher darauf und erklärte etwas. Dem Ton seiner Stimme konnte man entnehmen, daß die Sache ernst war.

Ein hochgewachsener Mann hob sich in seinem hellblauen Bubu vornehm gegen die ölverschmierten Gestalten ab. Er hielt einen Aktenkoffer. Er wischte sich mit dem Ärmel den Schweiß von der Stirn und hörte mit unbewegtem Gesicht zu.

„Das können wir hier nicht reparieren", sagte der mit dem Schraubenzieher, „dazu benötigen wir erst die Ersatzteile aus Frankreich."

„Und wie lange wird das dauern", erkundigte sich der Langgewandete.

„Eine Woche, wenn wir sie im Geschäft kaufen, das wird sehr teuer! Wenn wir allerdings Freunde einschalten, ein Cousin arbeitet in Frankreich und könnte die gebrauchten Teile mitbringen, wird es erheblich billiger."

Der Mann mit dem Aktenkoffer erwiderte etwas. Dann trat er hinaus zu seinem Begleiter, den Bubu hoch zusammennehmend, schwang er sich auf den Rücksitz des Mopeds, und gemeinsam knatterten sie in rasantem Tempo davon.

Um den Markt wimmelte es von Menschen. Einige Frauen spazierten gemächlich einher. Auf ihren Köpfen stapelten sich gefärbte Tücher. Mit schrillen Schreien boten sie ihre Ware feil. Das Moped fuhr sie fast um. Sie preßten sich gegen die Stoffbal-

len, die vor den libanesischen Geschäften lagerten, und schimpften dem Fahrer nach, bis er in den engen Gassen verschwunden war.

*

Der Himmel hatte sich bezogen. Diffuses Sonnenlicht erfüllte den Vorplatz des Klubs. Sie suchten sich einen Tisch im Schatten auf der Terrasse. Es war sonst niemand da. Auf Simons Hemd zeichneten sich weißliche Salzspuren ab. Abdul hatte sich in seinem Stuhl zurückgelehnt und die Augen geschlossen. Es war nicht klar, ob er nachdachte oder schlief. Als er zu sprechen begann, schien seine Stimme vor Durst zu krächzen.

„Die Arbeit ist nicht einfach. Aber wir machen Fortschritte mit unseren Gesundheitsstationen. Noch ein oder zwei Jahre, und alles würde gut sein!“

Simons Zunge löste sich nur schwerfällig vom Gaumen. „Wieso würde? – Unser Projekt ist für länger geplant“, ließ er vernehmen.

„Trotzdem glaube ich nicht an den Erfolg des Projektes.“

„Was ist passiert?“, Simon sah ihn überrascht an.

„Es wird Veränderungen im Projekt geben.“

„Was ist, nun rede schon, wenn du etwas weißt, was du mir erzählen willst!“

„Ich habe kein Recht zu reden, wahrscheinlich wirst du finden, ich sei ungebildet, und wirst froh sein, mich loszuwerden.“

„Du sprichst in Rätseln.“

„Kennst du denn die Monique Madina noch nicht?“

„Wer zum Teufel ist sie?“

„Doktorin der Medizin, Monique Madina. Sie wird bald die Chefin des Projektes und auch deine Chefin sein. Allah sei gepriesen!“

„Wenn solche Veränderungen bevorstehen, müßte ich das wohl wissen.“

„Na ja, vielleicht ist es nur ein Gerücht.“ – Abdul schwieg. Simon rutschte unruhig auf seinem Stuhl herum.

„Sag endlich, was du weißt“, sagte er.

Abdul ließ sich zu einer ausführlichen Erklärung herbei: „Das Papier ist schon unterschrieben, das diese Frau zur Vertreterin des Gesundheitsministeriums in unserem Projekt macht. Du wirst schon sehen, wenn wir von unserer Reise zurückkommen. Sie wird als erstes ein Auto verlangen, und dann noch vieles mehr, denn sie ist ein verwöhntes, verwestlichtes Weib, das gewohnt ist, seinen Willen zu kriegen, selbst von ihrem Mann, der doch ein strenggläubiger Moslem ist. Sie stammt aus einer der mächtigsten Familien des Landes, und wenn du ihr verweigerst, was sie haben will, wirst du die Bekanntschaft mit der Leibgarde des Präsidenten machen. Willst du je aus diesem Land heil herauskommen, dann wirst du nicht an ihrem Mann vorbei können, der Oberinspektor beim Zoll ist. Es kommen schlimme Zeiten auf uns zu!"

Trotz dieser düsteren Aussichten erhellten sich ihre Mienen augenblicklich, als der Ober eine große Flasche Bier, zwei Limonaden, eine Karaffe Wasser und einen Teller mit Erdnüssen vor sie hinstellte. Simon goß sich das Glas voll, und die grün glänzenden Schmeißfliegen fanden keine Gelegenheit, sich darauf niederzulassen, er setzte es an und leerte es mit einem Zug aus. Er wischte sich mit dem Handrücken die Schaumreste aus dem Bart, und mit einem tiefen Seufzer der Erleichterung meinte er: „Vergiß die Politik in der Hauptstadt, laß uns die kleinen Freuden genießen, die uns noch verbleiben!"

Der Fahrer Zeki, der in einer kleinen Entfernung seine Limonade trank, räusperte sich und bemerkte: „Der Patron weiß doch immer, was richtig ist!"

Abdul drehte sich unwirsch um. „Du solltest lieber das Kühlwasser im Motor prüfen und den Wagen reinigen, bevor wir weiterfahren, anstatt hier herumzusitzen! – Wir haben Wichtiges zu besprechen."

Ein stämmiger Mann bahnte sich den Weg an den leeren Tischen vorbei. Eine dunkle Brille verdeckte die Augenpartie seines glatten Gesichtes. Sein kurzärmeliges Hemd hing lose über einer beigen Hose. Ihm folgte ein schlaksiger Jüngling, dessen Schopf tiefrot leuchtete. Dieser trug eine geblümte dreiviertellange Hose.

„Na, da seid ihr ja endlich!", begrüßten sie den dazukommenden Höppli und Jürgen.

„Hab ich einen tierischen Hunger! Was gibt es denn?", fragte Jürgen und holte das dünne Zöpfchen um den Hals nach vorn, das man bei seinem sonst so kurz geschnittenen Haar nicht vermutet hätte.

„Doch wohl das übliche, Spaghetti und Dosenfleisch", bemerkte Höppli. Er nahm die Brille ab. Das Wasser rann ihm von der bleichen Stirn in die Augen, die klein und gerötet erschienen.

„Ich möchte Fisch, ich habe heute so herrliche Fische gesehen!“, sagte Jürgen mit dem Ton eines Knaben, der auf seiner Belohnung besteht.

„Das wird nicht so einfach sein. Denn Fisch aus dem Stausee ist schwer zu bekommen. Die Marktfrauen aus Bamako haben den gesamten Fang schon im voraus aufgekauft“, ließ Abdul in seinem tiefen Baß vernehmen. Das Sonnenlicht schien die Krater in seinem Gesicht auszuloten.

Jürgen sah auf den Boden, wo ein Kind zu ihrem Tisch robbte, ein abgemagertes, schlaffes Bein zog es nach. Sein Gesichtchen starrte vor Schmutz, dunkle Streifen von Fliegen klebten an den Augenlidern.

„Der Sohn des Kochs“, sagte Abdul und rief dem Kleinen etwas in Bamanankan zu.

„Kinderlähmung?“, wollte Jürgen wissen.

Abdul bejahte, Simon dagegen sagte: „Wirklich? – Was du hier siehst, ist das Ergebnis der westlichen Medizin in den Händen schlecht ausgebildeter Gesundheitspfleger. Weil ja nur die Behandlung hilft, die mit Spritzen verabreicht wird“, er warf Abdul einen bedeutsamen Blick zu, „und weil deswegen bei jedem Fieber Quinimax gespritzt wird“, seine Stimme klang bitter, „und weil es Spaß macht, dort in den Hintern zu stechen, wo er am dicksten ist, wird nicht selten der Ischiasnerv getroffen, und eine bleibende Lähmung ist die Folge. Wie du weißt, darf man nie in die Mitte des Gesäßes spritzen, nur in das obere, äußere Viertel, – aber lassen wir das, wie ich sehe, kommt gerade das Essen.“

„Ich habe meine Lektionen gelernt, Herr Professor“, erwiderte Jürgen auf übertrieben pathetische Weise. Nachdenklich fuhr er fort: „Aber das ist ja furchtbar, wird denn dagegen nichts unternommen?“

Die übrigen am Tisch sahen sich wie im Einverständnis an, und Simon erklärte: „Dieses ist eines der vielen Probleme, die zu lösen sind, wenn man hierzulande ein funktionierendes Basisgesundheitssystem aufbauen will.“

Jürgen hatte ein Taschentuch hervorgezogen und sich daran gemacht, das Kindergesicht zu säubern. Der kleine Junge ließ es mit sich geschehen und spielte unbeirrt mit den Erdnüssen, die der junge Mann ihm zugesteckt hatte.

„Das ist nicht nötig, daß du so aussiehst! – Warum läßt das deine Mutter zu?“, schien ihn Jürgen besänftigen zu wollen.

„Er hat keine Mutter mehr. Sie stand vor der Geburt, die Wehen gingen nicht voran, sie konnte sich gerade noch bis ins hiesige Krankenhaus schleppen. Der Arzt war nicht da, und es gab auch kein Fahrzeug, um sie in die Hauptstadt zu bringen. Sie ist qualvoll gestorben", erzählte Abdul.

Er betrachtete den jungen Mann mit Interesse. „Sie sind energisch, sie gefallen mir. Lassen sie doch die Bekämpfung der Bilharziose und helfen sie uns lieber, hier die Gesundheitsstationen zu verbessern!", bemerkte er und zwinkerte ihm ermunternd zu.

„Der soll erst seinen Doktor fertigmachen", ließ Simon vernehmen. „Wie läuft es denn so?", fragte er, sich an Jürgen richtend.

„Die Technik beherrsche ich inzwischen. Die Mikroskopisten sind in Ordnung, mit denen komme ich gut aus. Das Zählen von Wurmeiern ist nicht gerade aufregend. Den ganzen Tag mit Exkrementen zu tun zu haben, und das bei der Hitze, ist alles andere als ein Vergnügen!"

„Er macht seine Sache gut", schaltete sich Höppli ein, „ihm fehlt nur das Sitzfleisch! Heute hat er bereits einen Esel und Karren organisiert und sich daran gemacht, mit den Fischerkindern Müll einzusammeln und einen Schuttplatz anzulegen. Mit den Ältesten des Stammes diskutierte er gestern bis spät in die Nacht hinein, um ihnen klar zu machen, wie sie ihre Lebensweise verbessern könnten."

Simon lächelte anerkennend und erkundigte sich bei Höppli nach den letzten Untersuchungsergebnissen.

„Die Nomaden sind stärker infiziert, als wir angenommen haben, über die Hälfte von ihnen fanden wir positiv. Ich fürchte, unsere Medikamente reichen nicht. Hast du noch welche bestellt? – Aus Genf wurden uns doch zwanzig große Dosen mit Tabletten geschickt. Ich habe mich im Institut danach erkundigt, aber niemand weiß, wo die hingegangen sind. Die sind einfach weg."

Abdul stocherte wie abwesend in seinem Essen.

Der lange Zeki kam an den Tisch und berichtete, daß sich der Wagen nicht starten ließe, er habe schon alles Erdenkliche ausprobiert.

Höppli erhob sich, um nachzusehen und kam bald wieder. „Er fährt wieder, der Zündverteiler war schuld", verkündete er stolz und ging ins Haus, um sich die Hände zu waschen.

„Wer ist der schon, nur Schmiede machen sich die Finger schmutzig!", bemerkte Abdul und ließ einen Mundwinkel hängen.

Sie brachen auf, Höppli und Jürgen zu den Untersuchungen am Seeufer und Abdul und Simon zu weiteren Stationen.

*

Das Licht fiel in schrägen Strahlen durch das kleine Fenster. Eine Gestalt saß im Büro, nur in Umrissen erkennbar. Die Haut war noch dunkler als die der meisten Einwohner des Landes, und von dem Gesicht waren nur die entblößten Zähne zu sehen und das Weiß in den Augenhöhlen, wie bei einem Totenschädel.

„Allah, der Allmächtige sei gelobt!“ begrüßte er den Mann vor dem Schreibtisch.

„Friede sei mit dir!“, erwiderte der Eingetretene, der einen Aktenkoffer hielt. Er trug einen frechen Ausdruck zur Schau. Aber die Art, wie er beim Stehen das Gewicht verlagerte und wie er unruhig umherblickte, verriet, daß er keineswegs so sicher war, wie er sich den Anschein zu geben versuchte.

„Mir ist aufgefallen, daß du mit dem Auto deines Freundes die Runden für das Projekt machst“, sagte der am Schreibtisch nach einer längeren Pause. „Bist du so sehr auf der Seite der Weißen, daß du sogar anfängst, ihre Autos zu schonen?“, fügte er hinzu, seine großen Zähne enthüllten ein Lächeln.

„Ich fahre eben lieber mit dem Wagen von Amadu“, meinte der Stehende trotzig.

„Ach, und darf man wissen, wo der Peugeot geblieben ist? – Während ich mich gestern von der Moschee nach Hause begab, traf ich ein paar gute alte Freunde, die unterhielten sich über einen zermalmten Peugeot in der kleinen Garage am Markt, vielleicht hast du davon gehört?“ Seine Stimme troff von Ironie.

„Soll ich ihnen sagen, was so alles in deinem Haus steht und was mit den Tabletten ist? – Ich dachte, du seist so einflußreich, daß du mal eben einem Verwandten, was sage ich da, einem Blutsbruder, unter die Arme greifen könntest, aber sicher ist es nicht so weit her mit deiner Macht, vielleicht bist du nicht so groß, wie wir alle denken.“ Wie abwesend starrte er in die untergehende Sonne. Er zuckte fast unmerklich, als der Angesprochene mit der flachen Hand auf den Tisch hieb und in scharfem Ton entgegnete:

„Was ich zu tun gedenke und was nicht, ist allein mein Entschluß! – Laß mich jetzt allein, du verdirbst mir den Appetit auf das Abendessen, es ist ohnehin Zeit für das Abendgebet. Du wirst erfahren, wie ich mich entschieden habe. Aber glaube mir, du wirst nicht so leicht davonkommen!“

Monique

Der Blick schweifte über ein weites, wildes Flußtal. Vögel mit ausgebreiteten Schwingen schweben über den Galeriewald hinweg. Im fernen Dunst türmten sich rotgoldene Tafelberge. Die Absperrungsbauwerke des Manantali-Staudammes ragten wie futuristische Burgen in den azurfarbenen Himmel.

Monique kämpfte sich in der flirrenden Hitze durch das Unterholz, sie hielt inne, um zu horchen. Sie atmete rasch. Unter ihr in dem kalkweißen Feld, übersät von zahllosen Felsbrocken, brodelte der Fluß. Es war so still, sie vernahm nur das Fächeln des Windes, das hell klingende Plätschern des Wassers und den schwirrenden Ton der Zikaden. Ein Käfer summte direkt an ihrem Ohr. Da plötzlich ein Knacken. Sie fuhr zusammen. In dieser Gegend gab es Löwen. Sie bog die Zweige des üppigen Blattwerkes auseinander. Ein bärtiger Mann kam auf sie zu. Sie erkannte Simon.

„Gott sei Dank!", ihre Stimme war tief und heiser. „Ich habe mich verlaufen! – Hast du die anderen gesehen?"

Simon hielt ihr eine Ranke voller Dornen beiseite. „Sie sind unten an dem Dorf, wo wir morgen mit den Untersuchungen anfangen. Bist du auf die Larven gestoßen?"

Sie schüttelte den Kopf.

„Komm, ich zeige sie dir!"

Sie kletterten über die Gesteinsbrocken hinweg zu den Stromschnellen. Monique streifte sich die Sandalen ab und tastete sich über die heißen Kiesel. Simon bemerkte ihre rotlackierten Fußnägel, die an den braunen Zehen schimmerten und sich seltsam gegen den rauhen Untergrund ausnahmen. In ihren engen Jeans zeichneten sich volle Hüften ab. Sie sah ihn an, so ganz anders als sonst. Sie erschien ihm erregend schön. Er reichte ihr die Hand und nahm den weichen Druck der ihren wahr.

Sie sahen auf das Wasser, das von Stufe zu Stufe herunterplätscherte. Er zog mehrere Äste heraus, die sich zwischen den Felsen verfangen hatten, bis er einen fand, der feine Klümpchen aufwies, die mit der Rinde fest verbacken waren.

„Das sind die Larven; wenn sie unter Wasser sind, entfalten sie kleine Fächer, die man nur richtig unter dem Mikroskop erkennen kann, damit strudeln sie sich die Nahrungsteilchen zu. Wenn du dir jetzt einmal vorstellst, was alles nötig ist, damit ein Parasit von einem Menschen auf den andern übertragen wird und es zur Flußblindheit kommt, dann erscheint alles ungeheuer kompliziert und du beginnst zu ahnen, wie vielfältig die Natur ist."

Er erzählte ihr von den Fliegenweibchen, die unter den Flügeln Luft mitnehmen und ihre Eier meist unter Wasser an Pflanzen, Steinen und Balken in schnell fließenden Gewässern befestigen, von der Larve, die zur Puppe wird und der Puppenhaut mit der kleinen Luftblase, in der die fertige Kriebelmücke schon atmet.

„An der Wasseroberfläche entfaltet sie sich nur noch, um davonzufliegen und sich kurz darauf zu paaren. Die männliche Mücke lebt von Pflanzensäften, die weibliche saugt an einem Wirt, nur so kann sie Eier bilden. Trifft sie auf einen infizierten Menschen, nimmt sie mit Blut und Lymphe die Parasitenembryonen auf, die sich in ihrem Körper weiterentwickeln."

„Und die sie auf andere Menschen überimpft", ergänzte Monique.

Das Haar hing ihr um den Kopf in wirren Flechten, Locken kringelten sich um ihre Wangen, die im hellen Licht glühten.

„Herr Professor, das war die anschaulichste Vorlesung, die ich je gehört habe", sagte sie begeistert.

„Wenn der Damm geschlossen wird, trocknet das Flußbett aus und mit ihm die Larven. Die Flußblindheit wird verschwinden, dafür wird sich die Bilharziose bei den Bewohnern am Seeufer ausbreiten. Die Flußpferde werden weiterziehen. Der Assuandamm muß ähnliche Umwälzungen für die Lebewesen gebracht haben wie dieses Monsterprojekt von Manantali", erzählte ihr Simon.

Um die Baustelle hatte man ein Stück Wildnis gerodet, um Baracken für die Ingenieure zu errichten und ein paar kegelförmige Hütten für die Besucher. Eine Siedlung war entstanden mit einem Supermarkt und einer Diskothek, wo sich die Arbeiter abends amüsieren konnten. Letztere zog auch die Leute des Bekämpfungsteams an, nur Simon verspürte keine Lust dazu, und auch Monique hatte sich entschieden zu bleiben.

Der Rasenstreifen fiel hinter einem Dickicht von Bäumen steil zum Fluß ab. Sie saßen beisammen und tranken kühles Bier. Ein Himmel, übersät von Sternen, spannte sich über sie, darin ausgespart war nur der Schirm aus Stroh.

Simon war gefangen von den nächtlichen Lauten, die von dem Urwaldfluß zu ihnen heraufschallten, und der reizvollen Frau, die sich ihm anvertraute. Monique erzählte von ihrer Schulzeit in

„Im fernen Dunst türmten sich rotgoldene Tafelberge“: Songo im Dogonland.

Paris, wo sie hinter dem Rücken der Erzieherinnen mit anderen Mädchen geraucht und Bier getrunken hatten. Sie sei modern, behauptete sie, und Simon stellte sich vor, wie sie nach der letzten Mode gekleidet über die Boulevards von Paris schlenderte.

„Leider mußte ich das Internat verlassen. Mein Vater verlor seinen Posten als Abgeordneter. Er wurde verleumdet und in die Wüste verbannt. So wuchs ich in einem kleinen Dorf fernab von Bamako auf. Meinen Vater habe ich erst Jahre später wiedergesehen, als er begnadigt wurde; da war er unheilbar krank, bald darauf starb er. Ich hasse die, die unsere Familie zerstört haben. Es war einer der El-Bakar, ein Onkel von Abdul. Ich weiß, daß Abdul schlecht über mich redet. Wie soll man mit jemandem, der gegen jede Form der Geburtenkontrolle ist, einen Gesundheitsdienst aufbauen? – Ich möchte vernünftige Arbeit machen und so meinem Land dienen.

Die El-Bakars gebärden sich wie die Frommsten der Frommen. Die machen sich doch lächerlich. Mussa trinkt bestimmt Alkohol. Hast du ihn gesehen, wie er sich fein macht, wenn er nach Kolikoro fährt, um dort vor den Mädchen anzugeben, in seinem Anzug mit Weste und den Lackschuhen?" –

Sie nippte an ihrem Glas und seufzte plötzlich. „Ach, die Männer in Mali sind nicht treu, die Frauen sind da anders."

Der sägende Lärm der Frösche umgab sie jetzt.

„Und wo nehmen die Männer ihre Frauen her, wenn alle Frauen treu sind?"

„Wir sind eben raffiniert, und ein Malier wird nie den Namen der Frau nennen, mit der er zusammen war; ihnen ist bewußt, das ist eine Angelegenheit auf Leben und Tod." Ihr dunkler Teint leuchtete sanft in dem Schein der Petroleumlampe.

„Stell dir vor, du hättest in Frankreich studiert und wir wären uns im Studium begegnet. Hätte dich ein weißer Mann überhaupt beeindrucken können?"

„Die meisten nicht, sie haben eine zu rote Haut, und sie sind mir zu stur. Wenn jemand allerdings daher gekommen wäre, der so charmant sein kann wie du, weiß ich nicht, wie ich reagiert hätte. Aber du wirst ja von deiner Vicky bewacht, und du bist überhaupt der treuste Ehemann, den ich mir vorstellen kann", sagte sie und lachte.

Ein Hauch ihres Parfüms umfächelte ihn, fremdartig, lockend.

„Es ist schon unbegreiflich, daß sie dich allein hierher läßt", fuhr sie fort.

„Du übertreibst!" – Seine Augen glitzerten schwarz wie die eines Nachtvogels. Er zupfte an seinem Bärtchen. „Wir haben so vieles gemeinsam, daß ich mir ein Leben ohne einander kaum mehr vorstellen kann."

„Na siehst du!", sagte sie triumphierend.

„Das heißt, ich habe keinerlei Chancen bei den Frauen", stellte er fest.

Überrascht sah sie ihn an. Sie lachte hell auf, unter dem Tisch kniff sie ihn in den Oberschenkel. „Ach, wie kann man nur so klug sein und gleichzeitig so dumm!"

Er fühlte ihre Augen auf sich gerichtet, kleine Flammen züngelten darin.

Sie erhob sich. „Ich möchte dir etwas zeigen!"

„Mir ist so eine Idee gekommen", sagte er zu ihr, „laß uns zu den andern in die Disko fahren, ich habe auf einmal Lust zu tanzen!“

Die Petroleumlampe flackerte noch lange, ehe sie verlosch.

Simon war bereits seit einigen Wochen von den Untersuchungen am Staudamm von Manantali zurück, als er eines Tages aus dem Institut nach Hause kam und Vicky freudig erzählte, er habe nun den idealen Mann für die Computerabteilung gefunden. Dieser stamme aus Mali, habe in Berlin den Doktor für Informatik erworben, und spreche fließend Deutsch, sogar mit Berliner Akzent.

Vicky hatte inzwischen Dr. Modibo empfangen. Sie hatte erreicht, daß er wenn auch kein neues Auto erhielt, so doch wenigstens seinen Geländewagen reparieren konnte, und somit weiterhin in den Norden reisen konnte.

Ihr fiel ein, daß Dr. Modibo, während er den Scheck für einen neuen Motor in Empfang nahm, sich sehr geheimnisvoll ausgedrückt hatte. Der Peugeot des Projektes, den sie lange vermißt hätten, sei in der Garage von Hamid am Rosa Markt.

„Weißt du, was das bedeuten soll?“, fragte sie Simon.

„Ich werde der Sache nachgehen“, sagte er und strich die Barthaare über der Oberlippe glatt.

Vicky vergaß sich zu erkundigen, was es mit dem Peugeot des Projektes auf sich hatte, denn bald darauf fuhr Simon mit dem Chauffeur Zeki ins Landesinnere über die Grenze, um ein Nachbarprojekt zu besuchen.

Am Nachmittag als er zurückkommen sollte, war sie dabei, in der Küche den Hefeteig für eine Pizza zu kneten, und Elias schnitt die Zutaten in kleine Scheiben.

Es dämmerte bereits. Die Räder knirschten auf dem Kies. Man hörte, wie der Motor ausgeschaltet wurde, Türen klappten, und Vicky ging vor das Haus, um Simon wieder in die Arme zu schließen.

Er sah sie aus seinen Augenwinkeln an, tief gebräunt von Sand und Sonne. Etwas unbestimmt Fremdes umgab ihn, sie konnte es nicht näher bestimmen. Das Herz klopfte ihr plötzlich bis zum Hals. Die Freude, ihn wiederzusehen, kämpfte mit ihrem Mißmut, den die aufsteigende Erregung in ihr verursachte. Ihr Seelenfrieden war dahin, wäre er lieber noch weggeblieben!

„Wo ist Oliver?“, fragte er gleich.

„Im amerikanischen Klub, bei seinen Freunden. Sie zeigen heute ›Ghostbusters‹. Wir können ihn später abholen!“

Simon stand in der Badewanne und brauste sich den Kopf ab. Hellrotes, schaumiges Wasser rann an seinem Gesicht vorbei, das er mit den Händen schützte, an seinen Armen mit dem unmittelbaren Farbwechsel von Kupfern zu Weiß und an seinen Schenkeln herunter. Seitlich der Brust und auch am Hals verliefen ein paar Schrammen.

„Habt ihr euch durch die Büsche geschlagen, und so weiter?", sagte Vicky so gleichmütig wie möglich, und konnte aber nicht verhindern, daß ihr die Hitze in den Kopf schoß.

„Wie meinst du das?"

„Na so, wie ich es gesagt habe!" – Sie drückte an ihren Händen, weil sie so zitterten. Wie geschickt er doch abwehrte, bis er sich herbeiließ, zu erklären.

„Ja, ziemlich viel. – In der Wüste sind nicht nur Sanddünen. Wir sind auf altes Mauerwerk gestoßen, auf uralte Städte, von denen man gar nicht weiß, daß sie überhaupt existiert haben."

Seine Stimme klang wie die eines Fremden. Was gingen sie in diesem Moment die Altertümer an! – Sie betrachtete ihn näher.

„Du hast deine Kratzer aber an merkwürdigen Stellen, und der Fleck am Hals, wo ist der her?"

Er rieb sich die Ohren und begann sich gemächlich zwischen den Zehen zu trocknen.

„Wir sind über die Ruinen geklettert, durch Dornbüsche." Er blickte an ihr vorbei und bemerkte: „Ich weiß nicht, was du willst, meinst du wirklich, daß . . ."

Der Boden unter ihr erschien sehr weit weggerückt, sie glaubte zu schweben. Sie rang nach einem Argument für einen Gegenschlag. Wie gut, daß sie mit Freunden im Nachtklub gewesen war, so hatte sie wenigstens Munition.

„Weißt du, ich hatte das so im Gefühl, was passieren würde, – manchmal ist es besser, man rächt sich im voraus!" Sie sagte das gedehnt, und ihr war es recht, daß es sibyllinisch klang.

Er ließ von seinen Füßen ab. „Willst du damit sagen, daß du mit jemand anders zusammen warst?" –

Sie schwieg.

Er wollte sie ansehen, aber ihre Haare umschleierten ihre Augen, so konnte er die Tränen der Wut nicht sehen.

„Aber nein doch!", stieß sie hervor.

Er versuchte, sie an sich zu drücken, aber sie entwand sich.

Sie mußte es genau wissen. „Und du warst mir treu?"

Sie hörte, wie der Wasserhahn tropfte, ein Laster fuhr mit fernem Grollen über die Hauptstraße.

Er rubbelte an seinem Kopf. „Ich könnte nicht aufhören, dich zu lieben."

Ihr Handrücken war blau von Wimperntusche. Der Spiegel war beschlagen. Sie rieb ihn mit der Handfläche, sie wollte das Handtuch zu Hilfe nehmen, es hing über dem Wannenrand, sie hatte nicht daran gedacht, daß er dort stand.

Er griff nach ihr, sie wehrte sich, aber es gelang ihm, sie einzufangen. Sie hätte aufschreien mögen.

Er zog sie an sich, preßte ihren Kopf gegen seinen nassen Bauch.

Tränen mischten sich mit dem Badewasser. Sie sog den vertrauten Geruch ein, es war wie in vergangenen Zeiten, er war wieder ganz wie immer.

„Wir müssen doch noch nicht gleich zum amerikanischen Klub, oder?", fragte er.

„Wir haben Zeit, viel Zeit!"

Veränderungen im Projekt

Monique trug ein grünes Kleid, das ihre üppige Figur wie eine zweite Haut umschloß. Das Haar umgab ihr Gesicht wie ein Kranz. Sie lächelte nicht, mit scheinbar gleichgültiger Miene legte sie das Schlüsselbund auf den Schreibtisch. Simon sah sie überrascht an.

„Der Toyota steht unter den Akazien neben den anderen Projektautos, ich benötige ihn nicht mehr, ich scheide aus. Ich möchte dir nicht länger zur Last fallen. Es ist in deinem Interesse und in dem Interesse meines Landes. Du bist der erste, der es erfährt, ich gehe gleich noch zu Professor Ag Sid hinüber, um ihm das mitzuteilen."

Umständlich suchte sie aus ihrer Kollegmappe ein Taschentuch hervor, das sie abwechselnd mal auf das eine und das andere Auge drückte.

„Ich verstehe überhaupt nichts mehr", sagte Simon sichtlich bestürzt. „Bin ich schuld daran, habe ich dir etwas angetan?"

„Es hat mit Abdul zu tun, er hat mich beleidigt, mir Unglauben und andere Sachen vorgeworfen, er behauptet, ich störe den Arbeitsfrieden. Es ist besser so." Ihre Lippen zuckten, sie bemühte sich, sie zusammenzuhalten.

„Das Projekt ist in einer entscheidenden Phase. Ich bin der Meinung, daß du in Manantali bewiesen hast, daß du eine wichtige Rolle darin spielst. Du bist es deinem Land schuldig, deinen Posten, auch wenn er Unannehmlichkeiten mit sich bringt, auszufüllen und nicht bei dem ersten Hindernis die Flinte ins Korn zu werfen. Wir alle haben unsere Eigenheiten und Schwierigkeiten.

Abdul ist wichtig in Verhandlungen. Du mußt ihn in seiner Begrenzung sehen, er ist nicht sehr gebildet. Er stammt aus einer der traditionellsten Ecken eures Landes, er ist aufbrausend und leicht zu verletzen. Man muß das nicht so ernst sehen!"

„Oh, doch!", es klang wie ein Aufschluchzen. „Du verstehst das nicht, du hast ja keine Ahnung, was wirklich passiert!"

Simon war hinter seinem Schreibtisch hervorgekommen und lehnte neben ihr an dem Metallschrank. Obwohl sie sehr aufgeregt war, entging ihr nicht, daß er sich bemühte, ihr mit seiner Nähe auszudrücken, daß er ihr helfen wollte.

Er zupfte an seinem Bart. „Abdul ist andererseits unermüdlich, in den Dörfern etwas aufzubauen, er ist nicht zu ersetzen, vor allen Dingen ist er der geborene Politiker."

Ein Lächeln kam unter ihren Tränen zum Vorschein. „Das ist sehr richtig gesagt!", bemerkte sie.

„Wir sind dabei, das Projekt zu modernisieren, und du willst aufgeben. Gerade jetzt, wo wir einen Malier gefunden haben, der die Computerabteilung in die Hand nehmen kann, werden ganz große Sachen passieren, mit Sicherheit für eine energievolle, moderne Frau, wie du es bist, dein Platz ist hier!

Eine Frau zu sein ist in diesem Land nicht leicht, wenn man interessiert ist und etwas bewegen möchte, gerade deshalb können wir nicht auf dich verzichten. Ich will dich unterstützen, so gut ich kann. Ich bewundere dich und die Frauen, die so sind wie du, denn ihr seid die Zukunft, und das nicht nur in diesem Land. Du darfst uns nicht im Stich lassen!"

Simon hatte mit erhobener Stimme gesprochen, um das geräuschvoll knatternde Klimagerät zu übertönen.

Monique saß eine Zeitlang da, ehe sie sich erhob und die Kollegmappe fest an sich drückte, die Schlüssel ließ sie liegen. Beim Hinausgehen sagte sie kurz: „Du wirst sehen, was ich tun werde, aber so geht es nicht!"

Ereignisse mögen als unvorhersehbar empfunden werden, wenn man aber genauer hinsieht, wird offenbar, daß viele scheinbar unbedeutende, zurückliegende Dinge schon immer den Weg dazu gewiesen haben. Eine Entwicklung hat stattgefunden, ohne daß die Mitwirkenden und Betroffenen es bemerkt hätten.

Die Entscheidung Simons, Abdul aus dem Projekt zu entlassen, kam für jenen so unerwartet, daß sie ihn traf wie ein Hammerschlag, und auch Simon hätte noch wenige Tage vorher diese Möglichkeit weit von sich gewiesen.

Ein fehlgeleiteter Brief eines Beamten aus der Provinz brachte ans Licht, daß große Mengen von Medikamenten aus dem Vorrat des Projektes seit Monaten illegal verkauft worden waren. Als Simon Nachforschungen anstellte, stieß er darauf, daß gewisse Nachlässigkeiten bei der Massenbehandlung geschickt ausgenutzt worden waren. Er traf sich mit dem Institutsleiter, um die Angelegenheit zu besprechen. Jener zeigte sich hilfsbereit und wußte davon, daß derjenige der das eingefädelt hatte niemand anders war als Abdul.

Als Simon Abdul zur Rede stellte, sagte Abdul, man könne den Leuten außerhalb des Projektgebietes das einzig wirksame

Medikament nicht vorenthalten, daher habe er geringfügige Mengen an Gesundheitsbeamte abgetreten.

Simon hielt ihm entgegen, dieses Medikament sei nur deswegen nicht landesweit verfügbar, weil der langsame Behördenapparat es bisher nicht freigegeben habe. Dabei seien gewisse Unregelmäßigkeiten nicht ganz von der Hand zu weisen. So hatte die Firma, die seit langen Jahren ein weniger brauchbares Medikament für den gleichen Zweck nach Mali transportierte, sich mit kleinen Geschenken und Aufmerksamkeiten eine Reihe von Freunden an den entsprechenden Stellen erworben und es so verstanden, sich die Konkurrenz vom Halse zu halten.

Der Tablettenverkauf bewirke zum einen, daß ein Medikament, das im Land nicht offiziell zugelassen sei, illegal vertrieben würde, und zum andern werde ein Geschenk der Bundesrepublik unkontrolliert gegen Geld abgegeben. Alle Beschäftigten im Projekt müßten dadurch in einen schlimmen Verdacht geraten, gleichzeitig sei der Bestand des Projektes sowohl von der Seite der Geber als auch der Empfänger ernsthaft gefährdet.

Abdul sagte nichts dazu. Als Simon ihm schließlich vorhielt, daß man diese großzügige Geste auch als Diebstahl und Betrug auslegen könnte, erwiderte Abdul, es gäbe leider immer noch Rassisten, die nicht begriffen hätten, daß das Kolonialregime nun endgültig vorbei sei. Simon entgegnete, das sei doch nun völlig irrelevant. Er war enttäuscht, er hatte mehr Verständnis und politisches Gespür von ihm erwartet. Er war auch persönlich getroffen, die Aktion machte deutlich, daß Abdul ihm weder vertraute, noch ihn für besonders intelligent hielt. Jener hatte ihn offen belogen und betrogen. Dies hatte Simon vielleicht am meisten verletzt.

Simon wurde klar, daß es von Tag zu Tag schwieriger wurde, mit Abdul zusammenzuarbeiten, und daß sie einem Punkt zustrebten, von wo aus es unmöglich sein würde. Gleichwohl fiel es ihm schwer, ohne Abdul auszukommen, er hatte sich einfach daran gewöhnt, in ihm einen Partner zu sehen, mit dem er gemeinsam das Projekt durchführte.

Ein zufälliges Gespräch mit dem Direktor des Hygieneamtes brachte Bewegung in die Affäre.

Der Vorgänger von Simon hatte Abdul, der einst in untergeordneter Stellung im Hygieneamt gearbeitet hatte, für das Projekt abgeworben. Da man Abdul seinen einflußreichen Posten neidete, war die Freistellung nicht einfach gewesen. Ein vermeintliches Anrecht auf ihn hatte sich hartnäckig gehalten, und mit fast ritueller Regelmäßigkeit verlangte das Hygieneamt, daß Abdul an seinen ursprünglichen Posten zurückkehren möge.

Auch dieses Mal begann der Direktor eine lange Litanei von Wehklagen über zu geringe Ausstattung mit Personal und fehlende Mittel, um bei der Forderung zu enden, Abdul möge endlich seinen Posten wieder einnehmen. Dabei war es in der Vergangenheit immer so ausgegangen, daß das Projekt das Hygieneamt unterstützt hatte und es somit seinem Direktor erleichterte, nachzugeben und auf Abdul zu verzichten. Auch hatte der Direktor geflissentlich übersehen, daß Abdul durch seine langjährige Tätigkeit einen höheren Status erreicht hatte, und es kaum möglich sein würde, ihn wieder in niedrigerer Stellung einzusetzen.

An diesem Morgen jedoch, noch unter dem Eindruck des Gesprächs mit Abdul, gab Simon einer plötzlichen Eingebung folgend dem Projektgeschick eine neue Wendung.

„Ich werde darüber nachdenken“, sagte er dem Direktor. „Wenn es Ihnen mit Ihrer Forderung wirklich ernst ist, müßten Sie sie schriftlich formulieren.“

Sein Gegenüber war verblüfft und verunsichert, war dies nun ein Trick, um ihm zu verweigern, an einer Inspektionsreise in die Projektgebiete teilzunehmen, oder drohte gar Schlimmeres? Er versprach, schon in Kürze sich wieder zu melden, und ging mit dem Entschluß, daß er sich dieses Mal ein weiteres Verbleiben von Abdul im Projekt nur sehr teuer abkaufen lassen würde und daß er sein Verlangen im Brief besonders dringlich machen würde.

Es war an einem Septembermorgen, gegen Ende der Regenzeit. Simon hatte gerade einen Brief des Hygienedirektors erhalten, in dem jener ultimativ forderte, Abdul möge nun endlich an seinen alten Arbeitsplatz zurückkehren. Da entdeckte Simon, daß Bauzeichnungen willkürlich verändert worden waren. Die Pläne waren lange diskutiert worden, ein Ingenieur aus der Zentrale war dagewesen, um die erforderlichen Gesundheitsstationen zu begutachten und mit dem malischen Kollegen abzustimmen. Es hatte ein Jahr gedauert, bis sie erstellt und schließlich genehmigt worden waren, und nun hatte sie Abdul einfach umzeichnen lassen.

„Du hast mich hintergangen!“, waren Simons erste Worte, als er das Büro von Abdul ohne die sonst übliche Begrüßungszeremonie betrat. Er warf den Plan auf den Tisch. „Und was ist das?“

Abdul tat, als vertiefe er sich darein. Er lächelte. „Das ist der Plan von der Gesundheitsstation in Dosso."

„Das meine ich nicht!", Simon zeigte auf ein Büro und Wohneinheiten, „das da!"

„Oh, das ist die Unterkunft für den Gesundheitsberater, wenn er auf der Durchreise die Station besucht, vielleicht auch", setzte Abdul in ironischem Ton hinzu, „um solchen jungen Idealisten wie Monsieur Jürgen einen Aufenthalt in Afrika zu ermöglichen."

„Aber bist du denn von allen guten Geistern verlassen, weißt du nicht, daß es ein Jahr gedauert hat, um den ursprünglichen Entwurf mit allen Leuten abzustimmen und die Genehmigung aus Deutschland zu erhalten, damit die Gelder bewilligt werden konnten. Wie kannst du eigenmächtig die Pläne ändern?"

„Das war ein idiotischer Ingenieur, der hatte doch ohnehin keine Ahnung, und der, mit dem er hier zusammensaß, war so lange in Europa, daß er unsere Bauweise und das hiesige Leben nicht mehr versteht, der ist genauso europäisch wie ihr. Im übrigen habe ich den Plan mit dem Distriktpräfekten besprochen, der die Idee sehr gut fand."

„Abgesehen davon, daß die ganze Sache langwierig war und viel Zeit gebraucht hat, ist dir nie in den Sinn gekommen, mit Monique, deiner Vorgesetzten, oder mit mir, der ja schließlich das Geld dafür aufbringen soll, die Angelegenheit zu besprechen?"

Abdul setzte ein schiefes Lächeln auf. „Ihr seid doch sowieso ständig unterwegs auf irgendeiner Tour, ich mußte eine Entscheidung fällen." – Er ließ einen Seufzer hören und meinte: „Ihr Weißen seid doch immer so gehetzt, ihr versteht uns Afrikaner eben nicht."

Simons Augen flackerten, seine Hände zitterten. „Vielleicht verstehen wir nichts von Afrika, aber sehr wohl etwas von Planung. Wenn du dich schon über alles hinwegsetzt, und das bürokratische Verfahren, eine Genehmigung zu erhalten, für gering achtest, dann müßtest du wenigstens wissen, daß ein doppelt so großes Haus in der Regel auch doppelt so viel kostet. Hast du dir darüber Gedanken gemacht, wie wir die Gesundheitsstation finanzieren sollen?"

Simon setzte sich, und plötzlich war alle Spannung von ihm gewichen, er lächelte. Mit sehr viel leiserer Stimme fuhr er fort. „Es ist zwecklos mit dir darüber zu reden. Du warst nicht befugt, das zu entscheiden, und hattest auch nicht die nötigen

Kenntnisse. Es ist nicht nötig, so etwas mit Beamten des Hygieneamtes zu diskutieren, die eigentlich für die Abwässergräben der Stadt zuständig sind. Was hast du schon mit der Gesundheitsstation in Dosso zu tun?"

Abdul sah ihn lauernd an.

„Ich verstehe deinen Scherz nicht. Was soll das?"

Simon war jetzt gelöst. Er lehnte sich in dem kleinen Sessel für Besucher zurück. Der mächtige und gefürchtete Abdul war bereits gestürzt. Simons Wut war verraucht.

Noch leiser als zuvor sagte er: „Ich vergaß dir zu sagen, daß ich einen Brief von dem Direktor des Hygieneamtes erhalten habe. Er verlangt darin besonders eindringlich, daß du endgültig auf deinen Posten zurückkehrst. Er droht mit Maßnahmen, falls dieses nicht unverzüglich geschieht. Er hat ein Ultimatum gestellt, und mir fällt ein, das gilt für heute."

Betont lässig schaute er auf seine Armbanduhr. „Um zwölf ist es soweit. Du hast genau eine Stunde Zeit, um das Büro und das Projekt zu verlassen. Ich habe es dem Direktor versprochen, dieses Mal gehst du zurück."

Abduls Lächeln war erstarrt, er saß steif und aufrecht hinter seinem Schreibtisch. Sein dunkles Gesicht wirkte schwarz wie die Nacht, seine Augen waren zu schmalen Schlitzen verengt, die Lippen zusammengepreßt. Er atmete hörbar. Erst nach einigen Momenten unterbrach er die unbehagliche Stille.

„Das kann doch nicht wahr sein, das glaube ich nicht! – Diesen Brief schreibt er jedes Jahr, und noch immer wurde ein Ausweg gefunden. Wieso nicht auch dieses Jahr?"

„Es hat Veränderungen gegeben, vieles ging schief."

„Mag sein, daß du nicht alles verstehst. Du bist ein Ausländer, weißt nicht, welche Kräfte hier wirken. Du hast einen anderen Glauben. Rede wenigstens wie ein Mann zu mir, sage, was du mir vorzuwerfen hast! – Ich kann dir alles erklären. Warum willst du mich auf diese schimpfliche Art hinauswerfen!"

Simon war einen Augenblick lang versucht, ihm vorzurechnen, wieviele Betrügereien er aufgedeckt hatte. Ihm zu sagen, wie er die Art und Weise, wie Abdul die anderen Projektangestellten ausbeutete und wie eigene Sklaven behandelte, verabscheute. Aber er besann sich auf einen Rat von Monique, die ihm gesagt hatte: Du gibst ihm damit den Vorwand, dich als Rassisten zu beschimpfen, und als jemanden zu bezeichnen, der versucht, sich in die inneren Angelegenheiten seines Landes einzumischen.

Simon, zu Abdul gewandt, sagte leichthin: „Du wirst schon wissen, wo die Schwierigkeiten liegen und gelegen haben, ich bin dir zu keiner Rechenschaft verpflichtet. Ich wollte dir nur sagen, daß ich dieses Mal dem Drängen des Hygienedirektors nachgegeben habe. Du wirst das Projekt bis zwölf Uhr verlassen. Hiermit möchte ich mich verabschieden!“

Simon ließ einen brütenden Abdul zurück, der in sich zusammengesunken war.

Er ahnte nicht, daß die Auseinandersetzung auch ihn betreffen sollte in einer anderen Art, als er es jemals hätte ahnen können.

Auch Vicky traf die Versetzung Abduls völlig unvorbereitet. Sie hätte gern vermittelt, stellte aber bald bei Simon fest, daß es nicht nur zwecklos war, ihn bewegen zu wollen, seine Entscheidung rückgängig zu machen, sondern daß er triftige Gründe hatte, Abdul zu entlassen. Sie mußte fortan ohne Abdul auskommen. Dieser hatte ihr geholfen, Saatgut und Reis für die notleidenden Bauern nach Gundam zu schaffen. Gerade war eine kleine Delegation der Genossenschaft bei ihr gewesen, hatte ihr die Listen, welche Familien unterstützt worden waren, vorgelegt und sich sehr zufrieden über die Spendenaktion geäußert. Mit Abdul versuchte sie, Gesundheitsstationen um den Stausee herum aufzubauen. Er war unermüdlich und besaß ein großes Talent, die Dorfältesten zu überzeugen. Sie diskutierten viel miteinander, zum Beispiel, ob die Dorfgesundheitshelfer ihre Patienten auch ohne Spritzen behandeln könnten. Vicky war der Ansicht, man müßte das durchsetzen, Abdul war da skeptisch. Er scherzte gern, und seinen Humor und den väterlichen Rat würde sie am meisten vermissen, nicht daß er wesentlich älter gewesen wäre als sie, aber er wußte so viel über sein Land und über den Norden, daß sie sich unerfahren neben ihm vorkam.

Ausnahmsweise war es ihr gestattet worden, für die gleiche Organisation, die Simon beschäftigte, zu arbeiten, denn die ›begleitende Ehefrau‹ darf in der Regel nicht eingestellt werden, auch die Weltgesundheitsorganisation läßt das nicht zu.

Sie war von Simons Entscheidung betroffen, so wie sie von denen der Zentrale abhängig war, von den Standorten der Schulen Olivers und vielem mehr. Aber sind wir nicht alle abhängig, in irgendeiner Weise?

An den folgenden Tagen machte sich Simon daran, unter der Belegschaft aufzuräumen. Ein Fahrer, der dabei ertappt worden war, als er versuchte, Benzin zu stehlen, wurde entlassen. Der Verwalter hielt sich nur eine Woche länger, bis das Lügengebäude, das sich um den verschwundenen Peugeot rankte, in sich zusammenfiel, er nahm eine fristlose Kündigung an, um zu vermeiden, daß man weiter nachforschte. Zwei weitere Verwandte von Abdul mußten gehen, auch sie hatte man verschiedener Vergehen überführt. Die meisten Mitarbeiter gingen Simon aus dem Weg, wenn er mit finsterer Miene durch das Institut schritt. Sie versuchten, ihre Arbeit so unauffällig wie möglich zu verrichten, denn unerwartete Kontrollen waren häufig, und jeder fürchtete um seinen Posten.

Als nach ein paar Wochen zu bemerken war, daß die Säuberungsaktion ein Ende gefunden hatte, kehrte die alte Unbekümmertheit und auch ein gewisser Schlendrian in das Projekt zurück. Entgegen den düsteren Prophezeihungen von Abdul ging es den Leuten besser als eh und je. Dieser und jener ließ Simon heimlich wissen, daß er sich von Abdul befreit fühle. Jetzt wo der Tyrann vertrieben war, begehrten sie auf, und behielten ihr Gehalt für sich, was sie sonst abliefern mußten. Sie waren Simon dafür dankbar, fürchteten sich aber, das offen zu bekunden.

Schon nach wenigen Monaten war es, als hätte Abdul und seine Gefolgschaft nie im Projekt geherrscht. Auch Simon hatte sich gewandelt, er wurde zugänglicher und freundlich wie in der Anfangszeit, als sie gerade aus Deutschland gekommen waren. Mit dieser positiven Stimmung kam es auch zu besseren Leistungen im Projekt. Es strebte einem Höhepunkt entgegen.

Schatten über Bamako

Mali war für sie inzwischen fast so etwas wie eine Heimat geworden. Das Projekt war erfolgreich. Simon war geachtet und hatte viele Freunde. Oliver lebte glücklich in seiner amerikanischen Schule und Vicky hatte mit ihren verschiedenen kleinen Projekten denen helfen können, die es, wie sie meinte, am meisten benötigten, so hatte sie unter anderem Nahrungsmittel in die von der Hungersnot betroffenen Gebiete geschickt.

Allerdings zeichneten sich auch Schwierigkeiten ab. Oliver sollte auf ein Internat umgeschult werden, da seine Schule nur bis zur achten Klasse ging. Die Organisation, für die Simon arbeitete, hatte angekündigt, daß das Projekt beendet werden müsse.

Im Land herrschte Not und Unsicherheit. Durch die anhaltende Dürre der letzten Jahre waren die Viehherden des Nordens dezimiert worden. In Scharen hatten die Leute dort das verdorrte Land verlassen, um sich in Blechhütten rund um Bamako anzusiedeln. Es wurde von Streik und Umsturz gemunkelt. Eine internationale Kommission des Weltwährungsfonds überprüfte die staatlichen Finanzen und verlangte angeblich einschneidende Veränderungen.

Es muß zu dieser Zeit gewesen sein, daß ein hochgewachsener Malier mit einem besonderen Anliegen nach Gundam reiste, daß der Leiter einer internationalen Kommission mit ernstem Gesicht zum Präsidenten des Landes geführt wurde und daß Simon Vicky stolz erklärte, nun sei auch der letzte der korrupten Bande von den El-Bakars aus dem Projekt entfernt, und endlich würde er Ruhe haben. Er irrte sich. Die Ereignisse dieses Tages sollten sie noch in einer Art betreffen, die niemand an jenem Morgen hätte voraussehen können.

*

Wenn man vom Flughafen nach Bamako hineinfährt, erkennt man in der Ferne eine Hügelkette, deren Flanke weich zum Flußbett abfällt. Die Ebene bis dahin ist angefüllt mit kleinen, würfelartigen Häusern, deren ungeputzten Fassaden man immer noch ansieht, daß dieser Stadtteil sehr schnell entstanden ist. Hier in Maniambugu wurden alle die Leute angesiedelt, die aus dem Norden in die Hauptstadt strömten, weil ihre Herden verdurstet waren oder der Boden nicht genug hergab, und sie lieber im Elend lebten, als in der Wüste zu verhungern.

Ein glutroter Ball hing über dem schwarzen Fluß. Schwaden von Staub und Rauch stiegen von den Hütten auf und zogen streifig über das Tal. Das braune Gestein gab die Hitze des Tages zurück. Die ersten Sterne blinkten aus der violetten Dämmerung. Das Geklapper der Wassereimer und Stimmengewirr drang aus den Höfen. Hunde kläfften, das Vieh brüllte. Frauen fegten den Vorplatz, andere bereiteten auf Holzkohlenfeuern das Abendessen zu, ein Geruch von getrocknetem Fisch und scharfen Gewürzen ging davon aus. Eine Schar Kinder folgte einem von einem Esel gezogenen Karren, der gemächlich den Marktplatz umrundete. Die Unterstände waren verlassen und wirkten so überflüssig wie nutzloses Gestell. Die Händler mit ihren Tischen von Kaugummi und Erdnüssen zündeten die Nachtlichter an. Ältere Männer waren auf dem Weg in die Moschee, sie ließen die Gebetsketten durch ihre Finger gleiten.

Ein hochgewachsener Mann in verstaubtem Gewand und mit einem Aktenkoffer in der Hand eilte durch das feierabendliche Gewimmel, er sah nicht zur Seite, nur hin und wieder erwiderte er knapp einen Gruß. Er bog in eine Seitengasse und überwand einen Haufen von Baumaterialien mit einem kurzen Sprung. Er öffnete eine Eisenpforte, durchschritt einen Vorhof. Im milchig rosigen Dämmer zeichnete sich die Karosserie eines Autos wie ein geheimnisvolles, fleischfarbenes Monument ab. Unbeirrt strebte er auf die verschwommenen Umrisse einer Lehmhütte zu. Er hämmerte mit der Faust gegen das Holz, ehe er den düsteren Raum betrat.

Das vergehende Licht fiel auf einen Wandteppich, und ließ die aus Perlen gestickte Moschee noch einmal aufglühen. Ein unförmiges Bündel ruhte auf dem Sofa darunter, welches sich auf einmal zu bewegen und aufzurichten schien. Das Tuch wurde zurückgeschlagen, und ein schwarzes Gesicht mit großen Augenhöhlen kam zum Vorschein. Das einzige, was man deutlich erkennen konnte, waren die von auffallend schmalen Lippen umgebenen kräftigen Zähne. Schweiß glitzerte auf der Stirn. Die Person bückte sich nach etwas und lehnte sich dann zurück. Sie gab ein rauhes Flüstern von sich.

„Allah, dem Allmächtigen, sei Dank! – Du bist zurück!"

„Friede sei mit dir!", grüßte ihn jener, „wie steht es um deine Gesundheit?", in seiner Stimme lag Besorgnis.

„Das Fieber ist zurückgekehrt, die Knochen schmerzen, der Tag ist nicht mehr fern, und Allah wird mich erlösen, aber vorher

muß ich noch zu Ende bringen, was ich angefangen habe. Wir werden im Triumph nach Gundam zurückkehren!" Seine Augen leuchteten tief aus den Höhlen hervor. „Wie war die Reise?"

Ein Junge brachte eine Kerosinlampe und stellte sie auf den gestampften Lehmboden. In herrischem Ton bestellte der Kranke Tee. Sie saßen sich gegenüber.

„Was hast du erreicht?" Seine Wangenknochen glänzten, darunter bildeten sich dunkle Flecken.

Der Ankömmling zog ein silbernes Etui aus seiner Brusttasche. Er rauchte schweigend. Dann sagte er: „Nichts, gar nichts, – drei Tage habe ich in Gundam im Staub gelegen und gewartet. Was du gewünscht hast, ist gegen die Religion." Er stieß einen Fluch aus. „Bete zu Gott, dem Allmächtigen, hat er gesagt, und Allahs Wille ist unerforschlich."

Der Kranke zog mit keuchenden Atemzügen gierig den Rauch in die Lungen, seine Hände zitterten. „Hat er nicht begriffen, daß es Ungläubige sind, die wir bekämpfen! – Und was ist mit den Militärs?"

„Drei von der Luftwaffe sind zu unserer Gruppe gestoßen, bei einem weiteren bin ich mir noch nicht so ganz sicher, – und du hättest sehen müssen, wie sie mich empfangen haben, als ich die Garnison auf dem Weg nach Timbuktu besuchte!"

Ihre Schatten flackerten über den Vorhang.

„Wir stehen unter Zeitdruck. Was macht die Druckerei?"

„Die Maschine läuft, ich erwarte noch eine Lieferung mit Lösungen, bevor wir die Flugblätter drucken können."

Der Tee war gekommen, und eine Weile hörte man nur das genußvolle Schmatzen, mit dem die ersten Schlucke Tee geschlürft wurden.

Der Kranke setzte die Unterhaltung fort. „Unsere Sache steht gut. Es geht bald los."

Es folgte eine abfällige Bezeichnung für den Regierungschef, und mit einer Handbewegung zeigte er an, daß jener bald auf gewaltsame Art den Kopf verlieren würde.

„Die Unzufriedenheit der Beamten wird immer größer, immer noch keine Gehälter, drei Monate sind das jetzt her, und er", in seinem Ausdruck lag Hohn, „wird diesen ungläubigen Ausländern seine ganzen Finanzen vor die Füße legen, auch seinen besten Freunden traut er nicht mehr. Weißt du, daß er den alten Zia abgesetzt hat und mit ihm all die andern? – Stell dir vor, den ganzen Generalstab!" Er zündete sich eine neue Zigarette an.

Der Reisende wirkte nervös. „Ich weiß, du brauchst mir das

„Wie war die Reise?": Außerhalb von Gundam.

nicht zu erzählen, sie sind korrupt und Sklaven der Fremden. Unsere Brüder im Libanon und im Iran werden uns beistehen!"

Der Kranke pflichtete ihm bei. Tropfen perlten von seiner Stirn.

„Hauptsache, es klappt mit dem Gold! – Ich habe auch Leute beim Zoll. Zum Glück gibt es noch welche, die am rechten Glauben festhalten und wissen, was man in der Stunde der Not zu tun hat. Viele von ihnen sind aus dem Norden wie wir und sehr enttäuscht, was hier passiert."

Der Kranke ereiferte sich so, daß er den gegenüber wütend anzischte: „Was nützen uns die größten Pläne, wenn die, auf die wir rechnen, für unsere Feinde arbeiten und sich", und er spuckte in weitem Bogen durch die offene Tür auf den Hof, „dabei noch auf den Koran berufen. – Du mußt einen andern finden! Wenn wir den ersten Schritt nicht tun können, dann kommen wir nie zum zweiten."

Nach diesem Ausbruch, und als sei alles gesagt, schlug er sein großes Tuch über den Kopf, wickelte sich in seinen Bubu und sank zurück auf sein Lager.

Der andere erhob sich, und als er ging, wirkte er so erschöpft, als käme er von einer sehr langen Reise. „Dein Wille geschehe! – Allah sei mit dir!“ murmelte er, als er sich durch den dunklen Vorhof tastete.

*

Nach vielen Vorbereitungen sollte an diesem Märzmorgen die entscheidende Sitzung stattfinden, in welcher das Projekt endlich vom Gesundheitsministerium die Verfassung bekommen sollte, die unerläßlich war, damit das Projekt eines Tages in malische Hände übergehen konnte. Die Forderung der deutschen Seite, daß jene die Verantwortung übernähmen, damit sie sich aus dem Programm zurückzuziehen könnten, wurde von den Maliern nicht ohne Grund mit gewissen Ängsten gesehen, vor allem, soweit es die Gelder des Projektes betraf.

Wegen der hohen Temperaturen wurde in Mali keine strikte Kleiderordnung verlangt, selten ging jemand formeller als in einem offenen Hemd und Jeans zum Dienst. An diesem besonderen Tag waren allerdings ein festliches Kleid für Vicky und Anzug und Schlips für Simon angezeigt.

Simon nahm im Stehen noch einen Schluck Kaffee zu sich und blickte kritisch an seiner hellen Hose herunter, nur der rote Staub auf den Schuhen entging ihm.

„Vicky, bist du fertig? Wir müssen los!“

„Gleich, in fünf Minuten!“ Verdammt, dieser feine Stoff klebte schon wieder an ihrer Haut fest, sie mußte sich doch noch einmal etwas anderes anziehen. Sie streifte sich das weiße Seidenkleid über, griff nach dem rosa Aktenkoffer mit den Federzeichnungen darauf, die Simon für sie gemacht hatte, und balancierte auf Zehenspitzen über die Terrasse. Der Nachtwächter hatte nicht nur die Pflanzen unter Wasser gesetzt. Jimo wedelte und kam auf sie zu.

„Bitte, nein!“ rief sie, erwartend, daß er sie freundschaftlich anspringen würde, „Elias, s’ il vous plaît, halten Sie den Hund fest!“

Unvorsichtig streifte sie eines der Bananenblätter, eine Dusche ging auf sie herab. Sie empfand die Kühle als angenehm, der Fahrtwind würde das schnell wieder trocknen.

Als sie das Gartentor hinter sich zuwarf, hielt sie etwas zurück. Ein feiner Draht hatte die Spitze ihres Unterrockes durchbohrt und erinnerte sie daran, daß die verschlissenen Bastmatten, die sie vor den Blicken aufdringlicher Hausierer schützen sollten, dringend ersetzt werden mußten.

Zeki fuhr mit dem Lappen noch einmal über die Frontscheibe des Geländewagens, der richtig weiß leuchtete, und gesellte sich dann zu der Gruppe der Chauffeure um Simon. Er begrüßte ihn ehrerbietig:

„Chef, das Team ist letzte Nacht von der Felduntersuchung zurückgekehrt." Er überreichte ihm einen Stapel schmutziger Hefte. „Hier sind die Fahrtenbücher! Ich habe sie kontrolliert. Alle Fahrzeuge sind in Ordnung bis auf den 9347, der muß in die Werkstatt, die Motoraufhängung ist defekt."

„Das kannst du später erledigen, fahr uns erstmal ins Institut, heute tagen wir mit den Direktoren!"

Der lange, gut gewachsene Fahrer verneigte sich leicht. „Compris, Chef!" Die Zähne blitzten aus seinem schwarzen Gesicht. Er nahm Simon die schwere Tasche ab und setzte sie vorsichtig auf den Rücksitz.

Simon und Vicky war es anfangs schwergefallen, sich in den komplizierten hierarchischen Verhältnissen der Malier zurechtzufinden. Simon verhielt sich Zeki gegenüber freundschaftlich. Auf den langen Fahrten in die Projektgebiete verbrachten die beiden viel Zeit zusammen und waren daran gewöhnt, über alles mögliche zu reden, um die Eintönigkeit des Fahrens zu durchbrechen. Zeki als ein Songhai war von edlerer Herkunft als so mancher der Direktoren. Seine Sippe hatte ihn allerdings ausgestoßen, als er eine Bambara zur Frau genommen hatte. Es muß eine echte Liebesheirat gewesen sein, und auch nach der Geburt von zwei Kindern waren die beiden sehr glücklich miteinander. Zeki ließ keine Gelegenheit aus zu betonen, daß er von der Vielehe nichts hielte und keine weiteren Frauen haben wolle. Gelegentlich durch kleine, extra Vergütungen von Simon unterstützt, hatte sich Zeki ein eigenes Haus für seine Familie gebaut und ein kleines Maisfeld erworben. Seine wirkliche Leidenschaft waren Autos und Automotoren. Er studierte mit großem Eifer die Kataloge von Ersatzteilen, und er machte viele Reparaturen selbst. Er hatte Simon erzählt, daß es sein größter Wunsch sei, einmal die Mercedes-Fabrik in Deutschland zu besichtigen.

Auf ihrer ersten gemeinsamen Reise nach Timbuktu hatte der damalige Partner, Abdul El-Bakar, darauf bestanden, daß Zeki, sein entfernter Verwandter, die Tafel verlasse. Zeki sei Fahrer und somit von niedrigerem Rang. Es sei nicht üblich, daß er mit ihnen zusammensitze und hören könne, was sie Vertrauliches besprechen würden. Simon hatte diese Regelung nach dem unrühmlichen Ausscheiden von Abdul El-Bakar allerdings wieder aufgehoben.

Der Verkehr in Bamako ist wild und ohne alle Regeln. Altersschwache Gefährte scheren unvermittelt aus, Motorräder schieben sich zwischendurch und Lastwagen tun sowieso, was sie wollen. Am meisten gefürchtet ist jedoch die Brücke über den Niger. Hier müssen alle Fahrzeuge hinüber, die in das Zentrum wollen, und alle Wagen, die es verlassen. Wenn ein Auto stehenbleibt, weil der letzte Tropfen Benzin gerade in diesem Moment versiegt oder weil bei der schleichenden Fahrt die Batterie endgültig aussetzt und ein Start nicht mehr möglich ist, dann stehen erst einmal alle. Auf der Brücke gibt es natürlich keinen Schatten, und wem es passiert ist, bei 45 Grad Celcius stundenlang im Stau zu sitzen, weiß sie zu respektieren.

Auch an diesem Morgen strebten aus verschiedenen Richtungen alle Arten von Fahrzeugen, darunter Schwärme von Mopeds der Brücke zu. Sogar die Lehmstreifen rechts und links des Asphalts wurden befahren. Tollkühne Taxifahrer drängelten sich zwischen den Schlangen durch. Alles Geschiebe kam spätestens an der Auffahrt zum Erliegen, der zweispurigen Brücke war nicht mit List beizukommen. Der Stau löste sich auf unerklärliche Weise, und ehe sie sich versahen, überquerten sie schon den Niger, dessen im Vordergrund noch spiegelnde Flut unmerklich mit dem Grau des Himmels verschmolz.

Vicky glaubte im Wasser einen dunklen Kopf zu erkennen. Vermutlich gehörte er zu dem Flußpferdpärchen, das unter der Brücke hauste und das Wahrzeichen der Stadt war. „War es nun der Mann oder die Frau?“, wollte sie wissen.

„Die Leute benutzen sie zum Zaubern“, sagte Zeki kurz.

Er verließ den Pulk, indem er am Bazarviertel vorbei den Umweg durch unzählige Seitengassen nahm. Geschickt umfuhr er Wälle und Gräben. Zerlumpte Kinder reckten ihnen die Arme entgegen und riefen in Silben: „Tu-ba-bu!“ Sie kannten schon das große, weiße Auto, das sich jeden Morgen, hierher zu verirren schien.

Sie fuhren unter dem Bogen hindurch, der die Einfahrt zum Institut erhaben umrahmte. Gleich vor ihnen erstreckte sich ein großes Erdnußfeld.

Lange hatte es unter der Belegschaft Streit darum gegeben, wer das Feld nutzen dürfe. Die Chauffeure hatten in ihrer Freizeit das Feld bestellt und die reifen Früchte heimlich geerntet und abgefahren. Einer der Direktoren grollte, er hatte das Saatgut gekauft und war leer ausgegangen. Der Leiter des Instituts vermittelte schließlich und teilte die Erträge auf.

Auf der anderen Seite der schmalen Teerstraße erhob sich eine Baracke mit vorgezogenem Wellblechdach und dahinter noch eine. Eine Allee tropischer Bäume verdeckte die übrigen flachen Gebäude im hinteren Teil des riesigen Geländes.

Die Teilnehmer der Konferenz, manche von ihnen in langen Gewändern, warteten in kleinen Gruppen im Schatten des Vordachs. Blumentöpfe mit Krotonkraut und Bougainvillea milderten das nüchterne Weiß der frisch gekalkten Wand.

Wer gemeint hatte, die Sitzung würde gleich beginnen, der kannte afrikanische Gebräuche nicht. Sekretäre eilten mit Papieren umher, um noch in letzter Minute Fotokopien anzufertigen, Chauffeure schleppten Stühle herbei. Vertreter der Ministerien riefen an, daß sie noch zu kommen gedächten. Autos trafen ein, wendeten und fuhren wieder ab. In diesem Durcheinander zog Monique unter dem Vorwand, sie habe etwas Wichtiges mit ihm zu besprechen, Simon erstmal in ihr Büro.

Professor Ag Sid, Leiter des Institutes, kam auf Vicky zu. Er war ein zierlicher Tuareg. Seine braunen, abstehenden Locken trug er allerdings nicht unter einem Turban verborgen, sondern frei. Er sah in seinem aus Synthetik geschneiderten Anzug unscheinbar aus, doch ging von seinem hellen, lebhaften Gesicht etwas Leuchtendes und ungemein Sympathisches aus.

Er reichte Vicky mit einem strahlenden Lächeln die Hand.

„Bonjour, Madame Vicky! – Ich habe gute Nachrichten! Der Gesundheitsminister läßt sich zwar entschuldigen, er ist nämlich mit einer Kommission unterwegs, aber die Fernsehsendung über das Projekt hat ihn sehr beeindruckt, und er läßt ihnen beiden Dank und Grüße ausrichten."

Endlich saßen alle an dem großen, viereckigen Holztisch in der Bibliothek: Simon am Kopfende, neben ihm die Ärztin Monique in der Rolle der Partnerin. Der Lärm der Unterhaltung erstarb allmählich, so daß schließlich nur noch das monotone Brummen der Klimaanlage zu hören war, hier und da unterbrochen von Räuspern und Stühlerücken. Professor Ag Sid begrüßte nun die einzelnen Direktoren oder deren Stellvertreter. Jürgen ruckte an seinem Schlipsknoten, um sich mehr Luft zu verschaffen. Mit seinem roten Schopf und der bleichen Haut stach er wie ein seltener Vogel aus der Runde heraus. Die Gesichter der Afrikaner wiesen von dunkel bis hell alle möglichen Schattierungen auf.

Die Afrikaner werden oft beschrieben als kaffee-, schokoladen- oder kupferfarben. Für den Neuankömmling sind sie zunächst einmal schwarz. Der Fremde ist verblüfft, daß jene das nicht so sehen, sondern die unterschiedlichen Nuancen des Hauttons wahrnehmen und in den Beschreibungen untereinander durchaus verwenden. Erst wenn man länger mit Afrikanern zu tun hat, gehen einem die feinen Unterschiede auf. Der Teamleiter zum Beispiel hatte einen blauschwarzen Teint, wie man ihn bei manchen Senegalesen findet. Karim, der junge Leiter der Computerabteilung, wies einen mehr ins Bräunliche spielenden, glänzenden Hautton auf, Monique war wesentlich heller. Professor Ag Sid war noch weißer, wäre man ihm in Paris begegnet, hätte man ihn sicher für einen Korsen gehalten. Simon war so vertraut mit den Afrikanern, daß er deren andere Hautfarbe kaum mehr wahrnahm.

Die Teilnehmer machten sich daran, eine Verfassung festzulegen, anschließend ging man zu den Punkten der Tagesordnung über. Simon teilte dem Gremium mit, die Bundesrepublik drohe ihren Beitrag für das Bekämpfungsprojekt, der mehrere Millionen Deutsche Mark ausmachte, einzustellen.

Ein lautes Murren erhob sich. Jürgen nutzte die aufkommende Unruhe, um eine Handvoll Erdnußspelzen in der Tagungsbroschüre plattzudrücken. Monique hatte die letzte Nacht durchgewacht, um diese rechtzeitig fertigzustellen.

Der malische Teamleiter meldete sich zu Wort. Er hob hervor, wie gut das Projekt laufe. Sie hätten bereits 100000 Leute in 150 Dörfern untersucht und 75000 davon behandelt. Ihnen sei unerklärlich, wieso Deutschland so bald das Projekt schließen wolle.

Karim stand auf und fügte hinzu, die Computerausdrucke zeigten, daß die Infektion in allen Regionen, in denen das Projekt tätig war, durchschnittlich um 20% zurückgegangen sei.

„Wir sind eines der größten Bekämpfungsprojekte der Welt, und das sollen uns die andern erstmal nachmachen“, hatte er seine kleine Rede beendet, er blickte um sich und lächelte dann zu Monique hinüber.

Klatschen und Getrommel hallten durch die enge Bücherstube. Alle Augen richteten sich auf Simon, der das Blatt vor sich gerade mit einigen Federstrichen verziert hatte und wegen der eingetretenen Stille jetzt aufsah. In klaren, ruhigen Worten erklärte er, daß ihm die Haltung der deutschen Stellen auch nicht ganz verständlich sei, er habe von sich aus alles getan, um das Projekt zu verlängern, und nun sei es Aufgabe der Malier, ihren

Willen bei den bevorstehenden Regierungsverhandlungen zu bekunden und durchzusetzen.

Vicky bemerkte den Ausdruck der Unruhe in seinen Augen und fühlte sich betroffen. Zu Hause hatte er oft über die Bürokraten in der Zentrale geschimpft, denen Prinzipien offenbar wichtiger waren als wirkliche Erfolge. Auch dies war wieder ein Beispiel für eine Politik, die am grünen Tisch gemacht wurde.

Die Diskussion ging darum, was zu tun sei, und man kam überein, den Gesundheitsminister zu bitten, sich für die Fortführung des Projektes an höherer Stelle stark zu machen. Die Sitzung wurde unterbrochen.

Sie traten hinaus, und die Helligkeit machte sie blinzeln. Hinten im Schatten der Akazie hockte Zeki mit zwei Wächtern. Hin und wieder blies er in die Holzkohlenglut, so daß es aus dem kleinen Emaillekessel herausbrodelte. Dann goß er den grünen Sud in mehrere Gläschen, von oben herab lenkte er den Strahl zurück in die Kanne und von dort in die Gläschen, und so ging das hin und her, ein scheinbar endloser Vorgang. Sein Gefährte aus Gundam, Idris, lag apathisch über eine Holzbank gestreckt.

Der Wächter brachte jetzt ein Tablett mit halbgefüllten Gläsern.

„Ah, der Tee!" bemerkte Professor Ag Sid und fuhr sich mit der Zunge über die Lippen.

Vicky amüsierte das, bestätigte es doch, was Zeki immer wieder zum besten gab und was er das ›Kommando Tee‹ nannte, und dabei wollte er sich jedes Mal ausschütten vor Lachen. Mitten in der Wüste lasse Ag Sid anhalten, er klatsche in die Hände und verlange nach dem Tee.

Professor Ag Sid wandte sich Vicky zu und zeigte auf ein Glas. „Nehmen sie dieses, der erste ist der beste. Als ich in Rußland studierte, habe ich mir oft Tee zubereitet. Tee ist etwas Wunderbares. Er kann heilen und vieles mehr."

Sie sah ihn forschend an. Ag Sid war mit Leib und Seele Internist, er hatte den Professorentitel an der Sorbonne in Paris erworben und war außerdem bei einem bekannten Heiler im Südosten, in der Gegend von Yanfolila in die Lehre gegangen.

„Es kommt darauf an, welche Kräuter Sie beigeben und welche Sprüche Sie dabei sagen."

Er nahm sich jetzt selber ein Glas und prostete ihr zu. Der Tee war bitter und ölig süß zugleich, dabei sehr stark.

Der Hygienedirektor gesellte sich zu ihnen und bemerkte: „Tee verbindet die Menschen." –

Schönes Band!, kam es Vicky in den Sinn. Wohl besonders, weil sie die Gläser nicht spülten. Auf der letzten Tour nach Gundam hatten sie sich hartnäckige Zahnfleischgeschwüre eingehandelt. –

Das lange Gewand und die silbernen Schläfen in dem dunklen Gesicht gaben dem Direktor des Hygieneamtes ein würdiges Aussehen.

„Wie geht es denn unserem alten Freund, Abdul El-Bakar?“ erkundigte sich Ag Sid.

Der Hygienedirektor lächelte maliziös. „Der sitzt tief drin in . . .“, und er unterstrich das, indem er seine flach ausgestreckte Hand unter dem Kinn vorbeiführte. „Er überwacht die Abwässergräben und Kläranlagen in Bamako. Ich habe ihn länger nicht gesehen. Er hat sich nach Maniambugu zurückgezogen und rührt sich nicht. Dieser Totenschädel –, er trug seinen Kopf zu hoch!“

„Vorsicht!“ warnte Ag Sid. „Er mag in seinem Haus liegen, aber sein Gift kann er auch von dort verteilen. Es gibt viele, die im Schutze der Dunkelheit ihren Weg zu ihm finden, und es gibt noch mehr, die ihm aus vergangenen Tagen einen Dienst schuldig sind. Er ist immer noch das Oberhaupt einer mächtigen Sippe.“

„Man muß das Traditionelle nicht so ernst sehen“, warf der Direktor ein, worauf Ag Sid entgegnete: „Du bist ja aus dem Süden und kennst die Feinheiten der Stämme aus dem Norden nicht. Die El-Bakars sind eine weitverzweigte Sippe. Jetzt wimmelt es nur so in Bamako von ihnen, wegen der Dürre sind viele aus der Seenzone um Gundam heruntergekommen. Abdul bringt sie unter, er sorgt für sie. Seit 400 Jahren liegen die El-Bakars in Fehde mit den Madinas.“

Und beide waren sich einig: „Der Kampf geht weiter mit anderen Mitteln.“

Der Institutsleiter fügte noch hinzu: „Monique hat man mir ja reingesetzt, aber mir war von Anfang an klar, daß sie mit Abdul nicht zurechtkommen würde. Ihr Verwaltungsleute laßt die Tradition unseres Landes außer acht.“

Simon trat zu der Gruppe und drückte seine Befriedigung darüber aus, daß wenigstens die Institutsverfassung beschlossen worden war.

Die Männer blickten sich nach den drei Mädchen aus dem Archiv um, die da prunkend in schönen Kleidern und kunstvoll frisiert über den Platz gingen. Und wie sie so schwatzend, mit blitzenden Zähnen daherkamen, umgab sie etwas Beschwingtes, Unbekümmertes, Reines. Wer hätte da denken mögen, daß sie ihre hübschen Kleider regelrecht erdient hatten. Sie verbrachten ihre Abende mit älteren, reichen Funktionären, die froh waren, mit einem Stück Stoff für eine Liebesnacht zahlen zu können. Jedenfalls hatte Monique dies Vicky einmal anvertraut.

Das Gespräch war ins Stocken geraten. Der Hygienedirektor nahm den Faden wieder auf: „Ihnen, Herr Andersen, bin ich dankbar, daß Sie mir den Abdul El-Bakar zurückgegeben haben."

Ag Sid pflichtete ihm bei: „Das hätte auch sonst niemand gewagt, ihn aus dem Projekt zu entlassen!" Und der andere nickte dazu: „Sein Vetter, der Mussa, euer ehemaliger Verwalter, soll angeblich eine Druckerei besitzen. Der fällt immer wieder auf die Füße. Wie der das wohl macht?"

Man wandte sich anderen Themen zu. Karim schlug Simon auf die Schulter. „Na, Alter, mach dir mal keene Sorjen!"

Simon war überrascht: „Was für Sorgen?"

„Naja, wegen der Fortführung des Projektes. Monique sieht so bald wie möglich den Minister deswegen."

Die Pause war zu Ende, die Direktoren in die Ministerien zurückgekehrt. Nur die Angehörigen des Projektes nahmen wieder in der Bibliothek Platz, um die Besprechung fortzuführen. Vicky war dazugebeten worden, weil sie dabei war, in den Dörfern um den Stausee einige Brunnen zu bauen. Die Diskussion drehte sich um Betriebskosten. Simon bemängelte die außerordentlich hohen Benzinrechnungen. Der süddeutsche Experte konnte sich das nicht erklären, da das Team den ganzen letzten Monat über im Staudammgebiet gearbeitet hatte, und verglichen mit den anderen Regionen, in denen das Projekt tätig war, lag das sozusagen vor der Haustür. Nur mit Mühe konnte Vicky die Augen offenhalten. Da fiel ihr plötzlich ein, daß drei Säcke Zement, die sie für die Ringe und Deckel der Brunnen benötigte, aus dem Lagerraum verschwunden waren.

Es war schon Nachmittag, als sie die Brücke über den Niger zum zweiten Mal überquerten, auch dieses Mal kamen sie schneller voran als erwartet.

Zeki und sein ›Petit Chef‹, wie er Oliver nannte, saßen später noch vor dem Tor unter dem Feuerbaum. Zeki erzählte, wie er schon als kleiner Junge an Motoren gebastelt habe. Einmal auf seinem Motorrad an der Rallye Paris–Dakar teilzunehmen, wie er sie mit seinem Herrn in Timbuktu erlebt hatte, das war das

Schönste, was er sich vorstellen konnte. Er schilderte seinem kleinen Freund noch bis ins Detail den Rennfahreranzug, den dieser ihm in den nächsten Ferien aus Deutschland mitbringen könnte. Vicky sah noch, wie sie davonfuhren zu dem Sandplatz, wo Oliver seine erste Fahrstunde erhielt.

*

Auf der Teerstraße von Maniambugu hielt ein Auto. Ein Mann mit einem Aktenkoffer stieg aus. Sein Gewand schimmerte im verschwommenen, violetten Licht. Er folgte der Gasse bis zum eisernen Tor, durchquerte den Vorhof, den ein beißender Rauch erfüllte, und betrat die Hütte. Der Kranke erhob sich von seinem Lager.

„Allah, der Allmächtige sei gelobt!"

„Friede sei mit dir! – Wie geht es deiner Gesundheit?"

Sie schlürften den Tee und schwiegen lange Zeit. Der Besucher beugte sich vor. „Sie haben hingeredet und hergeredet, und es war wie das Zirpen von Grillen. Es gibt keinen Mann mehr unter ihnen, der sagt, was getan werden muß."

Die Augen des Kranken glommen eigentümlich in tiefen Höhlen. Die schmalen Lippen verzogen sich qualvoll.

„Du weißt, daß das Glück uns verlassen hat, und jetzt laufen sie umher wie die Schafe ohne den Hirten." Seine Stimme wurde rauh. „Aber wo bleiben die Autos? Wo bleiben die Steine, wo bleibt der Sand? Wir kommen mit dem Bau nicht weiter."

„Ich versichere dir, sie haben alles getan, sie haben mich angefleht, dich zu besänftigen, sie tun, was sie können. Der Ungläubige hat seine Augen überall, hört alles, versteht alles, schon bei der kleinsten Sache müssen sie mit Strafe rechnen. Der ist ja nicht mehr da, welcher die Hand über sie hält und den Ungläubigen ablenkt".

Die Hände des Kranken zitterten. Höhnisch stieß er hervor: „Und die Madinahure trägt ihm den Rest zu, um unseren Leuten zu schaden, und wenn sie nicht so fett wäre, dann würde sie wahrscheinlich noch in sein Bett steigen." Seine Stimme erstarb in heiserem Flüstern.

Der Besucher ordnete den Faltenwurf seines Bubus.

„Allah sei mit dir!"

Er schloß die Tür. Die Dunkelheit nahm ihn auf.

Das Omen

Monique hatte Mühe, an den Tischen, beladen mit Monitoren, Tastaturen, Formularen und Broschüren, vorbeizukommen, ohne etwas umzustoßen, war sie doch etwas füllig, bis sie zu dem winzigen Raum Karims gelangte, der nur durch ein Glasfenster von dem restlichen Chaos abgetrennt war. Er war über die Innereien eines Computers gebeugt. Kabel, Schraubenzieher, Disketten und mehrere aufgeschlagenen Handbücher türmten sich neben ihm. Er blickte nicht mal auf. Es war erstaunlich, wie ein so großer, gutgebauter Mann mit winzigen Werkzeugen an Drähten und schwarzen Plättchen mit Metallstreifen geschickt herumstochern konnte. Und während die Techniker auf der anderen Seite der Glasscheibe der festen Meinung waren, daß er über magische Kräfte verfügte, glaubte Monique, daß seine Anziehungskraft auf die jungen Frauen im Institut, die ihn reihenweise unter dem Vorwand, Computerstunden nehmen zu wollen, aufsuchten, auf realen Gründen beruhte.

„Hallo, Monique, was gibt es?“

Über ihrer sonst so strahlenden Miene schien ein Schatten zu liegen.

„Karim, hast du Zeit? Komm doch rüber zu mir!“ –

„Ich brauche dringend den Simon, da ist ein Fehler im Programm, ich kann nicht weiter.“

„Der kommt heute nicht, der sitzt in Badala an der Jahresplanung des Projektes.“

Gewöhnlich sprachen Monique und Karim unter sich ein Gemisch von Französisch und Bamanankan, wobei Monique behauptete, er könne weder das eine noch das andere richtig, denn seine eigentliche Muttersprache sei Deutsch.

Karim ordnete die feinen Schraubenzieher der Größe nach und schloß sie im Metallschrank ein. Er legte den Arm um sie. „Komm!“ Er gab dem Dicken noch Anweisungen, worauf sie bei der Kodierung der Untersuchungsbögen achten sollten. Sie betraten ihr Büro. Monique drehte den Schlüssel im Schloß und ließ sich in den Rollensessel fallen. Sie zeigte auf einen handspannengroßen, ausgetrockneten Kadaver, einer in allen afrikanischen Häusern lebenden Eidechse von weißlicher Farbe. Ihr Gesicht drückte Abscheu aus.

„Diesen Gecko fand ich an der Rücklehne meines Sessels, jemand muß ihn da angenäht haben, er macht mir Angst.“

Er betrachtete die bleichen, winzigen Füßchen, die zu einem Embryo hätten gehören können. „Wohl ein schlechter Scherz, das arme Tier!"

„Das bedeutet, jemand wünscht mir den Tod", entgegnete sie ernst. „Wie konnte überhaupt irgendeiner in mein Büro eindringen?"

„Na, du glaubst doch nicht etwa an solchen Zauber!" versuchte er sie zu beruhigen.

„Mich wundert, daß du dich soweit von uns entfremdet hast, daß du die schwarze Magie als Aberglauben abtust", erwiderte sie ärgerlich. „Du weißt doch selbst, was hier so alles passiert. Natürlich kann man den Weißen nichts davon sagen, die lachen nur darüber, die wissen ja nicht, was hier los ist."

„Hat es etwas mit Ousman zu tun?" erkundigte er sich vorsichtig.

„Ousman hält sich in Gao auf. Der Präsident hat ihn an die Wüstengrenze geschickt, damit er das Spendengetreide kontrolliert. Ganze Lastwagenladungen werden nach Burkina und in den Niger verschoben." Er sah sie fragend an. „Als Zollinspektor bekommt er immer so heikle Aufträge, die sie sonst niemandem zutrauen. – Ich bin froh, daß Ousman aus Bamako verschwinden konnte", fuhr sie fort, „denn seitdem er aufgedeckt hat, daß ein reicher libanesischer Händler das Mehl mit Kalk gestreckt hat, muß er um sein Leben fürchten. – Aber es ist nicht allein mein Gemahl, um den ich mich sorge, es betrifft auch meine Tochter, man will sie beschneiden."

„Was, Ousman?" seine Stimme verriet Empörung.

„Ousman ist fundamentalistischer Moslem, von animistischen Sitten hält er nichts. Nein, seine Mutter hat das vor. Ich weiß nicht, ob du weißt, daß meine eigene mich von Nonnen erziehen ließ. Meine Schwiegermutter lauert auf eine Gelegenheit, die Kleine zu den Töpferinnen zu bringen, wie es die Sitte verlangt. Sie halten das Mädchen sonst für unrein, von einer schändlichen Macht besessen. Eines Tages wird es ihr gelingen, und ich kann nichts dagegen tun.

Diese primitiven alten Weiber, ist das nicht furchtbar!" Monique legte ihr Gesicht in ihre Hände. „Ich lebe in ständiger Angst, um meine Tochter, meinen Mann, und jetzt werde ich selber bedroht. Manchmal sage ich mir, was soll's, ist doch alles egal." Tränen rannen ihr über die Wangen.

Karim war unruhig auf dem Sessel aus Plastik herumgerutscht. Vor sich auf dem Schreibtisch fingerte er an einer Marienfigur,

„... meine Tochter, man will sie beschneiden“: Bambaramädchen aus Selingue.

die aus Knochen geschnitzt war. Er war ratlos. Da fand er einen Ausweg.

„Mumu, du hast mir so liebevoll geholfen, mein Junggesellenheim in Lafiabugu einzurichten. Wir sollten dahin aufbrechen, denn ich erwarte noch einige Korbstühle. Laß uns gehen, hier kommen wir doch zu nichts mehr!"

Monique setzte sich ans Steuer ihres roten Wagens, Karim neben sie, und sie fuhren davon.

Lafiabugu ist eine Vorstadt im Westen von Bamako, gegen den Steilhang der Berge gepreßt, dort wo vor 100 Jahren der berüchtigte Krieger Samory, der einen heiligen Krieg zur Verbreitung des Islam führte, sich den Franzosen in einer Schlacht ergeben hatte.

Auf dem großen, ungepflasterten Platz spielten ein paar Jungen Fußball um zwei Autowracks, die in den Matschspuren der letzten Regenzeit festgebacken schienen. Ringsum aus den Höfen erscholl das regelmäßige Hähnekrähen, das Blöken der Schafe, das Meckern der Ziegen, das Gejaule der Esel, das Stampfen der Stößel in den Hirsemörsern und das Klatschen der Frauen. Im Schatten der Mauern, zwischen umgefallenen Mülltonnen lagen einige herrenlose Hunde und schliefen in der Sonne. Ein Stückchen weiter lehnte der alte Nachtwächter, der Kopf war ihm in den Nacken gefallen, und er schnarchte mit offenem Mund. Das heranfahrende, neue Auto wirbelte eine rosarote Staubwolke auf, die sich nur langsam wieder setzte.

Das Gästehaus ragte festungsgleich aus den bröckeligen, windschiefen Katen der Umgebung. Der Wächter kam schläfrig herbei, um das Tor zu öffnen. Ein dürrer Angestellter begrüßte sie ehrerbietig und machte sich daran, das Essen zu richten.

Monique hatte sich wieder gefaßt. Karim goß sich ein Bier ein. „Magst du auch ein Glas von dem Castell-Bier? Ayatollah sieht es nicht!"

„Mineralwasser wäre mir lieber, ich habe schon wieder zugenommen."

Mit den Fingern formte er ein Reisklümpchen, tauchte es in Erdnußsoße und schob es sich in den Mund. Monique sah ihm zu, sichtlich gut gelaunt.

„Erzähl doch mal aus deiner Studienzeit! – Wie waren eigentlich die weißen Mädchen in Berlin? Kanntest du überhaupt welche? – Und warum hast du keine mitgebracht?"

„Oh, da waren so einige!" Er biß in einen Hühnerschenkel, und der Saft rann ihm über die Mundwinkel. „Die eine Blonde wohnte unter dem Dach, 292 Treppenstufen . . . Mann, war ich fertig, als ich da oben war, ich bin auch so bald nicht wieder runtergekommen! – Eine Brünette, die war nichts, gedeckt alles fix und fertig, nur noch den Leuchter anzünden und sich flachlegen."

Moniques Lachen hallte wie eine dumpf klingende Glocke. „Und warum nicht?"

Er schüttelte sich. „Ohne mich, das ist nicht, was ich mir vorstelle, ich möchte mein Mädchen erobern, da bin ich ganz altmodisch! – Mit einer Äthiopierin habe ich lange zusammengelebt, die wollte ich heiraten, aber sie hielt sich für etwas Besseres, von einer auserwählten Rasse. Und eine Weiße hätte ich wohl kaum nach Lafiabugu bringen können, was sollte sie hier wohl machen? Ich wäre nur dazu da, Geld ranzuschaffen." Er wischte sich mit einer Papierserviette die Lippen, ehe er fortfuhr.

„Meine Eltern wären doch ausgeflippt", fügte er in hoheitsvollem Ton hinzu, „und außerdem genügen sie meinen Ansprüchen nicht! – Die meisten sind doch Flittchen, rauchen, saufen, wissen alles besser und lassen am Mann ihre Launen aus. Eine Frau von hier würde sich um mich kümmern, sie kocht und wäscht für mich, sie ist für mich da." –

Er legte den abgenagten Knochen auf den Tellerrand. „Ich finde es ganz gut, wie es mein Vater gemacht hat, der hatte mehrere Frauen."

Monique versetzte ihm einen Schlag auf den Oberschenkel und lachte auf. „Ihr seid doch alle gleich", sagte sie höhnisch.

Sie empfand die Polygamie nicht nur als altmodisch, sie verabscheute sie zutiefst. Sie wußte davon, daß Ousman eine füllige Frau besuchte, wenn er in Gao war. Seine wirtschaftliche Stellung hätte es ihm ohne weiteres erlaubt, noch drei weitere Frauen zu ehelichen, was der Koran guthieß, doch nur im Scherz konnte er Monique damit drohen. Sie duldete keine Nebenfrauen und hätte sich sofort scheiden lassen. Er war unglücklich, daß er nur zwei Nachkommen hatte.

Wie alle ihre Kollegen im Staatsdienst bezog Monique ihr Gehalt nur unregelmäßig und führte privat eine Praxis. Oft kamen junge Mädchen zu ihr, die unglücklich waren, daß sie nicht Mutter werden konnten. Wenn sie dann nachforschte, stellte sie fest, daß sie als Bräute von alten Männern gekauft worden waren, die nicht mehr in der Lage waren, jene zu schwängern. Aber die Alten mißbrauchten die jungen Mädchen und verschmähten sie dann. Sie verlangten von ihr, der Ärztin, ein Zeugnis, daß die Angetrauten unfruchtbar seien, damit die Greise letztere in die Familien zurückschicken und obendrein noch von den Eltern das Brautgeld zurückfordern konnten.

Monique mochte die religiösen Männer nicht, mit denen sich Ousman umgab. Sie verdächtigte sie, sich genauso zu verhalten wie die Freier jener unglücklichen Frauen in ihrer Praxis. Wenn Ousman sich bei ihr beklagte, daß er seine Manneskraft nicht öffentlich beweisen könne, da sie keine Kinder mehr wolle, machte sie sich über ihn lustig. „Geiler Bock!“ schmähte sie ihn, „du willst ja so tun als ob, und in Wirklichkeit bist du schon so impotent wie deine Tattergreise.“

Moralisch hätte Monique sicher keine Bedenken gehabt, sich mit Karim einzulassen, sie mußte aber vorsichtig sein. Was man dem Mann zubilligte, galt keineswegs für sie. Die Gesellschaft duldete nicht, daß sie den Mann demütigte.

Karim führte sie durchs Haus und tänzelte überschwenglich.

„Ich bin so froh, daß ich bei meinen Eltern ausziehen konnte. Sie sind der Meinung, daß ich ohne eine Frau unvollkommen bin. Pausenlos schleppten sie Bambaramädchen aus den Dörfern an, willst du nicht diese heiraten oder jene. Die armen Dinger, saßen da wie die Hühner. Was soll ich mit so einer wohl anfangen? Meine Familie kann doch froh sein, daß ich noch ledig bin und nicht schon geschieden wie meine Schwester. Fanta hat einen guten Job als Rechtsanwältin und sucht sich ihre Männer selber aus.

Die Alten sind in den Traditionen befangen und wollen alles bestimmen. Wir dürfen uns das nicht gefallen lassen. Es wird Zeit, daß wir Schluß damit machen. Afrika ändert sich!“

„Ach, Karim, warum bist du nicht eher zurückgekommen!“

Der Wind fegte durch den Hof, eine Dose rollte scheppernd über das Pflaster.

„Du bist mir nicht bescheiden genug, und auch zu quirlig, du hast die Hosen an!“ –

Zu spät bemerkte er, was er angerichtet hatte. In ihren Augen glitzerten Tränen. Er drückte sie an sich. „Du bist doch meine geliebte Mumu!“

Er machte sich los. „Es ist schon spät, ich muß noch einmal ins Institut.“

„Wir sind doch jetzt beide Junggesellen. Laß uns heute abend in die Diskothek gehen!“ drängte sie den Freund. „Übrigens habe ich eine Überraschung für dich, jemanden, den du noch nicht kennst.“

Bei Ousman

Verhältnisse gehen im Badezimmer auseinander. Ein mit ihnen befreundeter Kollege pflegte diese These mit seinem eigenen Beispiel zu untermauern. Er konnte nicht ertragen, daß seine Freundin die Zahnpastatube immer von der Mitte her ausdrückte und nicht vom Ende, und so hatte er schließlich mit seiner langjährigen Gefährtin gebrochen. Vicky hatte die gleiche Angewohnheit, und Simon hätte das sicher nicht hingenommen. Nun war sie aber auf die Zahnpasta, die Simon benutzte, allergisch, und die Trennung auf dieser Ebene hatte ihre Ehe mehr beflügelt, als Psychologen das von einem Seitensprung behaupten.

Simon hatte auch Vickys Unordentlichkeit immer toleriert. Er konnte herumliegende Nägel nicht ausstehen. Daß er sie nun pingelig mit den rasierten Bartresten im Ausguß versenkte, wunderte sie dann doch.

„Voodoopriester sollen an Haaren und Fußnägeln interessiert sein", seltsam ernst trug er das vor. Er holte über lebende Tote in Jamaika aus und Wachspuppen, die man mit Nadeln durchstoßen hatte, über bewußtseinsverändernde Drogen jeder erdenklichen Art und war damit bei einem seiner Lieblingsthemen angelangt, er kam über neue Forschungen in der Hirnphysiologie zur Informatik und auf Interaktionen von Computern und menschlichen Hirnen zu sprechen. Er spannte den Bogen von Voodoo zur modernen Technologie, ohne nur ein einziges Mal abzusetzen.

„Befürchtest du, daß du selbst betroffen sein könntest?"

„Eigentlich nicht", und er grinste dabei. „Ich habe nur erfahren, daß die El-Bakars unseren Koch bedrängen, ihnen Fingernägel und Haare von mir zu beschaffen."

Vicky schauderte es, und eine unbestimmte Beklommenheit blieb in ihr zurück, die sie sich nicht erklären konnte.

Die beiden Männer standen sich in ähnlichen bodenlangen, weißen Gewändern gegenüber. Simon trug das Geschenk von Ousman zum ersten Mal, und es verlieh seinem langhaarigen, bärtigen Aussehen eine wilde Eleganz. Ousman wirkte dagegen fast schmächtig und intellektuell mit seiner goldumrandeten Brille und dem ölig glänzenden, zurückgestrichenen Haar.

„Guten Tag, Simon, was für eine Überraschung!" und er deutete auf den bauschigen Bubu. „So gehörst du zu uns, das nächste Mal nehme ich dich in die Moschee mit!“ Und Ousman war davon überzeugt.

Vicky sah Simon im Geiste schon aufstehen, nachdem der Muezzin zum Gebet gerufen hatte, einen Teppich entrollen und sich nach Osten verneigen, im schwachen Licht des grau herandämmernden Morgens, und sie glaubte die bleierne Schwere in den Gliedern zu fühlen, die sich einstellt, wenn man nach einer schwülen Nacht in der kühlsten Stunde aus dem Tiefschlaf gerissen wird, aber so viel Aufwand traute sie Simon dann doch nicht zu.

Sie dachte an die Zeit zurück, als sie mit Idealen hinausgegangen waren. Nach über zehn Jahren Arbeit in Afrika gehörte er dazu. Er traf Entscheidungen, verdiente viel Geld und war anerkannt in der einheimischen Gesellschaft. Simon war am Ziel seiner Wünsche angelangt.

Das Wohnzimmer quoll auch ohne die Gäste schon über mit aufgestellten Tischen, Sesseln, Fernseh- und Videogeräten. Von dem Buffet glitzerten Quarzgläser aus Böhmen, rosenverzierte Teller aus Polen, Waffenkrüge und Porzellanpferde, Andenken, wie sie sich in den Geschenkabteilungen westlicher Kaufhäuser stapelten. Diese Pracht wurde noch von einem Teppich übertroffen, dessen grelle Fäden so verwebt waren, daß sie eine Moschee ergaben.

Während Vicky darüber hinblickte, beeilte sich Monique, ihr zu sagen, daß ihnen Antiquitäten und Handgewerkeltes, was die Europäer für Kunst hielten, nicht gefielen, Dublee und Fabrikwaren fänden sie dagegen unwiderstehlich.

Ein anregender Geruch weckte den Appetit. Ein Mädchen mit frisch gekämmten Zöpfen und einer weißen Schleife hüpfte ungestüm an der Tafel vorbei.

„Neissa, benimm dich, du reißt noch das Geschirr runter!“ wies Ousman es zurecht.

„Ganz die Mutter, das gleiche unruhige Temperament“, bemerkte Karim und prostete Vicky mit einem Glas Ingwersaft zu. Die Kleine lächelte verlegen, eine Zahnlücke freilegend, umfaßte ihren Knöchel und wippte auf dem Standbein. Ousman verkündete gedämpft, daß man noch auf den Minister warte, um mit dem Essen beginnen zu können.

Der hohe Besuch traf schließlich ein, das Mahl konnte beginnen. Später scharten sich die Männer um den Minister. Monique hatte sich zu Vicky gesetzt. Ihre Augen funkelten. Sie hatte jetzt den gleichen Ausdruck wie auf einer der vielen unfertigen Skizzen, die Simon weggeworfen hatte und Vicky beim Aufräumen gefunden hatte. Diese hatte bis dahin nicht gewußt, daß Simon seine Mitarbeiterin gezeichnet hatte, und auch das fertige Bild, welches in Moniques Schlafzimmer unter einem Koranspruch hing, nie gesehen.

Der eisige Hauch wehte sie wieder an, den sie immer dann spürte, wenn sie zufällig Simons Privatsphäre streifte: eine aufgeschlagene Tagebuchseite, die sie ansprang und sich ihr zum Lesen aufdrängte, konnte das sein, ein Brief von fremder Handschrift, auf den sie in seiner Schublade stieß, während sie nach einem Stempelkissen suchte, oder seltsame Kleinodien, die sie aus den Taschen seines Anzuges barg, bevor sie den in die Reinigung gab.

Jedes Mal überkam sie das Gefühl, auf etwas zu stoßen, was ihr besser verborgen geblieben wäre. Ihre Unruhe steigerte sich von Stunde zu Stunde. Einen Tag oder zwei konnte sie es sich mit den unbestimmten Ängsten einrichten, länger hielt sie es nicht aus. Lieber wollte sie auf ihn verzichten, als weiter in Ungewißheit zu leben. Es gab keine Sicherheit in den Beziehungen. Die Spielregeln wurden ständig neu erfunden. Täglich konnten sie überrascht werden. Sie wollte ihn ganz oder gar nicht. Manchmal war sie so ungeduldig, daß sie am liebsten, falls so etwas möglich wäre, in dem Buch, in dem das Schicksal geschrieben steht, vorausgeblättert hätte, um zu erfahren, wie es mit ihr und Simon ausgehen würde.

Sie sah die ausgebreiteten Federzeichnungen noch vor sich. Auf einem der Blätter wirkte Monique derb wie eine Marktfrau. Mutter und Tochter hatten wohl nicht stillgehalten. Eine Skizze mit dem Sohn auf dem Schoß war sehr gelungen, Simon hatte die Feinheit ihrer Züge herausgearbeitet, aber nicht weiterverfolgt, vielleicht, daß die Figur zu massig aussah. Die Augen schienen aus der Tiefe zu glühen, sanft abgesetzt vom hellen Teint, wie sie ihn von ihrer libanesischen Mutter hatte. Die Weichheit und Lieblichkeit mußte Simon gereizt haben. Eine andere Skizze, mehr nach ihrem afrikanischen Vater, zeigte sie stolz, jung und selbstbewußt, offenbar ein bißchen hart. Simon hatte beide weggelegt, sie waren richtig und falsch zugleich.

„Wie war es neulich abend in der Disko?", erkundigte sich Vicky bei Monique.

„Wir waren sehr ausgelassen, nur von Karim habe ich nicht viel gehabt, der hat ja nur noch Augen für Mariam, und das geht schon eine ganze Weile so."

„Ist das nicht die Hübsche aus dem Archiv?"

„Hübsch schon", und Monique sah hinüber zu Karim, als wolle sie sich vergewissern, daß er nicht mithörte, jener sprach offensichtlich gerade über die Computer. „Aber ich halte sie für oberflächlich. Ich habe mich dafür eingesetzt, daß sie ein Stipendium für Genf bekommt. Das ist unsere Art, unliebsame Leute wegzubefördern."

„Wirklich – wieso denn das?"

Moniques Augen verdunkelten sich. „Das wird doch nie etwas zwischen ihr und Karim, Karim will das zwar nicht einsehen! Er ist doch viel zu wenig Afrikaner, außerdem sind sowohl seine als auch ihre Eltern gegen eine Heirat. Karim ist aus dem Stamm der Bambara, Mariam ist eine Fulbe und gehört zu einer reichen Viehzüchtersippe. Die Bambara müssen schwer und viel für wenig Geld arbeiten, die Fulbe machen es sich leichter, sie gelten als unzuverlässig."

Die Bambara, größte Volksgruppe in Mali, sind Bauern und sozial, politisch und wirtschaftlich sehr bedeutend. Die Fulbe betreiben zwar auch Ackerbau, aber sie sind bis heute Nomaden geblieben. Alle Söhne wachsen als Rinderhirten auf. Sie können tagelang im Busch herumziehen, ohne daß es ihnen das geringste ausmacht. Sie kamen einst aus Israel und zogen nach Westen bis zur Atlantikküste.

„Ihre Eltern haben Karim nicht einmal empfangen, als er die Kolanüsse übergeben wollte, wie es bei der Brautwerbung üblich ist. Sie werden Mariam verstoßen, wenn sie den Kontakt mit Karim nicht abbricht, und das bedeutet für sie, daß sie auf der Straße liegt, wenn Karim sie einmal verlassen sollte."

Vicky schüttelte sich das Haar aus dem Gesicht.

„Wieso, sind die Bambara nicht fein genug?"

„Karim gehört innerhalb der Bambara zu der Handwerkskaste der Schmiede, die sind ihnen unheimlich, weil sie mit dem Feuer umgehen."

Bereits in der Mythologie der Bambara spielt der Schmied eine wichtige Rolle. Der göttliche Schmied, Ndomadyiri, wurde erschaffen, als der Wind gewütet hatte und das Wasser abgelaufen war. Er stellt das Element Erde dar. Er verkörpert die Beständigkeit, außerdem ist er ein Baum, der Ursprung des menschlichen Lebens überhaupt. Er ist Heiler und Vorfahr aller Schmiede, die unter den Bambara auch Herbalisten und Heiler sind. Die Schmiede nehmen eine besondere soziale Stellung in Afrika ein. Sie stellen Hacken, Messer aber auch Gewehre her und stehen seit jeher mit politischen Führern in Verbindung, die von ihren technologischen Fähigkeiten abhängig sind. Da sie mit Feuer und Eisen umgehen, sagt man ihnen magische Fähigkeiten nach. Sie werden von der übrigen Gesellschaft gefürchtet, aber auch verachtet.

Welche unheilvolle Rolle spielte Wieland doch im Schicksal von Siegfried. „Auch in der westlichen Tradition gelten die Schmiede als Magier“, sagte Vicky.

Schweigend verzehrten sie die gebratenen Tauben und tranken den würzigen Ingwersaft. Da sagte Monique: „Ich muß dich warnen, meine Mutter hat vom Marabu in Timbuktu erfahren, daß die El-Bakars einen Zauber gegen deinen Mann planen. Der Heiler hat es abgelehnt. Er ist ein gelehrter Mann, ein wahrer Moslem, und nicht so niederträchtig, als daß er sich auf die schwarze Magie einließe. Meine Mutter hat ihren Einfluß geltend gemacht. Glaub mir, er ist euch wohlgesonnen, weil ihr ihm in schweren Zeiten beigestanden habt!“

Wie erstarrt sah Vicky sie an. Sie merkte nicht, wie das zarte Knochengebilde ihr aus der Hand glitt und über ihr Kleid rollte, eine gelbliche Spur hinterlassend.

„Er ist auf unserer Seite, vertrau mir!“, sagte Monique und legte die Hand auf Vickys Arm.

Es war spät geworden, der Minister war schon gegangen. Eine dunkle Wolkenwand zog herauf. Die Gruppe winkte ihnen noch nach. Als sie außer Sichtweite waren, hielt Simon noch einmal, der lange, breite Überwurf behinderte ihn, er zog ihn über den Kopf, rollte ihn zusammen und warf das Bündel auf den Rücksitz. So befreit, setzte er sich wieder hinter das Steuer. Inzwischen war es vollkommen finster.

Der Geländewagen sackte tief in die Schlaglöcher ein. Scheinwerfer blendeten sie. Simon gähnte. „Weißt du, daß dieser Staat vor dem Bankrott steht? Der Internationale Währungsfonds hat klare Bilanzen verlangt. Die Regierung ist ratlos, weil sie keine fähigen Leute hat, die Steuergelder zu prüfen und denen sie trauen kann. Nur Personen aus der engsten Umgebung des Präsidenten kommen hierfür in Frage. Die Angelegenheit ist streng geheim. Sie haben eine Kommission gebildet, die diese Aufgabe bewältigen soll. Außer Ousman wissen nur noch wenige davon, und der Präsident natürlich. Wer die vollständigen Informationen besitzt, hat Einblick in die innere Mechanik des Staates. Viele haben nur ein Teil des Wissens. Die Familie, die in den Besitz dieser Daten kommt, kann den Präsidenten stürzen.“

Der Wagen holperte durch das Bazarviertel. Ein Wetterleuchten tauchte die Hütten in ein unwirkliches Licht. Die verrammelten Speicher, mit Vorhängeschlössern gesichert, umsäumten die Gasse wie ein Ufer. Davor hockten vermummte Gestalten. Ein übler Geruch ging von den Abwässerkanälen aus.

„Seit der Kolonialzeit sind die Franzosen die eigentlichen Herren", fuhr Simon fort, „sie sind nicht beteiligt, gern würden sie für die Prüfung der Finanzen Berater und Computer zur Verfügung stellen, aber sie kommen nicht in Frage, weil der junge Staat um seine Souveränität fürchtet. Bei den Deutschen ließe sich die Analyse der staatlichen Gelder unauffällig durchführen. Die Regierenden sind auf uns aufmerksam geworden, weil wir in unserer Abteilung so schnell die Daten aus der Hungersnot verarbeitet haben. Wir werden die Steuern auf unseren Computern sichten, außerhalb der Dienstzeit. Natürlich dürfen wir zu niemandem davon sprechen. Wenn das einer erführe! Er würde bestimmt über Leichen gehen, um an diese Informationen heranzukommen."

Vicky mußte an Professor Ag Sid denken und an das, was sie über seinen Vater erfahren hatte, jener war ein Tuaregfürst gewesen, einer der wenigen, die dem Massaker, das die Franzosen in seinem Stamm angerichtet hatten, entkommen war.

Der Wagen schaukelte heftig und kam dann abrupt zum Stehen. Eine undurchdringliche, milchige Wand schien auf der Windschutzscheibe zu liegen. Staubschwaden rieselten auf sie nieder. Aus der Dunkelheit meinte Vicky ein Stöhnen und ein leises Lachen zu vernehmen. Die Franzosen würden sicher die Leiche eines Deutschen in Kauf nehmen.

Simon fuhr wieder an. Man konnte die Umrisse eines mit Lichterketten verzierten Klotzes erkennen. Vicky begrüßte das Amitie, das einzige Hochhaus, wie einen Freund. Als sie über die Brücke fuhren, schaltete Simon vorschriftsmäßig die Scheinwerfer aus. Myriaden von Insekten, angezogen von dem Schein der wenigen erleuchteten Bogenlampen, umschwirrten diese in einem unabänderlichen Ritual. Ein Knistern und Rauschen ging von ihnen aus, und Vicky hatte wieder diese Vision von dem bebenden Haus, von gekreuzten Balken, die durch die Luft segelten. Ihr war bewußt, sie lebten auf einem Vulkan.

*

Die Dunkelheit kroch herauf. Das Stöhnen und Brüllen des Viehs erfüllte das Tal. Eine hohe Gestalt mit einem Aktenkoffer beugte sich über den Stand. Das schwarze Gesicht reflektierte das Flakkern des Nachtlichtes. Der Käufer schob das Päckchen in die Brusttasche. Der Händler nahm den Schein entgegen, und flüsterte ihm zu: „Wir sind sicher, die Frau ist dagewesen, wir werden sofort Bescheid sagen."

Er fand den Kranken schlafend auf dem Sofa.

„Allah, der Allmächtige sei gelobt!"

„Friede sei mit dir! Wie geht es deiner Gesundheit?"

Der Kranke sah ihn mit gequälten Augen an. Sie schwiegen. Sie lauschten. Über die Sperrholzdecke lief eine Ratte.

„Hast du den Bruder nach Lafiabugu geschickt?"

„Ja, Patron, nicht nur den Bruder, auch zwei von seinen Söhnen. Sie tun kein Auge zu, sie passen auf Tag und Nacht."

Mit knochigen Fingern umklammerte der Kranke das Teeglas. Er gab einen schnalzenden Laut von sich. „Die Madina kennt keine Hemmungen mehr, jetzt hurt sie sogar noch mit dem Schmied. Sie ist wie eine läufige Hündin!"

Sie rauchten und sprachen leise.

„Allah, der Allmächtige sei mit dir!" –

Das feine, metallische Schwingen verebbte.

Die Trennung

Über dem Meer zeichnete sich eine blaue Linie ab, sie wuchs heran zu einer Woge. Eine braungrüne Wand, die das um die Jahrhundertwende erbaute Mietshaus noch überragte, erhob sich über der Alster, den Himmel verschattend. Vicky starrte aus dem obersten Stockwerk auf den Wellenberg, der sich wie in Zeitlupe auf sie zubewegte und alles unter sich zu begraben drohte. Sie dachte an Oliver, und die Angst schnürte ihr die Kehle zu. Er hatte auf den Spielplatz gewollt, der tief drunten zwischen den Hintergärten versteckt lag. Schon überkamen die Wassermassen die Kronen der Kastanie und brandeten über sie hinweg. Das Haus hatte standgehalten, sie konnte es kaum fassen. Der Bürgersteig war menschenleer. Abgebrochene, über die Zäune hängende Zweige streiften sie, sie versuchte sich die Tropfen aus dem Gesicht zu wischen.

Sie rieb sich am Moskitonetz, das Sonnenlicht flutete in breiten Streifen auf ihr Lager, und Staubteilchen schwebten darin auf und nieder. Die Stelle neben ihr war flach und das Laken zurückgeschlagen. Simon war schon lange im Institut. Ihre Gedanken ordneten sich allmählich, sie hatte nur geträumt, Oliver war nicht vom Spielplatz gespült worden. Sie hatte verschlafen und ihn auch nicht geweckt, sie hatte versäumt, das Stangenbrot mit Käse, Tomate und einem Salatblatt zu belegen und die Plastikflasche mit Wasser aus dem Filter und Eiswürfeln für die Schule zu füllen, wie morgens sonst.

Das Kopfkissen war naß. Sie mußte sich abstützen. Sie rutschte zu der Kante der Bettstatt, wo das Netz schon lose hing, und ruhte aus. Die Stelle, an der sie gelegen hatte, war dunkel verfärbt und hinterließ ihre Spuren, wie die Konturen eines Opfers, das die Polizei nach einem Unfall auf den Asphalt zeichnet.

Eine rötliche Staubschicht deckte den Fenstersims. Hinter den feinen Maschen des Fliegengitters hüpften Winzlinge zwischen den Ästen der Tamarisken. Sie waren noch so zart und piepsten, die hilflosen Dinger.

Sie betrachtete ihre aufgedunsenen Finger. Bläuliche Adern schlängelten sich über die Hände, prallen Schläuchen gleich. Ihr Körper fühlte sich an wie ein überhitzter Motor, in ihren Schläfen pochte es. Sie wollte sich aufrichten, aber die Beine versagten. Warum sollten sie sie fortbewegen, nur damit sie sich beschäftigte, was doch so überflüssig war, jetzt, da das Kind aus dem Haus war. Die amerikanische Schule endete mit der achten Klasse, und Oliver besuchte seit zwei Wochen ein Internat in Deutschland.

Während sie duschte, fiel ihr der Traum wieder ein, die Woge schwappte auf sie zu, und ihr wurde schwindelig, so daß sie sich an der gekachelten Wand festhalten mußte. Sie zog das Baumwollkleid mit dem blauen Batikmuster an, das so weit war, daß sie es während der Schwangerschaft getragen hatte, mit den Füßen fuhr sie in die Gummilatschen. Sie machte sich nicht zurecht, sie erwartete niemanden.

Obwohl sie nicht so genau in den Spiegel sah, konnte sie doch die strahlenförmigen Linien um die Augen und die abwärts weisenden Mundwinkel, die sie mißmutig erscheinen ließen, nicht übersehen, und es versetzte ihr einen Hieb. „Das war es, du hast es gehabt!", sagte sie und wunderte sich, wie heiser ihr die eigene Stimme vorkam.

Warum wurde man obendrein noch bestraft dafür, daß man älter wurde und förmlich zusehen konnte, wie Körper und fast noch furchtbarer der Geist sich allmählich zersetzten. Wäre es nicht besser, wenn die Menschen als Greise geboren würden und von Tag zu Tag faltenfreier und jünger würden, bis nach dem Höhepunkt der Jugend sie zusehends unzurechnungsfähig und abhängig wie Kinder würden, schrumpften, um dann zu dem festgelegten Termin der Geburt ins Grab zu sinken. Aber würden nicht gleichzeitig mit so einem Geschick sich unsere Wertvorstellungen verschieben, vielleicht würden wir das Alter zwischen fünfzig und vierzig für die beste Phase des Lebens halten und nicht die Jugend, und eine Elfjährige, die beim Hinkespiel über den Bürgersteig hopst, würde bei uns Mitleid erwecken, so unaufhaltsam war sie von den ihr verbleibenden Jahren gezeichnet.

Sie besann sich auf die Zeit, als sie noch ein Mädchen mit Zöpfen gewesen war und Scharlach gehabt hatte. Sie war mit ihrer Großmutter, die ihre Pflege übernommen hatte, von der übrigen Familie isoliert. Wie hatte sie sich gelangweilt, weil sie nicht mit den andern Kindern spielen durfte, aber heimlich spielten sie dann doch Fangen, „Tick Dich", nannten sie es, im Dunkeln und mit Stöcken, denn keiner durfte sie berühren, sie, die kleine Prinzessin.

Großmutter war oft mit ihr in den Laubwald gegangen, um Pilze zu suchen. Einmal als sie über einen Ast gestolpert war, hatte sie aufgeseufzt: „Ach Kurtchen, mein Jungchen!" Sie führte ständig Zwiesprache mit ihrem Sohn, der als Siebzehnjähriger in den letzten Kriegsmonaten eingezogen worden war. Angeblich hatte er einen Befehl nicht richtig ausgeführt. Die Benachrichtigung, daß er hingerichtet worden war, wenige Tage vor der Kapitulation, kam erst viele Jahre später. Der Onkel hatte sich nicht entschließen können, Großmutter darüber aufzuklären. So wartete sie fünf lange Jahre auf ihren Jungen bis zu ihrem Tod.

Der Tisch im Wohnzimmer war gedeckt, der Tee in der Emaillekanne noch warm. Das monotone Tropfen des Wasserhahns hallte durch die Küche. Vom Lateritweg kam das Knirschen eines vorbeifahrenden Autos, und Stimmen schallten herüber. Die Hecke schillerte in Regenbogenfarben. Die Büschel des Zuckerrohrs zitterten in der Brise, die von dem Niger herüberwehte. Wolken überzogen den Himmel in feinen Rippen.

Vicky nahm einen Joghurtbecher aus dem Eisschrank. Sie sah auf den Stempel mit dem Datum des Verfalls und rechnete von dieser Zeitmarke weiter, wie lange sie noch auf Oliver warten müßte, bis sie gemeinsam Ferien machen würden. Wieder konnte sie einen Tag abstreichen.

Jimo lag im Vorraum gegen die Fliesen gedrückt. Sie strich ihm über das Fell, und er folgte ihren Bewegungen mit seinen traurig dreinblickenden Hundeaugen, dann erhob er sich und schüttelte sich geräuschvoll. Wieder stand ihr das Wasser in den Augen. Sie trocknete sie sich an einem der Tücher, die von der Wäscheleine hingen. Zu spät bemerkte sie, daß Elias damit den Pfannenboden abgewischt haben mußte, ihre Hände waren rußig. Ärgerlich vor sich hinmurmelnd, suchte sie nochmals das Badezimmer auf, um sich Gesicht und Hände zu waschen, und rief dann nach dem Koch.

Sie saß am Tisch, der Kopf war so schwer, sie mußte ihn stützen, und schluckte eine Tablette. In dem grünlichen Dämmer im Winkel zwischen Tür und der Wand, die einst der Eichenwald geziert hatte, spannte sich ein Netz. Eine große, dünne Spinne ließ sich an einem unsichtbaren Faden herab. Elias kam mit schlurfenden Schritten und setzte den Teller mit dem Spiegelei und dem gerösteten Weißbrot vor sie hin. Die Barthaare, die er vor ein paar Tagen abrasiert hatte, waren stoppelig nachgewachsen. Er nickte ihr zu, und er lächelte.

Sie schaltete das Neonlicht ein und holte die Mappe mit den Belegen aus Simons Arbeitszimmer. Jedes Stückchen Papier schien seine eigene Geschichte zu haben. Die fein säuberlich getippten stammten meist von den libanesischen Geschäften und ausländischen Firmen. Aber da gab es die bräunlichen Schnipsel, die aus einer fettigen Tüte herausgerissen waren und sich auch nicht mehr glattstreichen ließen, wo jemand in bizarren Schwüngen seine Unterschrift gesetzt oder auch nur den Abdruck des Daumens unter Unleserlichem hinterlassen hatte. Händler aus dem Norden hatten sogar auf Rinder- oder Kamelhäuten quittiert, was immerhin haltbarer war als die beschriebenen Bananenblätter, und einer, dem kein Papier zur Hand war, hatte etwas in einen Flaschendeckel geritzt, aber das war noch vor ihrer Zeit im Projekt.

Sie hatte die Benzinrechnungen des Hygieneberaters vor sich, den sie dabei unterstützte, in den Dörfern um Baginda eine Apotheke aufzubauen.

Er war ein untersetzter Malier, sehr gewissenhaft und zuverlässig. Gerade vorgestern war er zu ihr gekommen. Er hatte abgerechnet und einen Vorschuß erhalten, um seinen Vorrat an Medikamenten zu ergänzen, und als alles besprochen schien, hatte er nicht gehen wollen, bis er es ihr erzählt hatte.

Er war Vater zweier Kinder. Die Tochter war fünf Jahre alt, ein niedliches Mädchen, das immer Vickys Hand zu ergreifen suchte, wenn sie in sein Dorf kam. Der Junge konnte fast laufen, er war noch auf dem Arm der Mutter. Dieser Junge hatte Fieber und Husten bekommen, über Nacht war es ihm so schlecht gegangen, daß die Eltern am nächsten Morgen nach Bamako fuhren, um das Kind ins Krankenhaus zu bringen. Die Nigerbrücke war verstopft, bis mittags steckten sie im Stau. Als sie endlich mit dem röchelnden Kind das Krankenhaus erreichten, war der Arzt schon gegangen, ein Assistent gab dem Kind, das dringend hätte beatmet werden müssen, eine nutzlose Penicillinspritze. Am Abend war es tot.

Als der Hygieneberater ihr das berichtete, war sein Blick leer. Sie war bestürzt. Sie wußte nichts dazu zu sagen, nichts was ihn hätte trösten können.

Während sie die Belege auf weiße Bögen klebte, nach Kostenarten ordnete, abheftete und Summationsstreifen anlegte, kontrollierte, numerierte, kam sie in einen Rhythmus, der sie alles um sich herum vergessen ließ.

Eine Fliege surrte und versuchte vergeblich, durch den Draht vor der Fensteröffnung ins Freie zu gelangen, die Löcher waren mit Tesafilm verklebt. Sie sah auf die Armbanduhr. Um diese

Zeit holte sie Oliver von der Schule ab. Sonst hatte sie sich immer geärgert, nie etwas zu Ende machen zu können. Was hätte sie jetzt für so eine Unterbrechung gegeben.

Sie dachte daran, wie Oliver ins Zimmer stürmte und seinen Ranzen fallenließ. Sein Gesicht war gerötet, und das sonst so blonde Haar klebte dunkel über den Schläfen, und während er sich die Bissen in den Mund schob, studierte er ein Mickymausheft neben dem Teller. „Es hat geschmeckt!" Und ein größeres Lob konnte sie sich nicht vorstellen, und er strebte nach draußen, um in dem Feuerbaum zu klettern oder mit dem Nachtwächter und den Chauffeuren Karten zu spielen.

„Und die Schularbeiten und die Deutschlektion?" –

„Die mache ich später, das verspreche ich, auf Ehrenwort!" So hatte sie ihn jedes Mal entlassen.

Sie sah gerade noch den gebogenen Schwanz des Katers Black Jack am Fenster vorbeiziehen. Oliver hatte das Kätzchen so getauft, weil es ganz schwarz war. Sie hatte es von der Deutschen Botschaft bekommen, als es erst wenige Wochen alt war, und es hatte ihr, als sie es nach Hause brachte, die Hände zerkratzt. Inzwischen hatte es sich zu einem zärtlichen, wilden Strolch gemausert, zu einem Kater, der unbeschnitten war und seine Männlichkeit voll entfalten konnte. Oft kam er von den Kämpfen mit seinen Artgenossen zerzaust, hinkend und mit blutendem Fell, dann zog er sich tagelang hinter den Eisschrank zurück, bis er genesen war und zu neuen Streifzügen aufbrach. Lange war er nicht mehr aufgetaucht, sie fürchteten schon, er sei überfahren worden. Sie mußte unbedingt an Oliver schreiben, daß Black Jack wieder da war.

Das schlurfende Geräusch, das der Koch verursachte, riß sie aus ihren Betrachtungen. „Madame, da ist jemand – die Amerikanerin!"

Hazel gehörte zu den sogenannten Alteingesessenen in Bamako. Nachbarn hatten sie, ihren Mann und die Zwillinge mit den Deutschen bekannt gemacht. Das amerikanische wie auch das deutsche Paar waren überrascht, so vieles zu entdecken, was ihnen gemeinsam war. Beide waren viel gereist. Hazels Vorfahren waren als Pioniere in den Westen vorgedrungen, wo sie sich in der Wildnis des Ohioflusses niedergelassen hatten. Sie war dort aufgewachsen, hatte an einer Universität in Indiana Literatur studiert und war nach Europa gereist, um nach ihren kulturellen Wurzeln zu suchen. Im Knossospalast auf Kreta war sie einem Engländer begegnet. Gemeinsam waren sie als Hippies durch die Kontinente gezogen, bis sie schließlich in Afghanistan und später mit den Zwillingen in Mali hängenblieben und seßhaft wurden.

Hazel unterrichtete die Kinder in der amerikanischen Schule. Sie hatte viele Ideen und verstand sie weiterzugeben. Sie war sehr beliebt. Nebenher war sie unermüdlich für andere tätig. Vicky fragte sich oft, wie sie es schaffte, all die Leute um sich zu versammeln. Im Garten ihres Hauses auf dem Hügel parkten Wüstenfahrer. Auf der Terrasse strichelten junge Künstler aus Guinea mit feinen Pinseln gefiederte Vögel und schwarze Schönheiten, deren Frisuren und Schmuck sie bis in alle Einzelheiten auf Glas nachritzten. Sie beschäftigte einen Schneider, der nicht nur für ihren Haushalt, sondern auch für alle Bekannten der Umgebung Kleider nähte, und sich so den Unterhalt für sich und seine Familie verdienen konnte.

Hazel drückte Vicky an sich, ihre Wangen berührten sich, dann sah sie die Freundin an. Ihre Augen trafen sich. Vicky hätte das Leuchten zurückgeben mögen, so intensiv war es. Hazels Haar war ungewohnt kurz und gab ihr etwas Strenges, was, wie Vicky fand, nicht zu ihrer lebhaften Art paßte.

„Ich habe wenig Zeit. Aber ich mußte einfach vorbeikommen und dir sagen, wie sehr sich die Zwillinge über das Spielzeug von Oliver gefreut haben. Es war wie Weihnachten für sie. Sie vermissen ihn so, besonders Robin, er spricht ständig von ihm."

Vicky dachte daran, wie schwer es Oliver gefallen war, seine Sachen herzugeben. Die Schläger, die Bälle, die Flugzeugmodelle, jeden Buntstift hatte er noch einmal in die Hand genommen und aufgeseufzt. Er bewahrte alles auf, konnte sich einfach von gar nichts trennen. Sie mußte ihn überreden, wenigstens einiges zurückzulassen. So hatte er doch seinen Spielkameraden eine Freude machen können.

Bei Vinni war es anders gewesen. Als er verunglückt war, hatte Vicky seine Teddybären, seine Autos, seine Trägerhose und das Sweatshirt, das er so gern anzog, ohne genau hinzusehen, in Beutel getan und noch in derselben Nacht zu den Aschkästen getragen. Sie wollte keinem Kind in der Nachbarschaft begegnen und zusehen müssen, wie es mit seinem Spielzeug spielte oder seinen Pullover trug, das hätte sie nicht ausgehalten.

Wie gut es Hazel doch hatte, daß sie ihre Kinder noch um sich hatte und auch länger behalten durfte, denn sie gingen auf die französische Schule, und die führte bis zum Abitur.

Oliver hätte sicher auch bei ihnen bleiben können, wenn sie

ihn seinerzeit nicht in einen französischen Kindergarten geschickt hätten, wo er gleich am ersten Tag von einer Kindergärtnerin so hart bestraft worden war – sie hatten nie rauskriegen können, weswegen – daß er nicht zu bewegen gewesen war, je wieder hinzugehen. So entschied eine Ohrfeige, daß ihr Sohn die amerikanische Schule besuchte, die dann so mittendrin abbrach.

„Wie geht es ihm? – Hast du mit ihm gesprochen?", Hazel sah Vicky an, und ihre sanfte Stimme riß mit einem Schlag das ganze Bollwerk, das Vicky innerlich errichtet hatte, nieder. Vicky schossen die Tränen in die Augen. Sie konnte nicht aussprechen, was Oliver ihr am Telefon gesagt hatte, nämlich, er beneide die Autos, die so frei herumführen.

Hazel legte den Arm um ihre Schulter. Vicky faltete eine Serviette auf. Sie versuchte, sich zu fassen, an etwas Fröhliches zu denken. Elias kam herein, und stand abwartend im Hintergrund. Hazel bestellte für sie Sprudelwasser.

„Kennst du eigentlich die Maxwells, er arbeitet in der Botschaft, seine Frau ist für U.S.A.I.D. tätig?"

Vicky nickte. Er war ihr aufgefallen als ein stämmiger Amerikaner. Sie hatte ihn öfter beim Baseballspielen gesehen.

„Vor zwei Wochen feierte er eine Party, ganz plötzlich versagten ihm der Reihe nach zuerst die Beine und dann die Arme. Das Rettungsflugzeug mußte bestellt werden, und er wurde nach Paris ausgeflogen. Er liegt jetzt auf der Intensivstation, ist völlig gelähmt. Die Ärzte wissen immer noch nicht, was ihm fehlt. Seine Frau ist bei ihm, morgen kommt sie zurück, sonst verliert sie ihren Job. Sie haben ein Kind, für das muß sie sorgen, ich befürchte, sie sind nicht einmal versichert. Hoffentlich kommt er durch und wird wieder ganz hergestellt, ist das nicht furchtbar!"

Zu erfahren, daß es Leute gab, denen es wirklich schlecht ging, gab Vicky den Abstand zu den eigenen trüben Gedanken. Hazel hätte in diesem Moment nichts einfallen können, was die andere mehr aufgemuntert hätte. Sie wollte wissen, welche Krankheiten so unverhofft zu Lähmungen führten. Die Ärzte, die ihn behandelten, vermuteten, daß der Amerikaner vor einigen Wochen eine grippeartige Infektion durchgemacht hatte und jetzt an den Folgen des Guillain-Barre-Syndroms litt, über das medizinisch wenig bekannt ist und von dem man annimmt, daß es mit der Immunabwehr des Körpers zu tun hat. Wenn sich ihre Vermutung bestätigte, hatte der Kranke große Chancen, eines Tages wieder gehen zu können, bis dahin konnte es allerdings Monate, vielleicht sogar Jahre dauern.

Hazel seufzte auf. „Haben wir nicht als Hippies wie die Vögel gelebt, ohne Krankenversicherung, ohne Altersversorgung? Die Kinder wachsen heran, wir müssen die Schulen bezahlen, langsam werden wir erwachsen. – Ich unterrichte gern und bin so froh, daß auch Gary endlich eine Aufgabe gefunden hat, die ihn ausfüllt und gut bezahlt wird. Leider muß er viel reisen, die Kinder müssen die meiste Zeit ohne ihn auskommen, er fehlt ihnen, sie brauchen ihn so dringend, gerade jetzt."

Hazels Mann war Ingenieur und beschäftigte sich gern, wenn er zu Hause war, wie Simon mit Computern. Er hielt sich gerade im Niger auf, um für eine Organisation der Entwicklungshilfe zu prüfen, ob Pumpen für Brunnen, die die Saudis gestiftet hatten, mit Solarenergie betrieben werden konnten. Er war nun schon einige Wochen fort.

Sie kamen darauf, wie man als Frau mit der Abwesenheit der Männer fertig wurde.

„Bist du nun sehr allein?", fragte Vicky.

Hazel blätterte in einer deutschen Zeitschrift, sie sah auf. „In der ersten Woche macht es mir nichts aus, ich genieße es vielleicht sogar, daß mein Mann nicht da ist. In der zweiten Woche beginne ich, ihn zu vermissen, in der dritten Woche sage ich mir, er soll nun endlich wiederkommen, und danach, wenn er immer noch nicht zurück ist, werde ich wütend, dann kann er mir überhaupt gestohlen bleiben."

Vicky konnte ihr das nachfühlen, auch sie war immer sehr allein, wenn Simon für längere Zeit fort war.

„Ich glaube, die Männer spüren, wenn wir Frauen allein sind."

Hazels Augen blitzten vor Vergnügen, aber wie um ernst zu bleiben, kniff sie den Mund zusammen. „Hat mich doch jemand eingeladen für heute abend, ein sehr schöner Mann. Er will mit mir ausgehen, der hat mich vielleicht angesehen, ich glaube der will . . ."

„Was?" –

„Na, du weißt schon . . ." –

Gleichzeitig prusteten sie los, sie bogen sich. Die Armstütze am Cordsessel, in dem Vicky saß, löste sich wieder ab. Sie hörten nicht, wie sie zu Boden polterte, sie lachten und lachten, bis ihnen die Tränen über die Wangen rollten.

Reise nach Timbuktu

Der Himmel war schwarz verhangen, man konnte kaum atmen. Die ersten Regenfälle kündigten sich an, als sie Sam, ein englischer Freund, besuchen kam. Daß er älter geworden war, merkte man ihm kaum an. Er war noch genauso unruhig und neugierig wie damals, als er durch das kleine Krankenhaus von Äthiopien gehumpelt war, in dem sie als junge Ärzte gearbeitet hatten.

Simon hatte eine Weile an seinem Macintoshcomputer gesessen. Er las Vicky den Brief an die Zentrale vor. „Na, wie findest du das?"

„Es gibt eine unverfälschte Beschreibung der Situation im ländlichen Gesundheitsbereich. Punkt für Punkt ist kritisch abgehandelt, überwiegend pessimistisch. Stil hervorragend!"

Simon knüllte das formvollendete Schreiben auf Tennisballgröße zusammen und zielte es in den Papierkorb. „Du hast recht, es ist besser, nichts von sich hören zu lassen, als Kritik zu äußern. Die Zentrale will in erster Linie in Ruhe gelassen werden. Projekte sollen pflegeleicht sein. Ich sollte mich lieber an ihre Kunstsprache halten und Worthülsen wie: Zielgruppenrelevanz, Zeitbudget, Kompetenzvermutung und Vertrauensvorschuß verwenden. Ganze Ordner sind mit diesem Entwicklungschinesisch gefüllt, kein Mensch liest die Berichte, bei uns finden wenigstens Ameisen, Kakerlaken und Mäuse Geschmack daran."

Vicky putzte die kleine Pyramide blank, die auf seinem Computer ruhte. „Ist es wegen deines Fortschrittberichtes, daß du nicht mitkommst?" erkundigte sie sich.

Er schüttelte den Kopf. „Ich will die Weltbank-Delegation nächste Woche nicht verpassen. Sie haben an unserem Bekämpfungsprojekt großes Interesse gezeigt und wollen es übernehmen, wenn unser Ministerium aussteigt, so ein erfolgreiches Projekt lassen sie sich nicht entgehen. Die Weltgesundheitsorganisation hat sich auch schon um die Nachfolge beworben.

„Was, unser Ministerium will übergeben, das Projekt in malische Hände legen?" Vicky verstand überhaupt nichts mehr.

„Du weißt doch, wie das läuft. Ein Projekt wird für zwei bis drei Jahre geplant und eventuell ein- bis zweimal verlängert, dann muß das Partnerland selbst in der Lage sein, es fortzuführen, es wird übergeben, das heißt, in den meisten Fällen wird das Projekt zugemacht.

Unsere Gesellschaft hält sich zugute, daß ein großer Teil der Auslandsexperten Landwirte sind, die in der Dritten Welt die Nahrungsmittelproduktion verbessern sollen, das geht sogar so weit, daß im Betrieb eine sogenannte Bauernfete gefeiert wird. Die eigentliche Weisheit des Landmanns ist anscheinend nicht bis zur Spitze der Organisation vorgedrungen, die es eher den Managern von Industriekonzernen gleichtut und zusammen mit ihren Stäben aus dynamischen Leuten, die nie länger als besuchsweise in den Tropen gewesen sind, auf eine neue Linie für den Organisationsvorgang und die Unternehmenspolitik einschwenkt und in ihrer quirligen Sucht nach neuen Trends es vergißt, die Saat, die sie selbst eingebracht hat, zu pflegen, und sie oft genug selbst zertrampelt, bevor sie Früchte tragen konnte.

Nimm unser Projekt, wir sind erfolgreich, aber um wirklich erfolgreich zu sein, müßten wir noch mindestens fünf Jahre weiterarbeiten, das ist denen zu lange. Die Wirksamkeit des Projektes ist so schnell verflogen, wie sie begonnen hat. Wenn du das jemandem versuchst zu erklären, beschnackt er dich mit gefälligen Wortgebilden, die eigentlich alle keine Bedeutung mehr haben."

„Aber das ist doch Wahnsinn!"

„Unsere Regierung fängt lieber neue Projekte an, das läßt sich politisch besser verkaufen. Hinzu kommt, wir sind eben keine Missionare, die ein Leben lang in einem Land wirken."

„Du beklagst dich über die Gesellschaft?"

„Es sind einfach zu viele Bürokraten in der Zentrale, die Mandarine der Verwaltungskaste, deren Intelligenzgrad nicht am Doktortitel abzulesen ist.

Andererseits hat die Gesellschaft vorbildliche Richtlinien für Führung und Zusammenarbeit erlassen, eine sogenannte Erklärung der Menschenrechte im Bereich der Großunternehmen. Der Projektleiter hat sehr viel Freiheit, man erwartet von ihm, daß er sich über Kleinigkeiten hinwegsetzt und nur seinem Gewissen verantwortlich gute Entwicklungsarbeit leistet. Ich bin der Kapitän auf meinem Schiff. Freiheit und Verantwortung, das liegt mir!" Simon hatte seine Ausführungen beendet und machte sich daran, Belege zu sortieren.

„Jetzt möchte ich nur noch wissen, ob du mit auf die Reise kommst?", fragte Vicky.

„Tut mir leid, ich muß hierbleiben, das ist wichtig für unsere Leute, ich hätte Juwaru gern selbst besichtigt. Verschieben können wir die Reise auch nicht, weil der Regen das Binnendelta in einen Schlammsee verwandelt, so daß es unmöglich wird, nach Timbuktu durchzukommen."

*

Die schrägen Strahlen des Sonnenlichtes warfen rosafarbene, purpurne Schatten. Im scheidenden Licht standen zwei Gestalten beieinander, ein großer Mann mit einem Aktenkoffer und ein untersetzter, dicker. Sie lösten sich voneinander. Der große schloß die Eisenpforte hinter sich.

Der Kranke begrüßte ihn an der Tür.

„Allah, der Allmächtige, sei gelobt!"

„Friede sei mit dir. Wie geht es deiner Gesundheit?"

„Hast du das Geld, mein Bruder?"

Der Ankömmling beförderte ein dickes Bündel aus den Falten seines Gewandes und legte es auf den niedrigen Tisch. Der Junge brachte die Öllampe. Der Knochige löste den Bindfaden. Er ließ die abgegriffenen Scheine durch seine Finger gleiten, befriedigt verbarg er sie in seinem Bubu.

Der andere sah ihm zu und verzog die Lippen zu einem hämischen Grinsen. „Wir haben die Madina in der Zange. Zur Stunde des ersten Gebetes hat sie das Lager des Schmieds verlassen."

Der Knochige schlürfte den Tee, er lächelte. „Sie wird ihren Hochmut bitter bereuen, dieses machtgierige Flittchen!" –

„Der Dicke sagt, die Computer rattern die ganze Nacht. Der Schmied läßt niemanden ran. Er räumt alles weg."

Langsam und tief sog er den Rauch ein. „Wir müssen das unbedingt herausfinden. Wir werden bald handeln müssen."

Schweigend saßen sie da, und dachten nach.

„Allah sei mit dir!"

Er ging mit federnden Schritten.

*

Sie stemmten sich der einwärtsflutenden Fahrzeugmasse entgegen. Überall lagen Haufen von Mangos zum Verkauf. Hier und da hingen große Brocken blutigen Fleisches in den Bäumen.

Idris drehte auf, Sams Haupthaar bäumte sich im Wind. Eine rotbraune, leichtgewellte Parklandschaft öffnete sich vor ihnen mit grünen Tupfen durchsetzt bis zu dem bläulichen Streifen am

Horizont. Die Sonne durchglühte den sommerlichen Grasstreifen. Auf einer leicht geschlängelten, goldumsäumten Bahn brausten sie dahin. Die Felsenberge von Baginda, in denen Vicky mit Oliver geklettert war, hatten sie bald hinter sich gelassen.

Nicht umsonst hatte Simon alle Chauffeure angewiesen, hundert Stundenkilometer nicht zu überschreiten. Plötzlich in einer Biegung kam ihnen ein Lastwagen entgegen, direkt auf ihrer Spur. Es prasselte und knisterte, das Fahrzeug schwankte bedrohlich, aber pendelte sich wieder ein. Abgerissene Halme peitschten ihnen ins Gesicht. Idris hatte den Landrover auf den schmalen Schotterstreifen herübergerissen. „Ein Verrückter!" murmelte er und zog sein Käppi mit dem Emblem der Zentrale tiefer in die Stirn. So ähnlich mußte es dem jüngsten Sohn des Präsidenten ergangen sein, der seitdem querschnittsgelähmt in einem Krankenhaus von Paris lag.

Karim hatte Vicky bei dem Manöver in die Ecke gedrückt. Er lachte verlegen und sagte: „Schade, daß Simon nicht mitkommen konnte, was haben wir doch zusammen im Kongo alles aufgestellt. Er ist jetzt immer so ernst. Das macht sicher die viele Arbeit. Die Leute im Projekt haben großen Respekt vor ihm. Wußtest du, daß sie ihn den Tiger nennen?"

Sie fand den Spitznamen passend. Die Afrikaner fürchteten ihn, sie hatten nicht vergessen, wie schnell Abdul und seine Vertrauten das Projekt verlassen hatten. Ein Gespür für Stärke war ihnen eigen, in Deutschland hatten sie Simon nicht zuletzt, weil er immer so gutmütig wirkte, oft unterschätzt.

„Neulich, als ich Sam abholte, sah ich Mariam am Flughafen, sie flog nach Genf, aber du warst nicht da!?", sagte Vicky. Anscheinend beachtete er Mariam doch nicht so, wie Monique behauptete.

Er seufzte. „Das ist vorbei. Die Familien sind dagegen."

Er schwieg.

„Meinen Vater hätte ich sicher rumgekriegt, und meine Mutter richtet sich nach unserem Vater, jedoch bei ihren Eltern ist nichts zu machen."

Er hielt den Kopf halb gesenkt.

„Ich habe sie vor die Entscheidung gestellt: die Sippe oder mich. Sie hat mich gefragt, ob ich ihr garantieren könne, daß ich sie nie verließe – ein Leben lang. Kann ich ihr das versprechen?

Ich habe nicht vor, sie zu verlassen, aber soll ich diese Verantwortung auf mich nehmen, kann ich denn wissen, wie ich später einmal darüber denke? –

Wenn sie nicht zu ihrer Familie zurück kann, verliert sie jede Sicherung ihrer Existenz."

Er litt sichtlich, und nach einer Weile fuhr er fort: „Sie ist jung, schön, ich bin ganz verrückt nach ihr. – Ich habe mich verliebt. Ich muß sie mir aus dem Kopf schlagen."

Er schien zu überlegen. „Meinst du, daß es noch Zweck hat, zu warten?" Es war so, als wenn etwas in seinen Augen aufglimmte.

Vicky sammelte die Strohhalme von ihrem Rock und beförderte sie nach draußen. „Warum hat sie sich denn nicht für dich entschieden?"

„Sie hat immer bei ihren Eltern gelebt, kennt es nicht anders, sie hat Angst, sie zu verlieren."

„Es ist ziemlich dumm von ihr, nicht gerade mutig, sie wagt nichts, besser du vergißt sie!" – Das konnte Vicky so einfach sagen.

„Vielleicht ist sie zu jung", er schien zu überlegen. „Ich habe immer Pech mit den Frauen . . ." Er brach den Satz ab und lehnte sich zurück.

Sie spähte zu ihm herüber, wie gut er doch aussah! „Gehst du noch zum Tanzen?"

„Nein, keine Lust mehr dazu. Ich habe mich in meine Arbeit vergraben und fahre nur noch zum Schlafen nach Hause. Ich werde nie heiraten!" –

Ihm war etwas ins Auge gekommen, er rieb daran, setzte eine Brille mit dunklen Gläsern auf und neigte sich seitlich in den Fahrtwind.

Sie hatten Hunger bekommen. Idris hielt mitten in einer Ortschaft. Sie tranken und aßen von den Erdnüssen aus einem Stückchen Papier auf der Kühlerhaube. Um sie herum war das ganze Marktgetriebe mit Lärm und Gedränge. Überladene Buschtaxen trafen ein und fuhren ab.

Das Geschrei nahm merklich zu, es schien aus einem Minibus zu kommen, dessen schäbige, kleine Fenster zerbrochen waren. Aus dem Führerhaus züngelten Flammen. Die Passagiere standen nach hinten gedrängt, hämmerten gegen den Ausgang und schrien gellend. Der Fahrer sprang ab, und der Bus rollte führerlos in eine Tankstelle, direkt auf die Benzinpumpe zu. Die Leute stoben, eine Explosion erwartend, auseinander. Das Feuer griff auf die Kabine über. Eine Gestalt sprang auf den Wagen und rüttelte an der Tür. Es war Karim.

„Mein Gott, Karim," rief Vicky, „spring!" –

Da gab die Tür nach. Ein Dutzend sperriger Marktfrauen mit

all den Körben dazwischen quoll ins Freie. Das Feuer loderte nochmals auf, und der Kleinbus brannte völlig aus.

Karim kam auf sie zu und lächelte. „Jetzt brauche ich erst einmal eine kühle Coca." Da fiel ihm auf, daß seine Hand blutete, er hatte sich geschnitten. Sein kurzes, gekräuseltes Haar war über der Stirn angesengt und war so schwarz wie sein verrußtes Gesicht.

„Very brave!" bemerkte Sam und hielt Vicky die Schere, als sie eine Binde um Karims Finger wickelte.

Sie konnten ihre Reise fortsetzen und passierten bald darauf die von Kapokbäumen beschattete Allee von Segu, der alten Hauptstadt der Bambara.

In den rosa Villen im maurischen Stil mit Pfeilern und Spitzbögen hatten zur Kolonialzeit die Franzosen mit ihren Soldaten gewohnt.

Idris setzte sie an der Herberge in der Nähe des Nigerflusses ab, um den Wagen aufzutanken. Karim war nur bis hierher mitgekommen, er hatte sich mit einem holländischen Arzt verabredet, um ihm bei der Datenverarbeitung behilflich zu sein. Er verabschiedete sich.

In dieser letzten Oase vor der eigentlichen Einöde traf man immer auf Bekannte. Der Experte Peemöller, Schiffbauer in der Hafenstadt Kolikoro, winkte sie gleich an seinen Tisch.

In behäbigem, ostfriesischem Tonfall erzählte er von der Zeit, als er zur See gefahren war. Nie habe er sich träumen lassen, jemals in der Wüste Schlickrutscher zu bauen. „Wenn man in Deutschland sagt, man braucht mindestens eine Handbreit Wasser unter dem Kiel, so ist das hier das meiste, was wir je hatten. Mit dem Kahn und tausend Leuten an Bord, dreifach überbelegt, sind wir, bis wir in Mopti sind, die Dünen gleich zigfach rauf- und runtergerutscht." Und mit einer weitausladenden Handbewegung setzte er resignierend sein Bier an. „Ooh, lot mi an Land!" Vicky und Sam amüsierte das, auch wenn letzterer nicht alles verstehen konnte.

Wie ein Wurzelgeflecht, so durchdringt der Niger mit seinen unzähligen Verästelungen die Wüste.

Königen gleich glitten sie auf dem Damm an Kanälen entlang, vorbei an Reisfeldern, die der Wind bewegte. Unter dem blaßblauen Himmel mit den kugeligen Wolken wähnte man sich in Holland an einem heißen Sommertag.

Idris bog steil abwärts und folgte einer der Spuren in dem

rotgelben Sand, die sich fächerartig im Dickicht verloren. Er hielt noch einmal kurz, um sich ein langes Tuch zu einem Turban zu wickeln. Von seinem Gesicht sah man nur noch die spiegelnden Flächen einer Sonnenbrille. Lastwagen hatten tiefe Lehmgräben gezogen, und Idris balancierte die Räder wechselseitig mal auf dem bröckeligen Kamm, mal in der ausgefurchten Mitte, bis es unter ihnen knirschte, dann brach er vollends aus der Spur und fuhr einen weiten Bogen.

Vicky war es nicht klar, wie er in diesem Irrgarten von Baumstrünken, Wasserlöchern und versperrenden Wadis immer wieder zu den wegweisenden Sandbändern zurückfand.

Der Wagen kippte und richtete sich wieder auf. Eine Ladung von Staub überpuderte sie. Vicky zog sich an dem Haltegriff wie an einer Reckstange hoch, um nicht wie ein loser Gegenstand herumzukollern, gleichzeitig schossen ihr fortwährend Kartons und Gepäckstücke, die sich auf der Batterie von mit Diesel gefüllten Kanistern stapelten, in den Nacken, sie stopfte sie in die freien Höhlen zurück. Es knackte, und einige Rinder brachen vor ihnen durch das Dornengestrüpp.

„Sam, möchtest du einen Schluck Wasser!" brüllte Vicky in sein Ohr. Sie hörte ein zischendes Geräusch. Idris bremste und stieg aus. „Das fängt ja gut an, Platten!" –

Er wechselte den Reifen und zündete sich eine Zigarette an. Er hatte die Farbe der Umgebung angenommen. „Als wir mit der großen deutschen Doktorin" – er sprach von einer Freundin von Vicky – „die erste Lieferung Reis nach Gundam bringen sollten, hätten wir uns beinahe verirrt. Wir gerieten in einen Sandsturm und blieben in einer Düne stecken. Wir schaufelten uns raus, fuhren kreuz und quer und konnten die Spuren nicht wiederfinden. Wasser hatten wir auch nicht dabei. Nach einiger Zeit hörten wir zufällig Motorengeräusch, die Piste ging direkt an uns vorbei. Wir waren gerettet." Er betrachtete die Asche. „Zeki und ich haben nachher unseren Führer vertrimmt, so wütend waren wir. Das hätte leicht unser Ende sein können." Er tat noch einen Zug und schwang sich hinter das Steuer.

Ein Reiter mit einem Jungen auf einem geschmückten Pferd bewegte sich durch die Einöde. Ihm folgte eine schwarz gekleidete Frau auf einem Esel, einen großen Kochtopf hinter sich. Ihr Silberschmuck glitzerte.

Es ging weiter, endlos. – Sie kamen an einem Sandhügel vorbei, auf dem ein unbehauener Stein ruhte, das Grabmal der Schulklasse aus Lere. Abdul hatte ihnen die Geschichte auf der

„Ihm folgte eine schwarz gekleidete Frau auf einem Esel“: Begegnung in der Wüste.

letzten Reise erzählt. Es geschah während einer der zurückliegenden Hungersnöte, Ende der sechziger Jahre. Im weiten Umkreis von Niafunke und Lere gab es nichts mehr zu essen. Aus Verzweiflung hatte sich ein Lehrer mit seiner Schulklasse ins Office de Niger aufgemacht. In dem immer grünen Bewässerungsgebiet hofften sie auf Nahrung. Fast hätten sie es geschafft, sie verirrten sich. „Sie müssen im Kreis gelaufen sein“, hatte Abdul gemeint, „sie sind verdurstet, nur wenige Kilometer, eine halbe Tagesreise, von den Reisfeldern entfernt. Ihre Gebeine hat man hier gefunden und aufgeschichtet.“

Idris konnte aufatmen, sie waren auf dem richtigen Weg.

Das orangefarbene Licht ging in Violett über. Wie ein Feuerball tauchte die Sonne weg. Sam und Vicky verbrachten die Nacht auf Feldbetten neben dem Auto. Vicky fühlte sich, als wenn sie eine schwere Arbeit geleistet hätte. Sie war zu müde, die blinkenden Botschaften des Alls aufzunehmen, und schlief sofort ein.

*

Die Wächter in Badala brutzelten ihr nächtliches Mahl über kleinen Holzkohlenfeuern. Aus dem Büro drang noch Licht, als Karim gegen die Scheibe pochte. Er beruhigte den Hund. Simon ließ ihn ein.

„Hier ist das Dokument, Ousman hat es mir gegeben. Sag niemandem, daß du es hast, ich will damit nichts zu tun haben, es ist mir zu gefährlich! Meinen Diener habe ich gerade gefeuert, ich habe ihn überrascht, wie er meine Sachen durchwühlte."

Simon nahm das Bändchen und betrachtete es, ein unmerkliches Lächeln umspielte seine Lippen. Es war ein echtes Werk ihrer Abteilung, sauber gebunden und übersichtlich in Tabellen enthielt es Namen und gestochen scharfe Zahlen. Er verwahrte es in seinem Schreibtisch.

*

Ein neuer Tag war angebrochen. Sie ratterten durch die glutüberhauchte Ebene, über die sich ein gläserner Himmel spannte. Vor ihnen tat sich ein spiegelnder See auf, eine dunkle Gestalt schien sich darauf zu bewegen. Sie verdichtete sich zu einer schwarzverhüllten Frau, die ihnen aus einem Feld mit Indigosträuchern nachblickte. Vögel mit großen Schnäbeln flogen auf. Vickys Gedanken schwebten über die verschwimmende Dunstlinie hinweg.

In strahlender Helligkeit lag Juwaru, eine Ansiedlung mitten im Delta vor ihnen auf einer Anhöhe, von silbrigen Palmen umstanden. Sie mußten nur noch einen knietiefen Wasserlauf durchqueren.

Hunde liefen mit dem Geländewagen um die Wette, eine Schar Kinder rief ihnen nach: „Monsieur, Monsieur!" Fremde Frauen kamen selten in diese Gegend. Ein Junge in einer zerlumpten Hose lief barfuß vor ihnen her, um ihnen das Haus des Kommandanten zu zeigen. Die Gassen waren so eng, daß Vicky fürchtete, das Auto würde die Lehmmauern sprengen.

Hinter dem Ort breitete sich ein weites Schotterfeld aus. Ein Mann mit einer Pudelmütze steuerte eine Schubkarre auf eine Baustelle zu. Die Sonne stand direkt über ihnen, Scherben reflektierten das Licht. Beim Näherkommen erkannten sie Türme gestapelter Ziegel und eine Reihe brauner Lehmbausteine, die zum Trocknen auslagen, einige hellere waren von spinnwebenartigen Rissen durchzogen. Sam stieg vorsichtig auf dem Fundament herum und fotografierte. Im Schatten eines Unterstandes ließen sie sich nieder.

„Ist das euer Krankenhaus?“, fragte Sam und stieß mit dem Fuß gegen einen Lehmquader, von dem sogleich die Ecke absprang. „Es sieht ganz so aus!“ Insgeheim hoffte Vicky noch, daß ihr Führer sich geirrt habe und der Neubau da drüben gemeint sei. Sam wollte wissen, was Simon mit dem Juwaruprojekt zu tun habe.

„Mit Juwaru hat alles für Simon in Mali angefangen. Ein deutscher Minister kam in dieses Land, um den Vertrag für einen Staudamm zu unterzeichnen. Seine Frau, angerührt von dem Elend der Bettler, wollte unbedingt etwas gegen die Lepra tun, ein Leiden, das sie aus der Bibel kannte. Das Ministerium erübrigte Gelder dafür, und Simon sollte einen Vorschlag machen. Die Malier entschieden sich aber für eine Gesundheitsstation in Juwaru.

Drei Jahre lang kamen sie nicht an das zugesicherte Geld heran, weil sie die Briefe in Amtsdeutsch nicht verstanden. Der Vertrag ging verloren. Als Simon nach Mali kam, fand er die Unterlagen inmitten verstaubter Aktenberge im Ministerium. Der malische Architekt legte Zeichnungen für ein Wüstenschloß vor, ein Universitätskrankenhaus, wie es in Westafrika seinesgleichen sucht. Juwaru liegt auf einer Insel im Delta und ist auch für Kranke schwer erreichbar. Eine Station für fünfzehn Patienten hätte völlig genügt. Die Mittel waren bereits geschrumpft, als Simon dem geänderten Entwurf zustimmen konnte. Nun war es die Baubehörde, die sich bei den Zugängen zum Operationsraum auf Sterilitätsvorschriften und DIN-Normen bei Steckdosen berief, obwohl kein Strom vorgesehen war. Alle drei Monate ging ein Brief hin und her, so hat sich das über die Jahre hingeschleppt.

Inzwischen wütete eine Choleraepidemie im Dorf, das auf keine weitere medizinische Unterstützung rechnen durfte. Für die Ausschreibung mußte ein kompliziertes, ins Französische übersetztes Vertragswerk beachtet werden, welches niemand verstand. Bauunternehmer, die weder lesen noch schreiben konnten, wurden aufgefordert, ihre Bankkreditwürdigkeit nachzuweisen.“

Vicky nahm einen großen Schluck aus der Wasserflasche. „Das nennt sich also eine Entwicklungsruine“, bemerkte Sam.

Sie wußte von noch schlechteren Projekten, so hatte eine Spendenorganisation ein Grundstück erworben, das in der Regenzeit unter Wasser steht. Zementhaltige Lehmziegel wurden in Auftrag gegeben. Der Niger spülte sie weg, das Geld wurde buchstäblich in den Sand gesetzt.

Ein Mann auf einem Moped näherte sich ihnen. Es war der Ingenieur, der den Bau beaufsichtigte. Er erklärte, warum es so langsam voranging. Die Brunnen waren unergiebig, Zement und Kies mußten umständlich mit einer Piroge aus Mopti herangeschafft werden, Telefonleitungen waren ständig unterbrochen. Aber trotzdem war er zuversichtlich. „Ich rechne damit, daß der Bau im Herbst steht“, versicherte er ihnen.

Sie stiegen in den Geländewagen ein, und Vicky erzählte Sam, daß Simon abergläubisch sei. „Er ist der Meinung, er könne erst das Land verlassen, wenn das Krankenhaus fertig sei.“

Die gezackten Türme der Moschee funkelten wie Edelsteine. Auf einem Sandhügel zeichnete sich Gundam, die Stadt aus Lehm, gegen das verglühende Licht ab. Aus der Ebene ragten Pilzen gleich die halbkugelförmigen Behausungen der Bella, einstiger Sklaven der Songhai. Sie passierten die Brücke und fuhren durch die dunstigen Gassen.

Idris führte sie in einen geräumigen Hof, der von einer mannshohen Lehmmauer eingefaßt war. Er stellte das Feldbett für Vicky mitten auf dem Sandplatz auf. Wie betäubt legte sie sich darauf, die Fahrt war zu heiß gewesen. Im Dämmer glaubte sie, französische Satzfetzen zu vernehmen. Sam pochte ihr auf die Schulter, zwei Männer wollten zu ihr. Sie richtete sich auf und angelte mit den Zehen nach den Sandalen. Die beiden Gestalten hoben sich nur schemenhaft von der undurchdringlichen, schwärzlichen Umgebung ab. Der Schein einer Kerosinlampe reflektierte das Weiß ihrer Turbane und hellen langen Gewänder.

Sie verneigten sich würdevoll. „Sind Sie Madame Vicky? Wir wünschen Ihnen, Ihrem Mann und den Kindern Gesundheit! Wir wünschen Ihnen ein langes Leben!“ Sie setzten ihre Begrüßungsformel noch eine Weile fort, bis der Ältere schließlich sagte: „Madame Vicky, wir haben erfahren, daß Sie in unsere Stadt gekommen sind. Wir sind Abgesandte der Bauern aus dem Dorf, eine halbe Tagesreise nördlich von hier, und wir wollten es nicht versäumen, uns bei Ihnen und Ihrem Mann zu bedanken.

Weil Sie uns zu essen gegeben haben, konnten wir die Felder bebauen. Der Regen ist gekommen. Die Hirse ist gut gewachsen, und wir haben aufgepaßt, daß die Vögel nicht zu viel wegfraßen. Am Ende waren die Speicher voll, und unsere Kinder haben fröhlich gespielt. Madame, Sie haben unser Dorf gerettet. Nehmen Sie als Zeichen unserer Dankbarkeit dieses kleine Geschenk", und er übergab ihr ein flatterndes Bündel, und ehe ihr noch recht bewußt wurde, wer diese Männer waren, hatte die Dunkelheit sie schon wieder verschluckt. Die auf- und abwandernde Lichtkugel wurde kleiner, dann verschwand sie ganz.

Idris nahm ihr die Hühner ab und stellte zwei Schüsseln hin. Sie aßen schweigend, jeder seinen Gedanken nachhängend, und nahmen kaum wahr, wie er die halbleeren Schüsseln forttrug. Im Schein einer Taschenlampe notierte Sam etwas mit Bleistift in ein leinengebundenes Buch. Vicky legte sich im Kleid auf ihr Feldbett und zog sich den Schlafsack bis unter das Kinn. Der Himmel wölbte sich über ihr wie eine schwarze Kuppel, durchbrochen von funkelnden Schlitzen. Sie atmete den Duft des Sandes ein. Ein Luftzug fächelte ihr das Gesicht.

Sie stand wieder auf dem mit Steinen übersäten Felde, am Ufer dieses grünen Sees, der nur aus Schlingpflanzen zu bestehen schien. Ein Schwarm schwarzer Vögel flog auf. Das Dorf Fatakara war verlassen, die Türen verschlossen, das Mauerwerk bröckelte. Nur ein alter Mann in Lumpen wachte über diesem toten Ort. Abdul El-Bakar mußte sich abwenden, er weinte. Die Bewohner waren weggezogen, selbst auf dem Markt in Gundam gab es keinen Reis mehr. Der erste Regen kündigte sich an. Sie wußte nicht mehr, ob es Simon war oder Abdul, dem die Idee kam, man müßte die Bauern in die Lage versetzen, daß sie säen könnten, ihnen Reis schicken. In Traumbildern durchwanderte sie die irdenen Lehmgänge in Abduls Haus. Sie spürte, wie der Marabu ihre und Simons Hände übereinanderlegte, darauf spuckte und etwas murmelte . . .

Sie wußte nicht, ob sie träumte oder wachte. Sie wälzte sich auf der schmalen Pritsche hin und her. Die hellen Löcher blinkten immer noch, dann wurde die Kuppel lichter, senkte sich herab und hüllte sie in weißen Nebel ein. Sie hörte das Klappern der Wassereimer. Ein heißer Sonnenstrahl kitzelte sie, da richtete sie sich auf.

Sie befreite sich aus dem Schlafsack und ging, um sich zu waschen. Sie stieg die Treppe zu dem Waschplateau hoch. Während sie sich die Zähne putzte, sah sie weit über die Wüste. Wie konnte man sich darin nur zurechtfinden, besonders nachts? Die meisten Führer richten sich nach den Gestirnen und dem Wind. In Timbuktu erzählte man sich von einem Blinden, der eine Karawane nach Marokko und zurück geleitet haben soll. Er ließ den Sand durch seine Hände gleiten und roch daran.

Sam kam pfeifend von einem Spaziergang zurück. Er war durch die alte Stadt geschlendert und bis zu der Moschee gelangt. Er freute sich an den verzierten Lehmbauten. Er hatte den Männern in Turbanen zugesehen, wie sie sich zum Gebet versammelten.

Idris brachte Tee, kaltes Hammelfleisch und Fladenbrot. Sie frühstückten, und es schmeckte ihnen, obwohl sie mit jedem Bissen Sand zu sich nahmen. Die Reste wurden eingewickelt. Sie packten rasch die Sachen zusammen. Idris lud die Feldbetten auf. Er stellte sie noch kurz seiner Familie und seiner jungen Verlobten vor, ehe sie abfuhren.

Sie bogen in ein Gelände ein, gesäumt von blechgedeckten Baracken, und davor thronten als Wahrzeichen eines Krankenhauses die Wracks von zwei Landrovern, die keine Räder mehr hatten. Sie wirkten sonst noch recht neu, und auf den Türen war unterhalb des leuchtend roten Kreuzes noch der Name der Hilfsorganisation zu lesen, die sie vor nicht allzu langer Zeit an den malischen Gesundheitsdienst übergeben hatte. Durch die offenen Fenster war der Staub in sie hineingeweht, und in den leeren Motorhauben sammelten sich Wüstendornen.

Ein Mädchen hielt neben ihnen auf einem Moped. Es nahm ihr Kopftuch ab und schüttelte das schwarze Haar. Unter der Sonnenbrille kam ein bekanntes Gesicht zum Vorschein. Die junge Französin war voller Sorge vor Krankheiten in Bamako zu Vicky gekommen, um sich beraten zu lassen, weil sie für ein Praktikum in den Norden reisen wollte.

Die Frauen begrüßten sich überschwenglich. Vicky stellte Sam aus London vor, der sich für die Arbeit englischer Freiwilliger interessierte. Sie war überrascht, die Französin hier anzutreffen. „Mir gefiel es, ich habe eine Aufgabe gefunden, und außerdem hat Klaus mich nicht weggelassen", berichtete jene. „Er setzt sich als Freiwilliger für den Deutschen Entwicklungsdienst gegen die Versteppung des Sahel ein."

Sie folgten ihr zu einer weißgekalkten Hütte. Sam deutete fragend auf ein großes Tongefäß. Die Französin erklärte, daß das ein energiesparender Ofen sei, und wie dieser funktionierte. Sie schob den Riegel an der Blechtür zurück. „Dies ist mein Reich!"

Eine Strohmatte bedeckte den gestampften Boden, die rauhen Lehmwände zierte ein Kalenderblatt mit einem lachenden Säugling und eine Schautafel mit Gartengemüsen. „Ich arbeite mit der Fraueninitiative zusammen. Sie stellen Lehmziegel her und brennen sie mit dem Dung der Kamele und Rinder.“ „Bringt denn das was ein?“ erkundigte sich Sam. „Die Ziegel sind sehr haltbar und werden im ganzen Umkreis bis Timbuktu verwandt, von dem Einkommen haben sich die Frauen sogar ein Fahrzeug anschaffen können.“

Sam notierte und fragte dann das Mädchen nach ihrer Aufgabe. „Ich setze mich mit den Songhaifrauen zusammen und versuche, ihnen etwas über Hygiene und Kinderernährung beizubringen, und natürliche Geburtenkontrolle.“ Sam war skeptisch. Sie bemerkte, wie er ihre Jeanshose musterte, die sich über ihrem Bauch verdächtig wölbte. Sie lachte und zwinkerte Vicky zu. „Ich erkläre ihnen die fruchtbaren Perioden, und dabei bin ich wohl selber ein Mißerfolg meiner Methode.“

Sam war beeindruckt. „Schade, daß sie keine Engländerin ist!“ sagte er bedauernd, als sie zur Ambulanz durch den Sand wateten.

Auf der Holzbank kauerten einige in Tücher gehüllte Gestalten. Ein schlanker Mann trat auf die Terrasse. Sein dunkler Teint, umrahmt von Kraushaar, stand in seltsamem Kontrast zu seinem weißen Hemd. Es war der Chefarzt aus der Kreisstadt Kolokani. Vicky erinnerte sich an sein mit Sonnenenergie betriebenes Krankenhaus und den Scheinwerfer eines Landrovers, den er zu einer Operationsleuchte umfunktioniert hatte. Die Regierung schuldete ihm das Gehalt eines halben Jahres, und die Gemeinde konnte wegen der Dürre nicht mehr für seine Helfer aufkommen, das hatte ihn schließlich bewogen, für eine internationale Organisation zu arbeiten. „So kann ich mehr für mein Land tun!“ erzählte er.

Sam interessierte sich noch für weitere Organisationen. Der afrikanische Doktor schilderte, wie Medecins Sans Frontières die Medikamentenverteilung der ganzen Region aufgebaut habe. Er holte eine Liste hervor mit kleinen Zeichnungen, wie tropfende Nase, ein Ohr mit einem Strahl, ein eindeutiges Symbol für Durchfall. Er sagte die Zeichen stammten noch von Abdul El-Bakar und hätten sich sehr bewährt. Die Pfleger kreuzten die Krankheitssymptome und Menge der verbrauchten Medikamente nur an. Von dem Vorschuß bliebe ein kleiner Teil für sie selbst.

Er führte sie noch durch das Krankenhaus. Danach machten sie sich auf nach Timbuktu, der Königin der Wüste. Ungefähr drei Stunden Weges, hatte er gesagt, falls sie nicht steckenblieben.

Vor ihnen auf dem Motorrad meinte Vicky den roten Schopf von David auszumachen, er verschwand in einer Seitengasse, eine graue Staubwolke zurücklassend. „Wer ist David?“ Sam schöpfte Hoffnung. „Ein ausgeflippter Amerikaner, leider auch kein Engländer, hat sich in die Wüste verliebt und spricht fließend Songhai. Er organisiert die Getreideverteilung. Auf den haben wir uns im letzten Jahr während der Hungersnot sehr verlassen.

Die Spender liefern Getreide, ohne sich Gedanken über die Verteilung zu machen. So lagerten zum Beispiel 2 000 Tonnen kanadischen Weizens monatelang im Hafen von Abidjan. Libanesen mit ihren Lastwagen haben Millionen an den Transporten verdient. Aber gerade die letzten Kilometer sind schwer zu überwinden. Bedürftige haben weder Zugtiere noch Wagen mehr. Die Verwaltung ist überfordert, die Nahrungsmittel zu verteilen. Getreide wird umgefüllt in andere Säcke, und oft nicht einmal das, und in die Nachbarländer verkauft, von dort wird es wieder den Hilfsorganisationen angeboten. So tauchten gestiftete deutsche Margarine und Ölsardinen auf dem Markt in Bamako auf. Libanesen finanzieren von den Profiten ihren Heimatgenossen den Krieg.“

Ein Wachtposten hob den Schlagbaum und winkte sie durch, hinein in das große Sandmeer. Die Hitze flimmerte. Vicky goß sich etwas Wasser über den Kopf. Die Schlucht mit den eingefressenen Spuren erschien ihr jetzt noch ausgefahrener als früher. An der Böschung glitzerte metallisch das bunte Blechteil einer Karosserie, Strandgut der Rallye Paris–Dakar. Über die verschwommene Linie der Dünen zogen Kamele, wie Spielzeug aufgereiht.

In der Mittagsglut lag das Azalaihotel, Rastplatz der Karawanen, verlassen da.

Am Tor empfing sie nicht einmal ein Wächter, es gab wohl auch nichts mehr zu bewachen. Im Innenhof, den früher ein Teppich lilafarbener Wüstenröschen deckte, wo feurige Hibiskusblüten schaukelten, fuhr der Wind nur noch durch trockenes Gras. Aus den engen Bungalows schlug ihnen abgestandene Luft entgegen.

Vicky sah über das Doppelbett und den schräg befestigten

bunten Lappen an der Wand. Die Schranktür stand halboffen, Drahtbügel hingen an der Stange. Sie erinnerte sich an die Leere, die sie im letzten Jahr empfunden hatte, als sie allein nach Timbuktu geflogen war und in diesem Zimmer gewohnt hatte. Sie hatte mit einem Mann mit einem eingedrückten, weißen Fez verhandelt. Er war der Bürgermeister von Timbuktu. Er hatte sich zuerst nach ihrem Mann erkundigt. Ihre Mission war erfolgreich gewesen. Beim Abschiedsessen in einer Runde mit Männern mit Turbanen hatte er ihr gesagt, wenn sie das nächste Mal käme, wolle er sie bis zu den Augen verschleiern. Sie war sich wie eine dieser beneidenswerten Karrierefrauen vorgekommen, wie sie in Frauenzeitschriften herausgestellt werden. Im Hotelzimmer hatte sie sich einsam gefühlt. Wozu die frischen Frotteehandtücher überhaupt gebrauchen? Wozu sich einrichten, wenn es reichte, einige Sachen aus dem Koffer zu ziehen?

Der Wasserhahn gab nur ein fernes Glucksen von sich. Sam grübelte darüber nach, wie er sein Hemd, er hatte nur eines zum Wechseln, waschen könne. Die Klimaanlage gab keinen Ton von sich. Sie stellten sich darauf ein, die Nacht im Hof zu verbringen.

„Kannst du dir vorstellen, daß vor einiger Zeit in diesem Hotel eine Reisegruppe von amerikanischen Senioren zehn Tage lang festgehalten wurde, weil ein Sandsturm tobte und das Flugzeug nicht landen konnte? Was die hier wohl gemacht haben?" –

Sam fand das interessant. „Erzähl mir mehr davon!" Er meinte, das gäbe Stoff für einen ausgezeichneten Roman.

Wie ein Räuber in die verblichene Uniform eines Portiers gezwängt, so empfing sie der Ober in dem geräumigen Speisesaal. Sie waren seine einzigen Gäste. Er legte ihnen die Speisekarte vor. Sam vertiefte sich in das ledergebundene Werk. „Wie wäre es mit einem Glas Champagner, Veuve Cliquot, dazu getrüffelte Leberpastete." Er hob die Braue und lächelte Vicky ironisch an.

„Il n y a pas!" Der Kellner verneigte sich.

Sam las nun die ganze Karte runter. Genüßlich kam ihm der „Parmaschinken in Melone" über die Lippen, „Crudite" hörte sich dagegen bescheiden an, doch jedes Mal kam das kurze: „Il n y a pas."

„Was haben sie denn überhaupt!" entfuhr es Sam, der langsam ungeduldig wurde.

Der Dunkellockige hielt die Arme auf dem Rücken verschränkt, und von seiner Miene her mußte man befürchten, daß er jeden Moment ein Messer aus seiner rötlichen Weste zöge, aber er präsentierte Sam nur ein graues, an den Ecken bräunliches Stück Papier, auf dem in Maschinenschrift zu lesen war: „Menu du Mois, Specialite de Tombouctou" – die grüne Soße!

Das Team hatte Vicky mit ihrer Familie einmal im Dogonland zu diesem Gericht eingeladen. Im Dunkeln – der Mond hatte sich hinter einer Wolke verborgen – hatte sie es in die Erde gelöffelt und mit Sand zugedeckt. Oliver hatte sie für diese Tat bewundert.

Bald darauf servierte man ihnen zwei grelle, orangenfarbene Limonaden und eine Schüssel mit einer spinatartigen, fadenziehenden Masse. Vicky hielt sich an die Vorspeise von Ölsardinen. Sam schmeckte es. „Säuerlich, ein bißchen grallig, und es knirscht zwischen den Zähnen", urteilte er. Er ließ nichts übrig.

Sam war begierig, die Stadt zu erkunden, die ihn schon immer magisch angezogen hatte. Von dem Turm der Moschee sahen sie über eine Ansammlung bröckliger Lehmhütten, weit zum Horizont in Richtung der Salzlager von Taoudeni, dem meist gefürchteten Straflager der Wüste.

„Die Barren werden von den Strafgefangenen, von denen man sagt, keiner lebt länger als sechs Monate, abgebaut. Bewacher sind kaum nötig, denn es gibt kein Entkommen. Das Salz, auch als Zahlungsmittel beliebt, wird in großen Platten auf Kamele gebunden und nach Timbuktu befördert. Seit Jahrhunderten ziehen die Karawanen, einst mit zehntausend Kamelen, und holen das Salz."

Sam begann zu schwärmen, wie gern er mit einer Karawane dahinziehen würde. Vicky fiel die Geschichte von Selim ein, von einem der Fahrer, der erst kürzlich in das Projekt gekommen war und jedes Mal aufstöhnte, wenn er an seinen unfreiwilligen Fußmarsch erinnert wurde.

Er fuhr im Konvoi einen Lastwagen, um die Polisario in der Westsahara zu versorgen, und fiel dabei einer marokkanischen Streife in die Hände. Die Soldaten fesselten ihn und seine Begleiter und ließen sie in der Sonne schmoren bis zum Abend. Dann banden sie einen nach dem anderen mit Armen und Beinen an zwei Lastwagen, die in entgegengesetzter Richtung losfuhren. Selim war der kleinste und letzte der Gefangenen. Er hörte das Stöhnen und Schreien der Gefolterten und erwartete zitternd, daß er an die Reihe käme. In einem Moment, als er sich unbeobachtet glaubte, ließ er sich einfach fallen und rollte sich hinter ein paar Tonnen. Die Nacht brach herein. Die Soldaten grölten, sie hatten gesoffen und vergaßen, nach ihm zu suchen.

Er schaffte es irgendwie, sich zu befreien, und stieß zufällig in dem Wüstenposten auf jemanden, der entfernt zu seinem Klan, den El-Bakars, gehörte, und der ihn eine Zeitlang versteckte. Später schloß er sich einer Karawane nach Gundam an. Er lief sich die Füße blutig, verdurstete um ein Haar, aber er schaffte es. Selim glaubte, Allah wolle ihn für sein leichtsinniges Verhalten mit einem gräßlichen Ende bestrafen. Er schwor, sich nie wieder auf zwielichtige Geschäfte einzulassen. Er kam darauf ins Bekämpfungsprogramm.

Was konnte Timbuktu dem eiligen Reisenden schon bieten, außer ein paar staubigen, engen Gassen und dem verschwommenen Ausblick in die Wüste!

Kaum zu glauben, daß dieser Ort im 15. Jahrhundert ein bedeutender Handelsplatz war, von dem aus Goldstaub und Sklaven aus dem Sudan gegen saharisches Salz eingetauscht wurden. Als gegen Ende jenes Jahrhunderts die Askia-Dynastie der Songhai von Gao die Macht übernahmen, begann die kulturelle Blütezeit von Timbuktu. Hier entstand eine große Bibliothek, in der man auch philosophische Werke von Aristoteles kopierte. Die größten Gelehrten der Zeit unterrichteten 20000 Studenten in 180 Koranschulen in allen wichtigen Bereichen der islamischen Wissenschaft.

Forscher haben ihr Leben eingesetzt, um hierher zu gelangen. Anfang des neunzehnten Jahrhunderts erreichte der englische Major Laing als erster Europäer die sagenumwobene Stadt. Er zeichnete und schrieb in den Gassen von Timbuktu, gab sich als Weißer und bekannte sich unerschrocken zum Christentum. Auf der Heimreise wurde er ermordet. Der französische Bäckerssohn Caille drang 1828 als Araber verkleidet unter unsäglichen Mühen bis in die Stadt vor und lebte dort drei Wochen lang. Er fand nicht die Paläste vor, die er sich erhofft hatte. Heinrich Barth hielt es für längere Zeit hier aus. Seine ausführlichen Reiseberichte sind bis heute gültig. Sam und Vicky besichtigten das Bürgerhaus, in dem der berühmte Hamburger im Jahre 1853 gewohnt hatte.

„Bist du nun so enttäuscht von Timbuktu wie der Franzose Caille?“ fragte sie Sam.

Der Forscher hatte sich im Troß einer Karawane und schlimmer als ein Sklave gehalten durch die westliche Sahara geschleppt, durch ein anderthalb Millionen Quadratkilometer großes Niemandsland, wo es von Wüstenräubern nur so wimmelte. Nachdem er es schließlich geschafft hatte, lebend nach

Paris zu gelangen, konnte er nur berichten, daß die Metropole des Handels eine ziemlich armselige Ansammlung von Lehmbauten und Ruinen war, wo ein nie ruhender unterirdischer Kleinkrieg der angesehensten Familien um die Macht tobte.

„Es erfüllt nicht so ganz meine Erwartungen, Gundam gefiel mir dagegen sehr, aber es kommt weniger darauf an, in Timbuktu zu sein, es ist der Weg dahin, der zählt."

Und die Stadt hielt noch eine Überraschung für Sam bereit: Er stieß auf einen englischen Freiwilligen.

Freitag in Badala

Ein klappriger Lieferwagen hielt vor dem Gartentor, fünf schäbig gekleidete Männer drängten sich auf der Ladefläche. Aus der überbelegten Fahrerkabine zwängte sich ein gepflegter Malier und strich seinen Bubu glatt.

Die hohe Gestalt des Kochs lehnte am Gitter der Einfahrt zur Garage. Die Zigarette klebte nach französischer Manier in dem Mundwinkel. „Guten Tag, Herr Kamara, ich komme gleich!" und er humpelte gemächlich zum Vorratsraum, neben der Küche, wo er den Hund mit der Leine an der Gasflasche befestigte, ehe er wieder heraustrat. Er ließ sich Zeit.

„Mach schon!" erscholl es von der Pforte. „Wo ist die Bestie?"

Das bärtige Gesicht des Kochs verzog sich zu einem Grinsen. Er genoß die Furcht und Abscheu seiner Landsleute vor dem Schäferhund. Und trotzdem ließ es sich Kamara, einer der reichsten Männer Bamakos, nicht nehmen, die Miete selbst zu kassieren. Sein Bruder, Gott habe ihn selig, und der Koch bekreuzigte sich, das war ein feiner Mann gewesen, ein wahres Oberhaupt der verzweigten Viehhändlersippe der Marka. Elias hatte sein würdiges Auftreten noch erlebt, als er für die deutsche Botschaft kochte und die Uniform mit den Goldknöpfen trug. Ihm war unverständlich, wieso Madame für diesen verschlagenen Basarkrämer jedes Mal so viel Aufhebens machte.

Kamara hatte vorsichtig im Sessel Platz genommen. Elias stellte die geöffnete Cocaflasche vor ihn hin, ein Glas dazu wäre schon zuviel der Ehre gewesen, und entfernte sich schlurfend, ihre gewohnte Zeremonie konnte beginnen.

„Bonjour Docteur Vicky!" Ein Auge blitzte sie herausfordernd unter den feingeschwungenen Brauen an, während das andere matt und ziellos starrte. Sonst waren seine Züge eher feist.

„Wie geht es ihnen?" erkundigte sie sich teilnahmsvoll.

„Sie wissen ja, das Herz will nicht mehr. Allah hat es so gewollt!" Er musterte sie mit melancholischen Blicken. „Ich bin noch am Leben. Wie lange noch?" setzte er traurig hinzu.

Er wirkte anziehend. „Ich hole den Blutdruckapparat!" sagte Vicky, und während sie fortging, um das Gerät aus der Schublade zu nehmen, gewann sie Zeit, sich zu sammeln. Er nickte ihr zu. Er schlug den Bubu zurück, und sie befestigte die Manschette um seinen festen Oberarm.

„Sie waren in Washington? – Kenne ich", und mit leiser, etwas heiserer Stimme begann er zu erzählen: „Wir Kaufleute sind die eigentlichen Herren Afrikas, vom Senegal bis nach Nigeria. Wir handeln in der ganzen Welt mit Stoffen, Gold und anderem. Was kümmern uns die Regierungen. Wieviele davon haben wir kommen und gehen sehen seit den goldenen Zeiten von Timbuktu. Mein Bruder wollte ein Bündnis mit dem Präsidenten. Wie hat er die Händler in Segu beschworen, aber mächtigere Leute waren anderer Meinung als er, ich selber hatte so meine Zweifel.

Es ist so gekommen, wie es kommen mußte. Auf der Fahrt nach Bamako stand der Fetisch auf der geraden Straße, und das Auto konnte ihn nicht überfahren. Der neue Mercedes wurde abgelenkt, über die Böschung geschleudert, mehrfach durch die Luft gewirbelt und gegen einen Baum geschmettert. Mein Bruder war tot, sein Freund, der Fahrer, alle tot, keiner überlebte. Auch eure guten Autos nützen nichts, wenn der Fetisch dich vernichten will, und wenn ein Ende gekommen ist. Allah hat es so gewollt! – Ihr Weißen versteht das nicht, ihr glaubt nicht an so etwas. –

Was nützt mir der ganze Reichtum, ich bin ein kranker Mann", murmelte Kamara.

Er hatte weitergesprochen und hielt auch nicht inne, als sie die runde Membran in seine Armbeuge preßte und auf die Geräusche der Pulswelle hörte. Ängstlich und ergeben sah er zu ihr auf.

„Der Blutdruck ist normal", bemerkte sie sachlich.

„Gott sei Dank!" seufzte er. Er hatte seinen lauernden Charme wiedergewonnen. „Ich mag euch Deutsche, ich bewundere euch", scherzte er.

Sie führte ihn in Simons Büro, wo er die Monatsmiete entgegennahm. Inbrünstig zählte er die Scheine und verstaute das Bündel in seinem Gewand. Er quittierte mit einem kreuzähnlichen Zeichen.

„Auf das nächste Mal!" Mit jovialem Handschlag verabschiedete er sich von ihnen.

Vicky beschäftigte der merkwürdige Tod von Kamaras Bruder. Simon hatte eine andere Erklärung dafür. „Jemand hat die Radmuttern gelockert, die Räder sind abgegangen, der Wagen ist bei hoher Geschwindigkeit von der geraden Fahrbahn abgekommen und hat sich überschlagen. Was wir als Mord bezeichnen, ist für die Afrikaner ein Gottesurteil, vollstreckt durch den Fetisch. Die Gehilfen, wir halten sie für Mörder, sind sich keiner Schuld bewußt. Sie haben den Fetisch angerufen, und der hat so

„... handeln in der ganzen Welt mit Stoffen, Gold und anderem“: Marktszene in Jenne.

geantwortet, wie die meisten es fühlten, wenn du willst, nenne es ein Todesurteil.“

Der Nachmittag war unangenehm heiß gewesen. Vicky ging zum Schwimmbad, um sich abzukühlen. Rauchschwaden zogen durch den Garten. Der Himmel, unterteilt von den Ranken der Hecke, war in ein milchiges Rot getaucht. Mückenschwärme surrten in aufreizenden Tönen im Schatten der lappigen Bananenblätter. Der Wind kräuselte das Wasser. Sie zuckte zusammen. Plötzlich schoß eine Folge von Fledermäusen aus den Ästen des riesigen Gummibaumes, klatschte auf die Oberfläche und stieg flatternd auf in die gläserne, violette Dämmerung.

Jimo trottete unter der Strohhütte hervor, leckte an einem Granatapfel und schrappte sich das Fell an dem Dickicht aus Zuckerrohr, es raschelte. Er streifte ziellos umher, zupfte hier und da einen Grashalm und kaute. Er konnte Oliver nirgendwo finden. Vor dessen Zimmer an dem Erdloch, wo die Ratte das Elektrokabel durchgenagt hatte – sie hatten ein Wochenende bei Kerzenlicht verbringen müssen – stellte der Hund die Ohren auf, dann jagte er wie verrückt um die Hausecke.

Ein holländischer Kollege aus Segu mit seiner äthiopischen Frau hatte sich zum Abendessen angesagt.

Joop überragte alle um Haupteslänge. Beim Nähertreten fielen seine lebendigen, tiefbraunen Augen auf, die aus einem Gewirr von hellgrauen Bart – und Haupthaaren nie gleichgültig wirkten, sie sahen einen immer an.

Abeba umarmte zuerst Simon, dann Vicky. Sie hatte sich auffallend hübsch zurechtgemacht.

Außerdem war die strohblonde Gudrun aus einem der Dörfer südlich des Stausees von Selingue gekommen. Später saßen sie gemeinsam um den ovalen Tisch im Wohnzimmer.

Joop zwirbelte an den Haaren seines Schnurrbartes. „Wir haben gerade den französischen Arzt zum Flughafen gebracht, die Halle war brechend voll. Die Sommerferien haben begonnen, und die ganze westliche Kolonie befindet sich im Aufbruch." Er lehnte sich zurück und sagte gewichtig: „Jetzt gehört Afrika wieder den Afrikanern."

„Da kann man nur beten, daß einem nichts passiert", warf Vicky ein.

Simon lächelte ihr matt zu. Unter seinen Augen zeichneten sich dunkle Ringe ab. Sie hatten heute im Institut bis spät getagt. „Von den hiesigen Ärzten kann man sowieso nichts erwarten", bemerkte er. „Habt ihr gehört, daß einer der Chirurgen im ersten Krankenhaus des Landes während einer Magenresektion das Skalpell einfach aus der Hand gelegt hat und seine Helfer aufforderte, den Bauch zuzunähen mit den Worten: Am Montag machen wir weiter! Die Operation war noch nicht einmal beendet, er hatte es so eilig, denn er wollte zu einer Familienfeier."

„Neulich hat ein Pfleger eine Bauchwunde sogar mit demselben Bindfaden verschlossen, mit dem vorher Fische geschnürt worden waren", gab Gudrun zum besten, „und damit wären wir bei den typischen Geschichten angelangt, die bei den Europäern die Runde machen." Ihr jugendliches Gesicht leuchtete wie ein roter Lampion, umrahmt von weißblonden Haarsträhnen.

Der bärtige Holländer wandte sich ihr zu. „Man sagte mir, Sie untersuchen für das Projekt die Gesundheitskonzepte in den Dörfern." Er musterte sie neugierig durch seine dicken Gläser.

„Wie interessant! – Schätzt die Bevölkerung eigentlich die traditionelle Medizin höher ein als die Medizin des weißen Mannes?“

„Es kommt auf die Krankheit an, ob es sich um natürliche handelt oder übernatürliche. Letztere sind durch Magie, Teufel oder Hexen verursacht oder von Gott gegeben. Entschieden wird von Fall zu Fall nach Erfahrungswerten. Manche Krankheiten lassen sich mit Antibiotika hervorragend und schnell behandeln, in solchen Fällen wendet man sich an die Gesundheitsstation. Doch in vielen Fällen ist die westliche Medizin völlig machtlos, und man bevorzugt die traditionelle Medizin, die wesentlich billiger und leichter erhältlich ist. Die westliche Medizin ist nicht dieselbe wie bei uns in Europa. Es fehlt an Möglichkeiten zur Diagnose und Behandlung. Für den Dorfbewohner steht wenig mehr zur Verfügung als ein Erste-Hilfe-Programm zur Wundversorgung und eine Malariabehandlung. Lange Reisen in weit entfernte Krankenhäuser sind teuer und die Behandlung gänzlich unerschwinglich.“

Abeba betrachtete gelangweilt die frischlackierten Nägel an ihren schlanken, hellbraunen Händen.

„Ein wesentlicher Bestandteil der traditionellen, afrikanischen Medizin ist die Bedeutung der sozialen Hintergründe. Konflikte innerhalb der Familie oder des Dorfes werden in der Behandlung diagnostiziert, zum Beispiel der Neid einer kinderlosen Frau auf eine andere mit zahlreicher Nachkommenschaft, die Eifersucht eines armen Bauern auf einen reichen oder verletztes Ehrgefühl. Eine Behandlung schließt in diesen Fällen die Familie oder auch größere Gruppen mit ein. Schwarze Magie oder Hexerei sind die Begriffe dafür, so wie man bei uns von psychosomatischen Krankheiten und der dafür notwendigen Therapie spricht.“

„Und weiß man, wie sie das machen?“ Joop rückte direkt an Gudrun heran und schien sie mit den Augen durchbohren zu wollen.

Gudrun kicherte. „Fragt man einen Magier direkt, wie er Krankheiten oder sogar den Tod übermittelt, so sagt er vielleicht: Am Morgen pflücke ich ein Blatt eines bestimmten Baumes und lege es in die Sonne. Wenn es vertrocknet ist, ist die Person tot. – Das Geheimnis liegt unter anderem in der Macht des Wortes, der Name der Person ist sehr wichtig und die Worte, mit denen er die übernatürlichen Kräfte anruft. Es gibt Pflanzen im Busch, mit denen er jemanden töten kann, ohne Messer und ohne Gewehr. Der Magier mischt Schwarzaugenbohnen unter die Nahrung, wobei er Formeln darüber spricht. Entfernungen überbrückt er mühelos. Er kann zerstoßene Blätter und vieles mehr in das linke Horn eines Ziegenbockes füllen und von einem Versteck aus auf das Opfer richten."

Abeba schüttelte sich: „Meine Güte, sind die primitiv!"

Joop ließ von Gudrun ab, er sah seine Frau scharf an und zog die Brauen hoch. „Du scheinst nicht gerade viel von deinen Brüdern und Schwestern zu halten."

Ihre Miene verfinsterte sich. „Oh je, kommt das jetzt wieder! Ich weiß ja, daß du viel afrikanischer bist als ich." Sie stieß ein kurzes, ironisches Lachen aus.

„Die unterschiedlichen Heilsysteme ergänzen sich gut", fuhr Gudrun in ihrem Vortrag fort. „Leider ist die Bedeutung der traditionellen Medizin in den letzten Jahrzehnten zurückgegangen. Die Heiler geben ihr Wissen nicht weiter, weil sie heute isoliert sind. Ihre Welt bricht zusammen. Die alten Werte und Traditionen gelten nicht mehr, die Heiler haben den Glauben an sich und die Kraft der Bambaramedizin weitgehend verloren. Die Menschen sind entwurzelt, orientierungslos und leer. Heutzutage zählt nur noch das Geld. Deshalb versuchen viele mit Taschenspielertricks, an das schnelle Geld zu kommen, indem sie durch die Lande ziehen und ihre Dienste anbieten wie: im Nu das Rauchen abzugewöhnen oder die Herzallerliebste zu gewinnen und auf immer an sich zu binden, aber sie versprechen auch Heilung von schweren Krankheiten.

Aus diesem Grund sagt die Bevölkerung zu Recht, daß hohe Preise den traditionellen Medikamenten ihre Heilwirkung nehmen und warnen vor den Scharlatanen. Ein seriöser Heiler arbeitet nur mit den Medikamenten, deren Wirkung er genau kennt. Einige besitzen Spezialkenntnisse, für die sie weithin bekannt sind, sie wissen, wann die Pflanzen ihre größte Heilkraft entfalten, in der Kühle der Nacht oder in der glühenden Mittagshitze, in der Trocken- oder Regenzeit. Leider gehen diese Kenntnisse allmählich verloren. Die mächtigen Heiler fürchten die Konkurrenz und geben daher ganze Bereiche ihres Wissens nicht weiter."

Der Koch brachte die Schale, auf der ein ganzer Nilbarsch, garniert von einem Sud aus feingewürfelten Tomaten, Zwiebeln und Paprika, thronte. Er trug heute wieder dieses grauverfärbte, zerschlissene Unterhemd, ausgerechnet, wenn sie Gäste hatten, fiel es Vicky auf. Wollte er sie still darauf hinweisen, daß er eine Uniform mit Goldknöpfen, wie er sie zu den Empfängen der deutschen Botschaft getragen hatte, benötigte?

„Die Traditionen schwinden. Relative Überbevölkerung, Armut, Hunger, Krankheit und politische Unbeständigkeit sind die Marksteine, die Afrika dem Untergang zutreiben. Das Aidsvirus ist da und wird seine Auswirkungen haben, die werden nicht gut sein, auch wenn wir sie noch nicht abschätzen können," sagte Simon. „In Malawi sind bereits achtzig Prozent der Prostituierten seropositiv. Das Schlimmste ist, man muß befürchten, daß die Gesundheitsdienste, die wir aufgebaut haben, gerade durch die unsterilen Spritzen an der rasanten Ausbreitung des Aidsvirus beteiligt sind. Der Gedanke, all die Jahre daran mitgearbeitet zu haben, ist mir unerträglich."

Abeba spitzte die Lippen und pfiff.

An diesem Abend war Simon besonders düsterer Stimmung fand Vicky.

„Das siehst du zu negativ", ereiferte sich Joop. „Nimm unser Projekt im Bewässerungsgebiet. Die Helfer sind motiviert, wir bilden sie im Schneeballverfahren aus. Gemeinsam mit dem Partner sind wir dabei, ein basisrelevantes Kostenrückgewinnungssystem zu konzipieren und implementieren. Es geht voran!"

Sein Abteilungsleiter hätte es sicher begrüßt, ihn so reden zu hören, dachte Vicky.

Simon prostete Joop zu: „Du hast es glücklich getroffen. Wie du weißt, arbeiten wir mit den Leuten um den Stausee, der ihnen ihre Dörfer, Felder und Mangobäume überflutet hat. Jetzt sitzen sie auf trockenen, schlechten Böden, die schmale Abfindung ist verbraucht. Wo wir versuchen die Gesundheitsstationen zu öffnen, reagieren sie Wut und Verbitterung an uns ab. Den Bauern wurde alles weggenommen, um die Hauptstadt mit Strom zu versorgen. Daß einige europäische Baufirmen daran Millionen verdient haben und daß damit eines der größten Waldgebiete der afrikanischen Savanne einfach ertränkt wurde, will ich gar nicht erwähnen."

Abeba nickte zustimmend.

Simon fuhr sich mit dem Unterarm über die nasse Stirn. „Wir können den Afrikanern die Entwicklungsarbeit nicht abnehmen. Der Experte aus Europa kann nur dann sinnvoll helfen, wenn sie sich helfen lassen wollen. Auch wenn neue Projekte eingerichtet werden, wird oft die Möglichkeit, ob sie sich durchführen lassen, nicht kritisch genug überprüft."

„Was können wir denn hier überhaupt machen?" fragte Gudrun.

Ihre Bemerkung erinnerte Vicky an eine Begebenheit während einer der Vorlesungen. Simon hatte seine Zuhörer aufgefordert, sich zu überlegen, wie man Gesundheitshelfer in Afrika in epidemiologischen Methoden schulen könnte, und die Vorschläge zu notieren. Er verlas die Zettel, die keine Namen trugen. Ein Student hatte geschrieben, es habe alles keinen Zweck, alle Mühen seien umsonst, denn man könnte ja doch nichts bewegen. Simon war sehr ungehalten gewesen. Er hatte gesagt, wer so eine fatalistische Einstellung habe, brauche den Kurs nicht zu belegen, der solle doch gleich nach Hause gehen. Tatsächlich meldete sich ein Student gleich nach der Vorlesung ab.

Was wollen wir hier überhaupt? – diese Frage stellten sie sich immer wieder.

Simon wandte sich Gudrun zu und sagte: „Konzepte entwickeln, Untersuchungen anstellen, ob sie durchführbar sind, die Leute unterstützen, eine effiziente Verwaltung der ländlichen Gebiete aufzubauen mit modernen Methoden der Organisation und des Managements, dafür müssen die Leute Lernbereitschaft aufbringen und Beamte stellen, die willens und in der Lage sind, Denkansätze zu verinnerlichen und korrekt durchzuführen."

Abeba blickte an die Decke, wo der Ventilator sich mühsam durch die feuchtheiße Luft kämpfte.

Joop beförderte eine lange Gräte auf den Tellerrand. Er nahm seine Gläser ab und rieb sie an seinem Hemdzipfel. „Ich habe große Erfahrung mit der Organisation des primären Gesundheitsdienstes. Die Konzepte sind entwickelt und brauchen nur angepaßt zu werden. Aber es wird höchste Zeit für mich, daß ich hier wegkomme. Was bin ich eigentlich noch wert für das Tropeninstitut in Amsterdam? – Simon, du bist gut dran, du bist Epidemiologe, das ist eine akademische Disziplin, darunter kann sich jeder etwas vorstellen.

Unsere Schwierigkeit ist doch, daß wir nie das gesamte Problem bearbeiten, sondern nur an Teilaspekten herumdoktern, so wie ich versuche, die Gesundheitsversorgung auf Kreisebene zu verbessern, wo erst einmal die allgemeine Selbstverwaltung eingeführt werden müßte, um demokratische Strukturen zu festigen, die Bevölkerung zu motivieren und zur Mitarbeit zu gewinnen. Ich gebe zu, an diesem Punkt stoßen wir auf Grenzen."

Abeba trommelte mit den Fingerkuppen auf der Tischdecke, als übe sie Klavier.

„Schatz, ich schlage vor, du läßt das gefälligst!" Joop fing ihre Hand ein und preßte sie auf die Platte. Wütend sah sie ihn an.

Simon legte betreten das Besteck beiseite. Vicky bemerkte, daß sein Teller noch fast voll war.

„In den meisten afrikanischen Staaten sind die Regierungen eigentlich Nachfolger der Kolonialregime, in denen die weißen Herren durch schwarze Ausbeuter ersetzt wurden. Dies ist für unsere Politiker bequem, und die Leute in Europa kümmert das nicht, weil sie nicht sehen, daß es Unterschiede von Afrikaner zu Afrikaner gibt."

Gudrun stimmte dem zu. „Die Bauern in den Dörfern südlich des Staudamms beklagen sich über die Beamten aus der Hauptstadt. Sie lehnen sie als Abgesandte einer fremden Macht ab. Gesundheitsbeamte bereichern sich schamlos und bestätigen die Vorurteile der Bevölkerung."

Abeba betrachtete sich im Schminkspiegelchen, zupfte sich das Haar zurecht und befeuchtete sich die Lippen. Von ihren Ohren schimmerten goldene Ringe.

Eine Pause war eingetreten.

Simon betupfte sich die Nase. „Wenn wir hier etwas erreichen wollen, müssen wir viel mehr wissen über die Strukturen, die Verflechtungen der Stämme, die Rolle der Familien, Traditionen usw. Wenn du da eingedrungen bist, kannst du dich dem schwer entziehen. Die Europäer verdächtigen dich, zur anderen Seite übergelaufen zu sein. Sie sagen, du seist verbuscht.

Im übrigen mußt du dich beeilen, sobald das Projekt angelaufen ist, sollst du Resultate liefern, für Überlegungen bleibt keine Zeit."

„Seit längerer Zeit beschäftige ich mich, Zusammenhänge zu erforschen", sagte Gudrun dazu, „inzwischen habe ich einige Freunde, die mir erzählen, worum es geht."

Joop ließ sich das Glas noch einmal mit spanischem Rotwein, Castello de Liria, nachfüllen. „Gib mir noch etwas Delirium! –

Wir kommen aus demokratischen Systemen und denken in Zeiträumen von Legislaturperioden. Sind wir mit unseren Regierungsformen überhaupt in der Lage, Lösungen für die Zukunft zu erzielen? Schließlich steuern wir zu Hause ja auch in die Umweltkatastrophe!"

Gudrun war schon gegangen. Vicky schaltete in der Küche das Licht ein. Drei Kakerlaken verschwanden eilig in den Ritzen. Sie füllte Wasser aus dem Filter in die Kaffeemaschine. Abeba lehnte am Eisschrank, das enge Baumwollhemd und der Lederrock unterstrichen ihre gute Figur. Wie eine Katze bewegte sie sich zum Bord und stellte die Tassen zusammen.

Ihr sandfarbenes Gesicht spiegelte Verdruß. Was hatte sie nur?

Und es sprudelte nur so aus Abeba hervor. „Er versteht mich nicht, er kommandiert mich herum und ist abweisend zu den Kindern. Ich habe Heimweh nach Äthiopien. Indonesien war furchtbar. Diese fetten kleinen Weiber, sie schnattern wie die Enten, diese heimtückischen, eingebildeten Bastarde! Ich wollte nie aus Äthiopien weg. Damals sagte er, er liebt mich, er kann ohne mich nicht leben. Warum will er mich immer umerziehen, mich zwingen, etwas schrecklich Unbequemes, Mühevolles zu tun? Ich wollte leben, mich schön machen, den Tag genießen."

Sie warf ihr feingekräuseltes Haar in den Nacken. Sie sah bezaubernd aus, noch anziehender, als Vicky sie von der Hungerhilfe in Äthiopien in Erinnerung hatte. Damals setzte sie sich unermüdlich im Flüchtlingslager ein.

„Warum muß ich Abitur machen und studieren, warum Schwester oder Ärztin werden? Bin ich so nicht gut genug? Er sagt, er will mein Leben verbessern, er ist voller merkwürdiger Ideen. Mein Leben ist öde geworden. Jetzt will er auch noch in dieses eisige Holland, an das Institut. Er meint, nur weil er mich geheiratet hat, versteht er Afrika besser, er hat nicht angefangen zu verstehen. Er kann nicht einmal zuhören. Immer muß ich für seine politischen Theorien herhalten, als lebender Beweis für seine antirassistische Haltung. Warum können wir nicht so sein wie andere Menschen. Manchmal beschleicht mich das Gefühl, ich bin das Opfer seiner guten Werke.

Eines Tages bin ich weg!" Und sie blickte aus dem Fenster in die Dunkelheit der Nacht. Der Schein der Glühbirne auf dem Eingangspfosten schimmerte matt durch die gefiederten Blätter. „Aber da sind ja noch meine Kinder."

„Willst du wirklich nach Äthiopien zurück?", fragte Vicky. Sie war betroffen, sonst war Abeba so übermütig gewesen.

„Meinen Vater haben sie umgebracht, unsere Familie ist in alle Winde zerstreut. Es gibt kein Zurück. Wir kommen nie auf einen grünen Zweig. Wir Afrikaner haben das schlechteste Los der Welt gezogen", bemerkte Abeba verdrossen.

Die Gäste waren gegangen. Simon war nirgendwo zu sehen. Vicky fand ihn im Bett liegend. Als sie sich über ihn beugte, um ihm über die Haare zu streichen, drehte er sich wortlos zur Wand. Eine furchtbare Nacht bahnte sich an, die die kommende Zeit überschatten sollte.

Die Krankheit

Es war in der Stunde vor dem Morgengrauen, als Vicky erwachte. Sie konnte sich nicht gleich zurechtfinden und tastete durch den Schleier des Netzes nach dem Schalter. Das Neonlicht blendete sie. Sie brauchte eine Weile, um zu sich zu kommen. Auf seine Arme gestützt, saß Simon aufrecht im Bett und atmete schwer. Auf ihre Frage reagierte er nicht. Sie war verwirrt. Mechanisch zerrte sie das Moskitonetz beiseite. Der ungefilterte Raum wirkte kahl und schäbig. Simon brachte hervor, er habe zuerst stichartige Schmerzen in der Magengegend verspürt, die dann in die rechte Brustwand gewandert seien. Er hielt sie für seine erste Gallenkolik, und ob sie nicht ein krampflösendes Mittel dagegen habe. Sie tastete seinen Bauch ab, konnte aber nichts Auffälliges an ihm finden.

Vom Schlaf noch ganz benommen, steuerte sie auf die Küche zu. Ein muffiger Geruch nach Humus, gemischt mit dem Duft von Jasmin und frischem Grün, hüllte sie ein. Der Vorhang, von draußen schwach angeleuchtet, wölbte sich im Luftzug. Im Eisschrank, in dem sie für solche Gelegenheiten Arzneien aufbewahrte, suchte sie nach einem passenden Medikament. Was fehlte ihm nur? Er war doch sonst fast nie krank gewesen. Während sie sich über ihn beugte, um ihm die Spritze zu geben, nahm sie an ihm diesen eigenartigen Hauch von Erde wahr.

Seiner hingeworfenen Bemerkung von einer Gallenkolik glaubte sie nicht. Womöglich war ihm der Fisch nicht bekommen. Er war erst zweimal krank gewesen. Dabei hatte er Schmerzen ertragen, ohne es zu zeigen. Damals als der gebrochene Halswirbel unerträgliche Schmerzen in seinem Arm verursacht haben mußte, hatte er alle betäubenden Medikamente abgelehnt. Diese Sache mußte ernst sein, ihre Gedanken drehten sich im Kreis. Seine Atemzüge wurden allmählich tief und gleichmäßig. Er wälzte sich und stöhnte ab und zu im Schlaf.

Violette Streifen, quer über den Himmel gezogen, fächerten sich auf, ehe sie vergingen. Das Dröhnen der Lastwagen auf der Hauptstraße drang herüber wie ein entferntes Donnerrollen. Mit einem Mal fingen die Vögel an zu singen. Es wurde schlagartig hell, die Nadeln der Tamarisken erglühten in unzähligen Prismen. Doch der Glanz hielt nicht vor. Undurchdringlicher Nebel schob sich vor das Fenster, feiner, roter Staub durchrieselte die Luft, ehe er sich überall absetzte.

Als Simon aufwachte, fand Vicky ihn ungewöhnlich blaß. Er meinte in seiner trockenen Art, es würde schon besser werden. Er fuhr ins Institut, um einen Vortrag zu halten, kam aber früher zurück, als sie erwartet hatte. Er aß nichts, hatte auch morgens nichts gegessen.

Er sagte etwas zu ihr, das anzeigte: der Atommeiler ihrer Beziehung war außer Kontrolle geraten. Der Supergau, der nach den Schätzungen von Politikern nur alle paar Millionen Jahre eintreten konnte, war bereits passiert, ohne daß sie es überhaupt bemerkt hatte. Es war so ungeheuerlich, sie war so verletzt, daß sie darüber nicht weiter nachdachte, sondern es sogleich verdrängte und annahm, Simon sei in die Enge getrieben, daß er so etwas zu ihr sagen konnte. (Der Leser möge mir nachsehen, wenn ich an dieser Stelle nicht darauf eingehe, auf welche Idee Simon gekommen war.)

Er legte sich ins Bett, dort blieb er den ganzen Tag über. Seine Haut fühlte sich trocken und fiebrig an. Sie tastete, klopfte und horchte an ihm, aber konnte nicht feststellen, was ihm fehlte. Am Abend hatten sie eigentlich ausgehen wollen, aber davon konnte keine Rede mehr sein.

Während sie einsam das Abendessen zu sich nahm, hörte sie ihn rufen. Er saß auf der Bettkante, die Augen geweitet, Schweiß lief ihm über die Stirn und Schläfen. Sein Gesicht war verzerrt von Qual. Er hielt die Hände auf den Leib gefaßt, so verharrte er scheinbar endlos lange. Er sagte nichts. Es war entmutigend, ihn so zu sehen. Ihr fiel ein, ihm eine Spritze zu geben, um diesen furchtbaren Zustand zu beenden. Sie hielt die Ampulle, um sie zu öffnen, konnte aber die dazugehörige Säge nicht finden. Schließlich versuchte sie es mit dem Küchenmesser, der Hals splitterte, Blut tropfte von ihrem Zeigefinger, Flüssigkeit spritzte heraus. Beim Aufziehen des Restes bildete sich Schaum, den sie erst umständlich wegschnippen mußte. Es war, als hätte sie noch nie eine Spritze gegeben. Er kauerte die ganze Zeit da mit schmerzerfüllter Miene und hielt ihr wortlos den Arm entgegen. Ihre Angst steigerte sich, sie zitterte so, daß es ihr unmöglich schien, die Injektion zu geben. Sie konnte sich beherrschen, und es gelang ihr tatsächlich, die Vene zu treffen. Das Mittel wirkte fast sofort. Sie sah, wie sich sein Gesicht entspannte und so etwas wie Leben in ihn zurückkehrte. Er stöhnte auf: „Das war ja furchtbar!“ und sank wieder auf das Bett, wo er ermattet dalag, sie wußte nicht, ob er schlief.

Die Nacht brach herein. Ruhelos ging sie im Zimmer umher,

unfähig, sich zu konzentrieren. Angst und Verzweiflung hatten sie gepackt. Es war, als hätte dieses Siechtum sie plötzlich voneinander isoliert. Sie kam sich machtlos und überflüssig vor. Die kolikartigen Schmerzanfälle kamen jetzt in kürzeren Abständen. Noch ein weiteres Mal mußte sie ihm eine Spritze geben.

Den herannahenden Sonntagmorgen konnte sie kaum erwarten und eilte in die Nachbarschaft, zu dem Anwesen des belgischen Arztes. Doktor Merton in weißen Shorts und mit einem Tennisschläger unter dem Arm, brach gerade zu dem amerikanischen Klub auf, als sie sich über die Hecke hinweg bemerkbar machte. Er ließ sich überreden, nach Simon zu sehen. Dr. Merton betrat kurz darauf das Schlafzimmer. Der Patient legte den Science-Fiction-Band beiseite und blickte verlegen.

Er sah so aus wie immer, nichts ließ auf die beiden qualvollen Nächte schließen. Vicky war bemüht, Dr. Merton einen Stuhl zu bringen, doch jener nahm kurz entschlossen am Fußende ihrer samtumfriedeten Bettstatt Platz. Er erkundigte sich eingehend, ehe er sich anschickte, auf dem Leib des Kranken herumzudrükken. Simons Gesicht spannte sich, die feinen Linien des Schmerzes zeichneten sich um Mund und Augen ab, kein Laut kam über seine Lippen, doch Dr. Merton hatte anscheinend die unterdrückte Anstrengung nicht bemerkt.

Es war genau wie damals in Berlin, als Simon mit einer Blinddarmentzündung vor dem Steglitzer Klinikum unter ihren VW-Käfer gekrochen war, um ein Kabel zu befestigen. Der Pförtner, den Vicky nach der Notaufnahme fragte, war drauf und dran, ihr den Vogel zu zeigen, und der Oberarzt nahm Simon die Schmerzen erst ab, als er den durchgebrochenen Wurmfortsatz vor sich hatte.

„Kommen Sie morgen in meine Sprechstunde, dann sehen wir weiter, vielleicht können wir im Labor Amöben nachweisen!“ Er meinte diese heimtückischen Parasiten, die sich im Darm festsetzen und eiternde Beulen in der Leber hervorrufen können.

Dr. Merton war gegangen, und Simon setzte sich an die Arbeit, die, wie er meinte, unbedingt beendet werden mußte: der Projektfortschrittsbericht und die Buchführung. Es war ein schlechtes Zeichen, daß er sich so beeilte. „Es geht um sehr viel Geld, und keiner weiß Bescheid“, setzte er Vickys Bedenken entgegen. Gelegentlich machte er eine Pause, und sie merkte an seinen Zügen, die sich verzerrten, daß ihn wieder ein Anfall überkam. In der Nacht wurden die Schmerzen so unerträglich, daß sie ihm wieder eine Spritze geben mußte.

Am Morgen stand Simon auf mit den Worten: „Ich glaube, jetzt geht es mir besser." Plötzlich rief er nach Vicky und zog sie vor das Waschbecken. „Wo kommt das her?", und er zeigte vor sich hin. Sie konnte ihren Blick nicht von der Lache von Blut lösen, sie war wie betäubt, er dagegen wirkte wie ermuntert. Er hustete, und hellrotes Blut schoß aus seinem Mund. Wieso konnte man aus der Lunge bluten? Verzweifelt versuchte sich Vicky an die Textstellen aus den medizinischen Lehrbüchern zu erinnern.

Sie suchten den belgischen Doktor in seiner Praxis auf. Dr. Merton war plötzlich sehr ernst. Er nahm Simon beiseite, Vicky stand hinter den beiden. „Sie müssen mit dem nächsten Flug nach Europa, die Sache ist sehr gefährlich. Sorgen Sie dafür, daß eine Ambulanz Sie von dem Flugzeug in Hamburg direkt in die Klinik bringt, falls Sie nicht schon in Paris aussteigen müssen! Heute abend geht die Air-Afrique-Maschine. Treffen Sie alle Vorkehrungen!"

Simon wirkte teilnahmslos. Hin und wieder hustete er in sein bereits blutgetränktes Taschentuch. Vicky brachte ihn nach Hause. Im Widerspruch zu den schweren Symptomen machte er auf sie einen gelösten Eindruck. War er so erleichtert, daß er den Bericht für die Zentrale abgeschlossen hatte? Sie wagte nicht, mit ihm darüber zu sprechen. Er erschien ihr sehr fern. Wenn sie später daran zurückdachte, glaubte sie, sich zu erinnern, daß sie und Simon, wie in einem geheimen Einverständnis, nicht über die Krankheit gesprochen hatten.

Ein im Sprung begriffener Tiger glitzerte von der Frontscheibe des weißen Geländewagens. Zeki öffnete Vicky den Verschlag und ließ den Motor an. Sie fuhren stadteinwärts. Der Fluß funkelte ihr mit einer Flut von Diamanten entgegen, im Dunst verlor er sich in den Himmel. Welch eine Verschwendung! – Vicky wandte sich ab und dem Chauffeur zu. „Der Chef ist schwer erkrankt, wir müssen sofort nach Deutschland." Zeki hielt seinen Kopf geradeaus auf die Spur der Brücke gerichtet und sagte nichts dazu. Er parkte den Wagen auf dem Mittelstreifen unter den großen Bäumen, die schon in der Kolonialzeit angepflanzt worden waren, und wartete auf sie.

Das Stadtbüro von Air Afrique war brechend voll. Hinter den Trauben großgewachsener Afrikaner in ihren langen Gewändern konnte man die Schalter nur vermuten. Vicky drängelte sich zu dem hinteren Gang durch, wo sie einen Angestellten aufhielt. Ihr wollte nicht einfallen, wie sie ihn anreden sollte, stotternd brachte sie etwas von einem Notfall hervor, und daß sie dringend Flugscheine benötigte.

„Madame, die Maschine ist restlos ausgebucht. Ich fürchte, da kann ich Ihnen nicht helfen!"

Er muß ihr angesehen haben, wie ernst es ihr war. „Ich will mal sehen, was sich machen läßt!" sagte er. Höflich nickend entfernte er sich. Nach einer kleinen Weile kam er zurück und führte sie in eines der hinteren Büros.

„Madame Andersen?" Der Manager sah Vicky über die Brille hinweg fragend an. „Sie fliegen heute nacht noch mit uns nach Paris", und damit überreichte er ihr zwei Tickets. Sie war verblüfft, es war, als habe jemand bereits Plätze für sie reserviert, als habe man auf sie gewartet.

Sie holte die Koffer. Vor Olivers Zimmer blieb sie stehen, drückte die Klinke herunter und schloß die Augen. Im Geiste sah sie die kleinen Flugzeuge und Legosteine verstreut, so daß man nicht darauf zu treten wagte. Sie fuhr zusammen. Ein zappelndes Knäuel plumpste auf die kahlen Fliesen, rappelte sich auf und glitt über die grobgekalkte Wand, ehe es im Klimatiseur verschwand. Superman reckte ihr die Faust in Siegerpose entgegen. Der Aufkleber war das einzige Zeichen, daß hier einst Oliver und seine Freunde gespielt hatten. Von draußen ratterten die Generatoren, nur noch übertönt von dem schrillen Plärren eines Kofferradios. Plötzlich haßte sie dieses Haus.

Es begann zu dämmern, sie schaltete das Licht ein. Auf dem Eßtisch ruhte ein aufgeschlagener Ordner, inmitten von Papieren, die mit Zahlenkolonnen bedeckt waren, auf einer Seite lagen Spritzen und Ampullenkartons durcheinander.

Simon trug einen Taschenrechner vor sich her, als er unvermittelt innehielt. Er hörte auf zu atmen. – Sie starrte ihn an. Sein Brustkorb blähte sich und fiel in sich zusammen in verzweifeltem Ringen nach Luft. Das japsende Bellen ging in ein kurzes Hecheln über. Seine Muskeln zogen sich zusammen, wie unter ungeheurer Willenskraft traten die Adern hervor. Der Mund war geöffnet, ihm entrang sich dieser Schrei, tonlos, diese Stille, die sie entsetzte.

„Was ist?" – Sie hing an seinen Lippen.

Sie formten sich zu einem Flüstern: „Das ist das Ende!" –

Die Zeit blieb stehen. Es rauschte, ein gewaltiger Sturm fegte daher, ein Wirbel erfaßte sie und schleuderte sie durch den Raum. Schwerelos schwebte sie dahin. Sie sah ihn unter sich in seinem Blut leblos auf dem Boden liegen.

Er stand noch, die Augen weit aufgerissen, eine Hand in die Seite gedrückt. Er wand sich. „Ich halte das nicht mehr aus. Ich sterbe!“

Die Decke war über ihr zusammengebrochen. Auf ihrer Brust lagen Balken und preßten ihr die Luft ab. Ihr Körper war eingeklemmt unter den Zementlasten, sie konnte sich nicht bewegen. Halb von Sinnen taumelte sie zu dem Tisch. Ein anderes Selbst von ihr verrichtete präzise alle diese Handgriffe. Sie sah sich zu, die Schmerzampulle aufziehend, und trieb sich zur Eile an. Simon hielt sich, mit einem Arm auf die Tischkante gestützt, den anderen, umgürtet von dem Stauschlauch, reckte er ihr entgegen. Sie zurrte den Riemen fest und gewann für diesen Moment ihre Kaltblütigkeit wieder. Das Gefäß in der Beuge quoll blau hervor. Sicher führte sie die Nadel ein und zog den Stempel an, ehe sie die Flüssigkeit in einem verhaltenen Stoß in die Vene drückte.

Simon stand noch immer aufrecht. Er zitterte am ganzen Körper, Ströme von Schweiß rannen ihm über das Gesicht. „Es ist vorüber.“

Sie hielt den Atem an. –

Und schon setzte sich Simon in Bewegung, drehte seine Runden zwischen Büro und Eßsaal mit unbeteiligtem Ausdruck und maschinenartiger Gleichmäßigkeit.

Sie rang die Hände – was sollte sie nur machen? Da fiel ihr ein, den Koch zu beauftragen, den Arzt zu holen. Dr. Merton kam sofort, und Vicky versuchte ihm klarzumachen, was vorgefallen war. Ihm gelang es, Simon in seiner monotonen Betriebsamkeit aufzuhalten, indes streifte sie dem Betäubten das Hemd hoch wie einem Teddybären. Dr. Merton hörte ihn ab und maß den Blutdruck, sie hielt den Apparat, dabei sah er sie stur an, als behandelte er in Wirklichkeit sie.

„Der Puls ist über hundert, der Blutdruck niedrig. Da sind einige Geräusche unbestimmter Herkunft im unteren Lungenbereich.“ Die Untersuchung war beendet, er ordnete die Geräte in seinem Notfallkoffer.

„Könnten Sie uns bitte zum Flughafen begleiten?“ Vicky schöpfte Hoffnung.

Er zuckte die Achseln. „Wozu, da Ihre Medikamente doch so gut geholfen haben“, es klang ironisch. „Spritzen geben können Sie selber, und zum Händchenhalten brauchen Sie mich wohl nicht“, setzte er hinzu.

Er händigte ihr noch zwei Ampullen einer morphinähnlichen

Substanz aus. „Guten Flug!“ Er winkte ihr zu, ehe sein Wagen von der Dunkelheit und dem Staub aufgenommen wurde.

Ein weiteres Auto kam angefahren.

Ein tiefblauer Schimmer lag auf ihrem Kleid, die goldenen Ketten glänzten. Ihr zurückgebürstetes Haar war in der Mitte gescheitelt. Etwas Feierliches ging von ihr aus. Monique umarmte Vicky.

„Wie geht es ihm?“ sagte sie sanft. Ihre glutvollen Augen schienen ihr zuzulächeln.

„Es geht ihm schlecht!“

Sie nickte, das Leuchten war aus ihren Augen gewichen. „Ousman wartet auf dich im Wagen, er fürchtet sich vor dem Hund. Fahrt ihr beiden voraus zum Flughafen und gebt schon das Gepäck auf, ich bleibe solange bei Simon!“, schlug sie vor. Wegen des großen Andrangs war es üblich, mindestens zwei Stunden vor dem Abflug am Flughafen zu sein.

Mit angewinkelten Knien verharrte Monique vor dem Sessel, strich die Falte ihres samtigen Kleides glatt und ließ sich hineinfallen.

Simon saß zusammengesunken da, die Haare im Nacken standen ihm in Strähnen ab, als hätte er gebadet.

„Merkwürdig“, hörte Vicky sie sagen, „eine Verwandte von mir war kürzlich beim Wahrsager. Die Kaurimuscheln wurden geworfen, und ihr wurde geweissagt, einer wichtigen, weißen Person in unserem Projekt würde etwas zustoßen. Jene würde ausgeflogen werden und nie mehr nach Mali zurückkehren.“

Sie schwieg und schnupfte in ein Taschentuch, dann räusperte sie sich und sagte: „Wie stehst du zu einem Leben nach dem Tod? – Glaubst du eigentlich an Gott?“ –

Vicky hat nie erfahren, was Simon dazu zur Antwort gab.

Sie machte sich daran, die letzten Sachen zusammenzupacken. Der Kofferschlüssel hakte, und es schien endlos lange zu dauern, bis die Schlösser endlich zuschnappten. Monique war aufgestanden und nahm ihr den Metallkoffer aus der Hand. Jimo drängte sich in die Schwelle des Abstellraumes und machte keine Anstalten, ihnen zu folgen. Vor dem Tor tauchten die Umrisse Ousmans auf. Sein helles Gewand reflektierte den Schein der Glühbirne. Erst jetzt wurde Vicky bewußt, wie schwarz die Nacht war und wie verlassen. Die Lagerfeuer brannten nicht. Das Gelächter, das Geschwätz der Wächter und der Mädchen, sogar der Lärm aus dem Radio schienen von der Nacht verschluckt. Auch von dem Nachtwächter war keine Spur. Die meisten Ausländer des Viertels waren fort, der Büroleiter, Höppli, Hazel und fast alle Freunde und Bekannten weilten bereits in den Ferien.

Ousman drückte ihr wortlos die Hand und verstaute das Gepäck. Monique legte ihr den Arm um die Schulter: „Mach dir keine Sorgen, ich kümmere mich um ihn!“ Vicky wußte, sie konnte sich auf sie verlassen.

Ousman fuhr zügig die sonst so belebte Straße zum Flughafen entlang. Vicky war es, als bewegten sie sich durch einen dunklen Tunnel, die glühenden, bunten Lämpchen des Armaturenbrettes zeigten die Notausgänge an. Ousman ging in die Bremsen. Verschwommen sah sie, wie direkt vor ihnen ein Gefährt nach links zum amerikanischen Klub einbog. Wenige Wochen war es her, daß sie mit Oliver dorthin gefahren war, die Zeit lag unendlich weit zurück.

Sie durchquerten die hell erleuchtete Flughafenhalle. Sie folgte dem Zollinspektor durch die Sperren, an der Schlange der Reisenden vorbei. Die Beamten legten die Hände an die Mützen zum Gruß. Er sprach zu diesem und jenem Uniformierten, ehe er sie zu einer Kammer am hinteren Ende der Abfertigungshalle führte. Er stieg über Taschen und Bündel hinweg, nahm einen Stoß Formulare von einem Stuhl auf und schob ihn ihr hin, damit sie sich setzen konnte. Er richtete den Tischventilator auf sie aus und entschuldigte sich dann, er habe noch etwas zu tun.

Sie knüpfte Beziehungen zu den Gesichtern und Uniformen der Leute, die ständig nach ihm fragten, als suchte sie nach einem ihr bis dahin verborgenen Zusammenhang und als hinge ihre gemeinsame unmittelbare Zukunft davon ab. War ein Tumor die Ursache der Erkrankung, oder war es ein Thrombus? Konnte man es sich mit einem Lungeninfarkt einrichten, falls man überhaupt überlebte? All diese Gedanken gingen ihr durch den Kopf.

Sie hatte sich in die Zeigerschritte der Wanduhr vertieft, Ousman tippte sie an: „Sie sind da!“

Simon hielt sich aufrecht, er wirkte abwesend. Sie gingen über das Rollfeld zum Flugzeug, ein Privileg, das gewöhnlich dem Protokoll vorbehalten war. Monique umarmte sie beide. Tränen liefen ihr über die Wangen.

Ousman händigte Vicky die Pässe mit den Visa aus. „Es ist alles in Ordnung, ihr könnt wiederkommen!“, er machte einen Versuch des Lächelns, doch keiner von ihnen reagierte auf den Scherz. Er geleitete Simon noch zum Sitzplatz und drückte ihn schweigend an sich. Der Macintoshcomputer war bereits verstaut.

Die Maschine erhob sich in die Nacht. Am Kabinenfenster wischten weißliche Wolkenfetzen vorbei. Ein Gongschlag ertönte über die Lautsprecher, die Stewardessen kamen durch die Reihen und teilten Gläser aus. Vicky legte ihre Hand auf Simons Arm und ließ seine Haare durch ihre Finger gleiten. Er hustete, das Taschentuch vor den Mund gepreßt. Dann saß er wieder in sich zurückgezogen da. Anschwellendes Geklapper ließ sie aufmerken.

Eine junge Afrikanerin stellte ein Tablett vor sie hin, Simon winkte ab. Von dem Schälchen vor sich hob Vicky die Aluminiumfolie an, und ein Duft von Rosmarin und Thymian stieg daraus hervor.

„Morgen gibt es sicher auch etwas für dich“, sagte sie schuldbewußt.

„Iß nur, laß es dir schmecken! – Damit ist es für mich für immer vorbei!“ Er machte eine ziellose Handbewegung und setzte von Trauer erfüllt hinzu: „Vielleicht bleibt mir so das Altern erspart.“

In Vicky regte sich Widerwillen gegen diese abgezirkelten, plastikverpackten Portionen. Ein Druckgefühl in ihrem Magen machte sich breit, und sie versuchte, die aufsteigende Übelkeit in sich zu bezwingen.

„Wenigstens haben wir nichts ausgelassen“, Simons Stimme klang jetzt verzweifelt.

In Vicky krampfte sich etwas zusammen. Sie nahm seine Hand, doch er erwiderte den Druck nicht. Mit glanzlosem Blick starrte er vor sich hin.

Rotweiße Blitze schossen aus dem Flügel und durchbrachen die Schwärze vor dem Kabinenfenster. Sie klappte die Jalousie herunter. Die Tabletts wurden eingesammelt, die Leinwand herabgelassen, und die Lichter gingen aus. Und plötzlich kamen ihr die Worte der Prophezeihung in den Sinn, die sie immer von sich gewiesen hatte: „Zweimal warst du schon fast tot, und beim dritten Mal wirst du sicherlich sterben.“

Zehn Jahre war es her, daß sie sich auf die Reise nach Kathmandu machten. Die Zeit in Wagadugu und im afrikanischen Busch lag hinter ihnen. Sie sahen einer neuen Epoche entgegen. Simon mit seinem schwarzen Vollbart, der hellblonde, kleine Junge und die Frau mit dem Stirnband um das lange Haar müssen ihm aufgefallen sein, denn er sprach sie an, ein vornehm gekleideter, gutaussehender Inder und stellte sich als Mitarbeiter einer Botschaft vor.

Er fragte, ob er seine Handlesekunst an ihnen üben dürfe, es war mehr als ein Spiel gedacht. Er wollte erst die Vergangenheit erraten und dann die Zukunft deuten. Er guckte in Simons Hände. Alter und Beruf stimmten überein, auch weitere Begebenheiten, die er mühelos aufzählte, ehe er diesen fatalen Satz aussprach. – „Das erste Mal war es, als sie den Sohn beerdigten, das zweite Mal hatte es mit Messern zu tun, eine Bedrohung oder Operation", er konnte es nicht sehen.

„Sagen Sie mir etwas über das dritte Mal!"

„In zehn Jahren ist es so weit, es ist keine Krankheit, es hat etwas mit Wasser zu tun." Genaueres könne er nicht sagen, aber er könne ihn entschädigen. Er gehe einer Phase entgegen, die geprägt sei von Kreativität, wirtschaftlichem Aufschwung und Erfolg in der Liebe . . ., „jedoch am Ende . . .", und er hatte sich geweigert, irgendwelche Voraussagen über die Zeit hinaus zu machen, „das ist nicht zu sehen."

Vicky sah Simon an. Seine Augen waren geöffnet, doch ohne jeden Ausdruck. Er hustete wieder Blut.

„Ich glaube, die Schmerzen kündigen sich an, gib mir lieber gleich eine Spritze." Der Steward ließ sie in die Bordküche und zog die Vorhänge hinter ihnen zu.

„Du bekommst allmählich Routine", Simon berührte leicht ihren Arm. Sie kehrten auf ihre Plätze zurück. Simon schob sich ein Kissen in den Nacken und setzte die Kopfhörer auf. Er beugte sich in der Dunkelheit zu ihr, und leise begann er zu erzählen, erst in Brocken, dann zusammenhängend von einer Reise durch den Weltenraum. „Wir nehmen an ihr teil, zersprengt zu Molekülen, und der Tod ist erst der Anfang dieses Aufbruchs, den man sich phantastischer nicht vorstellen kann . . ."

In ihren Ohren mischte sich das Lied: Don't break my heart:

You took me by surprise
just like the rainbow in the night
When I looked in your eyes
I could see diamonds shining bright
I never realized
you'd be the one to make it right.
You got me hypnotized
before my life was black and white
You and me make a team.

I want you near me every day.
Last night I had a dream
you went away.
Don't break my heart don't let me down …

Die Sphärenklänge verebbten.

Wie sollte sie ihm sagen, daß ihr der Weltraum zu groß war, hier auf der Erde wollte sie ganz einfach in einem Haus mit ihm und dem Sohn zusammenleben, in den einstürzenden Milchstraßensystemen, der aufgehenden Supernova und inmitten der unendlichen Weiten kam sie sich verloren vor. Sie merkte, wie sein Kopf an ihrer Schulter schwerer wurde. Er schlief, vorsichtig löste sie ihre Hand aus seiner. Sie beobachtete, wie sich milchige Kondensstreifen auf der Tragfläche bildeten, rote Lichtblitze aufflackerten. Da waren keine Buschfeuer, keine Sterne, nur Leere. Es war, als würde das Dunkel nie ein Ende nehmen.

*

Der Himmel über der Siedlung war geteilt. Die Sonne strahlte fächerförmig auf den Strom und tauchte ihn in eine blendende Helle. Auf der anderen Seite lastete eine blauschwarze Wolke hinter den Bergen, lautlose Blitze durchzuckten sie. Sie fraß sich über die Ebene wie ein Ungeheuer, ein letztes Mal leuchtete die Erde auf. Ein rosafarbener Keil schob sich vor die Schwärze.

Die Unterstände auf dem Markt waren geräumt. Frauen in bunten Tüchern verstauten ihre Körbe unter den Tischen. Männer in langen Gewändern und Turbanen wickelten Planen um ihre Kisten, in die sie Begehrlichkeiten wie Kaugummi, Zigaretten, Kämme, Sonnenbrillen und Pillen eingeschlossen hatten. Mädchen kehrten im Gänsemarsch vom Fluß zurück. Das Wasser auf ihren Köpfen schwappte aus den Eimern und Kalebassen, so eilig rannten sie auf ihre Hütten zu. Kinder und Hunde jagten ihnen hinterher. Hühner scharrten nicht mehr unter dem dünnen Stamm, der eine buschige Krone trug. Seine herzförmigen Blätter, eben noch von einer Ziege verschont, drehten sich im Wind hin und her. Ein Stück Pappe segelte über die Dächer.

Auf einmal stiegen die Staubmassen auf und fegten über das Felsgestein. Ein Pfeifen erfüllte die Luft. Ein paar Wellblechplatten hoben sich von den Dächern und schwebten empor wie die metallenen Flügel eines unsichtbaren Wesens. Der Nebel schien undurchdringlich, ein Blitz durchfuhr ihn, gefolgt von einem ohrenbetäubenden Donnerschlag.

Die Tropfen schlugen auf den roten Grund wie zerplatzende Taubeneier. Das Wasser ergoß sich in dichten Fäden, dann wie aus Eimern. Zu dem Rauschen des Regens gesellte sich das Glucksen der Bäche.

Der Regen prasselte auf das Aluminiumdach. Es hallte durch die Kammer.

Sie saßen und rauchten. Sie schlürften den Tee. Sie schwiegen lange Zeit.

„Der Regen wird gut sein, gut für die Felder und das darbende Vieh", sagte der Knochige. „Auch in Gundam hat es geregnet. Allah hat uns ein Zeichen gegeben. Unsere Mühen haben sich gelohnt, unsere Gebete sind erhört worden. Wir sind dem Ziel nahe. Was nachher kommt, werden wir sehen."

Der Jüngere nickte ihm zu. Er entfernte ein grünes, herzförmiges Blatt von seinem Aktenkoffer.

„Allah sei mit Dir!"

Der Pfad vor dem Tor war zu einem Sturzbach geworden.

Die Erkenntnis

Vor ihrer Abreise von Mali war Vicky von den Ereignissen so in Atem gehalten, daß sie über die Krankheit nicht weiter nachgedacht hatte. Als Simon dann in Hamburg auf der Station lag, Nährflüssigkeit durch sterile Schläuche in seine Adern tropfte, er geröntgt und mit Ultraschall untersucht wurde, an seinem Blut alle nur erdenklichen Tests vorgenommen wurden und als sie mit dem ehrwürdigen Professor, seinem ehemaligen Chef, und dem Klinikdirektor immer wieder über seine Krankheit diskutierten, begann die Angst in ihr zu wachsen. Sie glaubte nicht mehr an eine tropische Krankheit, denn in denen kannte sie sich so gut aus wie die Ärzte in Deutschland.

Jedes Mal wenn das Telefon klingelte, fürchtete sie, jemand von der Klinik sei am Apparat und versuche mit den medizinischen Ausdrücken wie Neubildung, Hepatom und Zellwucherung, nur eines zu umschreiben, nämlich Krebs. Sie war allein in der großen Wohnung, da war niemand, mit dem sie über ihre Ängste hätte sprechen können.

Alle Untersuchungen hatten nichts ergeben. Je weniger Resultate sie brachten, um so verbissener wurden neue angestellt. Es war beängstigend, was sie alles mit ihm vornahmen. Sonden wurden ihm bis in die feinen Verästelungen der Atemwege vorgeschoben, das Narkosemittel bewirkte eine Muskelstarre, so daß er sich mehrere Tage nur unter Schmerzen bewegen konnte. Er wurde nicht behandelt, trotzdem ging es ihm täglich besser. Irgendwann hörten auch die Ärzte auf, einen Tumor in Betracht zu ziehen, auch Vicky beruhigte sich allmählich.

Als Simon endlich das Krankenhaus verließ, bestand die Diagnose lediglich in einer kunstvollen Formulierung, die verbergen sollte, daß niemand wußte, wieso er aus der Lunge geblutet hatte, seine Leber fast zerstört war und er nur knapp dem Tod entgangen war. Seine Genesung ging so rasch voran, wie die mystische Krankheit aufgetreten war.

Sie wanderten unter dem weiten Himmel der norddeutschen Ebene durch die verschlafenen Straßen einer kleinen Stadt, deren Häuserfronten vom Regen gewaschen waren. Sie verbrachten Stunden in Buchläden, und die Fundstücke, die sie nach Hause trugen, bargen Zahlentheorien, Computergrafik, Maltechnik, Südamerika und Asien. Nur ein Bereich blieb ausgeklammert, sie sprachen nicht von Mali.

Woche um Woche verrann. Die ersten Kastanien fielen von den Bäumen. Simon mußte nicht mehr so häufig stehenbleiben, um sich auszuruhen. Ihre Erkundungen dehnten sich aus, und Vicky merkte ihm an, daß er unruhig wurde, er sah seiner Genesung entgegen und würde nicht mehr lange in dieser Ruhe verharren können.

Auf ihren Spaziergängen sprachen sie über die Stationen ihres bisherigen Lebens, die Strapazen, die Enttäuschungen, die gescheiterten Hoffnungen, das, was schön gewesen war, und auch das Komische.

Als sie ihn einmal fragte, worin der Sinn läge, den sie nicht erkennen könne, denn es sei doch alles umsonst, und alle Anstrengungen in der Entwicklungshilfe hätten doch nichts wirklich verbessern können, erzählte er ihr die Geschichte von Sisyphus.

„Sisyphus war Arzt wie du und ich. Er war der beste, den es je gab, er konnte alle Gebrechen heilen, und niemand starb mehr. Da beklagte sich der Gott der Unterwelt im Olymp vor Zeus, dem Vater aller Götter, daß Sisyphus die heilige Ordnung und die göttlichen Gesetze verletze. Die Götter stimmten dem zu, und in seinem Zorn verdammte Zeus den Arzt zu einer furchtbaren Strafe. Auf ewig mußte Sisyphus einen riesigen Stein einen Berg hinaufwälzen, und sobald er ihn bis oben gebracht hatte, rollte er wieder in die Tiefe, und alle Mühe begann von vorne.

Camus hat diese Geschichte so gedeutet: Sisyphus ist der ewige Rebell gegen die Götter, den sie eigentlich nie besiegt haben, denn er arbeitet immer wieder aufs Neue, und seine Befriedigung liegt einzig im Sein, er hat die Hoffnung auf etwas Ewiges und Endgültiges aufgegeben. Während der Stein nach unten stürzt und er ihm erhobenen Hauptes folgt, kann ihm auch kein Gott den Triumph nehmen, daß er die Aufgabe bewältigt hat.

Mit meiner Arbeit geht es mir so ähnlich“, – und dabei war Simon in den behäbigen Tonfall geraten, der dieser Landschaft um sie herum entsprach –, „ich glaube nicht, damit einen außerordentlichen Fortschritt zu erzielen, eine Leistung zu vollbringen, die Bestand hat. Die Aufgabe an sich genügt mir, sie so gut wie möglich zu bewältigen, und der kurze Moment der Befriedigung, wenn sie geschafft ist und ich die nächste anfange. Ich lebe nicht für die Ewigkeit, nicht um mir ein Denkmal zu setzen, sondern für das Hier und Jetzt, dazu gehören Anstrengungen ebenso wie die Freude über die kleinen Erfolge. Das Ganze ist wie ein Kreis.

Ich muß bald zurück nach Mali, um weiterzumachen, obwohl ich weiß, in einem Jahr soll das Projekt zugemacht werden."

Vicky war das gar nicht recht. Er wollte schon wieder abreisen, und sie wußten noch nicht einmal, was ihm überhaupt gefehlt hatte. Sie gab zu bedenken: „Sisyphus hat zwar den Stein unter Mühen hinaufgewälzt, ich habe nicht gehört, daß er sich dabei eine Krankheit eingefangen hätte. Was willst du in Mali?"

„Die Malier werden nicht in der Lage sein, die Versprechen, ihren Beitrag zum Projekt zu halten, alles, was wir aufgebaut haben, wird zusammenstürzen.

Medizinische Entwicklungshilfe muß scheitern, die Empfänger, die Armen haben niemanden, der für sie eintritt.

Jedes medizinische Projekt kann die Not nur lindern, nie die Not beseitigen, dafür ist die Not zu groß und das Projekt zu klein. Du kannst nicht mit Geld Linderung erkaufen. Not kann nur gelindert werden mit dem Einsatz von Menschen. Du mußt Menschen motivieren. Wenn du Millionen hinlegst, kannst du Straßen oder Fabriken bauen, damit hast du etwas gemacht, woran sich der Erfolg messen läßt. Medizinische Erfolge sind nicht meßbar, nichts Nachweisbares wird produziert. Das Wohlbefinden, das Gesundsein hat weder eine Länge noch ein Gewicht, noch kannst du es in Mark und Pfennig zählen. Technische Programme wie Werften, Straßen, Fabriken oder Staudämme sind umschriebene abgegrenzte Prozesse in der Wirtschaft eines Landes. Kosten und Erträge lassen sich gegeneinander aufrechnen. Medizinische Programme dagegen zielen auf soziale Veränderungen. Bewertung von sozialen Veränderungen bedeutet Bewertung von Faktoren wie Lebensqualität, die nicht meßbar sind, die sich im Bewußtsein der Leute ausdrücken."

„In welch einer furchtbaren Welt leben wir eigentlich, wenn es den Verantwortlichen für die Entwicklungshilfe, den Planern, Politikern und Funktionären nichts bedeutet, den Tod eines kranken Kindes verhütet zu haben. Das sind alles Leute, die nie Angst um ein Kind gehabt haben, denen die Not von andern nichts sagt, die nur in wirtschaftlichen Zuwachsraten denken und abstrakten Zahlenspielen. Daß eine Mutter die Nacht neben ihrem röchelnden Kind verbringt und jeden Moment befürchten muß, daß es aufhört zu atmen, oder daß jemand sich in Schmerzen windet, die zu lindern es keine Medizin gibt, können sie sich nicht vorstellen."

Lange hatten sie sich nicht mehr so ausführlich über diese Grundsatzfragen unterhalten.

An diesem Abend klingelte das Telefon, Karim war am Apparat. Seine Stimme kam von sehr weit her, wie von einem anderen Planeten. Er wollte sie in Hamburg besuchen.

Als Vicky ihm die Tür öffnete und den erstaunten Blick der Nachbarin im Treppenhaus bemerkte, wurde ihr zum ersten Mal bewußt, daß er in Wirklichkeit Afrikaner war. Hier in Deutschland fiel er auf. Beim Frühstück jedoch war es fast so, als säßen sie in Mali.

Karim erzählte freudig erregt: „Ich habe ständig versucht, euch anzurufen, doch ich bin nicht durchgekommen, sogar der Minister wollte euch sprechen. Simon, da war noch diese Krisensitzung, am Morgen, nachdem du abgereist warst. Im Projekt berieten sie, wie es ohne dich weitergehen sollte. Keiner hat vermutet, daß du durchkommst."

Sie waren neugierig geworden. Und auch aus Bamako gab es Neuigkeiten, sie hatten eine Staatskrise verpaßt! –

„Wie ihr wißt, versuchte der neue Minister, ein enger Berater des Präsidenten, mit allen Mitteln die leere Staatskasse zu füllen, um den Internationalen Währungsfonds zufriedenzustellen. Von irgendwoher muß die Information an ihn gelangt sein, eine große Menge Goldes, fünfzig Kilo oder mehr, sollte außer Landes geschafft werden. Die Maschine stand schon zum Abflug bereit, als er sie von Soldaten umstellen ließ. Ousman und seine Zollbeamten wollten das Flugzeug durchsuchen, aber man ließ sie nicht an Bord. Daraufhin verweigerte der neue Minister die Erlaubnis zum Start. Die Passagiere mußten für die Nacht im Amitiehotel untergebracht werden. Ihr könnt euch vielleicht vorstellen, was das für einen Aufruhr gegeben hat!

Der Premier, der schon lange im Amt war und befürchtete, die Luftlinie könnte Schadenersatz verlangen, setzte sich für den Abflug der Maschine ein. Der Präsident war verreist, und der neue Minister, der ihn vertrat, war dagegen. Er wußte sich nicht zu behelfen und berief den Sicherheitsrat und den Generalstab ein. Das war gegen die Verfassung und kam einem Staatsstreich gleich. Offenbar haben sie sich nicht einigen können. Das Flugzeug bekam schließlich die Starterlaubnis.

In Bamako erzählt man sich, der neue Minister habe ein Telegramm an den Präsidenten geschickt, in dem er ihm mitteilte, sie seien zusammengetreten, um ihm zu versichern, daß sie ihm treu ergeben seien. Der Präsident kam zurück, und alles war so, als sei nichts vorgefallen. Der neue Minister trat zurück, er war übrigens Lehrer. Er lebte ganz bescheiden in Badala. Seitdem haben sie ihm die Laterne vor seinem Häuschen abgeschaltet."

Sie rätselten, was sich im einzelnen abgespielt haben könnte. Ob der neue Minister mit der jungen Garde die Macht an sich reißen wollte? – Auch die Rolle von Ousman erschien ihnen undurchsichtig, vielleicht sah er seine Chance für einen streng islamischen Staat, in dem Alkoholverbot herrscht, die Frauen Schleier tragen, nach seinem großen Vorbild Khomeini.

„Da stehen wir mit unserem Projekt einmal wieder mitten im staatspolitischen Schlamassel!" bemerkte Simon.

„Und wieso das? – Das Projekt versucht sich doch da rauszuhalten."

„Unser Projekt ist auch in den Goldminen im Süden des Landes tätig. Bei Monique habe ich schon immer geahnt, daß mehr dahinter stand, als die bloße Untersuchung und Behandlung der Arbeiter in den Goldbergwerken."

Die Russen, von denen man sagte, daß sie schon lange die Schürfrechte erworben hatten, waren in Verdacht geraten, Gold zu schmuggeln. Es war aufgefallen, wieviele neue Ersatzteile sie ein- und alte dafür ausführten. Möglich ist, daß sie einen Teil des Geldes an der Staatskasse vorbei direkt in die Schatulle von Unbekannten fließen ließen, die es ihrerseits ins Ausland schafften, so ging jedenfalls das Gerücht.

„Und was machen unsere Leute so im Projekt?" erkundigte sich Simon.

– Sie standen sich bisher weit besser als die Gesundheitsbeamten, die monatelang keine Gehälter bekommen hatten. –

„Die sind unzufrieden. Es hat sich herumgesprochen, daß die Deutschen ihr Projekt nicht verlängern. Die Angestellten des Projektes fürchten um ihre Posten.

Auch unsere Beamten werden demnächst streiken, die Lehrer haben schon angefangen. Weißt du, daß Diallo das Projekt verläßt? Die Weltgesundheitsorganisation hat ihm einen Vertrag für sieben Jahre angeboten. Der hat es geschafft. Viele sind neidisch auf ihn. Er selbst ist traurig, daß er geht, aber irgendwovon muß er ja schließlich seine Familie ernähren."

„Schade, der beste Mann im Team scheidet aus!", sagte Simon, „aber schließlich kann ich es ihm nicht einmal verübeln, habe ich ihn doch selbst weiterempfohlen."

Karim hatte sein goldenes Medaillon hin- und hergewendet. Seine Stirn furchte sich. Er war in Sorge, was aus der Informatikabteilung würde.

Simon erinnerte ihn, wie erfolgreich sie doch bisher gearbeitet hatten. Afrikaner wie Europäer waren stolz auf das, was sie gemeinsam in mühevollen Jahren aufgebaut hatten. Die kleine Abteilung hatte sich nicht nur gegen alle Zweifler durchgesetzt, sondern verfügte auch über nicht unerhebliche eigene Mittel, die es ermöglichten, modernes Gerät zu beschaffen und den Angestellten ihre vielen Überstunden großzügig zu vergüten. „Notfalls könne die Abteilung auch auf eigenen Füßen stehen", meinte Simon. Sie wandten sich harmloseren Themen zu.

Das Radio begleitete ihre Unterhaltung mit den schnellen Rhythmen eines schwarz-amerikanischen Frauentrios: „More, more, more – jump for my love, jump in . . ." Karim wiegte den Oberkörper und schnippte mit den Fingern den Takt. Von dem roten Polohemd hob sich sein leuchtend brauner Teint ab. Sogar Simon, der auf den ausgedehnten Wanderungen wieder Farbe an den wenigen Flecken, die sein verwegener Bart freiließ, bekommen hatte, wirkte bläßlich neben ihm.

Als das Lied verklungen war, meinte Karim bedauernd: „Schade, daß ich wieder in den Kongo muß, ich würde lieber nach Genf fliegen, aber mit Mariam ist es vorbei, sie hat meinen Brief nicht einmal beantwortet." –

Er tat ihr leid, und wie um ihn zu necken, sagte Vicky: „Nicht nur der Kongo, auch Hamburg, die ganze Welt ist voller hübscher Mädchen."

„Also, weeste, das würde ich nicht so sehen." Er unterstrich, um wieviel hübscher die Mädchen doch in Mali seien, und Simon unterstützte ihn. Da waren sich beide Männer einig, die schlanken, großen Malierinnen seien wesentlich schöner als die eher plumpen Kongolesinnen.

„Eine genügt mir, eine einzige, eine ganz bestimmte", Karim war ernst geworden. Er sah zu der großen, runden Küchenuhr hin. „Es wird Zeit, daß wir uns um Computer kümmern!"

Sie reisten gleichzeitig ab, Simon zu Vorlesungen nach Süddeutschland und Karim, um die Datenverarbeitung für ein Projekt im Kongo einzurichten.

Nach einigen Tagen kam Simon zurück. Als er ihr lächelnd auf dem Bahnsteig entgegenkam, hatte sie das Gefühl, er sei wieder hergestellt und ganz der Alte. Obwohl er nun schon so viele Jahre Vorlesungen hielt und sein Gebiet beherrschte, da er doch täglich damit zu tun gehabt hatte, war er trotzdem jedes Mal eine Woche vorher nervös und gespannt und dann, wenn alles vorüber, gelöst, ideenreich und offen.

Er wollte gar nicht gleich nach Hause, und so landeten sie in einer der Kneipen in St. Georg, wo sich die überschwengliche Jugend traf.

Simon erzählte von den Studenten in seiner Vorlesung und von einem Gespräch, das er mit einem Religionssoziologen geführt habe. „Religion und Soziologie, ist das nicht eine seltsame Kombination? – Und weißt du, worüber wir gesprochen haben?" –

Vicky schüttelte den Kopf. Woher sollte sie das wissen.

„Afrika! –

Ich habe ihn auch gefragt, was er eigentlich macht, und er hat mir erzählt, er beschäftige sich mit den Vorstellungen der Leute von Leben und Tod, Gesundheit und Krankheit. Er stellte Fragen nach dem Krankheitsverständnis der Afrikaner. Kurzum er gehörte zu denen, die nicht einfach von vornherein alles genau wissen, ohne deswegen an Magie zu glauben, er sah es mehr in der Art von Parallelen, aber in grundverschiedenen Universen. Was wir mit wissenschaftlichen Modellen zu erklären versuchen, kann genauso gut zu einem in sich logischen Weltbild passen, das auf magischen Vorstellungen beruht.

Wir sprachen davon, daß unsere Medizin unter anderem von sich behauptet, wissenschaftlich zu sein, Erklärungen zu haben und ein Wissen zu besitzen, welches durch experimentelle Untersuchungen gewonnen wurde, wobei diese kontrollierten Experimente jederzeit wiederholbar seien, dabei gibt sie es nur vor. Nur ein kleiner Teil des gesamten Wissensschatzes der westlichen Medizin beruht auf tatsächlichen, in dieser Weise gesicherten Erkenntnissen. Der Rest ist Vermutung und so etwas wie Magie im wissenschaftlichen Gewande.

Weißt du, ich habe meinen gerade überstandenen Fall als Beispiel angeführt. Da haben sie mich von Kopf bis Fuß nach allen Regeln der modernen Medizin untersucht, mich dabei nicht wenig gequält, und was hat das alles gebracht?

Wenn sie ehrlich gewesen wären, hätten sie zugeben müssen, sie wußten nicht, was zu meiner Krankheit geführt hat. Fast wäre ich gestorben, und wenn ich gesund geworden bin, so verdanke ich es der Überlebenskraft meiner körperlichen Systeme, am Ende habe ich nicht einmal eine Behandlung erhalten.

Jetzt stell dir vor, ich wäre zu einem afrikanischen Heiler gegangen, der hätte wahrscheinlich sofort eine Diagnose gewußt, eine magische natürlich. Er hätte seine Beschwörungen unternommen, und ich wäre genauso gesund, wie ich es hier geworden bin. Er hätte recht gehabt, die Krankheit beruhte auf einem

Fluch, der gegen mich gerichtet war, und konnte nur mit einer magischen Kraft, einem Zauber, aufgehoben werden.

Wie du siehst, kann meine Krankheit in diesem Fall sehr wohl im magischen Universum, nicht aber im wissenschaftlichen, erklärt werden. Wenn ich jetzt wissenschaftstheoretisch argumentieren wollte – die Theorie, die am besten geeignet ist, widersprüchliche Erkenntnisse zu vereinen, ist die annehmbare, und man muß ihr den Vorzug geben – hieße das: die magischen Gesundheitskonzepte der Afrikaner sind den wissenschaftlichen, westlichen überlegen."

Er lächelte und lehnte sich zurück, betrachtete die jungen Leute, das ganze bunte Volk von Nachtschwärmern. – Vicky war fasziniert.

„Für die Afrikaner war alles einfach, ich bin verzaubert worden. Nur wenn du es in unsere Welt überträgst, würden wir es etwas anders nennen."

Sie schritt wieder über diesen türkisfarbenen See aus Eis. Schollen brachen auf, und sie sah das Feuer darunter. „Aber siehst du denn nicht!"

Wie versunken drehte er an seinem Glas, das noch ein wenig von dem Apfelsaft enthielt, und schreckte auf. „Ja, das stimmt! – Genau, das ist es!"

Wie entstehen Ideen, wie kommt ein Verdacht auf? Wie geschieht es, daß die Informationen, die wir scheinbar ohne Beziehung zueinander aufnehmen, sich plötzlich im Geiste zu einem Muster fügen? Auf einmal erschien alles ganz klar, als ob es nicht anders hätte sein können. Keiner der beiden hätte sagen können, wie es dazu kam, sie wußten es nicht.

In diesem Moment erkannten sie, wie es passiert war: Er war verhext worden, für einen Zauberer bedeutete es Magie, in ihrer profanen Darstellung Gift, Simon war nicht einer mystischen Krankheit zum Opfer gefallen, man hatte versucht, ihn zu vergiften. Mit einem Mal ließ sich alles erklären: die krampfartigen Schmerzen, die schweren Leberschäden, die Blutung aus der Lunge, selbst die merkwürdige, schnelle Genesung, nachdem er tagelang nichts gegessen hatte und die intravenöse Nährlösung seine Organe durchspült hatte. Ohne es zu wissen, hatten die Ärzte am Ende doch noch die richtige Therapie angewandt.

Er sah Vicky an. „Vergiftet, und von wem? – Wer sollte ein Interesse daran haben, mich aus der Welt zu schaffen?" –

„Abdul El-Bakar!" entgegnete sie.

„Deine Feinde haben lange gewartet, und jetzt haben sie sich gerächt. Abdul hat dir nie verziehen, daß du es warst, der ihn von seinem Thron gestoßen hat."

Nachdenklich fügte er hinzu: „Wenn du das so sagst, – ja, das macht Sinn."

Sie sprachen noch lange darüber, und auch, als sie zu Hause waren, konnten sie nicht gleich einschlafen, immer kamen sie auf dieses Thema zurück.

Die Erkenntnis war wie ein Schock gekommen und versetzte sie in Rausch. Sie brauchten eine Weile, um die unerwartete Einsicht innerlich zu verarbeiten. Erst allmählich gewöhnten sie sich daran. Die ganze Vergangenheit erschien ihnen in einem neuen Licht, mußte umgeordnet werden.

Abdul El-Bakar, mit dem sie versucht hatten, Gesundheitsstationen im Staudammgebiet aufzubauen, mit dem sie gemeinsam viele Reisen ins Landesinnere unternommen hatten, mit dem sie Erfahrungen, die sie gesammelt hatten – Abdul in Mali und sie in der Hungerhilfe – am Lagerfeuer ausgetauscht hatten, von dessen verzweigter Familie von Gundam bis Gao sie herzlich aufgenommen wurden, der sie die Not der Bauern und Nomadenbevölkerung erst sehen lehrte, für den Vicky sich einsetzte wie für einen Freund, als er krank war, dieser Mann hatte sich gegen Simon gewandt.

Simon hatte es eine projektdienliche Entscheidung genannt, als er Abdul und bald darauf dessen Vetter Mussa aus dem Projekt entließ. Mit dem Eintreten von Monique – sie war von höchster Stelle eingesetzt – war der Konflikt vorgezeichnet. Eine Fehde, die zwischen den Familien El-Bakar und Madina ausgetragen wurde, eine Fehde zwischen Timbuktu und Gundam, die bereits 400 Jahre schwelte und immer wieder zu Unglück und Leid führte, hatte auch sie in den Strudel hineingerissen.

Was in Simon vorging, wußte Vicky nicht, sicher war er enttäuscht wie sie. Wenige Tage nach ihrem Gespräch setzte er sich hin und schrieb einen langen Brief, in dem er das Vorgefallene aus der Sicht dessen erzählte, den er für einen Freund gehalten hatte und für einen Feind erkannt hatte. Die Person und unmittelbaren Ereignisse, die seine Erkrankung bewirkten, schilderte er so:

„Er, der so plötzlich vom Unglück Verfolgte, dessen Träume wie Seifenblasen geplatzt waren, suchte die Mächte des Unglücks zu besänftigen, das Rad des Geschickes zurückzudrehen. Er suchte Magier und Wunderheiler in seiner Heimat auf, damit sie ihm das Geschehen erklärten und eine Abhilfe fänden. Viele winkten ab, es sei gegen den Koran, es sei zu schwierig, ein mächtiger Fetisch sei betroffen. Aber am Ende war doch einer bereit zu helfen. Viele Treffen waren nötig. Es mußten Haare von dem Deutschen gebracht werden und alte Schuhe von ihm. Die Kaurimuscheln wurden geworfen und das Sandorakel befragt. In einer stinkenden Hütte wurde einem schwarzen Hammel die Kehle durchgeschnitten, und beim Schein einer flackernden Petroleumlampe spritzte das Blut auf den verkrusteten Fetisch, während er betete, der Deutsche möge untergehen, das Glück möge zu ihm zurückkehren. Viele Abende waren nötig, um die Medizin zu bereiten. Es mußte ins Feuer gespuckt und immer wieder das Orakel befragt werden. Ein toter Gecko hätte unter dem Stuhl des Deutschen angenäht werden müssen, aber jener schien jeden Schritt zu kennen. Keinen ließ er in sein Haus, seine Diener paßten sehr auf. Das Büro, indem schon Mittel untergebracht worden waren, ließ er umbauen und anstreichen, so daß alles verloren ging . . .

Neun Monate vergingen, und immer mächtigere Zauber wurden ausgeführt.

Es war nicht leicht, die noch im Projekt verbliebenen entfernten Verwandten dazu zu gewinnen, ihm zu helfen. Er mußte ihnen zusichern, daß sie kein Geld mehr abzugeben brauchten. Er mußte auf die uralte Autorität seiner Familie hinweisen. Aber erst, als er andeutete, daß sich die Magie auch gegen denjenigen kehren könne, der sie angerufen habe, war die Furcht groß genug . . .“

Kurze Zeit darauf sagte Simon zu Vicky: „Nächste Woche fliegen wir zurück.“

„Und du willst wieder nach Mali? – Können wir denn überhaupt zurück, müssen wir nicht befürchten, daß sie es wieder versuchen?“

Sie war fassungslos, wie wenig Simon davon beeindruckt zu sein schien. All diese sinnlosen Ängste stiegen in ihr auf, dieser dunkle Tunnel, den sie zugesperrt hatte, nie wieder wollte sie da durch. Mali weckte in ihr nur noch Abscheu.

„Ich glaube nicht, daß sie es noch einmal tun werden, für die Afrikaner bin ich ein Widergänger, einer vor dem sie eine magische Furcht haben, jemand der aus dem Grab auftaucht, der ihnen auflauert, um ihnen die Seele zu rauben.“

Vicky mußte lachen, obwohl ihr gar nicht danach zumute war,

die Vorstellung der Gestalt von Simon, beseelt von Abdul, oder umgekehrt, fand sie doch sehr komisch.

Einst hatte Simon in Dörfern der Elfenbeinküste nach Fällen von Schlafkrankheit gefandet. Er erzählte ihr jetzt, was er erlebt hatte:

„Manchmal konnten wir unsere Arbeit in den Dörfern nicht vor Einbruch der Dunkelheit beenden. Wenn wir dann durch den nächtlichen Urwald zur Straße zurückgingen, hörten wir all die nächtlichen Geräusche, die durchaus unheimlich sind. Ich habe aber nie verstanden, warum meine afrikanischen Begleiter noch viel furchtsamer erschienen, als ich es mir selbst zugebilligt hätte. Dies war doch ihre Heimat. Auf einer dieser Wanderungen, oder besser gesagt anschließend, klärte mich der Labortechniker auf. In dem nächtlichen Urwald trieben Widergänger ihr Unwesen. Menschen, die gestorben waren, aber wieder zurückkommen wollten unter die Lebenden. Sie können in den Leib eines ahnungslosen Wanderers fahren, oder auch ganz einfach unter den Lebenden auftauchen, nachdem sie bereits gestorben waren. Sie vermögen es auch, in den Leib einer schwangeren Frau einzudringen und ganz normal geboren zu werden. Manche Kinder sterben und kommen wieder und spielen dieses grausame Spiel mit der Mutter viele Male. Deswegen muß die Mutter das Neugeborene prüfen, ob sie es wiedererkennt, es womöglich schon einmal geboren hat. Koboldkinder weisen Schwimmhäute zwischen Fingern und Zehen und andere genetische Absonderlichkeiten auf. Sie können andere Kinder in die Unterwelt nachziehen. Wir würden dazu sagen, sie erliegen der gleichen Infektion. Den Müttern wird mit den Koboldkindern viel Kummer bereitet, daher schützen sich manche, indem sie den Mutterkuchen, fest verkorkt in einer Flasche, an den Baobabbaum hängen oder an bestimmten Stellen vergraben.

Nach den Regeln der Magie bin ich gestorben, und wenn ich wiederkomme, kann ich nur ein Widergänger sein.

Weißt du, sie werden Angst vor mir haben. Der Soziologe versicherte mir, wer einen Zauber überlebt, muß den Leuten dämonisch und ungeheuer mächtig erscheinen!"

Vicky fiel nichts ein, was sie darauf hätte sagen sollen. Trotzdem war sie beunruhigt. – „Ich weiß nicht, das sind interessante Theorien! Was wissen wir wirklich, was in den anderen vorgeht und was vorgegangen ist.

Ich habe Angst."

*

Das Sonnenlicht kam in Pfeilen unter den Wolken hervor. Der Esel, vor den Wagen mit der Wassertonne gespannt, wurde um die Wiese herumgetrieben. Denn auf dem Feld verteilt standen die Spieler, einige in bunten Trikots, andere mit bloßem Oberkörper. In einer Horde jagten sie plötzlich über den Platz. Der Staub hüllte sie ein. Das Tor war aus Latten gezimmert, Hitze und Regen hatten sie gebleicht. Der Ball flog hoch darüber hinweg. Zwei Jungen rannten barfuß auf das Gestrüpp von Agaven und dornigen Zweigen zu. Der Nachmittag neigte sich. Der Esel kam vom Fluß herauf. Die gefüllte Tonne schwappte auf dem holperigen Weg. Er nahm nun die Abkürzung über das ebene Fußballfeld. Die Spieler zerstreuten sich allmählich. Einige schlenderten zu ihren Sachen, die sie unter einem Mangobaum zurückgelassen hatten. Sie frottierten sich die feuchte dunkle Haut. Hinter ihnen quälte sich ein Auto die steile Halde zum amerikanischen Klub hinauf. Einige Brocken Geröll kollerten den Hang herab. Kinder mit blonden Schöpfen über rosigen Gesichtern sahen aus den Fenstern. Der Torwart, ein stämmiger Bursche, wickelte die Lappen von Knien und Schenkeln ab.

„Schade, wenn Ali mitgespielt hätte . . ., ich bin sicher, wir hätten gewonnen!"

„Der war doch unter den Streikenden, auf den wirst du lange warten können! Soldaten haben sie abgeholt. Auf Lastwagen . . . weg, in den Norden."

Der Spieler mit den auffallend schmalen Hüften fingerte in der Hemdtasche nach einer Brille. Ein älterer Mann näherte sich ihnen auf einem Fahrrad. Er hielt bei den Sportlern und verteilte seinen Vorrat an Flaschen. Sie tranken gierig. Einer streifte sich ein langes Gewand über das farbenfrohe Trikot und holte einen Schein aus seinem Aktenkoffer, den er dem Händler reichte. Sie sprachen nicht weiter, ehe der Alte die leeren Flaschen eingesammelt hatte und davongefahren war.

„Was ist unsere bejubelte Unabhängigkeit denn wert? Wir leben in einem Staat anstelle einer Kolonie, aber wählen können wir immer noch nicht, nicht einmal frei die Meinung äußern", sagte der mit der Brille. „Wir brauchen demokratische Verhältnisse, dafür wird es höchste Zeit, und wenn unsere Regierung das nicht zuläßt, dann . . ."

„Die sind doch so korrupt da oben! Wo bleibt denn das ganze Geld und das, was die Franzosen hier 'reinbringen?", unterbrach ihn der Torwart. Er fuhr sich mit einem Kamm durch das Haar, das sich wie ein Rasen, den man frisch gemäht hat, aufrichtete.

Der stattliche Mann in dem Bubu zündete sich eine Zigarette an. Dann nahm er seinen Aktenkoffer auf. Zu dritt gingen sie den Sandweg am Niger entlang. Durch einen rostigen Zaun sah man auf verwaiste Backsteinbauten. Aus den Haufen aufgeschichteter Ziegel sproß Unkraut hervor, an dem Fabrikschlot rankte sich Schlinggewächs empor.

Der Torwart seufzte. „Die Welt gehört den Weißen, den Franzosen, Russen und Amerikanern. Wäre ich doch nur so gut wie Amadu, der darf für den Verein in Frankreich spielen. Habt ihr das Foto mit seinem Auto gesehen? Eine weiße Freundin hat er auch!" Sie unterhielten sich über die Vorzüge der Autos.

Eine Mädchenschar kam ihnen in einer langen Reihe entgegen. Sie trugen Eimer und Plastikschüsseln mit gefalteter Wäsche auf den Köpfen. Die Gesellschaft preßte sich an den Rand des Pfades, um die Männer vorbeizulassen. Ein großes, schlankes Mädchen kaute auf einem Stück Holz. Sie blinzelte unter geschwungenen Wimpern hervor. Ihre vollen Wangen glühten. Das Wickeltuch über ihrer Brust war fest geknotet, und darunter kam zu beiden Seiten je ein Füßchen zum Vorschein. Sie lächelte und sagte etwas. Die andern Frauen kicherten, die kleinen Mädchen mit den Kalebassen blickten verwundert. Die Männer waren schon vorbeigegangen, als der Torwart sich noch einmal umdrehte und der Gruppe etwas zurief. Übermütiges Gelächter scholl ihm entgegen. Vor Vergnügen tanzten die Männer den Weg entlang. Ausfahrend gestikulierend und sich wiegend streiften sie fast den Boden, bis sie vor Lachen keuchten und japsten. Die Mädchen blickten ihnen nach und strebten gemächlich dem Dorf zu.

„Ich wußte gar nicht, daß Amadu mit der Großen bereits ein Kind hat", sagte der eine, indem er seine Brille abnahm und daran rieb. „Ihre Cousine ist doch die Bleiche in der Nachtbar. Hattest du nicht etwas mit der?" Er wandte sich dem Torwart zu.

„Das war einmal, die schmiegt sich jetzt an den feisten Deutschen und fährt in seinem Mercedes zum Markt, sie kennt sich selbst nicht mehr."

„Der Verstand der Frauen hört bei den Brüsten auf!" warf der mit dem Aktenkoffer ein.

Sie kamen an einem rosa verputzten Haus vorbei. Es stand auf einer kleinen Anhöhe direkt am Fluß. Die knorrigen alten Bäume betonten den Eindruck von Verlassenheit. Grasbüschel wuchsen zwischen den Fliesen der Terrasse hervor. Das Tor war verriegelt. Der Abendwind fuhr durch die offenen Fenster. Es raschelte im Schilf.

Der Torwart bückte sich nach einem Kiesel und zielte auf das Haus. Sie beobachteten, wie der Stein über die Platten hüpfte und gegen die Wand schlug.

„Laß das, das bringt Unglück!" sagte der große Mann im Bubu.

Der Torwart sah ihn ungläubig an.

„Die Weißen da oben auf dem Berg, das ist das wahre Unglück!" Er sog an der Zigarette.

„Wenn man die Alten so hört, hat jeder von ihnen eine andere Geschichte, und eine ist unglaublicher als die andere", sagte der Mann mit der Brille.

Solange man zurückdenken konnte, hatte es mit dem Berg etwas Besonderes auf sich. Mächtige Zauberer hatten auf der Spitze des Berges gelebt, und die Menschen waren von weither gekommen, um Heilung oder Rat bei ihnen zu suchen. Die Franzosen hatten dafür wenig Verständnis gehabt, der Berg war für sie schlicht ein möglicher Hinterhalt für aufsässige Eingeborene, leicht konnte er zu einer feindlichen Festung werden. Sie vertrieben die heiligen Männer.

Noch in den zwanziger Jahren bedeckte dichter Wald die Niederungen und die Hügelkette. Am Fluß waren Nilpferde und Krokodile kein ungewöhnlicher Anblick, und wer nachts ausging, mußte sich vor Raubtieren in acht nehmen. Die jagdbesessenen Kolonialbeamten brauchten nicht weit zu reiten, um Gazellen und Antilopen vor den Lauf ihrer Gewehre zu bekommen.

Die Kolonie sollte Erträge erwirtschaften, das Kolonialamt in Frankreich wollte Baumwollplantagen anlegen, um sich der englischen Konkurrenz zu erwehren. Die Stromschnellen im Niger zwischen Bamako und Kolikoro mußten durch einen Kanal umgangen werden, um den Endpunkt der Bahnlinie Dakar–Bamako mit der Flußschiffahrt nach Mopti, Timbuktu und Gao zu verbinden. Der gleiche Kanal war geeignet, in dem fruchtbaren Schwemmland ein modernes Bewässerungssystem mit Wasser zu versorgen. Für den französischen Kommandanten, der die Arbeiten beaufsichtigen sollte, errichtete man am Ufer ein Haus. Die leuchtend rote Farbe demonstrierte die Macht der Kolonialherren. Die Bauern und Fischer aus der Gegend wurden zusammengetrieben und in Lager gepfercht. Ohne Pause und Ruhetage mußten sie den Kanal ausheben. Wer sich weigerte, wurde ausgepeitscht, und wer aufbegehrte, wurde erschossen. Viele Arbeiter starben an Malaria oder Auszehrung. Der Untergrund war felsig und ließ sich mit der Schaufel nicht bearbeiten. Dynamit mußte her. Bei einer Sprengung wurde ein ganzer Trupp von Arbeitern unter

Geröllmassen begraben. Abends, in der Dunkelheit ihrer kärglichen Lagerstätten flüsterten die geschundenen Arbeiter, daß die Geister des Stromes, der Erde und der Luft zürnten. Sie würden sich nun rächen und verlangten, daß man ihnen opferte. Der Frevel mußte gesühnt werden.

Die Franzosen haben nie herausgefunden, welche Krankheit es war, an der der Bauaufseher plötzlich und auf schreckliche Weise starb. In den Akten steht: „Gestorben an Malaria." Seine Geliebte aus dem Dorf am Fuß des Hügels wurde kurz darauf ertrunken unterhalb der Stromschnellen im Fluß gefunden. Im Dorf und unter den Arbeitern gab es Gerüchte. Niemand wollte das Haus betreten oder gar bewohnen. Selbst den Franzosen war der Ort unheimlich. Das Haus blieb leer. Im Dorf sagte man, es sei von einem Dämon bewohnt, der jeden ermorden würde, der eine Nacht in dem Haus verbringe. Die Aushebungsarbeiten gerieten ins Stocken, immer wieder kam es zu Unruhen.

Zur gleichen Zeit lebte ein italienischer Pastor in Bamako, der seinen protestantischen Glauben ernst nahm und seine Auffassung, daß alle Menschen gleich seien vor Gott, auch in seinem Leben einhielt. Seine Tochter hatte sich in einen Malier verliebt. Ihr Vater traute die beiden in seiner Kirche. Dies war für viele Franzosen und auch für Afrikaner unerhört, es war aber auch ein wichtiges Ereignis, welches anderen zeigte, daß es möglich war, zusammen zu leben. Der junge Bräutigam erbte den Hügel, auf dem die Dämonen einst beschworen worden waren. Das christliche Paar ließ den Wald roden und baute Häuser für Kolonialbeamte, die nicht nur die Aussicht auf den Fluß genossen, sondern auch schätzten, daß der Wind die lästigen Mücken vertrieb. Lange nach dem Ende der Kolonialzeit siedelten sich hier neue Machthaber an, Leute mit Geld. Der amerikanische Verein baute ein Schwimmbad, Tennisplätze und ein Klubhaus . . .

Die Spieler ließen sich am Flußufer nieder. Sie kauten Erdnüsse. Grillen zirpten und von fern drang das Rauschen der Wasserfälle zu ihnen herüber.

„Afrika ist im Aufbruch. Wir werden unseren Weg gehen!"

Lange diskutierten sie.

Der Widergänger

Bevor sich die Kastanie vor ihrer Wohnung golden färbte, befanden sie sich im Flugzeug auf dem Rückweg nach Bamako. Die Kabine war in Dunkelheit getaucht. Vicky hatte sich auf ein Kissen gesetzt, um besser den Film auf der Leinwand verfolgen zu können. Simon lag mit den Füßen zu ihr hin, über einige leere Sitze gestreckt. Es waren Szenen voller Erotik und Intrigen. Das Spiel des berechnenden Verführers fesselte sie. Die jungfräuliche Hofdame ergab sich erst nach langem Zögern dem Liebhaber, der sie auf das Lager trug.

Vicky mußte sich recken. Ein Lustgefühl durchflutete sie. Es drängte sie, Simon zu berühren, ihn zu verführen, es dem raffinierten, dreisten Spieler gleich zu tun. Sein Gesicht konnte sie nicht sehen, in eine Decke gewickelt schlief er am anderen Ende der Reihe. Ein Blitz durchzuckte die Schwärze vor dem Fenster. Es rüttelte jetzt so, als wenn sie mit dem Geländewagen über eine schlechte Piste fuhren. Der Edelmann mit der Lockenperücke löste das Mieder seiner Dame. Vicky war erregt. Plötzlich wurde sie in die Höhe gerissen, gleich darauf fiel sie in ein Loch. Der Flieger ächzte und knackte, wie von ungeheuren Kräften geschüttelt. Die Anschnallanzeige blinkte auf. Die Kopfhörer waren ihr von den Ohren gerutscht. Bedrückt und gereizt zugleich, daß sie die Handlung verpaßte, tastete sie nach den Gurten, fand aber nur zwei gleiche Enden. Sie spürte, wie ihr Herz zu klopfen begann. Das sägende Kreischen des großen Flugzeuges schwoll an, bis sie es nicht mehr auszuhalten glaubte.

Sie hatte früher schon versucht, sich den Moment des Todes vorzustellen, und ihn als eine Erlösung verstanden, weil sie so viele alte Menschen erlebt hatte, die elendiglich gestorben waren, aber sie hatte immer angenommen, sich darauf vorbereiten zu können, jetzt wollte sie leben und lieben.

Die Maschine schien einen Satz zu machen und sackte ab. Vicky klammerte sich an die Vorderlehne und versuchte, zu Simon zu gelangen. Die Situation erschien um so unwirklicher, als sie offenbar die einzige war, die die Gefahr bemerkte. Junge Paare dösten umschlungen auf den Fensterplätzen. Niemand gab einen Laut von sich, auch der Pilot hatte bisher nicht gesprochen. In jedem Augenblick mußte der Flieger auseinanderbrechen. Sie war bereit, in den allgemeinen Schrei des Entsetzens einzustimmen, aber niemand schrie. Sie sah es zerbersten und die Passagiere wie Puppen ins Nichts wirbeln. Dem Traum näher als der Wirklichkeit, in einem durch die Nacht rasenden Flugzeug, 10000 Meter über einer nicht sichtbaren Welt, wünschte sie sich auf einmal, sich an Simon festzuhalten, mit ihm zusammen zu sein und ihren Körper in seinem zu fühlen, für den Moment, indem sie in den Raum geschleudert wurden, kreiselnd flogen, bis sie im Feuer verglühten, vereint in Liebe und Tod.

Sie zögerte noch, er schlief so fest. Sie konnte sich nicht entschließen, ihn zu wecken. Es krachte wieder, und dann, als habe sich der Orkan gelegt, ließ das Dröhnen und Rütteln nach. Sie lauschte noch eine Weile und kehrte dann auf ihren Platz zurück. Nach und nach beruhigte sie sich. Sie setzte die Kopfhörer wieder auf und bekam gerade noch mit, wie der Held auf dem Schirm im Duell erstochen wurde.

Simon war wach geworden. Seine Hand war ganz warm. Sie schauten einander an, voll innigen Glücks. Sie erzählte ihm von dem Sturm und wie sie sich gefürchtet hatte. Ihm hatte geträumt, in einem Boot auf hoher See zu schaukeln.

*

Es waren die heißen Stunden des Tages. An der Straße scharten sich ein paar Leute um ihre Bündel und Säcke, die sie aufgeschichtet hatten. Ein weißer Jeep wurde sichtbar. Die Frontscheibe spiegelte das Licht. Er verringerte die Fahrt. Die Frauen sprangen unter dem Regenschirm hervor und riefen. Sie warfen die Arme hoch und ließen sie wieder sinken. Das Auto bog auf die breite Asphaltbahn ein, die zum Flughafen führte. Der Mann am Steuer saß steif da, er grüßte nicht. Sein Kopf erschien ganz dunkel.

Er hatte eine Pudelmütze tief ins Gesicht gezogen. Die Hitze drang in seine Füße ein, er spürte, wie sie in ihm aufstieg. Er sah nicht die Winkenden. Augen, die aus einem Totenschädel hervorglühten, starrten ihn an. Die schnarrende Stimme hallte in seinen Ohren nach.

„Die fetten Jahre sind um! – Allzulange hast du dich an dem Ungläubigen gemästet, während deine Brüder ihr letztes Huhn geschlachtet haben. Glaubst du, das ist unbemerkt geblieben? – Wir alle müssen Opfer bringen!“

Mechanisch wischte er sich über das Gesicht. Seine Mütze verrutschte.

„Ich kann es nicht tun, es ist gegen den Willen des Allmächtigen!“ hörte er sich sagen.

„Hast du unsere Sache vergessen, den Fluch, der auf unserer Familie liegt? Auch du mußt ein Opfer bringen!“

„Ich kann nicht!“

„Wir werden übersehen, daß du eine Bambara zur Frau genommen hast.“

„Ich habe nichts damit zu tun.“

„Du hast einen Sohn!“

Seine Zähne schlugen aufeinander. Er zitterte so stark, daß er das Steuer kaum noch halten konnte. Vor ihm tauchten jetzt die Hibiskusbüsche auf, die auf dem Rondell gepflanzt worden waren. Dahinter erhob sich das Flughafengebäude. Er erinnerte sich nicht, auf welchem Wege er hierher gelangt war. Er fühlte, wie die Lunge das helle Blut in sein Gehirn pumpte, wie es hämmerte und wirbelnd sich mit dem dunkelroten mischte. Er wagte nicht aufzusehen. Schließlich hob er den Blick. Die gewaltige Schwanzflosse zeichnete sich nicht ab. Das Flugzeug war nicht gelandet. Gelobt sei Allah!

Er hatte es gewußt, jener konnte nicht zurückkehren.

Auf dem weiten Parkplatz standen nur wenige Fahrzeuge. Er hielt im Schatten eines jungen Baumes. Er blieb sitzen. In ihm wurde es still, von draußen kam nur das Rascheln der Akazienblätter zu ihm herein. Er nahm die Pudelmütze ab und legte sie vor sich gegen die Scheibe, wo sich das Abziehbild eines Tigers abzeichnete. Er spuckte in die Hände und rieb sich die Feuchtigkeit vom Nacken her über das Gesicht und den Kopf, dabei bewegte er die Lippen. Er stieg aus, ging über den Platz und betrat die Halle. Nur wenige Reisende lümmelten sich auf den Bankreihen. Die Schalter waren unbesetzt. Er durchquerte den Korridor und spähte durch die große Scheibe. Dunkle Wolken türmten sich über dem Flugfeld. Eine Windhose tanzte über die Ebene. Er würde nicht kommen. Der Zauber war zu stark.

Er kehrte um, seine Schritte hallten. Er schloß den Wagen auf, ließ den Motor an und setzte sich die Pudelmütze wieder auf. Er zog sie bis in die Brauen.

Der weiße Geländewagen entschwand hinter der grün-rot-gepunkteten Blumenrabatte.

*

Die Maschine senkte sich der Landebahn entgegen. Simon und Vicky waren fast pünktlich. Der Asphalt dampfte. Die Dämmerung war erfüllt von Wetterleuchten. Von der Balustrade der Ankunftshalle winkten die Menschen, sie erkannten niemanden.

Im Strom der Reisenden gelang es ihnen allmählich, sich an der Paßkontrolle vorbeizuschieben und zu dem Gepäckraum vorzustoßen. Das Gedränge und Durcheinander war hier nicht minder groß. Zwei Beamte hielten eine Frau, in Kostümjacke und langen Strümpfen, untergehakt und strebten mit ihr dem Ausgang zu. Ihr blasses Gesicht wirkte stumpf wie in völliger Erschöpfung, ihre Füße schleiften. Sie war offenbar zusammengebrochen. Kisten und von heraushängender Kleidung sperrende Koffer, die sich in der Eile nicht mehr schließen ließen, nachdem die Zöllner sie durchwühlt hatten, wurden ins Freie geschleppt. Hier standen die Familien in festlichen Gewändern aufgereiht und warteten auf ihre Angehörigen und die Geschenke.

Karim freute sich jedes Mal darauf, von seiner Familie am Flughafen empfangen zu werden. Er sparte dafür und legte Wunschlisten an, um jedem einzelnen der zahlreichen Verwandtschaft etwas Besonderes mitbringen zu können. „Wenn du ankommst, bist du der König, du schreitest über einen goldenen Teppich", hatte er Vicky mit dem breiten Lächeln, das ihm eigen war, erzählt.

Dieses Hochgefühl entschädigte ihn für so manches, wie zum Beispiel die Ungerechtigkeit, daß sich seine Brüder im Bett noch einmal umdrehten, wenn er früh morgens durch die überfüllten Straßen dem Institut zustrebte. Sie hörten Radio, flanierten durch die Straßen, trafen sich mit ihren Freundinnen, wann immer sie Lust dazu hatten, gaben sich ganz dem Müßiggang hin und gingen sogar soweit, Ausbildungsplätze auszuschlagen, die er ihnen besorgt hatte, erwarteten sie doch von ihm, daß er sie ernährte, ihnen Batterien kaufte und was sie sonst so zum Leben brauchten. Was sollten sie sich bemühen, wenn es ihnen nicht besser gehen konnte. Außer den Brüdern waren da noch seine kleinen Schwestern, seine Tanten, deren Kinder, Cousinen usw. zu versorgen. Die Not kannte keine Grenzen. „Und ich muß dafür schuften", hatte Karim sich beklagt. „Die Last ruht auf den Schultern von Wenigen, das kann so nicht weitergehen!"

Ihre Koffer waren unter den letzten. Ein Träger stellte ihre metallenen, zerbeulten Gepäckstücke am Parkplatz ab. Sie sahen sich nach dem Chauffeur um, aber von Zeki war keine Spur.

„Merkwürdig", sagte Simon, „er hätte doch wissen müssen, daß wir kommen." Zufällig trafen sie einen anderen Fahrer, der sie mit in die Stadt nahm.

Anstelle der staubigen Piste, die zu ihrem Viertel führte, schimmerte ein See. Das Haus lag im völligen Dunkel da. Die Oleanderhecke umschloß das Grundstück wie eine finstere Mauer, ein süßlicher Duft ging von ihr aus. Der Nachtwächter begrüßte sie kleinlaut, er konnte nicht sagen, wann der Strom ausgefallen war. Bananenblätter schlugen ihnen ins Gesicht, die Mücken bissen.

Jimo tänzelte um sie herum. Sein Rückenhaar glänzte in den Lichtstrahlen, die vom Nachbarhaus herüberfielen. Als sie aus dem ersten Urlaub nach Hause gekommen waren, war sein Fell stumpf und der Hund zu schwach gewesen, um ihnen entgegenzulaufen. Die Diener hatten außer ihren Gehältern auch das Geld für den Hundereis verbraucht. Simon hatte gedroht, sie zu entlassen, sollte das noch einmal vorkommen.

Der Nachtwächter leuchtete mit der Taschenlampe, während Simon das Papyrusgestrüpp auseinanderbog, um zu dem Zählerhäuschen vorzudringen. Vicky hörte, wie die Zweige knackten, in dieser Ecke des Gartens hatten die Kinder schon mehrmals eine Schlange beobachtet. Simon versuchte den Generator einzuschalten, aber vergebens, der Motor sprang nicht an. Ihnen blieb nur noch übrig, schlafen zu gehen. Als Vicky das Moskitonetz von der Decke herunterließ, war plötzlich alles wieder da, das Leiden von Simon und die ganze Ungewißheit schien der Bettstatt anzuhaften.

„Macht es dir nichts aus, dich hinzulegen?“ fragte sie Simon. „Nein, durchaus nicht, das ist vorbei, ich bin müde, morgen erwartet mich sicher ein Berg Arbeit.“

Sie vernahm das Brummen der Lastwagen vor der Brücke. Unter dem Fenster quakte ein Frosch so laut wie ein Motorrad, das anfuhr. Sollte sie aufstehen, ihn suchen und über die Mauer werfen? Darüber schlief sie ein. Die schwüle, heiße Nacht war vorüber, schneller, als sie gedacht hatte.

Vom Dach tropfte es im Rhythmus ferner Urwaldtrommeln. Ein von Ranken gewebter Teppich hing vom Vordach herab, durchsichtige Kugeln spiegelten sich darin wie Edelsteine. Der Kern des Hauses blieb dunkel. Ein Geflecht von Zuckerrohr, Oleander und Bananen bildete ein Dickicht, das sie von der Straße vollkommen abschirmte.

Vicky ging zur Pforte, Jimo trottete hinter ihr her. Sie hörte Stimmen und Lachen. Jemand sagte: „Der Tiger ist zurück!“ und brach dann ab.

Idris lehnte mit verschränkten Armen am Pfosten zur Einfahrt und kaute auf einem Streichholz. „Madame!“, rief er ihr unvermittelt zu, „ich trinke nie Tee, ich koche nie Tee, ich mag ihn nicht!“

Sie war verblüfft, war es doch bekannt, daß sowohl Zeki als auch Idris vorzüglichen Tee zubereiteten und sich die Chauffeure ständig stritten, wer es denn besser könne.

In der Küche untersuchte sie alle angebrochenen Vorräte. Der Koch sah ihr zu, als sie eine noch halbvolle Whiskyflasche in den Ausguß entleerte. Er nahm den Türrahmen fast ein. Sein sonst so buschiger Bart und das Haupthaar waren so kurz, daß er sie an einen Strafgefangenen erinnerte, was gar nicht zu seiner sonst zur Schau getragenen Würde zu passen schien. Er trug einen braunen Anzug mit kurzen Ärmeln, in dem offenen Halsausschnitt kam ein silbernes Kruzifix zum Vorschein. Elias mischte sich nicht ein, wenn Vicky wirtschaftete, das kam ohnehin nur selten vor. Simon hatte ihr zwar geraten, den Verdacht für sich zu behalten, aber sie fand, daß sie unbedingt den Koch zur Rede stellen müsse. Sie fragte Elias, ob er jemanden ins Haus gelassen habe, denn der Hausherr sei sehr krank gewesen, vermutlich habe man ihm etwas ins Essen getan.

Elias schien wie versteinert, sodann zeigte er den Ausdruck tiefster Kränkung. Er blickte nach oben und hub salbungsvoll an. Er arbeite nun schon seit geraumer Zeit für sie.

Er schätze den Patron, sie und den Sohn, letzterer sei ja nun leider in Deutschland auf dem Internat. Er habe immer sorgfältig seinen Dienst versehen und sich nie etwas zuschulden kommen lassen. Er sei immer da, bis auf sonntags, da wechselten sie sich ab. Madame wisse, daß er sich immer den Donnerstagnachmittag freihalte, um auf seinem Moped zum Gottesdienst zu fahren, manchmal nehme er den Nachtwächter auch mit, denn er habe ihm ja zum rechten Glauben verholfen, dann sei noch der Hund da, der auch ein guter Wächter sei, aber meistens bleibe der Nachtwächter beim Haus, und er schärfe ihm ein, alle Türen zu verriegeln, denn der sei noch ein wenig jung, und man wisse ja, wie unzuverlässig die Jugend heutzutage sei . . . Er wisse, daß Abdul und sein Vetter Mussa das Haus nicht betreten dürften, und er halte sich daran. Beide seien allerdings bisher nie gesehen worden. Dem Pack vom Projekt könne man nicht trauen, dabei machte er eine Geste zur Straße hin und verzog das Gesicht in Abscheu. Der Patron solle in Zukunft nicht mehr auswärts essen. Er für seinen Teil fürchte schon immer, vergiftet zu werden und nehme daher nur Speisen, die ihm seine Mutter zubereite, nicht einmal von seiner Frau, zu sich. Und man könne ihm glauben, das schon seit Geburt.

Es war nicht ganz einfach, den Redefluß des Kochs aufzuhalten, doch schließlich gelang es Vicky, ihm mit dem Hinweis, die Leber des Hausherrn sei angegriffen, Anweisungen für eine Diät zu geben.

Simon hatte inzwischen herausgefunden, daß das Kabel zum Generator angefressen war, er hatte es repariert und war sogleich ins Institut gefahren.

Der lange Zeki tauchte erst einige Tage später wieder auf. Offenbar war er am Flugplatz gewesen, Bekannte hatten ihn dort gesehen. Er brachte alle möglichen Entschuldigungen hervor, konnte aber letztlich nicht erklären, warum er so plötzlich wieder weggefahren war.

Vor der Brücke ging nichts mehr. Sie saßen fest im Stau. Zeki stellte den Motor ab. Simon sichtete seine Post und sagte beiläufig, er sei krank gewesen und habe überlebt. Er habe einen mächtigen Fetisch in Hamburg, der sei stärker als alle anderen. Zeki rieb an der Scheibe und sagte nichts dazu.

Die Tür stand offen. Das kleine Arbeitszimmer wirkte kahl und überladen zugleich. Der gekachelte Fußboden spiegelte die weißgekalkte Decke. Die Wände waren zugestellt von Schränken, die angefüllt waren mit Büchern, Farbtöpfen und Pinseln, und rohen Holztischen, auf denen zwei Computer mit dem Zubehör ausgebreitet waren, darüber ragten Borde bis an die Decke. An einer Tafel von Farbstiften gezogene Balken.

Das Licht fiel über den Schreibtisch hinweg und brach sich an den Kristallflächen einer Pyramide, die es in allen Farben schillernd zurückwarf. Simon stand in der Mitte, eine Hand in der Tasche seiner Jeans vergraben, die andere am Barthaar zupfend, er sah über die Buchrücken hinweg. Zeki wartete, er überragte den Türrahmen etwas.

„Chef, ich habe die Akten auf dem Eßtisch abgestellt."

Simon ließ ein Murmeln vernehmen: „Gut so, ich komme gleich."

Die beige Uniform des Chauffeurs war übersät von roten und grünen Tupfen. Das schwarze Gesicht mit den treublickenden Augen schimmerte wie das eines Prinzen.

Zeki räusperte sich. „Chef, ich will jetzt für dich arbeiten, so gut wie ich kann, und wie du es noch nie von mir erlebt hast."

Simon bückte sich, eine orangefarbene Broschüre knapp über dem Boden hatte seine Aufmerksamkeit erregt.

„Tag und Nacht will ich dir zu Diensten sein, auch sonntags und ohne Lohn. Du brauchst es nur zu sagen." –

Simon hatte offenbar gefunden, wonach er gesucht hatte, und übergab ihm das Excelprogramm mit den Worten, es sogleich ins Institut zu Karim zu bringen. Zeki rührte sich nicht.

Simon strich sich wieder über den Bart, ganz in Gedanken versunken sagte er: „So, du willst etwas für mich tun? Du kannst mein Auto waschen."

„Compris, Chef!" Als er ging, hallten seine Schritte durch den Gang wie die eines Soldaten, der einen Befehl erhalten hat.

Am nächsten Sonntag in aller Frühe planten sie, einen Ausflug in die Hafenstadt flußabwärts zu unternehmen. Der Beton unter ihrem Peugeot war naß, der Wagen sauber. Simon steuerte auf die Brücke zu, er schien zu grübeln. „Merkwürdig, das kann doch nur Zeki gewesen sein. Was wohl in ihn gefahren ist!"

Unter lautem Gehupe, in einer Staubwolke überholte sie jetzt etwas, was mehr mit einer riesigen Kakerlake gemein hatte, als mit einem rostigen Fahrzeug mit aufgeschnalltem Surfbrett. Kinderarme zappelten.

„Wann kommt Oliver?" erscholl es.

„Zu Weihnachten!" rief Vicky ihnen nach.

Ihre amerikanischen Freunde brausten zu dem anderen Ufer des Niger.

Im Institut hatten einige Beamte ihre Posten verloren, weil sie gestreikt hatten. Eine Konferenz jagte die nächste. Simon war davon minder betroffen, weil das Projekt eigene Verträge mit den Angestellten hatte, um so mehr war er damit beschäftigt, den Maliern bei den Anträgen zu helfen.

Endlich fand er Gelegenheit, mit Monique allein zu sein. Sie sprachen lange über die Situation im Institut und die Zukunft des Projektes. Ihre Augen sprühten vor Temperament, auch erschien sie ihm schlanker als früher. Simon kam auf seine Krankheit und seine Vermutung über deren Ursache zu sprechen. Sie hörte ihm mit ernster Miene zu und erklärte, sie habe mit einem Anschlag seitens der El-Bakars schon lange gerechnet, aber sie habe gemeint, er würde sich gegen sie selbst richten.

„Nie ist mir in den Sinn gekommen, daß du damit gemeint sein könntest", sagte sie und schüttelte mit dem Kopf.

Etwas hatte sich zusammengebraut, es gab so vieles, was darauf hinwies. Schon lange hatte sie im Institut keine Speisen mehr angerührt, und Ousman hatte sie darin bestärkt. Von Tag zu Tag wurde sie unruhiger, sie schlief kaum noch. Sie wußte nicht mehr, was sie machen sollte. Da kam ihre Cousine auf die Idee, eine Wahrsagerin zu befragen. Die Kaurimuscheln zeigten es deutlich. Die Gefahr drohte weniger ihr als einem Weißen im Projekt. Das konnte nur Professor Ag Sid sein, der einzige hellhäutige Malier. Ousman und sie waren erleichtert gewesen.

„Hättest du mich nicht wenigstens warnen können?", fragte Simon. Ihre Augen schimmerten dunkel, seine hatten die türkise Farbe der Andamanischen See angenommen.

Ihre Miene erstrahlte in einem Lächeln. „Ihr Europäer glaubt doch nicht an den afrikanischen Zauber!", entgegnete sie.

Nachdem sie gegangen war, saß er noch lange da und zwirbelte an seinen Barthaaren über der Oberlippe. Er konnte sich mit ihr über Computersprachen und statistische Rechenverfahren verständigen, doch ganze Bereiche ihrer Vorstellung blieben ihm verschlossen.

Im Zuge der vielen Umbesetzungen wurde Monique bald darauf befördert, und sie verließ das Projekt. Ihre Freunde haben sie vermißt. Bei ihrer Betriebsamkeit ließ sie jedoch keine Gelegenheit verstreichen, um im Institut vorbeizuschauen.

Die Regenzeit war vorüber, als Zeki krank wurde. Die Chauffeure und Wächter ließen sich häufig entschuldigen. Sie waren unpäßlich, oder sie wollten an Familienfeiern teilnehmen. Daß nun ein Bote ausrichtete, Zeki könne nur gesund werden, wenn der Chef ihm die Medizin brächte, war schon ungewöhnlich.

Simon und Vicky hielten an einer lehmbeworfenen Hütte in Badala. Der Innenhof lag verlassen im grellen Licht des Nachmittages. Ein Sessel mit zerissener Sitzfläche, ein paar umgestülpte Blechtöpfe bildeten einen seltsamen Kontrast zu den blinkenden Chromteilen eines Motorrades. Ein Windstoß wirbelte Staub und Flaum auf. Hühner stoben vor ihnen auf und davon. Sie betraten eine stickige, düstere Kammer. Die Augen des Fahrers glitzerten fiebrig unter der Decke hervor. Sie verfogten jede Bewegung von Simon, der einige Federn vom Stuhl wischte, und sich setzte, während Vicky sich anschickte, den Kranken zu untersuchen. Zeki zog einen zusammengefalteten Zettel unter dem Kopfkissen hervor.

Das Rezept der Gesundheitsstation enthielt nicht weniger als: ein Schmerzmittel, eine Tropflösung zur Beruhigung, ein Breitbandantibiotikum, eine Ampulle gegen Malaria und Nasentropfen. Der Kranke hätte dafür in der Apotheke sein halbes Monatsgehalt hinblättern müssen, wenn die verschriebenen Medikamente auch vorrätig gewesen wären. So blieb es dem

Zufall überlassen, ob er die Beruhigungstropfen oder das Malariamittel erwarb, letzteres hielten sie in Zekis Fall für das einzig wirksame Heilmittel.

Zeki starrte auf seinen Chef. In seinem Blick lag eine Mischung von Unterwürfigkeit und Angst. Er griff nach den Tabletten, umklammerte sie, erschöpft sank er zurück.

Schon am übernächsten Tag erschien er zum Dienst, wortkarg wie immer.

Eines Tages, Vicky war mit ihm gerade von der Geburtsklinik aus Baginda zurückgekehrt, hielt er ihr seinen Arm hin, um ihr zu zeigen, wie dünn er geworden sei. Unter der schwarzen, glänzenden Haut wölbte sich der Bizepsmuskel. Er hob eine Hautfalte darüber ab und sagte: „Da sind die Würmer drin, sie fressen an meinen Knochen. Nachts mahlen sie mit ihren Zähnen so laut, daß ich nicht schlafen kann." Er hielt sich die Ohren zu.

Vicky hörte ihn ab, konnte aber nichts Auffälliges an ihm feststellen. Weil er hustete, schickte sie ihn ins Labor und zum Röntgen. Er brachte ihr eine dieser Aufnahmen, wie sie auf der Wäscheleine vor dem Krankenhaus zum Trocknen hingen, und zu blaß, um sie beurteilen zu können. Auch die Laborbefunde erklärten nicht, warum der Chauffeur dahinzusiechen schien. Sie gab ihm ein Mittel. Zeki nahm den Hustensaft entgegen und lächelte dabei zufrieden.

Dieser schien tatsächlich geholfen zu haben, denn die Krankheit verschwand auf so geheimnisvolle Weise, wie sie gekommen war. Allmählich nahm seine Haut den warmen Farbton an, den man von einem kräftigen Burschen erwarten konnte. Er war wieder gesund.

Moosgrün spiegelte sich das Uferdickicht. Der Fluß war hier tief und breit, um sich flußabwärts zwischen den Felsbrockeninseln und türmenden Geröllhalden einen Weg zu suchen, plätschernd, stufenweise abwärts. Ein Unterton von summenden Insekten, anschwellend, wie nachempfunden von Pink Floyd, der Ruf des Kuckucks im schnellen Walzertakt, zirpendes Gequietsche, kekkernde heisere Laute. Der Fluß wirkte ruhig bis auf die Silberkreise, die sich ab und zu bildeten, wenn die braunen, kolossalen Köpfe wieder abtauchten. Die Wasseroberfläche glättete sich, da plötzlich eine Fontäne, ein gutmütiges Brüllen, ein Flußpferdpaar unterhielt sich im Wasser, stundenlang trieb es sein Spiel mit Auf- und Abtauchen. Vögel mit weißen Schwingen schwebten über den Wald hinweg.

Simon warf einen Kiesel und sah ihm nach. „Schätz mal, wie tief es dort ist!“

„Schwer zu sagen, drei Meter, fünf Meter!“, sagte Vicky.

„Würde das ausreichen, um eine Leiche zu versenken?“

Ungläubig suchte sie in seinen Augen, wie er das meinte.

„Gestern auf der Party bei den Amerikanern habe ich Hazel gesagt, daß ich die Broschüre mit den Bilanzen besitze. Sie ist ganz blaß geworden und erzählte mir, es gäbe Leute bei ihnen in der Botschaft, die wüßten, daß diese Studie existiere. Hazel habe keinen Zugang zu diesen Leuten, die sich mit Sicherheitsfragen beschäftigten, aber sie habe Äußerungen entnommen, wie enorm brisant diese Broschüre sei. Wer sie besäße, könne die Regierung stürzen. Wenn es bekannt würde, daß das Dokument bei mir ist, gäbe es verschiedene Kreise, die sich dafür interessierten, und darunter skrupellose, die über Leichen gingen. Wenn Hazel es hätte, würde sie es an der tiefsten Stelle des Nigerflußes versenken, um nicht selbst dort zu enden.“

Der Gegenzauber

Wolkengebilde türmten sich in den Himmel, sie lösten sich auf oder zogen vorüber, der Regen hatte aufgehört, nachts war es kühler, die Temperaturen konnten unter 20 Grad Celsius fallen, und die Einheimischen sprachen von Winter.

Wenn sich der Nachtwächter morgens aus den Decken schälte und von seinem Bett aus Bambussprossen hinter der Garage hochschnellte, ähnelte er einer wandelnden Mumie, alle Hosen, Pullover und Jacken, die er besaß, trug er übereinander. Der Koch erschien auf seinem Moped, ein Tuch mehrfach um den Hals geschlungen und den Kopf unter einer Wollmütze mit Ohrenklappen, unter der nur die buschigen Brauen und der stoppelige Bart hervorsahen, und in einen Mantel gezwängt, der tailliert und mit verzierten Knöpfen versehen, vermutlich einer Dame gehört hatte, und den er aus einem Haufen alter Sachen hervorgewühlt hatte, die in nördlichen Kontinenten gesammelt und mit Schiff und Bahn ins afrikanische Hinterland gelangt waren, wo sie von den Händlern auf dem Markt feilgeboten wurden.

Elias war gewissenhaft und pünktlich; daß er an diesem kühlen Dezembermorgen später eintraf als gewöhnlich, hatte seinen besonderen Grund.

Er kam direkt von der Polizeiwache, wo er sich nach dem jungen Taxifahrer erkundigt hatte, den man tags zuvor eingesperrt hatte. Schuld an allem war seine Nichte, die Tochter, die ihm sein Bruder auf dem Sterbebett anvertraut hatte, und die großzuziehen er sich verpflichten mußte. Elias hatte selbst keine Nachkommen, er hatte sich dem Zölibat verschrieben, sein innigster Wunsch war, Priester zu werden.

Sieben Jahre hatte er als Junggeselle gelebt, nur von seiner Mutter umsorgt. Doch die Familie gab keine Ruhe, auch er sollte Pflichten auf sich nehmen, und so willigte er schließlich ein, eine Angehörige, die ledig geblieben war, zu ehelichen, zu der er sich nicht sonderlich hingezogen fühlte. Die Verbindung blieb kinderlos, und er war erleichtert darüber, er ließ sich weiter von seiner Mutter bekochen. Da starb sein Bruder, und die Pflegetochter kam ins Haus.

Sie war gerade sechzehn Jahre alt geworden. Sie lackierte sich die Fingernägel rot. Er schob es darauf, daß sie nicht mehr in dem Dorf in Burkina lebten, sondern in der Hauptstadt. Nichts war mehr wie früher, als die Familien noch zusammenhielten. Die alte Ordnung bröckelt, hatte er Vicky in seiner weitschweifigen Art erklärt.

Es kam, wie er es vielleicht vorausgesehen hatte. Eines Abends kehrte seine Nichte nicht in seine Lehmhütte zum Schlafen zurück. Daraufhin forschte er nach, wer sie gesehen habe. Einer aus seinem Stamm, der an der Tankstelle arbeitete, hatte beobachtet, wie sie zu einem Burschen mit dunkler Sonnenbrille und Jeans ins Taxi gestiegen und davongefahren war. An einem Donnerstagnachmittag, nachdem Elias in der Gemeinde gebetet hatte, fragte er überall herum und erfuhr, wo sich das flitternde Pärchen aufhielt.

Ganz versteckt hinter den Akazien, am Ende der breiten Piste, die Vicky immer entlangfuhr, wenn sie Oliver zur Schule brachte, gab es einen Backsteinbau, der noch aus der Kolonialzeit stammte. Davor stand ein Stoppschild, und wer vergaß anzuhalten, wurde von zwei Polizisten in khakifarbenen Uniformen dazu aufgefordert und hereingebeten. Das Vergehen kostete einen halben Tag des Wartens und mindestens 1000 CFA Strafe, wofür ein Tagelöhner zwei Tage lang arbeiten mußte.

Unter den Akazien hatte Elias sein Moped abgestellt und ging mit schlurfenden Schritten auf die Polizeistation zu. Er stolperte auf den Betonstufen. Einer der beiden Beamten mit umgeschnalltem Koppel griff ihm rasch unter den Arm, und konnte gerade noch verhindern, daß Elias stürzte. Der ältere Polizist legte ehrerbietig die Hand an sein Käppi. Elias war außer Atem. Es dauerte eine ganze Weile, bis er sein Anliegen hervorgebracht hatte und man übereingekommen war, wie vorzugehen sei.

Der Mann, den sie gefunden hatten, trug ein weißes Hemd, und die Sonnenbrille lag neben der Emailleschüssel, in die er gerade seine Hand getaucht hatte und ein Klümpchen formend zum Mund führte. Von dem Mädchen war nichts zu sehen. Es war zu spät, denn wie sich herausstellte, war die Ehe bereits vollzogen, ohne jegliche Zeremonie und ohne daß der Brautpreis an den Pflegevater entrichtet worden wäre. Der junge Mann kam von weit her, aus Guinea. Er besaß nur Hemd und Jeans, das Taxi war nur geliehen, und die Leute, bei denen er untergekommen war, versprachen sich finanzielle Unterstützung von ihm, geschweige denn Unannehmlichkeiten. Er war so überrascht, daß er die Hände vorstreckte. Sie legten die Handschellen um seine Gelenke. Man sperrte ihn in eine Zelle, die mehr einem Verschlag glich. Elias ereiferte sich so, daß er heiser wurde.

Am Morgen, als Elias mit den Polizisten den Verschlag öffnete, sah man undeutlich eine Gestalt nur mit einem Hemd bekleidet auf dem Lehmboden kauern. Das Hemd war über der Brust und den Armen zerrissen und über und über mit rotschwarzen Flecken beschmiert, nicht zu glauben, daß das Hemd einmal weiß gewesen war. Zwei tiefliegende Augen starrten wie verwundert zurück, wie die eines Tieres, das man angeschossen hatte.

Elias hatte genug gesehen. Der ältere Polizist verschloß die mit Balken verstärkte Tür und legte den Riegel vor, den er mit einem Vorhängeschloß sicherte. Lächelnd nahm er den CFA-Schein entgegen und verbeugte sich vor dem Koch. „Es war mir ein Vergnügen, und wir stehen ihnen jederzeit zur Verfügung!"

Die beiden Beamten führten den Koch auf die Straße und sahen ihm nach, wie er auf die Kreuzung zustrebte, um in den Staubweg von Badala einzubiegen.

An diesem kühlen Dezembermorgen stellte Elias sein Moped im Winkel der Garageneinfahrt ab. Er löste den Schal und zog die Mütze ab, er öffnete die verzierten Knöpfe seines Mantels, faltete ihn zusammen und legte ihn in einen Plastiksack, den er aus einem Karton aus dem Gebüsch der Hecke hervorholte. Er schnürte das Bündel auf dem Rücksitz des Mopeds fest. Ein Bein nachziehend, bewegte er sich auf die Küche zu. Die aufgezogenen Vorhänge zeigten ihm, daß Vicky bereits aufgestanden war. Umständlich erklärte er ihr, was vorgefallen war, und steigerte sich so in seine Wut hinein, daß er mit den Armen ruderte, als er hervorstieß: „Der hat Glück gehabt! – Dieses Gesindel aus Guinea! – Sie war ja nur meine Pflegetochter, denn wenn sie meine eigene Tochter gewesen wäre und er hätte sie mißbraucht . . ., er wäre nicht mit dem Leben davongekommen, ich hätte dafür gesorgt", – er machte eine Bewegung des Halsumdrehens, „fürwahr, das schwöre ich bei Gott!"

Er humpelte in den Garten zurück und hielt vor dem Tor Ausschau nach dem Nachtwächter und dem Wächter des Nachbarn, um sich bei dem einen oder dem andern eine Zigarette auszubitten.

Strohblonde Strähnen umflatterten den Kopf einer jungen Frau, die sich ebenfalls auf einem Moped, eine rote Fahne von Staub hinter sich herziehend, ihm näherte. Sie stieg ab und begrüßte ihn. Eine Latzhose aus afrikanischem Tuch umspannte ihre üppige Figur. Ihr Gesicht war rosig. Elias grummelte etwas zur Begrüßung in sich hinein, öffnete ihr das Tor und rückte sein Gefährt beiseite, so daß auch ihres Platz hatte.

„Il fait froid (es ist kalt)", sagte er und blies sich in die Hände.

Sie lachte über das ganze Gesicht, ihr war nicht kalt. In den Dörfern, im Winkel der aufgestauten Flußarme, wo sie ihre Studie durchführte, klagten die Leute auch über die Kälte, besonders die Alten. Sie hatte den Eindruck, daß nirgendwo die Kälte unangenehmer empfunden wurde als im tropischen Afrika.

Einen ganzen Tag hatte Gudrun gebraucht, um den Stausee zu umrunden, denn die Fähre ging nicht, weil kein Treibstoff vorhanden war, letztes Mal war der Motor kaputt gewesen. Sie genoß es, wieder in der Hauptstadt zu sein, eine Dusche nehmen zu können, Freunde und Bekannte aufzusuchen und etwas anderes zu essen als Reis mit Soße. Im Süden, wo sie herkam, hatte es ausreichend geregnet, die Bauern hatten geerntet, und es herrschte nicht Hunger wie im Norden. Fleisch gab es im Dorf allerdings nur zu festlichen Anlässen oder wenn sie der Familie, die für sie kochte, ein Huhn spendierte. Besonders die alten Menschen darbten, wenn sie keine Familien mehr hatten. Sie durfte nicht vergessen, der alleinstehenden Mantene – die erblindet war, weil sie von der Onchozerkose, der Flußblindheit befallen war – ein paar Colanüsse und ein wenig Tabak mitzubringen.

Der Dorfchef hatte Gudrun eine Hütte überlassen, damit sie ihre Untersuchungen durchführen konnte. Der Platz reichte gerade für die Matratze, das Moskitonetz, das von einer Astgabel herabhing, und die Metallkiste, die sie sich geleistet hatte, um die Tonbandaufzeichnungen und Notizen nicht den Mäusen zum Fraß zu überlassen. Sie hauste dort ganz allein, in Gesellschaft von Kakerlaken, Spinnen und Skorpionen. Die Wellblechtür schützte sie nicht davor. Fließend Französisch sprach nur der einheimische landwirtschaftliche Berater. Er übersetzte für sie und half ihr dabei, Kontakte zu knüpfen und die Leute zu befragen, was für Krankheiten sie kannten, wie sie sie erlebten und bei wem sie sich behandeln ließen. Sie waren mißtrauisch. Fremde kamen im allgemeinen nur, um sie auszubeuten.

Der Hund lag auf der Terrasse und streckte sich der Sonne entgegen, um die warmen Strahlen einzufangen. Sein Fell hob und senkte sich gleichmäßig. Er blieb liegen, als sie an ihm vorbeiging. Seit dem gemeinsamen Essen mit dem holländischen Ehepaar, war sie nicht mehr bei Vicky und Simon gewesen. Sie begrüßten sich freudig. Ein Duft von Kaffee lag über der Ecke mit den Cordmöbeln. Sie hatten sich viel zu erzählen, viel war in der Zwischenzeit passiert.

„Timewind", elektronische Klänge, dem Zeitenwind nachempfunden, hallten durch den Raum. Die sich übergangslos stetig ändernden Schwingungen waren wie das Rauschen des Windes. Sie paßten in die Umgebung zu dem gleißenden Licht, der beständigen Tag- und Nachtgleiche und der alles einhüllenden Wärme und gaben ihnen ein Gefühl von Zeitlosigkeit.

Simon kam auf seine Erkrankung zu sprechen und die überstürzte Abreise, seine Genesung und wie er und Vicky darauf gekommen waren, daß es sich um keine natürliche Krankheit gehandelt haben konnte.

„Und wie haben sie es gemacht?“, fragte Gudrun.

„Sie haben mir Tee gereicht. Es war einer der Wächter während einer Konferenz“, sagte Simon. Eine Haarsträhne war ihm vor die Augen gerutscht und er befestigte sie hinter dem Ohr. „Wahrscheinlich habe ich das Gläschen nicht ganz geleert, denn ich mag keinen Tee“, und er blinzelte Vicky an und grinste.

Er warf Vicky immer vor, ihre Familie sei daran schuld. Als sie ihn das erste Mal ihrer Familie auf dem Bauernhof vorstellte, hatte er so starken Tee trinken müssen, daß ihm ganz schlecht davon geworden war. Sie vermutete, es lag weniger am Tee als an den Gebräuchen und einer Horde von Vettern. Jene führten sich wie Raubritter auf. Sie betrachteten ihre Cousine als Besitz und stellten den Eindringling auf die Probe, indem sie ihn aufforderten, vom Geländer der Brücke in den Kanal zu springen, Schlagball zu spielen, zu reimen, zu musizieren und den älteren Damen des Hauses Gedichte von Jewtuschenkow vorzulesen. Simon hatte die Prüfung bestanden.

Er fuhr fort: „Aber sonst säße ich wohl nicht hier. Und das alles ist mir passiert, weil ich mich in die Angelegenheit anderer Leute eingemischt habe. Sie haben eine Zeremonie abgehalten bei einem Magier, er hat ihnen das Mittel gegeben. Jetzt rätseln wir nur noch, welches Gift sie benutzt haben.“

„Sie haben dir eine weiße Bohne mit einem schwarzen Fleck auf den Weg gelegt“, bemerkte Gudrun und lächelte in sich hinein.

Die Kalabarbohne wurde von den Gerichten der geheimen Leopardengesellschaft benutzt. Sie hatten in Liberia zum ersten Mal davon erfahren. Der Angeklagte mußte einen Trank zu sich nehmen, der aus zerriebenen Samen der Kalabarbohne bestand. Er enthielt das Pfeilgift Physostigmin, das zu Krämpfen, Lähmungen und Tod durch Ersticken führt. Wenn der Angeklagte überlebte, weil er das Gift ausspuckte, war er unschuldig.

Aus Deutschland hatte Vicky drei dicke Bücher mitgebracht,

die von Vergiftungen handelten. Sie war immer von dem hervorstechenden Symptom der Lungenblutung ausgegangen, hatte aber keine toxische Substanz finden können, die die Krankheit, die Simon durchgemacht hatte, hinreichend erklärt hätte. Schlangengifte aß man nicht, Benzin hätte er sicher gerochen, Arsen hätte zu starken Durchfällen geführt.

Wie dicht doch Simon auf der Spur seiner Erkrankung gewesen war, als er an jenem Sonnabendmittag, während es ihm so schlecht ging, die Bemerkung hingeworfen hatte: „Du hast mich vergiftet," wurde ihr erst jetzt klar. Sie war einfach zu verletzt gewesen, um in dieser Richtung weiterzudenken. Wieviel Ungewißheit hätte sie sich doch ersparen können!

Sie holte den großen Atlas der Giftpflanzen von Frohne und Pfänder vom Regal und blätterte darin. „Weißt du, welches Gift sie benutzt haben?"

Gudrun hob ihr rotes Gesicht, das in einem seltsamen Kontrast zu ihrem weißblonden Haar stand. Sie bedauerte darüber nichts sagen zu können. „Die Magier kennen so viele Pflanzen mit unterschiedlichen Wirkungen. Sie lassen sich nicht in die Karten gucken, was sie tun, ist geheim."

Vicky überflog das Kapitel der Hülsenfrüchtler und blieb plötzlich an einer Abbildung von kleinen roten Bohnen hängen, die je einen schwarzen Punkt trugen. Sie sahen aus wie Marienkäfer. „Was haltet ihr davon? – Abrus precatorius, die Paternostererbse", sie begann, vorzulesen, „ist eine mit Blattranken klimmende Pflanze von pantropischer Verbreitung, deren Samen in der Heilkunde als Semen Jequitiri eine gewisse Rolle gespielt haben ... aufgefädelt zu Rosenkränzen ... exotische Schmuckketten werden davon hergestellt ... schwere Vergiftungen von Erwachsenen, die nur einen halben Samen gegessen hatten, Todesfälle von Kindern sind beschrieben worden."

In den Samenölen befindet sich Abrin, eine der giftigsten Substanzen überhaupt, es wirkt ebenso wie das Gift aus dem Samen der Rizinuspflanze. Es zählt zu den toxischen Lezithinen, das sind Eiweißstoffe, die bei Menschen und Tieren die ribosomale Proteinsynthese hemmen. Auffällig ist, daß diese Gifte von den Verdauungssäften nur unwesentlich angegriffen werden. Die Hemmung der Proteinsynthese in der Zelle tritt erst auf, wenn die lebenswichtigen Enzyme verbraucht sind. Nach wenigen Stunden bis zu zwei Tagen, entwickelt sich das Bild einer schweren Gastroenteritis mit Erbrechen, Durchfall und Krämpfen. Das Gift wirkt sich auf die Blutgerinnung aus, bewirkt Thrombosen und Embolien, wie das im einzelnen passiert, ist noch nicht bekannt. Die serösen Häute sind blutig durchsetzt. Es kommt zum Zerfall von Leberzellgewebe. Die Krankheit dauert, falls sie nicht zum Tod führt, ca. elf Tage.

Simon und Gudrun waren aufgestanden und beugten sich über den Atlas.

„Das ist interessant! – Die Symptome passen", sagte Simon. „Den Tee muß ich am frühen Nachmittag getrunken haben, und die Bauchschmerzen bekam ich erst spät abends, sie rührten von der Magendarmstörung her, es blutete in mein Rippenfell. Die Paternostererbse könnte es gewesen sein."

Da hatten sie nun Gudruns Bohnen mit den schwarzen Flekken, mit dem Unterschied, daß sie rot waren und nicht weiß.

„Und ich glaube auch nicht, daß sie mir nur auf die Schwelle gelegt wurden", sagte Simon, und dabei zupfte er sich an den Barthaaren.

„Sind die El-Bakars noch im Projekt?", erkundigte sich Gudrun.

„Die meisten Chauffeure gehören doch zu ihnen. Da ist außerdem der Dicke in der Computerabteilung, der Alte im Magazin, der auf eine junge Frau spart, zwei der Laboranten und eine Reihe von Wächtern im Institut, wahrscheinlich habe ich noch welche vergessen. Ich bin von ihnen umgeben, aber ich kann mir nicht vorstellen, daß sie es noch einmal versuchen werden." Simon fuhr mit der Hand durch die Luft. „Im übrigen, was soll's, ich kann hier nicht weg."

Vicky dachte an Oliver, er würde bald zu ihnen nach Mali in die Ferien kommen.

Der Hund, der seinen Kopf an den Rahmen aus Maschendraht gepreßt hielt, stellte plötzlich seine Vorderläufe nach vorn, drückte sie durch und wiegte sich nach rückwärts, dabei riß er die Schnauze auf und stieß einen heulenden, ärgerlichen Laut aus. Vicky zuckte zusammen.

Gudrun nahm die Hände aus dem Schoß und rieb sich die Augen. „Für den Fall, daß ihr euch schützen wollt, fällt mir ein, afrikanischem Zauber ist nur mit Gegenzauber beizukommen."

Sie kannte einen Magier, bei dem sie sich erkundigen wollte. „Vielleicht kann er euch nützen!"

Vicky sah gespannt auf Simon. Er nickte zustimmend und sagte: „Ich wollte schon immer einmal zusehen, wie ein Magier arbeitet."

„Vielleicht siehst du dann den glühenden Feuerball, der sich über die Landschaft bewegt, wie es mir ein Bauer aus dem Dorf mal schilderte", warf Gudrun ein.

Alle drei lachten. „Das ist unwahrscheinlich, aber wenn es umsonst war, ist es auch egal, denn schaden kann es ja nicht."

Sie ahnten nicht, wie sehr sie sich irren sollten.

Als Oliver zu Weihnachten kam, fiel auf, wie er gewachsen war. Er war froh wieder in vertrauter Umgebung zu sein, daheim bei ihnen, den Afrikanern und seinen Spielkameraden. Simon genoß es, seinen Sohn um sich zu haben, sie machten Spiele am Computer und badeten im Schwimmbad. An Sonntagen fuhren sie gemeinsam mit Hazel und ihrer Familie auf die kleinen Inseln im Fluß, wo die Kinder angeln konnten und sie mitten im Strom unter Strohschirmen nächtigten.

Vicky war überglücklich, sie fürchtete sich nur vor dem Zeitpunkt, an welchem Oliver wieder nach Deutschland auf das Internat zurückmußte, und als er dann schließlich abgereist war, fuhr sie in ihren Beschäftigungen fort, das Waisenhaus zu besuchen und die Entbindungsstation, in den Dörfern Brunnen zu bauen und eine Apotheke einzurichten. Das lenkte sie ab, und an manchen Tagen vergaß sie sogar, die Tage bis Ostern, wenn Oliver wiederkommen sollte, auf dem Kalender abzustreichen. Die Temperaturen kletterten von Tag zu Tag.

Eines Tages war es soweit. Gudrun hatte Wort gehalten. „Der Heiler erwartet euch, es ist alles vorbereitet", hatte sie gemeint.

Es war einer jener sonnendurchglühten Nachmittage. Der Hund hatte sich in den Vorraum der Küche zurückgezogen. Elias lag schnarchend in der Hängematte. Zeki verrichtete sein Gebet gegen den Zaun des Nachbargrundstücks gewandt, ehe sie den Geländewagen bestiegen. Auf der Brücke kamen ihnen nur wenige Autos entgegen. Die Uferböschung des Niger war gesprenkelt von Wäschestücken, die in der Sonne trockneten. Das Gejohle der Kinder, die im Wasser plantschten, drang zu ihnen herüber. Frauen standen bis zu den Hüften im Wasser und wuschen sich. Ihre braunen Körper glitzerten im Licht. Zeki warf einen kurzen Blick in die Richtung der übermütig Badenden. Er kratzte sich am Kopf. Sein Haar war gekürzt, die Wangenknochen traten stärker hervor, und die Augen kamen aus tiefen Höhlen wie traumumflort hervor. Er berührte für einen Moment den Baumwollfaden, der mehrfach geknotet und noch von heller Farbe sich von der glänzenden Haut seines Halses abhob und der ein kleines Ledersäckchen trug, einen neuen Talisman. Es enthielt ein Stückchen Papier mit Versen des Korans. Zeki hielt mit den Fingern einen Knoten des Halsbands, in jeden davon hatte der Marabu ein Gebet eingeschlossen.

Simon sah vor sich hin, einen Ellenbogen ins Fenster gestützt. Die kupferne Haut seines Unterarms stach gegen das Weiß des Hemds ab, das am Hals die Brusthaare freigab. Wie versunken zupfte er an seinem Bart über der Oberlippe. Er mochte es schon bereut haben, im Auto zu sitzen und den Nachmittag, den er am Computer rechnend hätte zubringen können, so zu vergeuden.

Die breite, menschenleere Allee mündete in eine enge Straße. Hier waren einige Eselskarren unterwegs. Ein Mopedfahrer überholte sie knatternd. Zwischen den geduckten Hütten erhob sich ein palastartiges Gebäude, die Moschee war ein Geschenk der Saudis. Sie verließen den Asphalt und fuhren kreuz und quer über Lehmwege, roten Staub aufwirbelnd, bis sie die Randbezirke erreichten. Zeki bog in ein verwildertes Grundstück ein und parkte den Wagen im Schatten eines Mangobaums. Er blieb hinter dem Steuer sitzen.

Das Anwesen war von einer Lehmmauer umgeben. Sie klopften gegen die Rippen, so daß das Wellblech schepperte, und plötzlich gab die Pforte nach. Sie betraten den kleinen Innenhof, in dessen Mitte ein Sessel aus geschweißtem Stahlrohr stand. Das Nylonseil, das sich von der Sitzfläche gelöst hatte, war um den dünnen Stamm einer Akazie gewickelt. Das Sonnenlicht fiel durch das spärliche Laub, und die Schatten spielten über dem ockerfarbenen Lateritboden. Eine umgestülpte Emailleschüssel lehnte gegen die rissige Hauswand. Davor befanden sich ein großer Mörser, wie sie zum Hirsestampfen verwandt werden, und mehrere geschwärzte Steine. Seitlich im Schattenrand einer Hütte lag eine Puppe aus Zelluloid mit abgerissenen Gliedern. Auch hier war gefegt. Der Wind fuhr auf und zwang Federn und Laub in einen Reigen. Körner rieselten auf sie herab. Hühner stoben gackernd davon. Erst jetzt bemerkten sie den Mann in dem hemdartigen, weißen Gewand, der sie freundlich anschaute. Er war sorgfältig frisiert, etwa Mitte dreißig und hatte ein gut geschnittenes Gesicht. Er war barfuß. Er begrüßte sie lächelnd, und bedeutete ihnen, die Schuhe auf den Lehmstufen abzustellen. Simon löste umständlich seine Schnürsenkel. Die Barthaare standen ihm ab, er wirkte verwegen neben diesem jugendlichen Mann mit dem glatten Gesicht.

War es möglich, daß jener ein bekannter Heiler war und die Leute von weit her zu ihm kamen, um ihn aufzusuchen, wie

Gudrun von ihm gesprochen hatte? Als habe der Magier ihnen angesehen, daß sie unschlüssig waren, zog er aus einem Jackett hinter der Türöffnung einen Paß hervor und hielt Simon die aufgeschlagene Seite entgegen: „Sehen Sie her, hier ist das Visum eingestempelt, man hat mich sogar aufgefordert, nach Paris zu kommen, das hat mich überaus geehrt. Leider kann ich die Reise nicht antreten, so sehr sie mich reizen würde, denn wie Sie vielleicht schon bemerkt haben, ich trage keine Schuhe. Ich besitze keine, denn gerieten sie in die Hände meiner Feinde, jene würden nicht zögern, den Abdruck zu benutzen, um mich zu vernichten. Die Schlange auf der Straße wird schneller getötet als die, welche sich im Busch versteckt. Ich muß mich vorsehen, es gibt viele, die mir den Erfolg neiden."

Simon hat Vicky später erzählt, er habe in diesem Moment geglaubt, der schlichte, junge Mann habe sich nur in dieser Weise bei ihm ausgewiesen, um ein hohes Honorar auszuhandeln.

Aber der Magier erwähnte nicht das Geld. Er schob den Vorhang, der die Tür ersetzte, beiseite, und zog ihn hinter ihnen wieder zu. Mit einer Handbewegung forderte er sie auf, sich auf die Strohmatte niederzulassen. Das Licht fiel gefiltert durch den Vorhang, und Staubteile flimmerten in den Bahnen. Der Raum war klein. Ein Kalenderblatt mit geschwungenen, arabischen Schriftzügen, darunter ein japanisches Auto, vermutlich ein Geschenk einer libanesischen Firma, hing schief neben der Tür, die zu einem hinteren Gelaß führte.

Vicky setzte sich, die Beine seitlich untergeschlagen und den Rock darüber gebreitet, Simon saß gespreizt und hielt seine Arme um die Unterschenkel geschlungen. So warteten sie wie Kinder, denen man einen Trick vorführen sollte. Die Strohpartikel kitzelten sie in der Nase, und Vicky versuchte, das Niesen zu unterdrücken. Oliver hätte hier sicher einen Hustenanfall bekommen. Die Wand vor ihnen war mit allerlei Gegenständen behängt. Sie konnte nicht erkennen, was es im einzelnen war. Töpfe, Werkzeuge, Federn und Krallen. Alles war verstaubt und hatte mit der Zeit einen irdenen Farbton angenommen. Im Sand in der Mitte thronte eine schwärzliche Figur. Vicky konnte ihren Blick nicht von ihr abwenden. Etwas Geheimnisvolles war da umwickelt, ein Stück von einem Baum, ein Eselsschwanz, das Fell eines Leoparden oder Löwen. Und das Ganze war durch die vielen Opfertiere zu einem schwarzen Klumpen verkommen. Eine Fliege setzte sich auf der höckerigen Gestalt nieder. Vicky atmete nur flach. Es war stickig.

Sie dachte an die Maria-Magdalenenkirche in ihrer Heimatstadt. Die Strahlen fielen durch die durchbrochenen Scheiben auf den Altar. Die Messingleuchter standen zu beiden Seiten unter dem Holzkreuz mit dem überlebensgroßen Gekreuzigten, die Leinendecke war mit Hohlsaum umstickt. Es hatte sie immer gestört, wenn die andern Chormitglieder ihre Mäntel während der Probe dort ablegten. Den ihren legte sie nie darauf, ihr war der Altar heilig erschienen.

Durch die Tür im Hintergrund kam jetzt ein Mann. Sein Gesicht war tief schwarz. Er war dürr, die Hose war ihm über den Knien zerrissen. Er war der Gehilfe des Magiers. Er hockte sich in den Staub, fuhr mit den Fingern über den Sand, und bildete dabei parallele Reihen winziger Häufchen. Mit der flachen Hand ebnete er das Muster wieder ein und forderte nun Simon auf, eine Linie in den Sand zu zeichnen. Diese veränderte er laufend wie im Spiel. Schließlich glättete er den Sand, tauschte mit seinem Kollegen leise einige Worte aus und verschwand wieder.

Der Magier erkundigte sich, ob er den Schutz, den er gewähren könne, auch auf die ganze Familie ausdehnen solle. Simon und Vicky sahen sich an und nickten zustimmend. Sie übergaben ihm für jeden von ihnen einen kleinen Gegenstand, zwei Ringe und ein Amulett, wie Gudrun ihnen das geraten hatte. Diese Dinge wollte er mit einem besonderen Zauber versehen. Er unterwies sie noch, ja keine Nägel, Haare oder Schuhe in die Hände ihrer Widersacher gelangen zu lassen. Jene könnten sie mißbrauchen und ihnen mit bösem Zauber Schaden zufügen. Vicky fiel ein, daß Abdul sie einmal in Hamburg, als er von einer Konferenz kam, besucht hatte. Sie war mit ihm durch die Kaufhäuser der Mönckebergstraße gegangen. Gemeinsam hatten sie eine Hafenrundfahrt unternommen, und bevor er abreiste, hatte sie ausgerechnet Abdul das Paar italienischer Slipper überlassen, das Simon nur einmal getragen hatte, weil es ihm zu eng war.

Es war so drückend heiß in dem kleinen Raum, ihr Kopf war dumpf, sie erwähnte lieber nichts davon.

Die Zeremonie wurde unterbrochen. Auf dem Viehmarkt des Vororts handelten sie einen Schafsbock ein. Der Magier suchte ihn selbst aus, ihm kam es auch auf die Farbe der Ohren an.

Vicky war froh, unter der Akazie zu sitzen in dem Sessel mit der ausgefransten Sitzfläche und hin und wieder einen großen Schluck aus der Wasserflasche zu nehmen, die sie immer bei sich trug. Ein leichter Wind ging. Von der kleinen Besitzerin des

Puppentorsos war nichts zu sehen. Vielleicht war sie die Tochter des Magiers.

Während ein Luftzug Vicky umstrich, lagerte Simon auf der Strohmatte hinter dem gemusterten Vorhang. Der Gehilfe zerrte an einem Strick den Hammel herein. Der Marabu kniete vor der schwarz verkrusteten Figur, er bewegte die Lippen. Er forderte Simon auf, auf den Fetisch zu schauen und sich ganz darauf zu konzentrieren, seine Gedanken würden sich dem Fetisch mitteilen. Der Magier holte ein Messer hervor, dessen Klinge von Schlangen aus Bronze gehalten wurde. Er bedeutete Simon, sie zu berühren. Er spuckte darauf und sagte eine unverständliche Litanei auf. Er führte das Messer, während Simon den Griff mithielt. Mit einem schnellen Schnitt trennte er den Kopf des Opfertiers vom Rumpf. Das Blut sprudelte hervor und spritzte über den Fetisch.

Der ganze Hof war in rötliches Licht getaucht. Der Magier schob den Vorhang beiseite. Sie standen auf den Lehmstufen. Simons Hose zeigte über den Oberschenkeln einige dunkle Flekken. Er bückte sich und schnürte seine Schuhe zu. Der Magier verabschiedete sich von ihnen in liebenswürdiger Art.

Zeki lehnte am Auto unter dem Mangobaum. Seine große Gestalt wirkte wie ein Pfahl, in den plötzlich Leben kam. Er startete den Wagen.

Er fuhr sie zurück durch das rauchige Viertel. Vicky fühlte sich vom Fahrtwind wie befreit. Sie sagten nichts. Die Fledermäuse kreischten laut. Die Sonne breitete ihre letzten Strahlen fächerförmig über den Horizont, und der Fluß lag da, wie in Blut getaucht. Zeki parkte unter dem Feuerbaum. Simon entließ seinen Chauffeur, dieser schien es auf einmal sehr eilig zu haben.

Vicky leerte den Sand aus ihren Sandalen und sagte: „Hoffentlich hat es was gebracht!“

„Was soll es gebracht haben? – Ich fand das alles ziemlich albern, ich glaube, der Magier hat sich über uns lustig gemacht, wie konnte ich meine westliche Herkunft verraten. Das Ganze hat nur einen schalen Geschmack bei mir hinterlassen.“

Ihrem Rock entströmte ein Geruch nach Stall. Sie duschte und häufte alles, was sie getragen hatte, in die Waschtrommel und Simons Sachen dazu, dann setzte sie sie in Betrieb.

Damit war für sie die Angelegenheit erledigt, aber es schien nur so, es war nicht so harmlos, wie sie gedacht hatten.

Eine Woche später holte Simon die imprägnierten Gegenstände ab. Vicky betrachtete ihren Ring. Der Zirkon glitzerte

„Der Magier suchte ihn selbst aus“:
Schafbock, der während der Zeremonie geopfert wird.

wie sonst, ihm war nichts anzumerken. Sie sollte ihn nie mehr tragen, denn ein Jahr später brachen Diebe in ihre Wohnung ein und nahmen ihn mit. Der Hals einer braunen Medizinflasche ragte aus Simons Hosentasche. „Was Zeki wohl dazu gesagt hat?“, fragte sie.

„Er ist ganz blaß geworden.“ Simon lächelte. „Jetzt will ich nur hoffen, daß es sich auch herumspricht, denn das war doch der Zweck der Übung.

Wollen wir gleich mal davon probieren! – Sind wir allein?“ –

Von Elias war nichts zu hören, Vicky verschloß die Türen zur Küche und zur Terrasse. Simon steckte sich einige Krümel in den Mund und schüttete ihr etwas von dem weißlichen Pulver in den Handboden. Sie kostete von der Fingerspitze, es schmeckte leicht bitter und fühlte sich auf der Zunge rauh wie Sand an.

„Und wie soll man es einnehmen? – Was hat der Magier gesagt?“ –

„Immer, wenn man sich in Gefahr glaubt, am besten, man nimmt hin und wieder eine Prise davon, zur Sicherheit.“

Simon ging zum Schrank, holte die Whiskyflasche hervor und nahm einen großen Schluck daraus. „Das tut gut, da weiß man doch, was man hat!" –

Darin behielt er recht.

*

Es war vollkommen dunkel, die Straße menschenleer, ein nieseliger Regen setzte ein.

Ein Motorrad verfolgte einsam die dampfende Asphaltspur. Der Fahrer richtete seinen Blick krampfhaft auf die Krater, die vor ihm aus dem Nichts auftauchten, und die er in raschen Manövern zu umrunden versuchte. Er vernahm einen krächzenden Laut. Sie erinnerte ihn an den Hageren im dunklen Bubu, der hinter ihm auf dem Motorrad hockte. Mitten in der Nacht hatte dieser ihn herausgeklopft, weil er unbedingt in die Stadt mußte. Würde er ihn jemals loswerden? Was war er ihm schuldig? Hatte er es nicht geschafft zu einem Platz am Computer in einem klimatisierten Büro, noch dazu mit einem regelmäßigen Einkommen, und das ganz und gar aus eigener Kraft? War er nicht drauf und dran, das alles auf Spiel zu setzen? Dieses eine Mal noch, sagte er sich, dann würde er endlich frei sein.

Die Räder ratterten über geröllgefüllte Schluchten. Die Nässe klatschte gegen sein breites Gesicht. Er fuhr sich mit dem Ärmel über die Augen. Vor ihm tauchte ein schwarzes Schlagloch auf. Er umrundete es. Die Maschine neigte sich bedrohlich, noch gerade eben konnte er sie auffangen. Die Lichter der Hütten streiften vorbei, eins nach dem anderen, bis auch sie erloschen. Der Scheinwerfer erhellte einen nebeligen Schacht, begrenzt von einem dunklen Schatten. Dieser wuchs zu einem Riesen.

Der Aufprall war dumpf. Ein Schliddern und Kreiseln. Funken stoben, das helle Klirren, wenn Metall an Stein schlägt. Ein Stoß und dann Stille. Ein Schmerz durchzuckte seine Hand. Jemand sagte: „Schnell wieder weg!" Das Hinterrad drehte sich. Seltsam, daß der Scheinwerfer nicht ausgegangen war. Aus der Richtung der Umrisse der Hütten wurden Stimmen laut. Ein flimmerndes Licht näherte sich.

Funktionäre im Zuckerrohrfeld

Simon hatte bald andere Sorgen. Eine Delegation aus der Zentrale hatte sich angekündigt, um eine Projektplanung durchzuführen. Sie hatte verlangt, man solle nicht in einem Luxushotel in der Hauptstadt zusammenkommen, sondern in einer bescheidenen Herberge im Landesinneren, die dem Lebensstandard der Bevölkerung angepaßt sei. Die malischen Direktoren sahen diesem Ereignis lustlos entgegen.

Simon fuhr in das Amitie, das vornehmste Hotel der Stadt, zu einem ersten Gespräch mit den Neuankömmlingen. Das Viertel ruhte verschlafen in der Nachmittagsglut. Die sonst so gepökelte Brücke über den Niger war wie ausgestorben. Ein Schleier von Staub und Hitze lag über dem Strom. Die Nilpferde waren nicht mehr, wo sie sonst badeten. Die Polizei hatte sie auf Betreiben einer strenggläubigen Gruppe um den Imam abgeschossen. Die Luft schwirrte von Fledermäusen. Der weite Parkplatz neben dem Hotelklotz strahlte die Hitze erkaltender Lava ab.

Delegationsleiter Franzen und Moderator Schwarz erwarteten Simon in der Lobby. Der Moderator in frischem Sporthemd sah auf die Uhr. „Sie sind pünktlich, Herr Andersen!“ stellte er fest. Mit gnädigem Ausdruck sah er auf Simon hinunter und reichte ihm die Hand. Er war sich seiner eindrucksvollen Statur wohl bewußt.

Sie gingen zu den hinteren Räumen an die Hotelbar. Herr Schwarz begann sofort über Zielhierarchien, Planungsübersichten und Mengengerüste zu dozieren. Ohne seinen Redefuß zu unterbrechen, bestellte er sich ein besonderes Fruchtgetränk. Der Ober sah ihn verständnislos an, kam aber eben so wenig zu Wort wie die anderen auch. Erst als der Moderator ungeduldig aufbegehrte, warum man ihn noch nicht bedient habe, gelang es Simon, ihn darauf hinzuweisen, daß man in diesem Land französisch sprechen müsse, wenn man verstanden werden wolle.

Der Moderator sah wohlgefällig auf seine sorgfältig manikürten Hände, dann fuhr er sich über das Kinn, als prüfe er die Rasur. „Herr Andersen“, sagte er gewichtig, „hier muß mal durchgegriffen werden. Ich habe während des Fluges so einige Akten durchgesehen, daß das Projekt zugemacht gehört, sieht man doch auf den ersten Blick.“

Der Delegationsleiter nickte. Trotz der Kühlung war sein blasses Gesicht in hektische Röte getaucht. Unter den Armen seines Jacketts begannen sich dunkle, feuchte Stellen abzuzeichnen und über seinem Bauch im Nabelbereich war das Hemd zu eng, so daß es über den Knöpfen spannte.

„Damit wir für ein und alle Mal klarsehen, das Bekämpfungsprojekt wird nicht verlängert, wir haben die unmißverständliche Order, da gibt es kein Deuteln! – Was das Seminar anbetrifft, so appelliere ich an Ihre selbstverständliche Loyalität und fordere Ihre engagierte Bereitschaft, den von der Zentrale beschlossenen Kurs zu unterstützen!“ Er schob die Unterlippe vor, als wolle er das Gesagte damit unterstreichen, und ließ die Mundwinkel hängen.

Simon verfolgte gespannt eine Mücke, die seinen Unterarm umkreiste, ehe er zuschlug, einen schwarz-blutigen Fleck hinterlassend. Er sah in die farblosen Augen seines Gegenüber. „Ich habe das Gefühl, daß sie die Planungsmethode mißbrauchen. Sie wurde mit Ideen und viel Mühe entwickelt und bezieht alle Beteiligten in die Planung mit ein. Sie folgt logischen Gesetzen, die das Projekt so vorbereiten, daß es die gemeinsam formulierten Ziele erreichen kann.“

Franzen nestelte an seinem Krawattenknoten, der verdreht und halb aufgegangen vor seiner Brust baumelte. „Das sind doch nur Formalitäten. Es ist alles bereits beschlossen. Daß diese Veranstaltung über die Bühne gegangen ist, brauche ich nur noch für meine Unterlagen.“ Er schob wieder die Unterlippe vor, dieses Mal, wie um zu schmollen.

Simon rührte die Eiswürfel in seinem Glas. „Wieso sprechen Sie eigentlich im Namen der Gesellschaft, woher wissen Sie, wie die Entwicklungspolitik aussehen soll?“ Aus seinem offenen Hemd ragten die Haare hervor. Sein Blick haftete auf dem roten Staub seiner Schuhe. „Wir sind erfolgreich. Wir haben 100000 Leute behandelt, zählen die etwa nicht? Aber die haben ja keine Lobby!“

Der Moderator strich sich über das blonde, modisch aufgebürstete Haar. „Wir sollten medizinische Projekte abstoßen, das sage ich jetzt ganz ungeschützt. Sie sind zu personalintensiv, der Umsatz dagegen ist geringfügig“, dabei machte er eine schnippende Bewegung, „da lob ich mir doch einen Staudamm, den Straßenbau oder Maschinen. Wir sollten nicht kleckern, sondern klotzen!“

„Das nehme ich Ihnen ohne weiteres ab!“, Simons Augen glitzerten höhnisch, „daß Sie lieber mit Maschinen als mit Menschen umgehen. Was nützen den Bauern die Maschinen, wenn sie voller Parasiten sind, sich krank fühlen und womöglich an Blasenkrebs zugrunde gehen."

Der Chauffeur Selim hatte sich Simon genähert und ihn leise um Geld gebeten, um den Geländewagen aufzutanken. Simon zog zwei Scheine von CFA-Franken aus seiner hinteren Hosentasche, die er ihm übergab. Selim war einer der 25 Mitarbeiter, die im Projekt eine Lebensgrundlage gefunden hatten. Die Zeit bei der Polisario lag hinter ihm. Zeki hatte es sogar geschafft, sich ein Lehmhaus zu bauen und ein kleines Feld anzulegen, und Idris hatte seine Verlobte aus Gundam geholt, um zu heiraten. Sie alle und ihre Familien würden um eines Prinzips willen, einer ungewissen Zukunft überantwortet.

Franzen blies die Backen auf: „Wir sind hier, um die personelle und technische Ausstattung kritisch zu hinterfragen! Wo bleibt die Nachhaltigkeit und die Übergabefähigkeit des Projektes, Herr Andersen?" In beschwörendem Ton fügte er hinzu: „Wir müssen die Partnerschaftsleistungen einfordern, die nachhaltige Einbindung in bestehende Trägerorganisationen muß optimal gewährleistet sein. Habe ich mich da unmißverständlich ausgedrückt?" Und er blickte um sich, als wolle er sich vergewissern, daß auch der Dümmste alles verstanden habe. Er wischte sich die schweißigen Hände an der Seite seines Jacketts ab. Gewichtig fuhr er fort. „Das Konzept der primären Gesundheitsversorgung bleibt der Stützpfeiler des Gesundheitssystems für die Länder im Süden, um für die ländliche Bevölkerung eine kosteneffiziente medizinische Grundversorgung sicherzustellen." Plötzlich hörte er auf zu reden und sah Simon mit aufgerissenen Augen an. „Wir müssen angepaßte Technologien finden und Entwicklungsimpulse setzen, die beidseitig die Verstärkung des Politdialogs zur Folge haben!"

Der Moderator fächelte sich mit der Karte, die ein exotisch geschmücktes Cocktailgetränk abbildete, etwas Luft zu. „Die Klimaanlage hat wohl auch schon mal bessere Zeiten gesehen."

„Möglichlicherweise wird es auf dem Seminar noch etwas wärmer werden", Simon bemühte sich, ein Lächeln zu verbergen. „Wir konnten eine ländliche Tagungsstätte ausfindig machen, sie liegt im Bewässerungsgebiet, und daher gibt es sogar zeitweise Strom, aber leider nur zwei klimatisierte Zimmer, und die möchten Sie doch sicherlich für Ihre Begleiterin und den Counterpart reserviert sehen."

Franzen perlte der Schweiß von der Stirn. Seine Augen schienen aus dem Kopf zu quellen. „Was soll das? – Die Zimmer sind natürlich für uns! – Wir gehören nicht zum Kartell der Feministen." Der Moderator stimmte ihm zu. „Wir müssen ja schließlich denken. Die Afrikaner sind sicherlich an Hitze gewöhnt."

Simon wandte ein, daß die Afrikaner genauso unter hohen Temperaturen litten wie andere Menschen auch.

„Na, Herr Andersen, das sehen Sie wohl etwas überspitzt! Das können Sie doch nicht ernst meinen! – Mit Erstaunen haben wir zur Kenntnis genommen, daß der, wie heißt er doch gleich, Abdul El-Bakar nicht mehr im Projekt ist. Ich habe mich damals persönlich für ihn stark gemacht, ich halte ihn für einen fähigen Kopf. Was haben wir nicht alles in diesen Mann investiert! – Wie kamen Sie eigentlich dazu, ihn zu entlassen?" Franzen tat so, als wolle er Simon mit den Augen festnageln. „Hätten Sie den Mann nicht halten können? Wie Sie wissen, gibt es da Mittel und Wege, die Aussicht auf eine Fortbildung, aber das ist Ihnen ja wohl bekannt. Sind Sie da nicht ein wenig zu selbstherrlich gewesen ? – Ich meine doch, daß Sie sich bei uns in der Zentrale hätten rückversichern sollen, dafür sind wir ja schließlich da. Sie haben eine absolute Fehlentscheidung getroffen. Den Counterpart einfach gehen zu lassen, kein Wunder, daß Sie mit dem Aufbau der Gesundheitsstationen nicht vorwärts gekommen sind! – Das sage ich Ihnen jetzt mit aller Dringlichkeit: Wir müssen uns auf diese grundlegende, für die Basis einzig relevante Aufgabe konzentrieren. Ich sehe noch nicht, wie wir uns mit unseren Ausgaben vor dem Bundesrechnungshof rechtfertigen sollen, überhaupt, da sehe ich ganz schwarz, da kommt noch so einiges auf uns zu." Er trommelte mit den Fingern auf der Theke herum und wischte sich wieder die Stirn, bevor er sich auf dem Barhocker dem Moderator zudrehte. „Tja –, da bleibt uns wohl nur eines, gemeinsam müssen wir versuchen, zu retten, was noch zu retten ist!"

Simon machte ein unbeteiligtes Gesicht. Er hatte sofort durchschaut, daß es sich nur um eine gewöhnliche Standpauke handelte und nicht die entlarvende, versteckte Form der Gesprächsführung, wie sie von der Zentrale zur Lösung von Konflikten vorgesehen war und auf Seminaren für Mitarbeiter, die dem höheren Management angehörten, gelehrt wurde. Auch er hatte an so einem Kursus teilgenommen.

Franzen schärfte Simon noch ein, ihnen einen Termin beim Minister zu besorgen. Beim Hinausgehen klopfte er ihm leicht auf die Schulter. „Herr Andersen, ich bin überzeugt, wir kriegen die Sache in den Griff. Für die notwendigen Veränderungen erwarte ich von Ihnen unumgänglichen Optimismus!"

Simon erzählte Vicky beim Abendbrot, wie die Unterredung verlaufen war: „Stell dir vor, der Franzen hat mir doch vorgeworfen, ich habe nichts unternommen, um Abdul im Projekt zu halten!" –

„Vielleicht hättest du Abdul wirklich mit Glacéhandschuhen anfassen sollen, wenn du geahnt hättest, was auf dich zukommt. War es wert, für die Zentrale deine Haut zu Markte zu tragen?"

„Nicht für die Zentrale, sondern für mich selbst. Wie hätte ich jemals wieder in den Spiegel sehen können. Der Arbeitgeber kann den Experten nur begrenzt unterstützen, irgendwann bist du allein, du mußt dich dem Kampf stellen, und dir hilft niemand. Aufgeben heißt verlieren, und verlieren heißt untergehen. Je mehr du nachgibst, um so mehr ermutigst du die Leute, dich anzugreifen. Es sind weniger die großen Auseinandersetzungen, die Kämpfe auf Leben und Tod, als die kleinen Reibereien, auf die es ankommt. Über die täglichen, scheinbar unwichtigen Entscheidungen mußt du den Überblick behalten, und dich gemäß deinen Idealen verhalten. Jemand wie Abdul kann mich nicht herumkommandieren, nur weil er meint, sich im Land besser auszukennen und alle Vorteile auf seiner Seite zu haben. Er soll mir erst zeigen und beweisen, daß er besser ist. Ich möchte nicht als Feigling oder Sklave leben. Ich gebe zu, ich habe die Situation hier falsch eingeschätzt.

Wenn ich Abdul hingegen mit diesen beiden Vertretern der Zentrale vergleiche, dann ziehe ich ihn vor, ich hätte ihm eine Rente aussetzen sollen." Dazu wäre er nicht befugt gewesen, das war ihnen klar.

Wir waren zu unbefangen, wir haben zu wenig gewußt, was um uns herum passierte, ging es ihr durch den Kopf. Im nachhinein ist man meistens klüger.

„Morgen geht das Seminar in Sanabugu los. Die Herren von der Zentrale werden uns sicher noch Spaß bereiten, man kann gespannt sein, wie die Malier reagieren."

Sie konnte sich gut vorstellen, wie es dort sein würde, denn sie war im Bewässerungsgebiet gewesen, um die Herberge – die Auswahl war nicht so groß – anzumieten und alles vorzubereiten. Gudrun hatte ihr dabei geholfen. Es war ein heißer Tag gewesen. Auf dem Rückweg hatten sie am Niger gehalten und gebadet. Als sie Höppli davon erzählten, sagte er ihnen, daß sie sich nun auf eine Infektion mit der Bilharziose gefaßt machen sollten. Aber anscheinend hatten sie Glück gehabt, spätere Untersuchungen zeigten, daß sie keine Wurmeier im Urin hatten.

Wenn man am Kanal entlangfuhr, lagen rechts und links die Reisfelder. Man verließ den Asphalt, überquerte eine kleine Brücke, um einem Feldweg bis ans Ende zu folgen, und gelangte zu einer häßlichen Ansammlung flachgedeckter Gebäude. Die Zuckerfabrik lag inmitten der Zuckerrohrpflanzungen. Dort wo das Wasser im rissigen Boden der Savanne versickerte, wies ein verrostetes Schild, nur von einem Nagel gehalten, eine Herberge aus. Das zweistöckige Gebäude war als eine vorübergehende Unterkunft für die Ingenieure gedacht, die hier das Ende der Welt erlebten und gleichzeitig die Endstation ihrer Karriere. Die Fabrik, im Besitz der Franzosen, war von den Chinesen übernommen worden. Mit jedem Wechsel der Belegschaft war das Kasino schäbiger geworden, billigere Farben hatten die abgeblätterten ersetzt.

Die Wasserleitung funktionierte nicht mehr, das Wasser kam aus verbeulten Eimern oder Plastikschläuchen. Die Waschbekken wiesen braune Ränder auf. Die Fliesen waren zersprungen, die Spiegel fleckig. Unter der Decke drehten sich altersschwache Ventilatoren. Strom wurde im Generator der Fabrik erzeugt, der in der Ferne tuckerte. Das Licht ging von fleckigen Neonröhren aus, an denen verglühte Reste von Insekten klebten.

Unförmige Frauen schlurften in unendlicher Langsamkeit durch den Speiseraum. Sie brachten jeden Tag die gleiche einfallslose, fette Kost, Reis mit einer undefinierbaren Fleischsoße, von Plastiktellern mit Aluminiumbesteck wurde sie genossen. Verwahrloste, haarlose Hunde balgten sich um jeden Knochen, der weggeworfen wurde. Die Tische waren verschrammt und zu niedrig, um bequem daran zu essen. Die Stühle waren stellenweise geschweißt und mit grellfarbigen Perlonschnüren bespannt, die sich in der Hitze dehnten, so daß die Stahlrohre in den Kniekehlen klemmten. Zuckerrohrschnaps und Bier wurden reichlich angeboten. An den Wänden waren die Spuren nächtlicher Exzesse abzulesen. Geckos huschten fortwährend über sie hinweg. Spinnweben flatterten von der Decke wie graue Tücher. Der scharfe Geruch von Desinfektionsmittel mischte sich mit dem süßlich fauligen Geruch von Molasse.

Zerknülltes Papier und Zigarettenstummel lagen auf dem Zementfußboden verstreut. Stühle standen im Halbkreis um Pinnwände, letztere waren mit rosa, gelben und grünen Kärtchen bespickt und von krakeligen Schriftzügen übersät. Der Saal leerte sich. Aus dem Stimmengewirr wurde vernehmlich: „Verdammt, wir werden es ihnen noch zeigen!“

Von der Balustrade sah man auf die Wellblechdächer und die schwarzrostigen Rohrleitungen der Zuckerfabrik. Eine flirrende Hitze ging von der baumlosen Ebene aus. Beige und Hell mischte sich zu einem undurchdringlichen Dunst. Die Tür zu einer hohen Kammer stand offen. Das Fenster, welches oberhalb der Augenhöhe begann, war mit gelblicher Farbe zugestrichen, eine Klappe ließ sich nicht mehr öffnen. Quadratische Sperrholzleisten, durch Leisten gehalten, bildeten die Decke. Einige hingen lose herunter. An mehreren Stellen erinnerten bräunliche Wasserflecken an die Schäden der letzten Regenzeit. Der Propeller des Ventilators drehte sich langsam und quietschend.

Simon saß auf der Kante seiner Pritsche, vor sich auf den Knien einen metallenen Koffer. Das rötliche Moskitonetz zu einem Knoten geschlagen baumelte neben ihm von oben herab. Ein Laken krumpelte sich hinter ihm. Er schrieb etwas, hin und wieder fuhr er sich mit dem Unterarm über die glänzende Stirn, auf der sich unaufhörlich kleine Tropfen bildeten. Im Dunkeln des anderen Bettes sah man von Karims Gesicht nur die Zähne. Aus seinem Radio klang gedämpfte afrikanische Musik.

„Wir werden wohl bald nach Hause fahren können. Daß wir arm sind, wissen wir alle, auch unsere Direktoren. Wenn man uns das aber so auf den Kopf zusagt, wie das eure Mitarbeiter von der Zentrale vorhin getan haben, dann wirkt das wie eine Ohrfeige."

Simon hatte seine Schreibunterlage beiseite geschoben und schälte eine Apfelsine. Er blickte auf. „Wenn wir ohne Ergebnis abreisen, wem schadet das wohl am meisten?" Er stapelte die Schalen zu einem Häufchen. „Was soll's, ich gehe weg von hier. Ich habe keine Lust mehr! – Bemüht man sich, etwas in Gang zu bringen, fallen beide Seiten über einen her."

„Uns ist klar, was wir an dir haben. So einen wie dich kriegen wir nie wieder. Niemand kann dich ersetzen!", bemerkte Karim.

Zeki erschien im Türrahmen. Er war aus Bamako zurückgekehrt und brachte Briefe, auch einen Gruß von Vicky. Zeki blickte bekümmert drein. Sein kleiner Sohn war erkrankt. Er machte sich große Sorgen um ihn.

Er entfernte sich in das blendende Licht. „Monique kommt nicht mehr", sagte Simon und faltete die Notiz wieder zusammen. „Sie wäre hier so wichtig gewesen!" –

Karim war aufgesprungen. „Mal sehen, ob ich sie erreiche, sie hat ihr drahtloses Telefon doch immer bei sich." Er ging, um zu telefonieren.

Simon kratzte sich an der Hand, in die ihn eine Mücke gestochen hatte, und schritt langsam auf und ab. Der Raum glich einem Verlies. Er spürte die feinen Sandkörner auf seinen Lippen. Vor dem Spiegel mit den Sprüngen und Rostflecken blieb er stehen. Das Haar klebte ihm in dunklen Strähnen an den Schläfen. Müde Augen sahen ihn aus einem buschigen Gesicht an.

Es gab keinen Stuhl zum Sitzen, Karim hatte wieder auf dem wackeligen Bett Platz genommen. Simon starrte vor sich in den zerbröselnden Zement. Seine Stimme klang bitter. „Was habe ich in diesem finsteren Kontinent verloren, bei den Afrikanern biedere ich mich an und bin noch dazu in einen Zauber verwikkelt, die Zentrale traut mir nicht mehr. Meinen Sohn mußte ich weggeben, weil es keine fortführende Schule für ihn gibt!"

Karim spielte an dem Sender. „Aber mir geht es doch genauso. Ich bin zurückgekommen, um meine Fähigkeiten in den Dienst meines Landes zu stellen, und was habe ich davon, daß ich die Angebote in Deutschland und Frankreich ausgeschlagen habe? Meine Leute finden die Computertechnologie übertrieben und überflüssig. Eure Zentrale wirft mir Habgier vor. Aber ich weiß doch, du gehst nicht, weil es dir hier nicht gefällt, sondern weil du an die Universität zurück willst. Du bist für uns ein guter Lehrer und wirst es auch für andere sein. Du wirst noch merken, wie wichtig Mali für dich ist. Sicher wirst du deinen Studenten viel über uns zu erzählen haben!"

Er holte eine Rolle Tesafilm aus seinem Koffer. „Monique läßt dich grüßen, sie kann wirklich nicht kommen. Sie muß sich um ihre Tochter kümmern, die Kleine hat plötzlich Fieber bekommen. Der Dicke liegt übrigens im Krankenhaus. Man hat ihm einen Finger amputiert. Er war nachts mit seinem Motorrad unterwegs und Abdul hintendrauf. Es hat in Strömen gegossen. Ein Auto streifte sie. Der Dicke muß die Kontrolle über die Maschine verloren haben. Sie schlingerten über die Fahrbahn und landeten im Graben. Abdul soll übel zugerichtet sein. Sie haben nicht erkennen können, wer sie gerammt hat, der Fahrer hat das Weite gesucht. Monique sagt, es würde viel darüber geredet, besonders im Institut sei man sehr aufgeregt deswegen."

Er nahm einen der abgerissenen Streifen von der Bettkante und preßte ihn über eins der vielen Löcher im Netz. „Du mußt auch unseren Standpunkt verstehen. Deutschland hat Mali für das Projekt mehrere Millionen Mark versprochen. Was passiert mit dem Geld? Die Direktoren rechnen damit. Wir dürfen das Seminar nicht scheitern lassen! Monique ist auch der Meinung.

Simon, laß es uns noch einmal versuchen! – Wir müssen es schaffen!"

Mit einem Zipfel des Lakens rieb Simon sich über das Gesicht und betrachtete die braunen Spuren. Er schien nachzudenken und sagte dann: „Versuch du mit den Direktoren zu reden, ich kümmere mich um unsere Mannschaft. Es geht nicht an, daß die Deutschen die gesamte Last tragen, so wird das Projekt nie auf eigenen Füßen stehen. Die Malier müssen sich selber einbringen!"

Flackerndes Neonlicht an der Außenmauer schirmte den Sternenhimmel ab. Der stampfende Lärm der Fabrik übertönte das Quaken der Frösche und das Schnarren der Zikaden. Irgend jemand klapperte in der Küche mit Töpfen. Insekten umkreisten das Oberlicht, das die Tische auf der Veranda in trübem Schimmer beließ. Auf der einen Seite saßen die Malier um Karim und diskutierten in Bambara, auf der anderen die Deutschen des Projektes und der Delegation. Lange hatten sie geredet.

„Woher nehmen sie das Recht, das Projekt einfach zu schließen? Und was wird dann aus unseren Verträgen? Aber das ist ihnen wohl egal!" Die Stimmen waren erregt.

Der lange Doktorand, der in den Sitzungen meist geschwiegen hatte, schnellte hoch. „Sehen Sie her, was ich bei der Bundeswehr gelernt habe. So wirft man eine Handgranate." Er hatte eine Bierflasche am Hals gepackt und holte weit aus. Wie ein Geschoß zischte sie, den Kopf von Franzen nur um wenige Millimeter verfehlend, in die Nacht. An dem dumpfen Knall, mit dem sie an einem Baumstamm in winzige Scherben zersplitterte, begriff man die Wucht, mit der sie geschleudert worden war – und was sie hätte anrichten können.

Franzen war bleich geworden. Seine Augen waren aufgerissen, er starrte den Schützen an. „Sie hätten mich treffen können." Sein Unterkiefer schob sich vor. Er zitterte und konnte sich nur mühsam beherrschen.

„Ein Versehen! – Wer will es wissen?" Jürgen lächelte, er zuckte mit den Schultern und musterte Franzen aus kalten, blauen Augen. „Deutschland ist weit!", stellte er fest. Einer nach dem anderen erhob sich und trollte sich zu den Kammern. Auch an dem afrikanischen Tisch war es ruhiger geworden.

Franzen wischte sich mit dem langen Ärmel die nasse Stirn. Simon beugte sich zu ihm. Es sei schon spät, aber morgen vielleicht schon zu spät. Sie gingen in die Nacht. Ihre Stimmen klangen gedämpft.

Die Sonne hielt sich hinter einem Schleier von weißem Dunst verborgen. Die Bananenblätter spiegelten das durchsickernde Licht. Die Chromteile des Mopeds glänzten bläulich. Der Koch beugte sich über den Gepäckträger. Von seiner Stirn tropfte es auf das Päckchen, das er mit Bindfaden festzuzurrren versuchte.

Ein knatterndes Geräusch näherte sich und erstarb hinter dem Dickicht der Oleanderhecke.

Elias fuhr sich mit dem Unterarm über die Brauen und richtete sich langsam auf. Er drückte die Halme der Zuckerrohrstauden beiseite und humpelte zu der Pforte aus Gitterstäben, die die Einfahrt zur Garage abschloß. Er beobachtete, wie Selim sein Gefährt unter den ausladenden Ästen des Feuerbaums abstellte. Es gab genug Platz, denn die Geländewagen waren unterwegs. Auch die niedrige, blankgescheuerte Holzbank, auf der sonst die Chauffeure aufgereiht saßen, um die Aufträge entgegenzunehmen, ehe sie für die Reihenuntersuchung in die Dörfer fuhren – in den Busch, wie sie dazu sagten – war leer.

Selim war stämmig und von kleiner Statur, im Gegensatz zu dem hochgewachsenen Zeki. Er kam ebenfalls aus dem Norden. Er prahlte gern damit, daß er für die Polisario geschmuggelt hatte, und auf welche Weise es ihm gelungen war, der Gefangenschaft zu entkommen. Wie er es angestellt hatte, im Projekt als Chauffeur angenommen zu werden, erzählte er nicht. Bestimmt hing es damit zusammen, daß er mit den El-Bakars verwandt war. Ihm kam zugute, daß er Moslem war, denn der Patron schätzte besonders die islamischen Fahrer, weil sie es gewöhnlich ablehnten, Dolobier zu trinken.

Selim senkte sein rundes, tiefschwarzes Gesicht zum Gruß, der Blick wollte nicht so recht zu der demutsvollen Geste passen.

Elias erwiderte die Begrüßung. Er stützte sich auf das Gitter und machte keine Anstalten, beiseite zu gehen.

Sein unrasiertes Gesicht wirkte düster. „Gott ist gut, aber die Menschen sind schlecht“, begann er mit einer Litanei, um schließlich auf den Punkt zu kommen: „Was willst du, der Patron ist nicht hier!“

Der kleine Chauffeur balancierte eine Zigarette im Mundwinkel, gleichzeitig drückte er aus, daß er Feuer benötigte.

Elias kramte in seiner Hosentasche und förderte eine Schachtel mit einem Streichholz zutage. Er nahm darauf die qualmende Zigarette entgegen und beugte sich herab, damit Selim an der Glut eine weitere Zigarette zünden konnte. Sie rauchten schweigend.

„Bestell der Madame, sie soll die Medizin bringen, es ist wegen des Dicken. Sie weiß Bescheid. Sie soll sich beeilen!“ Selim schrappte mit der Spitze der Gummisandale eine Lehmkruste vom Zement los.

Die Lippen des Kochs gaben eine Schneise bräunlicher Zahnstummel frei. „Liegt der Dicke immer noch im Point G? –

In der Regenzeit war ich auch dort, wegen meines Fußes. Sieh her!“ – und er winkelte das rechte Bein etwas an. Breite Zehen mit rissigen Schwielen an den Kanten kamen unter dem Plastikpantoffel zum Vorschein.

„Ich sollte im Zimmer von dem Sohn – der ist ja nun in Deutschland, eine ganze Weile schon – ein Moskitonetz anbringen, oben unter der Decke. Da flog etwas in mein Auge, ich glaube, es war ein Korn. Ich fiel von der Leiter. Der Patron fuhr mich ins Krankenhaus. Ein Arzt in einer weißen Uniform – er kam von der Küste, er war nicht von uns – hat ein großes Foto gemacht, aber es hat nicht geholfen. Der Fuß wurde so groß wie ein Hirsesack und tat furchtbar weh. Ich saß in meinem Haus und lauschte auf den Regen. Monsieur und Madame waren im Urlaub. Meine Familie schleppte mich schließlich zu einem Heiler. Der hat gewußt, was gut war. Worte hat er gesprochen und dreimal auf den Fuß gespuckt. Er hat mir eine Salbe gegeben, damit habe ich das ganze Bein eingerieben. Es geht mir besser. Gott sei Dank! –

Und wie geht es dem Dicken? – Ist es schlimm?“

Selim sog heftig an der Zigarette. „Den Finger ist er los, aber jener will mehr.“ Er blies den Rauch hörbar aus und sagte leise: „Er fordert die Hand, den Arm, er will die Schnüre des Herzens durchschneiden . . .“

Der Koch hörte ihm zu. Sein Mund stand ihm offen.

„Wir müssen ihn besänftigen! – Allah sei uns gnädig!“, schloß Selim.

Elias hob den Blick zum Horizont, wo der Mittagswind die Blätter der Palmen durcheinanderwirbelte. „Was Gott tut, das ist wohlgetan!“ murmelte er.

Vor der Hecke des Nachbarhauses im spärlichen Schatten einer jungen Akazie hatte der Wächter gedöst. Er war herübergekommen und hockte schon eine Weile auf der niedrigen Holzbank. Auf seinem nackten Oberkörper spiegelten sich die Schweißtropfen wie Tau. Die weite Hose, mit Lehmflecken bedeckt, war unter dem Knie umgekrempelt und gab die von Staub gebleichten Unterschenkel frei. Ganz unerwartet sagte er:

„Der Ruhelose ruht nicht eher, als bis er im Grabe ruht.“

Eine Windhose tanzte über die rote Piste. Die Äste des Feuerbaums raschelten.

Selim zuckte unmerklich zusammen. Sein sonst so rundes Gesicht hatte eine eckige Form angenommen. Er drehte sich halb um und sagte: „Haben wir dich um deine Meinung gebeten, du Tölpel von einem Bambara! – Allah ist der größte!“

Der Wächter, auf einem Hölzchen kauend, nickte zustimmend.

„Wer sagt schon ›Gott ist König‹ und springt in den Brunnen. Der Mensch darf Gott nicht versuchen, ich meine, er soll Gott nicht um ein Wunder bitten, ihn aus dem Unglück zu ziehen, das er selbst verursacht hat“, sagte Elias und schloß die Augen.

Der Wächter stocherte mit dem Hölzchen zwischen den Zähnen. „Bei uns sagt man: die Fetischeure lieben es, ihre Mütter gegenseitig aufzuessen, die einen von den andern.“

Selim preßte die Zigarette gegen die Eisenplanke und ließ sie fallen. Elias verfolgte, wie der beträchtlich lange Stummel die Platten der Auffahrt hinabkullerte. Der Wächter bückte sich rasch vor und ließ die geschwärzte Rolle zwischen die Falten seiner fleckigen Hose gleiten.

„Sag endlich der Madame, sie soll die Medizin rausgeben, ich habe es eilig!“ sagte Selim und spuckte im hohen Bogen aus.

Elias trat einen Schritt zurück. „Sag es ihr selber!“ Er zog den Torflügel über den Zement, so daß es quietschte und knirschte.

In diesem Moment kam der Schäferhund angerast. Mit einem Satz konnte sich Selim retten, indem er gerade noch rechtzeitig das Gitter hinter sich zuzog. „Blödes Biest“, schimpfte er auf das wie verrückt bellende Untier ein, das unter der kraulenden Hand des Kochs friedlich wie ein Lamm wurde.

Selim betrachtete die Bügelfalten seiner Hose. Seine Augen blitzten auf. „Nächstes Mal springt mindestens eine neue Uniform für mich raus, ich werde den Chef zur Kasse bitten!“

Der Wächter nahm das Hölzchen aus dem Mund und sah bewundernd zu ihm auf.

Der Schäferhund wurde von Elias am Halsband durch die Garage geführt, über die Terrasse mußte er geschleift werden. Bevor er in die Vorküche gesperrt wurde, richtete er seine Augen noch einmal drohend auf den Eindringling vor dem Tor.

Elias machte das Halsband an der Leine fest, die an der Gasflasche hing, und verschwand im Haus.

Vicky war überrascht, als der Koch ihr bestellte, sie möge die

Medizin herausgeben, Selim warte draußen. „Was für eine Medizin?“

Elias musterte sie lächelnd. „Für den Dicken, er hatte einen Unfall, er liegt im Point G.“

„Und da kommt er zu mir?“ – Sie schüttelte den Kopf. Konnte es sein, daß den Ärzten im ersten Krankenhaus des Landes nicht einmal Aspirin zur Verfügung stand? – Offenbar hatte es nicht geholfen. Der Dicke wußte vor Schmerzen nicht aus und ein und war auf die Idee gekommen, sie besäße vielleicht ein stärkeres Mittel. Betäubende Medikamente hatte sie nicht. Nachdenklich füllte sie ein paar schmerzstillende Tabletten in eine Tüte.

Sie trat aus der Küche, schlug die Handtücher an der Leine beiseite und stieg die Treppenstufen zur Garage hinab. Selim stand hinter der Motorhaube des Peugeots. Er sah an ihr vorbei. Eine leere Dose rollte rasselnd über den Zement. Sie übergab ihm das Tütchen mit der Anweisung, der Dicke möge bei Bedarf die Tabletten über den Tag verteilt einnehmen. Aber nicht mehr als drei pro Tag, schärfte sie dem kleinen Chauffeur ein. Er trat von einem Bein aufs andere und nickte mehrfach. Der Koch hielt ihr die Tür aus Fliegendraht auf. Sie hörte, wie Selim den Motor anließ und davonbrauste. Sie machte den Hund los und streichelte ihn ausgiebig.

Und ein weiterer Bittsteller fand sich ein.

Ein Junge in zerlumpter kurzer Hose und schmuddeligem Unterhemd überquerte den Parkplatz. Er folgte der Frau, deren rötliches Haar von einer neongrünen Haarklemme hochgehalten wurde, und die jetzt ihrem Peugeot zustrebte. Auf seinem Kopf balancierte er den Korb, der das enthielt, was sie im Supermarkt eingekauft hatte. Der einbeinige, alte Wächter stakte eilig auf Krücken herbei. „Madame, j'ai bien gardé (ich habe gut aufgepaßt)!“, sagte er und streckte der weißen Frau seine Blechbüchse entgegen. Er erhielt eine Münze und auch der Junge, der, ein mit Bindfaden umwickeltes Stück Pappe vor sich herrollend, sich davontrollte.

Er gehörte einer Bande von Kindern an, die in dem Viertel um den Rosa Markt herumlungerten und auf den gesprungenen Betonplatten vor den libanesischen Geschäften nächtigten, denn sie hatten kein Zuhause. Der Anführer, ein Dreizehnjähriger mit muskulösen Schultern, hatte Vicky, als sie sich geweigert hatte, ihn tragen zu lassen, gedroht, ihr die Reifen des Wagens aufzuschlitzen. „Imperialistische Sau, wir werden dir den Arsch aufreißen!“ brüllte er über den Platz.

Beim nächsten Mal, als sich die Bengel wieder darum balgten, wer von ihnen mitgehen dürfe, stand er abseits. Vicky war auf ihn zugegangen und hatte ihm den Korb hingehalten. Er griff zu. Seitdem begleitete er sie öfter auf den Markt. Häufig beauftragte er einen kleineren Jungen damit, dem er einen Teil des Verdienstes wieder abnahm.

Im Schatten des Kapokbaumes stand eine junge Frau. Sie war groß. Ihre dunkel glänzende Stirn trat unter einem gelben Tuch mit schwarzen Kreisen hervor. Ein Wickelrock des gleichen Musters betonte ihre schlanken Hüften. Es war Sina, die Frau des Chauffeurs Zeki. Sie drängte sich durch die Schar der Händlerinnen, die den Wagen umlagerten. War es nun, daß sie sich zielstrebig bewegte, oder lag es an ihrer ernsten Miene, jedenfalls verstummten die Mädchen mit den abstehenden Zöpfen und nahmen die Schüsseln mit den Tomaten und Apfelsinen auf.

„Madame, helfen Sie mir!“ sagte Sina. „Ich habe auf Sie gewartet“, fügte sie mit belegter Stimme hinzu.

Vicky forderte sie auf, einzusteigen. Vor der Ampel mußten sie warten. Vicky sah auf ihre Nachbarin. Wechselnde Schatten huschten über die glatten, vollen Wangen. Die Augen dagegen waren eingesunken, von stumpfem Glanz, und starrten auf den Lederbeutel, den sie auf ihrem Schoß hielt und dessen Schnüre sie ständig auf- und zuzog. Sina wischte sich die Tropfen vom Hals. Sie räusperte sich. „Il fait chaud (es ist heiß)!“, sagte sie. „Das Unglück verfolgt uns!“ –

Ein Hupkonzert setzte ein, Vicky fuhr an, und das Auto machte gleich einen Satz auf die Kreuzung zu.

„Mamadu ist krank.“ Sina berichtete von dem Fastenmonat, als sie angefangen hatte, sich um ihren Ältesten zu sorgen. Er habe den heißen Wind eingeatmet, den die Kinder in der Nachbarschaft ausströmten. Der Wind sei so heiß gewesen, daß sich Wunden in seinen Därmen gebildet hätten. Er schien es überstanden zu haben, sie wagte aufzuatmen, aber da durchglühte ihn das Feuer von neuem. Was er auch aß, es floß oben und unten wieder heraus. Schließlich wollte er nichts mehr anrühren, so sehr sie sich bemühte und ihm die Fonioklöße vorsetzte, die ihre Mutter so schmackhaft zuzubereiten verstand.

Sie hatten die Allee noch nicht hinter sich, da mußte Vicky erneut halten. Der Laster vor ihnen blies seinen bläulichen Qualm direkt zu ihnen hinein. Auch die Fahrzeuge auf der rechten Spur waren zum Stehen gekommen. Die beiden Frauen kurbelten die Scheiben hoch und Vicky stellte den Motor ab.

„... zur Gesundheitsstation mußte sie ihn tragen": Malierin mit Kind.

Der Junge war so schwach, zur Gesundheitsstation mußte sie ihn tragen, erzählte Sina weiter. In einer Schlange wartete sie, bis sich der Mittagswind erhob. Endlich gab man ihm eine Spritze, und sie erhielt eine Liste mit Medikamenten, die sie besorgen sollte. Sie kehrte zu ihrem Haus zurück, und Mamadu war so erschöpft, daß er auf ihrem Rücken einschlief. Sie fürchtete schon, er würde nicht mehr aufwachen. „Ein böser Dschinn ist schuld", murmelte sie.

Der Schweiß rann ihnen in Strömen herab, sie trockneten sich an ihren Kleidern. Die Motoren vibrierten nicht mehr, und sie öffneten Fenster und Türen. Sie saßen eine ganze Weile schweigend in ihren Sitzen. Dann fuhren die Autos vor der Brücke an, und so nach und nach setzte sich die Autoschlange wieder in Bewegung.

Vicky hielt vor dem Haus mit den Bananenstauden. Sie beauftragte den Nachtwächter, den Korb mit den Einkäufen in der Küche auszuladen und für Sina gleich eine Coca mitzubringen, weil diese nicht hinein wollte. Sie stieß die gelappten Blätter zur Seite und ging durch den Vorgarten. Auf der Terrasse wäre sie fast gestolpert. Hinter den Töpfen mit den Farnen verborgen lag die Figur auf den Fliesen. Das Holz war gebleicht, die Ritzen wie bemehlt. Sie stellte ein Männchen mit einem spitzen Hut dar, der vor seinem Bauch ein versiegeltes Gefäß hielt. Sie hatten sie vorgefunden, als sie eingezogen waren und sich gewundert, wieso der Vormieter sie zurückgelassen hatte. Er hätte sie für viel Geld an einen Antiquitätenhändler verkaufen können.

„Das Männchen gehört zum Haus", hatte Elias erklärt. „Es wacht darüber, daß denen im Haus kein Unglück zustößt."

Vicky richtete die Statue auf und stellte sie hinter die Tür. Im Wohnzimmer auf dem Tisch stand noch der Tee vom Morgen. Er war noch warm. Sie setzte die Kanne an und trank sie mit einem Zug leer. Sie eilte in die hinteren Räume und kehrte kurz darauf mit Stethoskop, Spatel, Taschenlampe und einem Beutel mit Medikamenten zum Auto zurück.

Sie fuhren an dem Backsteinbau vorbei, in dem der Taxifahrer aus Guinea, der die Pflegetochter des Kochs geliebt hatte, festgehalten worden war. Vicky spürte den Blick der Gendarmen im Nacken. Sie stoppte an der Kreuzung, obwohl niemand weit und breit zu sehen war. Von der Teerstraße bog sie in eine gewundene Gasse ein. Die Hütten standen so dicht beieinander, daß sie den Peugeot geradezu hindurchzwängen mußte.

Sina preßte unaufhörlich den Lederbeutel auf ihrem Schoß. Sie hatte vergeblich versucht, sich Geld zu leihen, um die Medikamente zu kaufen, denn Zeki war nicht dagewesen. Vicky versuchte, sie zu verstehen. Sie ratterten eine Geröllhalde hinauf, und das Lenkrad drohte ihr aus den Händen zu rutschen.

Plötzlich tauchte vor ihnen ein Eselskarren auf. Mit einem Ruck bremste Vicky und zog auch die Handbremse an. Die Staubwolke legte sich, und sie bemerkten ein kleines Mädchen, das von den steifen Haarspitzen bis zu den nackten Zehen mit Seifenschaum bedeckt war. Es klatschte in die Hände und rief: „Tubabu!"

Mamadu mochte im Alter dieses fröhlichen Kindes sein. Wie schrecklich, wenn er stürbe, so wie das Kind des Hygieneberaters gestorben war, kam es Vicky in den Sinn. Kinder starben so schnell in diesem Kontinent, und es waren so viele.

Eine Kuh graste die Halme ab, die aus einer Schutthalde sprossen. Hühner hüpften flügelschlagend vor ihnen her. Sie hielten vor einer Hütte mit bröckelnden Lehmwänden.

Vicky folgte Sina durch einen dunklen Gang, der sich zu einem kleinen Innenhof öffnete. Der Boden aus rotem Laterit war gefegt, das Motorrad stand nicht an seinem Platz. Ein heranwachsendes Mädchen hielt ein pausbäckiges Baby auf dem Arm. Hinter den Zipfeln der verblichenen Pagne, die es um die Hüften trug, verbarg sich ein Junge mit dünnen Beinen. Erst allmählich wagte er sich hervor. Schwarze Fliegen klebten an seinen Augenlidern. Als er seine Mutter sah, verzog er die Mundwinkel zum Weinen. Sina nahm ihn auf, er versteckte den Kopf in ihrem Arm. Sein kurzes Hemd rutschte hoch und gab einen faltigen Bauch frei.

Vicky wollte mit dem Handrücken die Stirn des Jungen prüfen. Mit einem Schrei fuhr er herum und fing an zu zappeln. Er warf die schmalen Arme nach oben, ließ sich aalglatt herab, um nur der Fremden zu entkommen. Die Augen, von Ringen umgeben, lagen tief, sie spiegelten Entsetzen. Sina hielt ihn fest, die Adern traten an ihrem Hals hervor und der Schweiß tropfte aus ihren Brauen. Sie redete in ihrer Sprache auf ihn ein. Er schrie gellend weiter. Schließlich gab sie ihm einen Klaps. Er schnappte nach Luft, dann schluchzte er auf, bis er nur noch wimmerte. Aus seinem halboffenen Mund floß weißlicher Saft, den Sina schnell mit dem Saum ihres Rockes wegwischte.

War es möglich, daß dieses ängstliche Kleinkind mit der Greisenhaut derselbe kecke Junge mit den prallen Schenkeln sein sollte, der sonst immer hinter den Hosenbeinen des Vaters kichernd hervorlugte und von dem Zeki stolz erzählte, der Patron solle sich nicht wundern, daß er immer so pünktlich sei, er habe einen ganz besonderen Wecker. Noch bevor der Muezzin zum Gebet rufe, wache er von einem gleichmäßigen Brummen auf. Mamadu, sein Ältester, würde die beiden Spielautos, die Oliver ihm geschenkt hatte, auf seinem Lager hin- und herschieben.

Sina verschwand mit dem Jungen im Inneren. Vicky setzte sich im Hof auf einen Holzstuhl. Das Mädchen, eine Verwandte von Zeki, brachte ihr eine Flasche Limonade. Sie lachte Vicky an, und Vicky lächelte zurück. Das Baby lutschte auf seinem Fäustchen. Eine Speckfalte wölbte sich über dem schwarzen Armband, an das ein kleines Lederdreieck geknotet war. Das Mädchen reichte Vicky den Säugling. Er lallte vergnügt auf ihrem Arm und zauste ihr das rötliche Haar.

Sina führte Vicky in die dämmrige Kammer, in der Zeki gelegen und im Fieber mit den Zähnen geklappert hatte. Die Matratze war mit einer frisch gewaschenen Baumwolldecke überzogen. Sina wickelte Mamadu aus einem Handtuch. Er ließ alles mit sich geschehen, nur als Vicky ihm das Stethoskop auf die

Brust setzte, wobei er tief ein und ausatmen sollte, fing er wieder an zu weinen.

Während sie mit dem Spatel seine Wangenschleimhaut nach den Flecken absuchte, die für Masern typisch sind, und die Mutter ihr die Taschenlampe hielt, fühlte sie auf einmal Sinas Augen auf sich gerichtet. Ebenso erwartungsvoll hatte Zeki sie angesehen, als sie ihm die Hustenmedizin übergeben hatte. Die Röte schoß ihr ins Gesicht. Warum forschte sie nach diesen Flecken, erwartete sie wirklich etwas zu finden? – Mamadu hätte längst die Hirsekörnerkrankheit, wie man hier dazu sagte, überstanden, sein geschwächter Körper konnte mit den Darmkeimen nicht fertig werden. Er siechte dahin, und sie konnte wenig dagegen tun. Eine Impfkampagne vor Beginn der kühlen Jahreszeit hätte ihn und die Nachbarkinder davor bewahren können. Sie war dabei, ein Ritual zu zelebrieren – wie eine Zauberin.

Sina zog ihren Jungen wieder an und bat Vicky ins Nebenzimmer. Die Frauen nahmen auf geflochtenen Stühlen Platz. Von der Lehmwand prangte eine Emailleschüssel, die mit roten Blüten verziert war. Darüber hing in goldenem Rahmen ein Hochzeitsfoto von Zeki und Sina.

„Ach, damals, alles war so einfach! – Wir liebten uns, die Mütter waren dagegen. Was kümmerte uns beide, daß er ein Songhai war und ich eine Bambara! Und als dann Mamadu geboren wurde und später die Kleine, schien unser Glück vollkommen, aber . . .“, Sina seufzte tief, „den Leuten ließ das keine Ruhe, sie haben einen bösen Zauber auf uns geworfen. Sie wollen mir den Ältesten wegnehmen. Zeki wird mich verlassen, und meine Familie wird recht behalten.“

Auf dem niedrigen Tischchen thronte ein Kassettenrecorder. Vicky schob ihn beiseite und suchte aus dem Beutel, den sie mitgebracht hatte, Antibiotikatabletten und die Packung mit dem Rehydrierungssalz hervor. Damit hoffte sie das Ungleichgewicht im Stoffwechsel des Jungen aufzuheben, auf das sie es zurückführte, daß er nichts bei sich behalten konnte. Ein Kessel abgekochtes Wasser stand bereit, um die Salzlösung herzustellen. Unter den Kalebassen und kleinen Teegläsern sah sie sich nach einem Meßbecher um. Das Mädchen brachte eine Flasche, die stark nach Maschinenöl roch und nicht brauchbar war. Schließlich benutzten sie die Limonadenflasche, die Vicky leergetrunken hatte.

Sina nahm Mamadu auf ihren Schoß und flößte ihm die Lösung löffelweise ein, während ihr Vicky das Rezept erklärte, das aus

Wasser, Zucker und Salz bestand und das sie immer anwenden sollte, wenn die Kinder Durchfall hatten.

Es war schon Nachmittag, als Vicky nach Hause fuhr. Sie hatte versprochen, am nächsten Tag wiederzukommen. Sie dachte an die Zeit, als sie in Berlin studiert hatte und als sie sich nicht klar darüber gewesen war, ob sie nicht lieber Innenarchitektin hätte werden sollen. Nun war sie doch froh, daß sie sich für die Medizin entschieden hatte.

Etwas jedoch ließ ihr keine Ruhe. Was würde passieren, wenn sich der Junge nicht erholte, würde man sie und Simon womöglich dafür verantwortlich machen? Wie sollten sie sich jetzt verhalten? Was erwartete man von ihnen? Konnte man die Wirkung des Gegenzaubers aufheben? Sie hatte noch nie darüber gelesen. Den Magier würden sie bestimmt nicht noch einmal aufsuchen. Sie hätte gern Gudrun um Rat gefragt, aber sie war nicht zu erreichen, sie war nach der Tagung in das Dogonland weitergereist.

Simon kam erschöpft aus Sanabugu zurück. Das Seminar war in einem Desaster geendet, wie er sich ausdrückte, und es mußte abgebrochen werden. Aber das bedrückte ihn weniger.

„Die Leute denken, ich sei schuld daran, daß der Dicke und Abdul verunglückt sind", erzählte er Vicky, „tut mir leid, damit habe ich nichts zu tun, das war nicht meine Absicht, das ist auch nicht mein Stil."

Ihm war die Häufung der Mißgeschicke bei denen, die zur El-Bakarfamilie gehörten, unheimlich geworden.

Wieder einmal warteten sie in der Flughafenhalle, dieses Mal, um die Delegation zu verabschieden. Die Vertreter der Zentrale blickten freundlich, sie reisten ab im Bewußtsein, geschickt verhandelt und einen großen Erfolg errungen zu haben. „Wa wa!" rief Karim ihnen nach, was so viel heißt wie: West Africa wins always.

Simon saß und schrieb an dem Kompromiß von Sanabugu.

Die Nachtbar

Sie hatten ausgiebig im Restaurant „Asia" getafelt. In ausgelassener Stimmung schlenderte die kleine Gesellschaft aus der finsteren Gasse, in der sie ihre Autos zurückließ, hinüber zu dem rotglühenden Lichtpunkt des Nachtklubs. Die Palmen, ganz in Silberlicht getaucht, raschelten dürr. Musik und Gelächterfetzen hallten durch die Nacht. Sie wanden sich durch die Traube leichtgewandeter junger Mädchen. Vicky fühlte den Druck von Simons Arm auf ihrer Schulter.

Nicole preßte das Handtäschchen gegen ihr knappes Pariser Kostüm, sie trug eine blasierte Miene zur Schau, hatte sie doch auch einmal zu dieser Sorte von Mädchen gehört, jetzt kam sie mit ihrem Freund nur noch zum Vergnügen hierher, mit einem Gefühl der Wehmut an die vergangene Zeit. Wenn der Süddeutsche nicht mit dem Team im Landesinneren verweilte, vermied er das öde Haus in Badala. Seine Familie hatte ihn verlassen. An der Bar hatte er Gesellschaft gesucht und gefunden, Nicole mit ihrer rauhen Stimme und dem knabenhaften Körper war ihm aufgefallen. Sie vereinte den hellen Teint und die feingeschnittenen Züge des französischen Vaters mit dem exotischen Erbe der malischen Mutter. Sie war froh, ihrem häuslichen Elend entkommen zu sein. Ohne einflußreiche Verwandte oder Freunde hätte sie keine Chance gehabt, jemals unabhängig zu sein. Sie war intelligent und selbstbewußt und verstand es, ihre körperlichen Vorzüge, ihr einziges Kapital, zu nutzen. Sie umgarnte den etwas behäbigen, gutmütigen Höppli, in ihren Augen war er unermeßlich reich. Sie mochte vieles, was ihm gefiel, vor allem teilte sie seine Vorliebe für europäisches Essen.

Vicky erinnerte sich an das Fest, das Karim zur Einweihung seines Junggesellenheims, „Zölibatorium", wie Monique es zärtlich nannte, gegeben hatte. Die Frauen waren auf ihr Lieblingsthema, die Liebe, zu sprechen gekommen. Monique hatte gerade die Serie „Die Dornenvögel" im Fernsehen gesehen und war tief beeindruckt von dem Verhältnis europäischer Liebespaare zueinander, das sie für romantisch hielt. Mariam hatte schüchtern zur Seite geblickt und nichts dazu gesagt, während Nicole sich abfällig geäußert hatte: „Bah, Liebe, was ist das schon!" Ihre Finger hatten die Geste zählenden Geldes vollführt. Vicky hatte den Eindruck gehabt, daß Monique sich für sie schämte, besonders vor der unbefangenen Mariam. Nur mühsam hatte sich Monique beherrschen können, sie war aufgesprungen und hatte hervorgebracht: „Barmädchen gehören nicht zu uns, eine Zumutung, daß der Süddeutsche die uns anschleppt.“ Aber das lag nun schon eine ganze Weile zurück.

Sie fanden eine Nische im Halbdunkel ganz für sich. Höppli zündete die Kerze auf dem Tisch an und gab auch Nicole Feuer. Das Licht brannte hoch auf. Die dunkle Schönheit Mariams schien aus dem purpurnen Schein zu glühen. Sie sah toll aus, mit den hohen Wangenknochen und den makellosen Zähnen, die eine neckische Lücke freigaben, die blassere Nicole dagegen wirkte elfengleich. Jede in ihrer Art war begehrenswert, und nur die Männer, die sie anbeteten, wußten um die Vorzüge der Erwählten.

Höppli gab einen schnaufenden Laut von sich. Er sah durch die Hornbrille über die Runde und lächelte versonnen. „Ich lade euch ein! Was wollt ihr trinken? Ich habe einen Anlaß zu feiern, meine Scheidung ist durch.“

Nicole sog heftig an ihrer Zigarette.

Karim sah Mariam an, in jedem Auge eine Kerzenflamme. „Wir haben noch gar nicht angefangen zusammenzusein, und da spricht man schon von Scheidung.“ Er ergriff ihre Hand, wie um sie zu beruhigen. Mariam erwiderte seinen Blick und senkte die Augenlider.

Vicky versuchte, sich Frau Höppli ins Gedächtnis zu rufen. Sie kannte sie zu wenig, um Anteil an ihr zu nehmen. Damals war sie zu ihr gekommen, eine ihrer Töchter hatte Schwierigkeiten im Deutschen. Die Mutter war nicht sehr an dem Fernlehrkursus, den Vicky mit ihrem Sohn durcharbeitete, interessiert gewesen, wahrscheinlich trug sie sich schon mit dem Gedanken, in die badische Kleinstadt, aus der sie stammte, zurückzukehren und die Lehrtätigkeit wieder aufzunehmen. Vielleicht langweilte sie sich auch, nachdem das Verhältnis mit einem anderen Experten, das sie zeitweilig ausgefüllt hatte und ihr über die häufige Abwesenheit ihres Mannes hinweggeholfen hatte, auseinandergegangen war. Noch einmal war sie mit den Mädels in den Schulferien zu Besuch gekommen, seitdem hatte Vicky sie nie wieder gesehen.

Zwei weiße Männer an der Bar drehten ihnen den Rücken zu. Ein kräftiger, haariger Arm umfaßte den entblößten, glänzenden Rücken einer kraushaarigen jungen Dame. Es war Joop, der Holländer. Simon stand auf und gesellte sich zu ihm an die Bar. Vicky sah, wie sie sich zu verständigen versuchten, in dem einer abwechselnd den Kopf an das Ohr des andern legte. Simon kam wieder. „Joop ist allein, Abeba ist fort, sie hat die Kinder mitgenommen. Er geht zurück nach Amsterdam, er schließt nur noch sein Projekt ab. Er will morgen mal vorbeikommen", sagte er zu Vicky.

Das Kerzenlicht in ihrer Ecke schwelte. Dunkelrot schimmerte der Wein in den Gläsern. Sie stießen an, so daß es klirrte: „Auf die Scheidung!" Ein Duft von Haschisch zog von den Nachbartischen zu ihnen herüber.

Auf der Tanzfläche bewegten sich rhythmisch ein Dutzend afrikanischer Mädchen zu dröhnender Reggaemusik. Eine Liebliche ließ die Zöpfchen um den Kopf schnellen. Sie lächelte herausfordernd. Der Fransenrock legte im Schwung ihre schweißglitzernden, prallen Schenkel frei. Ihre beringten Hände lagen auf der Schulter einer lang Aufgeschossenen, die mit bloßen Füßen in zu großen hochhackigen Schuhen anmutig wie eine Störchin hin- und herstakste.

Kreisende Scheinwerfer schleuderten das phosphoreszierende Licht stakkatoartig auf die Tanzenden. Die Mädchen verrenkten sich zu den abgehackten Rhythmen in chaotischen Tanzfiguren. Ihre bronzefarbenen Körper zuckten. Die Gesellschaft hatte sich erhoben und drängte sich auf die kleine Tanzfläche. Die Musik ging in einen ohrenbetäubenden Beat über. Der Raum vibrierte vom Stampfen und von schrillen Klängen.

Fahles Licht wetterleuchtete über das Getümmel. Taumel und das Gefühl des Schwebens trugen Vicky dahin. Aus dem Wirbel tauchten ab und zu Mariams strahlender Mund, Karims melancholische Blicke, die glänzende Schwärze von Nicoles Schopf und das entrückte Lächeln von Höppli auf. Die Körper verschwammen zu einer Masse zuckender, zusammenhangloser Umrisse. Dann fielen die peitschenden Kometenschweife in sich zusammen. Zwielicht besänftigte die Tobenden. Ein Schatten senkte sich wie ein schmutziger Vorhang über die aneinandergepreßten Leiber. Aus der Dunkelheit starrte eine Maske aus grellumrandeten Kratern. Die Striche der Schmucknarben glühten im Phosphorschein nach. Klauenartige Hände streckten und krümmten sich, als lockten sie Vicky an. Federn wippten im Takt der Trommeln. Ein Lederband schnellte hervor und verhedderte sich um ihren Hals. Es würgte sie. Die melodischen Akkorde waren einem monotonen Getrampel gewichen. Die gezackte Fratze klaffte. Vicky konnte sich nicht von der Schmeißfliege losreißen, die das finstere Loch surrend umkreiste, ehe sie aufgesogen wurde. Sie umfing der abgestandene, süßliche Geruch vertrockneten Blutes. Aus dem Dämmer schälte sich eine geheimnisvolle, widerliche, schwärzliche Figur. Von schweißgetränkten Binden umwickelt wurde sie unter Schüben geronnenen Blutes zu einem höckrigen Klumpen geformt. Sie ruhte auf einem Altar, umfriedet von schwarzverkrusteten Geräten.

Der schwarze Zauberer kniete davor. Er murmelte Unverständliches und sagte dann in gebieterischem Ton zu Simon: „Schaue in dich, sieh den Fetisch an, wünsche deinen Feinden den Tod!“ Sie führten das Heft des Messers, bronzen schimmerte die Klinge. Er schnitt dem Bock die Kehle durch. Das Gehörn polterte zu Boden. Der Atem entwich in einem glucksenden Laut. Es sprudelte aus den Eingeweiden hervor. In einer Fontäne spritzte es leuchtend rot auf den Fetisch. Seine Hände waren voller Blut. Simon verharrte zusammengesunken in seinem Blut. Über seinem Antlitz lag ein rosa Schimmer. An seinen Lippen formte sich eine purpurne Perle, sie blähte sich auf, löste sich und tropfte herab. Blasses Licht sickerte ein. Sein Gesicht wurde durchsichtig, wächsern, von Schmerz gefurcht. Ein Nagel ragte aus der von Wundschorf gezeichneten Stirn. Einem Christus gleich durchlitt er alle Leiden der Welt.

Seine Züge verdunkelten sich. Das Haar wurde samten schwarz. Die Zähne schillerten wie weißblaue Edelsteine. An den Lidern schimmerten Tautropfen, sie quollen auf zu Diamanten und schwebten an Halmen über einem türkisen See, von lila Ufern umbettet. Ein schwarzhaariger Mann trat hervor, männlich, kraftvoll, brutal und sanft zugleich. Seine überirdische Schönheit gab ihr einen Stich. Seine Augen erstrahlten zu gigantisch vergrößerten Sonnen. Flammende Pfeile gingen von ihm aus. Die Helligkeit blendete sie. Ein Schatten legte sich darüber wie von einer Wolke.

Ein malvenfarbenes Sandmeer breitete sich aus. In feinen Abstufungen von Orange, über Rosa, zu Lila leuchteten die Hügel in Wellen erstarrt. Über den Dünensaum ging ein glühender Hauch. Er fraß sich in die scharfumrissene Linie, eine Sandwolke vor sich hertreibend. Auf den Wangen prickelten die Körner. Sie atmete den spröden, würzigen Duft. Das schimmernde Bild bildete Risse. Es zerbrach wie ein Spiegel. Die Splitter falteten sich zu einem Gebirge. Lava durchströmte die Schluchten bis in die kleinsten Verästelungen. Die Ebene war durchzogen von schwarzen Adern, sie glühten auf, wurden gläsern, bevor sie sich silbrig füllten. Krüpplige Dornbüsche richteten sich auf. Sie wuchsen zu bleichen Stämmen heran, zu einem Nebelwald, der emporragte. Deren Kronen neigten sich. Ein Sturm ging über sie hinweg. Kreuz und quer lagen die Balken. Das Gestrüpp fügte sich zu einem Haarkleid. Die Augen eines Bären funkelten sie daraus seltsam an. Er berührte sie mit seinen Tatzen. „Nicht!"

Sie rieb sich den Sand aus den Augen. Gleißendes Licht brachte ihr das Bewußtsein zurück. „Warum, warum haben wir das getan?", fuhr es ihr durch den Sinn. Sie taumelte und spürte gleichzeitig Simons Arm, der sie festhielt. Er führte sie an den Tisch. Die Kerze flackerte und blakte, sie war bis auf die tropfenden Überhänge heruntergebrannt.

Simon schob ihr das Schälchen mit den Erdnüssen zu. „Hier, iß ein bißchen!" Sie schmeckte den bitteren Geschmack von Kolanüssen und Asche. Zerriebener Knochen klebte zwischen ihren Zähnen. Das war das Zaubermittel. Sie spuckte es aus. „Das haben wir nicht gewollt!" Simon stützte sie, und sie wankten beide hinaus in die laue Nacht. Sie stolperte über einen ausgestreckten Körper. Das Tier jaulte auf. Sie tasteten sich die Gasse entlang, die dunklen Gruben vermeidend. Quälende Gerüche stiegen aus den Abwässerrinnen.

Vicky dachte an jenen Nachmittag, als sie zu dem Magier gefahren waren, um einen Gegenzauber zu unternehmen, der sie vor weiteren Anschlägen schützen sollte. Jetzt erst wurde ihr bewußt, auf welche beschämende Zeremonie sie sich eingelassen hatten. Es war vor allem sie, die darauf gedrängt hatte. Sie hatte die trügerische Unbekümmertheit von früher nicht vergessen, außerdem war sie um Oliver besorgt gewesen, der Weihnachten mit ihnen verbringen sollte. Simon hatte sich nie bedroht gefühlt, er hatte lediglich bemerkt, es könnte nichts schaden, zumal Monique nicht mehr die Hand über ihn zu halten vermochte. Gudrun hatte gemeint, wenn sie sich nicht sicher fühlten, würde sie vorschlagen, einen Heiler aufzusuchen, denn afrikanischer Zauber ließe sich nur wirksam mit einem Gegenzauber bekämpfen. Sie kannte den Magier aus dem Dogonland.

Er hatte wie ein normaler Afrikaner ausgesehen, in langem Hemd und sorgfältig frisiert. Um sie zu überzeugen, daß er glaubwürdig sei, hatte er ihnen sogar seinen Paß gezeigt. Vicky hatte verschwiegen, Abdul El-Bakar ein Paar elegante Slipper von Simon überlassen zu haben. Dem Magier hatte es keine Mühe gemacht, den Schutz auf die ganze Familie auszudehnen, sozusagen im Sonderangebot. Außer dem Schafsbock, den er mit ihnen auf dem Markt ausgesucht hatte, denn es mußte ein ganz besonderer sein, hatte er keine Bezahlung verlangt. Sie hatten ihm Ringe und Amulette bringen müssen, dic er ihnen zurückgab, nachdem er sie auf eine geheimnisvolle Weise behandelt hatte. Zum Abschluß hatte er Simon eine braune Medizinflasche überreicht, die ein weißliches Pulver enthielt. Hin und wieder sollten sie davon einnehmen, dann seien sie sicher.

Von Gudrun hatte sie ein ganz anderes Bild gewonnen.

„Er findet sich umwerfend schön und unwiderstehlich. Dabei könnte er ruhig sein Hemd häufiger wechseln und sich die Haare öfter waschen, dazu braucht er nicht unbedingt fließendes Wasser. Er wohnt zwar in einem Lehmhaus in einem ärmlichen Viertel, wie man das von einem Magier erwartet, aber in Wirklichkeit ist er reich, ihm gehören mehrere Buschtaxis. Seine Dienste sind kostspielig. Bis zu einer Million CFA sind an ihn gezahlt worden, natürlich zusätzlich zu den Opfergaben. Bei der Zeremonie für euch wurde nur das Schaf gezahlt, für mich persönlich ist es sehr viel teurer geworden.

Er versprach mir, mich in Geheimnisse einzuweihen, wenn ich ihm helfen würde, das Zaubermittel zuzubereiten. Ich bin bald dahinter gekommen, welches Geheimnis er im Sinn hatte. Er glaubt wohl für ein paar Informationen kann er mich besitzen und in den Reigen all seiner Frauen, die ihm huldigen, eingliedern. Da hat er sich getäuscht. Er gibt mir keine Auskünfte mehr, damit kann ich fertig werden. Er hat seine Stellung mißbraucht, um meine Beziehung zu anderen Maliern zu untergraben. Meine Freunde trauen mir nicht mehr. Das hat mich hart getroffen.

Er sollte sich nicht so aufspielen! Es gibt Sitten, über die sich auch ein Magier nicht hinwegsetzen darf. So ist es den Dogons, den Bewohnern des zerklüfteten Berglandes, aus dem er stammt und wo auch seine zahlreichen Kinder leben, nicht erlaubt, sexuelle Beziehungen zu den Bozos, den Fischernomaden, zu haben. Über dieses Tabu hat er sich einfach hinweggesetzt. Die Nachbarn regen sich darüber auf, daß er sich eine Bozofrau zur Geliebten genommen hat. Seine Macht bröckelt. Er muß aufpassen, daß er seinen Ruf als Magier nicht verliert."

Über den Himmel zog die erste Morgenröte. Vicky wischte sich die Augen. „Du bist so blaß, was ist dir?", fragte Simon.

„Der Rauch war zu stark, ich mußte an den Gegenzauber denken", sagte Vicky.

„Mir ist dic Sache peinlich. Ich habe mich einem Ritual unterzogen, zu dem ich innerlich nicht stehe, ich habe mich lächerlich gemacht. Wie immer ich es drehe und wende, es war falsch!", gestand Simon.

„Wird nicht unser Leben von einer ungeheueren Menge von Dingen bestimmt, die zusammenwirken und sich gegenseitig beeinflussen?

Der Effekt auf unser individuelles Schicksal ist oft nichts anderes als ein Nebeneffekt von Abläufen innerhalb anderer Abläufe, die nur wieder Perioden in weiteren Kreisläufen sind.

Um in diesen verwirrenden Zuständen nicht verrückt zu werden, versuchen wir, vereinfachte Ursache-Wirkungs-Beziehungen, die unser Schicksal erklären können, herzustellen. Ein Samenkorn, eine Nummer, eine Sternenkonstellation, sogar ein von Menschen hergestellter Gegenstand wie ein Götterbild oder ein Fetisch erhält eine Bedeutung. Sie wird von einer Gruppe vorgeschrieben, die sich den Anschein gibt, wissenschaftlich zu sein, ob das nun Magier, Astrologen oder Priester sind.

Sie geben immer nur einen Teil ihres angeblich umfassenden Wissens preis. Sie behaupten, alles erklären zu können, und die Erklärungen, die sie geben, sind vordergründig. Sie machen den Menschen, den die Komplexität der ihn umgebenden Welt mit Angst erfüllt, abhängig. Wenn er nur die aufgestellten Regeln einhält, an Opferzeremonien teilnimmt, Sprüche hersagt und die Ratschläge der Sterndeuter befolgt, dann kann ihm nicht allzu viel passieren, vorausgesetzt, er glaubt daran und vertraut bedingungslos denen, die vorgeben, zu wissen.

Das Anziehende an diesem System liegt für die Menschen darin, daß sie annehmen können, mit einfachen Handlungen das Schicksal zu ihren Gunsten zu verändern.

Ich für meinen Teil halte die Möglichkeit, mein Schicksal zu beeinflussen, für wesentlich geringer und stelle mir lieber vor, daß das Universum in seiner Gesamtheit unendlich vielfältiger ist, daß alles mit allem reagiert, und ob glücklich oder unglücklich, ich bin doch immer ein Teil des Ganzen."

„Wir können doch nicht einfach so tun, als ob nichts gewesen wäre" – Vicky drängte sich an ihn. „Ich habe Angst, ich halte das nicht mehr aus!" Ihre Stimme überschlug sich fast. „Schlimme Kräfte wirken, auch wenn wir diese nicht verstehen, so müssen wir uns doch mit denselben Kräften wehren!"

Mystische Botschaften

Der Flughafen war ein Ort der Begegnung. Vicky fragte sich manchmal, ob es nicht lohnte, in der Halle ein Quartier aufzuschlagen, so häufig und ausdauernd versammelten sie sich dort, um Freunde und Geschäftsreisende zum Flugzeug zu geleiten und Neuankömmlinge in Empfang zu nehmen. Für dieses Ereignis zog man sich wie zu einer Cocktailparty an.

Simon sollte nach Frankfurt fliegen, um zu verhandeln, wie das Projekt weiter ›gefahren‹ werden sollte, wie die Beamten in der Zentrale sagten, und womit sie meinten, wie sie zu verfahren gedachten.

Eine, die eigentlich immer da war, wenn Simon reiste, war Monique. Ihr Haar glänzte ölig. Die enggeflochtenen Zöpfchen, abwechselnd mit weißen und roten Perlen besetzt, standen in Schlaufen ab. Einst auf einem Kongreß in Washington hatte sie mit einer ähnlichen Haartracht großes Aufsehen erregt. Amerikanerinnen, deren Vorfahren aus Afrika stammten, bewunderten sie. Sie erkundigten sich sogleich nach ihrem Frisör, hatten allerdings noch nie etwas von Mali gehört. Vielleicht brüteten sie darüber, ob Monique an dem Tag, an dem dieses Haargebilde errichtet wurde, klaglos die Kopfschmerzen ertrug. Aber bedachten sie auch, was sie alles hinnahm, um es zu erhalten, nämlich daß sie nachts ein Kopftuch trug und mit einem Buch unter dem Nacken wie aufgebahrt in ihrem Hotelbett lag?

Monique umarmte Vicky und ließ sie los, um sie zu betrachten. Sie sah auf die enge Hose, die unter dem Spitzenhemd hervorschimmerte. „Wie machst du das nur, du hast die ideale Figur!“, sagte sie und ließ ihre Finger über den glatten Stoff gleiten. Nachdenklich fügte sie hinzu: „Ich glaube zu verstehen, was euch beide zusammenhält.“

Sie hob ihre Augen, die unter den langen Wimpern glitzerten, und sah über die Wartenden hinweg. Endlich entdeckte sie Simon. Er stand in der Reihe vor einem der Schalter. Sie rief und winkte ihm zu. Er drehte sich um.

Er hielt die Lederjacke über dem Arm. Seine Jeans waren verwaschen. Das Haupthaar war lang und stand ihm über den Ohren ab. Der Bart wirkte dunkel.

Ein fremder, geheimnisvoller Mann, vielleicht ein Forscher, mit dem sie sich gern eingelassen hätte, stellte sich Vicky vor. Sie dachte daran, daß sie den Mann dort näher kannte. Ihre Beziehung zu jenem Abenteurer war so eng, daß sie sogar am letzten Abend die Taschen seiner Jeans ausgebessert hatte. Sie war stolz darauf und gleichzeitig bedrückt, daß er abflog und sie in diesem Augenblick zurückließ, da sie meinte, so gar nicht von ihm lassen zu können.

Er war jetzt an der Reihe, reichte dem Angestellten der Luftlinie sein Billett und setzte seinen kleinen Aluminiumkoffer auf die Waage. Nackte Arme drängten ihn zur Seite und schoben einen braunen Karton hinter seinen Koffer.

„Ça alors!“, empört wandte er sich um.

Ein schlaksiger Träger, dessen löchriger Hosenboden bloß die Farbe der Unterhose preisgab, tauchte in der Menge unter.

Hinter ihm stand Ousman. Die Goldrandbrille und das sorgfältig gestutzte Bärtchen bildeten einen seltsamen Kontrast zu dem Turban. Er trug die graue Uniform des Zolls. Er legte seine Hand auf Simons Schulter und lächelte ihm zu.

„Entschuldige, Simon! – Ist das alles an Gepäck, der Koffer da? Du hast doch nichts dagegen? – Nimm das da mit, tu mir den Gefallen!“, sagte er und zeigte dabei auf das mit Bindfaden zusammengehaltene Paket auf der Waage, das so groß wie ein Persilkarton war. „Bestimmt macht es dir keine Mühe, in Paris wird es abgeholt, dafür ist gesorgt.“

Der Angestellte befestigte ein Schild am Koffer und eins am Karton, und ehe Simon sich dazu äußern konnte, wurde das Luftgepäck fortgeschleppt.

Die beiden Frauen stiegen die Treppe zum Restaurant hinauf, Monique atmete keuchend. Sie nickten einigen Bekannten zu. Die meisten Tische waren besetzt, einer neben der Theke war noch frei. Monique legte ihre Kollegmappe auf die blauweiß karierte Tischdecke, die sich unter dem Luftzug der Ventilatoren hob. Ein Mädchen mit vielen, kleinen Zöpfen kam unter dem Tisch hervorgeklettert, betrachtete sie neugierig und rannte davon. Ein kleiner Junge in Bermudashorts rüttelte an der Hantel eines Spielautomaten in der Ecke.

Vicky mußte an Mamadu denken. Als sie ihn letztes Mal besuchte, hatte er vorsichtig das Stethoskop berührt und sie dabei mit seinen großen, braunen Augen angesehen. Bald würde er so wie diese Kinder hier herumsausen.

Sie nippten an dem Sprudelwasser und Kaffee, die der Ober ihnen gebracht hatte. Monique erkundigte sich nach Oliver und bedauerte, ihre eigenen Kinder so wenig zu sehen. Sie wuchsen in der Obhut von Verwandten heran, denn in ihrer neuen Position arbeitete sie oft bis spät, wenn sie nicht in andern Ländern unterwegs war.

Sie lachte und spielte an einer Goldkette.

Vicky bewunderte Monique, wie tüchtig sie war und wie sie sich durchsetzte, wahrscheinlich würde sie eines Tages Ministerin sein.

Wenn sie sich vorstellte, daß Monique an einen fanatisch religiösen Mann gebunden war und in einer Gesellschaft lebte, die die Tochter nur beschnitten als vollwertiges Mitglied anerkannte, dann konnte sie sie nicht beneiden.

Unbeschnittene Frauen sind der Überlieferung nach Zwitterwesen. Sie finden nur schwer einen Ehemann, und vielen droht das Schicksal der Prostitution. Erst wenn der männliche Teil der heranwachsenden Frauen entfernt ist, können sie angeblich eine Verbindung mit einem Mann eingehen und Kinder bekommen.

Simon trat zu ihnen. Monique erhob sich schwerfällig. Der Haarkranz umgab ihr strahlendes Gesicht. Vorsichtig, um die kunstvollen Schlaufen nicht zu quetschen, umarmte Simon sie. Sie küßten sich gegenseitig auf die Wangen.

Vicky hätte Monique fragen wollen, warum diese in der Nacht, als sie aufgetaucht war, um den schwerkranken Simon zum Flughafen zu begleiten, nichts gesagt hatte, aber sie traute sich nicht, etwas hielt sie zurück. Hätte Monique nicht wenigstens andeuten können, daß man einen Anschlag versucht hatte? Welche sinnlosen Ängste hätte sie ihr ersparen können! – Gab es auch sinnvolle Ängste?

Sie betrachtete Monique nicht ernstlich als Rivalin. Frauen, die sie kannte, beunruhigten sie weniger als jene verführerische Unbekannte damals, der sie vollkommene Schönheit, Jugend, Unbekümmertheit und Geduld andichtete und von der sie lieber nichts wissen wollte.

Zeki stellte die Reisetasche neben den Tisch. Simon machte eine Geste, der Chauffeur möge sich setzen. „Möchtest du eine Coca trinken?"

Der lange Fahrer murmelte, daß er lieber zusehen würde, wie das Flugzeug beladen wird und schlenderte zur Balustrade.

Der Koloß auf dem Flugfeld stand bereit, um abzuheben und die Passagiere zu einem anderen Kontinent zu bringen. Vicky kam es vor, als ginge es zu einem anderen Planeten. Sie konnte kaum zuhören, was Simon und Monique sich erzählten, so sehr beschäftigte sie der Moment der Trennung, der immer näher rückte und den sie nicht aufhalten konnte.

Allmählich leerten sich die Tische um sie herum, die Reisenden verschwanden nach und nach. Auch Monique verabschiedete sich, um zu einer Zusammenkunft im Ministerium zu eilen. Schließlich war auch für die beiden der Augenblick gekommen, auseinanderzugehen.

„Ich werde sehen, was ich tun kann, aber was immer ich erreiche, wir werden Mali verlassen!" bemerkte Simon, drückte Vicky fest an sich und küßte sie auf den Mund.

Er nahm die Abkürzung durch die Tür hinter der Theke, von wo man über eine Hintertreppe direkt zu dem Ausgang gelangte. Vicky durchquerte die Halle, ganz in Gedanken versunken. Sie überlegte, was sie sogleich in Angriff nehmen wollte, um das Gefühl der Leere zu überbrücken.

Plötzlich horchte sie auf. Der Lautsprecher verkündete Simons Namen.

Sie stutzte und kehrte zu der großen Scheibe zurück, von wo aus sie das Flugfeld überblicken konnte. Seitlich hinter dem Ausgang sah sie Simon. Er stand da und wartete. Ein Weißer in dunkelblauer Hose, offenbar ein Franzose, versperrte ihm den Weg. Zwischen ihnen auf dem Asphalt lag ein Pappkarton. Der Uniformierte sprach in ein Funkgerät. Vicky sah, daß er eine Pistole trug.

Ein eiserner Ring legte sich um ihre Brust, ihr Herz klopfte schneller. Was wollte der Beamte von Simon?

Hatte es womöglich mit dem Dokument zu tun, das Simon immer noch in seinem Schreibtisch aufbewahrte? Hätte er es doch vernichtet oder, wie er es vorgehabt hatte, der Deutschen Botschaft übergeben. Sie sah ihn in Handschellen vor sich. Sie dachte zurück an Liberia, wo sie die Willkür der Polizei erfahren und sogar im Gefängnis gesessen hatte.

Der Uniformierte setzte wieder das Funkgerät an die Lippen. Dann hob er den Arm, und Simon ging auf das Flugzeug zu. Als er die Gangway hochstieg, sah er so klein wie ein Streichholzmännchen aus. Sie winkte, aber er sah sie nicht. Sie machte sich auf, um nach Zeki zu suchen. Er wartete auf sie am Auto.

Simon kam Ende September zurück, das Projekt war verlängert worden. Für sie beide jedoch stand fest, sie würden zum Jahreswechsel aus Mali weggehen.

Der lange Chauffeur hatte gerade sein Gebet verrichtet, als Simon am Morgen nach der Rückkehr vor das Tor trat. Aus dem Feuerbaum tropfte es auf die frische Uniform und die Fahrtenbücher. „Chef, da ist jemand gestorben", äußerte Zeki und blickte dabei auf seine Sandalen, in die der Lehm seitlich hineinquoll.

Die Familien waren unübersichtlich. Dic Angestellten entschuldigten sich häufig, um an einer Hochzeit, Beschneidungszeremonie oder an einer Totenfeier teilnehmen zu können. Simon fand, daß Zeki durchaus wieder arbeiten könne. Zwei Wochen lang hatte jener nichts zu tun gehabt, er war zum Dienst erschienen und hatte nur auf der Bank gesessen und Karten gespielt. „Heißt das, du willst zur Beerdigung?" Aber Zeki verneinte, er ließ den Motor an. Vielleicht hatte er es sich anders überlegt, grübelte Simon.

Simon hatte sich daran gemacht, die riesige Menge von Daten, die in Tausenden von Untersuchungen zusammengetragen worden war, wissenschaftlich auszuwerten. Mit dieser Aufgabe, seinem Abschied von Mali, schloß er fünf erfüllte Jahre ab. Die Verwaltung hatte er schon ganz seinem süddeutschen Kollegen übergeben. Er verbrachte seine Tage zurückgezogen in seinem Arbeitszimmer, vergraben in Papieren mit endlosen Zahlenkolonnen, mit dem Blick auf die fleckigen Handtücher an der Wäscheleine und den Strauch von Bougainvillea, der den Beton umwucherte. Dem Koch hatte er eingeschärft, er wolle nicht gestört werden.

Wenn er gelegentlich aufblickte, sah er den Schwarm kleiner roter und grünlicher Webervögel, die in den Vorplatz der Küche einfielen, wenn der Hund schlief und der Koch in der Hängematte vor dem Gartentor die nachmittägliche Ruhe genoß. Die kleinen Sänger setzten sich abwartend auf die Schnur und in die Ranken. Ein paar mutige flogen auf den Boden herab, beugten ihre Hälse über den Rand der Hundeschüssel und pickten Reiskörner. Leise piepsend hüpften sie herum. Mit einem Mal stoben sie davon. Simon nahm sie halb wahr, während er versuchte, seine Gedanken zu ordnen und plötzlichen Eingebungen folgte. Oft sah Vicky in seinem Büro nach ihm, er erklärte ihr, woran er gerade arbeitete, und sie diskutierten alle erdenklichen Theorien.

Um das Material auszuwerten, hatte Simon eine Reihe von Computerprogrammen entworfen. Er hatte Disketten eingeschoben und ihre Inhalte auf dem Bildschirm durchgesehen. Papierbahnen mit gelochten Randstreifen drangen aus dem Drucker. Er studierte eine Tabelle. Die Werte machten keinen Sinn, aber warum? Er rechnete Zahlenfolgen auf dem Taschenrechner nach und strich einzelne Werte an. Erst langsam bemerkte er eine fremde Gegenwart. Der Koch lehnte am Türpfosten und räusperte sich zum dritten Mal.

„Was ist denn?“, murmelte Simon, „schick sie alle weg!“

Elias begann etwas langatmig auseinanderzusetzen, und endete mit den Worten: „Da ist jemand, es ist dringend.“

Simon drehte sich im Sessel um. „Kann ich denn nie in Ruhe arbeiten, wer ist es, und was will er? Sag ihm, er soll sich an einen anderen wenden!“

Der Koch blieb stehen und wartete, ohne etwas zu sagen. Sein Schweigen irritierte Simon noch mehr als seine Erklärungen. „Also, was will dieser ›Jemand‹ von mir?“

„Er will es nur selber sagen“, ließ Elias vernehmen.

Simon warf die Papiere auf den Schreibtisch und stand mit einer heftigen Bewegung auf. Der Koch ging mit schlurfenden Schritten vor ihm her. Das helle Licht blendete Simon. Jimo erhob sich von den Fliesen im Schatten und trottete hinter ihm her.

Der Chauffeur Selim, der einst die Wachen in der Sahara überlistet hatte, wartete. „Chef, es ist jemand gestorben“, sagte er.

„Was zum Teufel willst du von mir, kannst du nicht zu Höppli gehen, wenn du freihaben willst!“ preßte Simon hervor.

„Ich wollte das nur gesagt haben“, erwiderte der kleine Chauffeur gleichmütig und schwang sich auf sein Moped.

Erleichtert, daß nichts Komplizierteres vorgefallen war, kehrte Simon zu seinen Zahlen zurück. Während er neue Werte in den Rechner eintippte, überlegte er, was nur in Selim gefahren sein könnte, wegen einer so nichtigen Sache zu ihm zu kommen. Und er war nun schon der dritte nach Zeki und Ali, nein, eigentlich der vierte, Idris hatte auch von diesem Todesfall geredet, den niemand näher erklären wollte und für den auch niemand einen Tag frei haben wollte. Simon konzentrierte sich auf den Bildschirm. Das Programm lief ein weiteres Mal an, und wie vorher erschien die Meldung kurz darauf: „ERROR TYPE 131 AT STEP 610“. Jetzt glaubte er zu wissen, wo sich der Fehler verbarg, eine Variable war falsch zugeordnet.

Der Abendwind fächelte die Zuckerrohrstauden, der Himmel färbte sich violett. Ganz hoch, ein kleiner Lichtpunkt, ein Flugzeug, von der untergehenden Sonne angestrahlt, auf dem Wege nach Europa. Schon bald darauf war die tropische Nacht hereingebrochen. Nachtvögel strichen an dem erleuchteten Fenster vorbei, hinter dem Simon über den Computer gebeugt saß und darauf wartete, daß eine neue Tabelle auf dem Bildschirm erschiene. In der Küche rasselte der Koch mit den Töpfen, der Geruch nach Abendbrot zog bis in das Arbeitszimmer. Ein weiterer Tag war vergangen, so wie viele andere. Die scheinbare Idylle ließ nicht ahnen, daß Simon fieberhaft arbeitete, um in der Masse von Informationen Strukturen zu erkennen, ihnen Erkenntnisse abzutrotzen, Beweise für Hypothesen zu finden, die er aufstellte und verwarf. Jeder Tag brachte den Abschied näher. Was dann nicht gedacht, formuliert, gerechnet und geschrieben sein würde, würde es wahrscheinlich nie sein. Der Staub, der Schweiß, die endlosen Fahrten in unerträglicher Hitze sollten nicht umsonst gewesen sein.

Ein hochgewachsener Mann mit einem Aktenkoffer stieg aus einem Buschtaxi vor der Tankstelle von Badala. An den Ständen der Zigarettenhändler vorbei wanderte er durch die rote Lehmstraße, vermied sorgfältig, in Pfützen und lehmigen Schlamm zu treten, bis zu dem Haus, das sich hinter einer hohen Hecke von Oleander verbarg. Er rief dem Wächter etwas zu, so daß jener nicht wagte, sich ihm zu widersetzen, und den Hausherrn sofort benachrichtigte..

Als der Wächter den Gast anmeldete, war der Patron einfach so gekommen. Etwas ganz Besonderes bahnte sich an. Der Hausherr hatte ihm sogar befohlen, den Mann mit dem Aktenkoffer ins Haus zu führen – man kannte sich wirklich nicht mehr aus, Mussa hatte doch Hausverbot – dann noch hinzugesetzt, er möchte kaltes Wasser und eine Coca bringen. Der Wächter wäre gern noch geblieben, um zu hören, was wohl gesprochen würde, aber der Patron hatte ihn weggeschickt, nachdem er die Getränke hingestellt hatte. „Stell dir vor“, er zeigte auf das Haus, und der Wächter des Nachbarhauses sah ihn gespannt an, „Mussa, der Verwalter des Projektes, der, den sie hinausgeworfen haben, der mit all den Dingen zu tun hatte, er ist da drinnen mit dem Herrn.“

Mussa stellte den Aktenkoffer neben den niedrigen Tisch. Der Bubu aus hellblauem Damast war in Schleifen und Kreisen gemustert. Die schräg angebrachte Tasche auf der Brust zierte eine Stickerei aus Seide. Er schlug die Fülle des Überwurfs um seine Beine, ehe er sich setzte.

„Wie geht es dir?“ –

„Danke, mir geht es gut! –
Und wie geht es dir?“ –

„Allah sei Dank, mir geht es gut!“

Sie setzten diese umständliche Formel noch eine ganze Weile fort. Im Wechsel erkundigten sie sich nacheinander nach der Gesundheit, dem Wohlergehen der Frau und der einzelnen Familienangehörigen. Simon hatte früher die Liste der Begrüßung fortgesponnen, indem er sich nach dem Befinden des Motorrades erkundigt hatte. Mussa hatte Simon seinerseits gefragt, wie es dessen Tankverschlußdeckel ergangen wäre. Aber von diesen Wortspielen, die sie beide amüsiert hatten, war nichts mehr zu spüren. Mussa blieb ernst.

Simon hielt seine Hände hinter dem Kopf verschränkt und überlegte, was Mussa wohl beabsichtigte. Kam er mit alten Forderungen? Mussa warf einen schnellen Blick über das Bücherbord und den Kassettenrekorder, er lächelte.

„Im übrigen wollte ich dir sagen, ein Verwandter ist tot."

„Das ist bedauerlich!" –

„Es war auch ein Verwandter von dem Dicken, von Zeki, Idris, Selim, Ali und nicht zuletzt von Abdul."

„Kenne ich den denn?"

„Nein, den kennst du nicht!" –

„Wie heißt er denn?"

„Abdul!" –

„Wie, Abdul El-Bakar?"

„Ja, genau so hieß er!" –

„Was, Abdul El-Bakar ist tot?"

„Nein, ein Verwandter, er hieß nur so wie Abdul El-Bakar."

„Das haben mir bereits mehrere Leute berichtet, und was habe ich damit zu tun?"

Mussa wippte mit seinem Schuh, es fiel auf, daß sie neu und elegant waren. Er lächelte wieder und sagte nichts.

„Der Mann starb am 28. September um 17 Uhr." –

„Das ist eine ganze Weile her. Bist du gekommen, um mir das zu sagen?"

Mussa erhob sich. Er nahm seinen Aktenkoffer auf und schlug die weiten Ärmel seines Bubus zurück.

„Der Mann starb im selben Moment, als das Flugzeug, mit dem du aus Deutschland kamst, gelandet ist. – Er hinterließ drei kleine Kinder. – Er starb ganz plötzlich. – Niemand weiß warum. – Weißt du es?" –

Simon war verblüfft.

Mussa grinste unvermittelt. Er schritt zur Tür.

„Ich habe es dir jetzt gesagt." – Er hielt Ausschau nach dem Hund. Er entnahm seinem Koffer ein Kärtchen.

„Die Druckerei läuft gut. Hier ist meine Visitenkarte, wenn ihr etwas brauchen solltet, ich stehe zu eurer Verfügung."

Er verabschiedete sich so abrupt, wie er gekommen war.

Der Fetisch hatte entschieden. Er hatte ein Opfer gefordert aus dem Kreis der El-Bakar-Sippe. Ein junger Mann, der eine Familie gegründet hatte, mußte sterben. Ihm wurde zum Verhängnis, daß er denselben Namen trug wie das Oberhaupt des Klans.

Was für eine ungeheuerliche Tat! – Vicky konnte es kaum fassen, als Simon ihr davon erzählte. Und wieviel Mühen sie daran gewandt hatten, Simon davon in Kenntnis zu setzen! Es erschien so, als wenn der Fluch, der auf dieser Sippe lastete, nur aufgehoben werden konnte, wenn Simon erfuhr, daß sie dem Fetisch geopfert hatten.

„Und was machen wir nun? – Müssen wir unseren Zauberer einschalten? – Was erwarten sie von dir?" – Wie sie es schon immer geahnt hatte, sie lebten auf einem Vulkan.

„Nichts, was können wir machen! – Abwarten, am besten wir lassen die Sache auf sich beruhen! – Mit schwarzer Magie will ich nie wieder etwas zu tun haben, die lehne ich ab, das ist nicht meine Welt," sagte Simon und das Haar stand in Büscheln von seinem Kopf ab, so sehr hatte er darin gewühlt.

Weder das Handbuch der Zentrale noch die medizinischen gaben Auskunft darüber, wie man mit einem Fetisch umzugehen habe. – Sie bedauerten, daß Gudrun schon nach Deutschland abgereist war, wie gern hätten sie sie um Rat gefragt.

Zwei Wochen waren vergangen, und nichts war passiert.

Immer deutlicher wurde es, daß ihre Zeit in Mali ablief. Vicky hatte einen Malier mit dem Verkauf ihrer Habe beauftragt, die zu sperrig war, um sie zurückzutransportieren. Er beschrieb den Leuten, was sie feilzubieten hatten, und so kamen die Interessenten nicht selbst, und es blieb ihnen erspart, ihr Haus in den letzten Wochen in einen Bazar zu verwandeln. Immer wieder tauchte der Agent auf, um Geld für Dinge zu bringen, die inzwischen einen Käufer gefunden hatten.

Auch der Hauswirt bemühte sich herbei, um die letzte Miete abzuholen. Seine Leute hockten auf dem Lieferwagen. Kamara wartete vor der Pforte, bis Elias den Hund an die Leine gelegt hatte. Er schlug die Falten seinen Bubus zurück. Er begrüßte Vicky, nahm auf dem Cordsessel Platz und sah unruhig an ihr vorbei über die halbleeren Regale. Elias brachte mit schlurfenden Schritten eine Flasche Coca und öffnete sie. Kamara begann zu trinken und wartete darauf, daß Vicky den Apparat holte, um den Blutdruck zu messen. Sein Gesicht war leicht gedunsen wie sonst. Für einen Moment spürte sie, wie sein von langen Wimpern umschatteter Blick auf ihr ruhte. Während sie die Manschette zusammenrollte, teilte sie ihm das Ergebnis ihrer Messung mit. Er nickte. Er stützte sich ab, als er sich erhob und gemächlich durch den dunklen Flur zu dem hinteren Raum tappte, um die Miete in Empfang zu nehmen.

Er hatte schon vor längerer Zeit mit ihnen vereinbart, daß er die Klimageräte, die sie eingeführt hatten, für eine bestimmte Summe übernehmen würde. Nun behauptete er, sie seien ihm zu teuer, und im übrigen brauche er sie nicht. Er feilschte mit Simon, es ging hin und her, bis sie sich einig werden konnten, und es gelang ihm tatsächlich, den Preis beträchtlich zu drücken. Dann aber, als habe er jedes Interesse am Handel verloren, teilte er das Geld und schob Simon einen der beiden Haufen zu. „Pack es weg!“ sagte er. Schein für Schein seines Anteils ließ Kamara durch seine Hände gleiten, lautlos bewegte er dabei die Lippen. Schließlich verstaute er das Bündel in der Tasche seines langen Gewandes und zeichnete die Quittung mit einem Kreuz.

Kamara lehnte sich zurück und schloß die Augen. „Sie haben mir Glück gebracht“, bemerkte er unvermittelt.

„Ich bin sehr krank gewesen und . . .“, erklärte Simon, doch der Hauswirt unterbrach ihn:

„Ein mächtiger Fetisch ist in das Fundament des Hauses eingelassen. So lange Sie in meinem Haus sind, wird Ihnen nichts zustoßen. Und wenn schon, Sie werden es überleben.“

Er hielt seine Hände über dem Bubu gefaltet und saß wie ein Buddha da. „Sie gehen nach Deutschland und kommen nie wieder nach Mali zurück?“ sagte er unsicher. Simon nickte bestätigend. „Und was wird aus mir, wenn Sie fortgehen?“ –

Ziellos wanderten seine Augen durch das enge Zimmer. Die Pyramide spiegelte das Licht, und zerlegte es in leuchtende, rote und grüne Farben. Das Rascheln der Zuckerrohrbüschel war zu hören. Eine Schar Webervögel flog plötzlich aus den Zweigen der Bougainvillea auf und davon.

„Allah hat es so gewollt!“ –

Er stand auf und strich sein Gewand glatt. Vor dem Bord, aus dem die Bücher hervorquollen, blieb er stehen und wiegte sich wie in Trance. Seine Stimme zitterte, schwoll an und erhob sich zu einem einförmigen Singsang. In jeder Ecke vollführte er diese merkwürdige Beschwörung. Simon sah seltsam berührt zu.

„Vielleicht bleiben Sie ja doch noch!“, sagte Kamara und wandte sich zum Gehen. Er schüttelte ihnen die Hand und schritt zu seinen Leuten, die auf ihn gewartet hatten. Hinter den Bananenblättern hob er den Arm zu einem letzten Gruß.

Sie hatten ihm eine Einladung für ihr Abschiedsfest geschickt. Am Abend davor sollte Kamara im Krankenhaus sterben, sein Herz wollte nicht mehr.

Das Haus lag verschlafen in der Nachmittagsglut. Der Koch und der Nachtwächter waren ausgegangen. Simon grübelte über eine Formulierung nach. Er meinte ein Geräusch zu vernehmen, es war mehr eine Ahnung, als fühlte er die Nähe eines unbestimmten Wesens. Er legte seinen Füllfederhalter nieder und ging dem wie versonnen nach. Er war überrascht.

Auf der Terrasse zwischen den Töpfen mit den Farnkräutern stand Abdul El-Bakar, er war ganz in Weiß gekleidet, er lächelte schief. Simon sah sich nach dem Hund um, doch der war nirgendwo zu sehen.

„Weist man den Bettler von der Tür?“, äußerte Abdul bescheiden. Simon bat ihn herein.

Sie saßen sich gegenüber. Simon reckte sich und fuhr sich mit der Hand durch das Haar.

„Wie geht es dir?“ –

„Danke gut! –

Und wie geht es dir?“ –

„Mir geht es gut, Allah sei Dank!“ –

„Wie geht es deiner Gesundheit?“ Sie setzten die Begrüßung eine Weile fort.

„Willst du etwas trinken?“ Simon machte eine Bewegung, als wolle er aufstehen.

Abdul winkte ab. „Nein danke, mach dir keine Mühe!“

Sie schwiegen. –

Simon zupfte sich am Bart und betrachtete Abdul. Er hatte ihn lange nicht gesehen. Die Züge seines Widersachers waren eingefallen, er wirkte müde, aber aus seinen Augen leuchtete es noch.

Der Ventilator gab einen summenden Ton von sich. Von draußen drang das Gezwitscher der Vögel herein. Ganz in der Ferne bellte ein Hund.

Abdul räusperte sich und sagte: „Eine lange Zeit ist vergangen. Ich habe gehört, du gehst nach Deutschland zurück und verläßt das Projekt. – Ich wünsche dir alles Gute! – Ich danke dir auch im Namen meiner Leute für das, was du für sie getan hast.“

Die zerrissenen Blätter der Banane bewegten sich. Eine Spinne mit langen schwarzen Beinen ließ sich von der Decke herab.

„Von denen, die nach dir kommen", er machte eine wegwerfende Handbewegung, „erwarte ich nicht viel. – Wir haben vieles gemeinsam aufgebaut und getan. Ich habe viel von dir gelernt."

Ein Gecko kam hinter dem Bild hervor und glitt über die Wand, man glaubte ihn zu hören. Das Licht fiel seitlich auf Abduls Gesicht, und indem jenes die Strahlen spiegelte, wirkte die Haut bleich.

Er fuhr fort: „Das letzte Jahr war sehr schwer. Viel Unglück ist über mich und meine Familie hereingebrochen. Meine Frau siechte dahin und konnte nicht gesund werden. Erst seit kurzem beginnt sie, sich zu erholen. Auch mir ging es schlecht." Er machte eine Pause.

„Es ist vieles passiert, vieles was nicht gut war. – Vielleicht hätte es auch anders sein können. Manches versteht man erst hinterher.

Allah hat es nicht gewollt, daß wir weiter zusammenarbeiten."

Am Ende meinte er, es klang bewegt: „Eigentlich sind wir Freunde!"

Er erhob sich. Umständlich ordnete er sein langes Gewand.

Simon reichte ihm die Hand. Als sie auf die Terrasse hinaustraten, sagte er: „Dieses Land bedeutet sehr viel für mich, ich werde immer ein Stück davon in mir tragen. Ich danke dir, daß du gekommen bist!" – Er geleitete ihn noch vor das Tor.

Es war während ihrer letzten Tage in Mali. Die Blätter der Akazienallee schimmerten in der Sonne. Die Erdnüsse waren abgeerntet. Vor dem Institut breitete sich Unkraut aus. Vicky war dabei, Schränke, Tische und Stühle in Listen einzutragen und die einzelnen Gegenstände mit Aufklebern zu versehen. Monique kam aus der Computerabteilung. Ein Kranz eng geflochtener Zöpfe umrahmte ihr Gesicht und gab ihr ein mädchenhaftes Aussehen. Sie lachte, und dabei blitzten ihre Zähne.

„Wo ist Simon? Aber der arbeitet wohl bis zur letzten Minute. Ich kann es immer noch nicht fassen, daß ihr endgültig weggeht. So gut, wie es früher im Projekt einmal war, wird es nie wieder sein! – Sag Simon, zum Flugplatz komme ich nicht, ich weine mir sonst die Augen aus. Hier sieh mal her!"

Sie zog die Fotos von dem Abschiedsfest hervor, und gemeinsam betrachteten sie sie.

„Es war so schön, wenn ich nur nicht so traurig wäre, daß ihr fortgeht! – Mariam sieht man nicht an, daß sie schwanger ist, sie ist schon im fünften Monat, Karim wird sie demnächst heiraten."

„Und die Familien, sind die damit einverstanden?" erkundigte sich Vicky.

„Karim ist da zuversichtlich. Die Mütter sind die ersten, die Fronten aufzuweichen. Sie können es nicht aushalten, ihren Enkel nicht zu sehen. Da ist Höppli mit seinem Barmädchen! Das weiße Kostüm steht ihr gut, aber ist sie nicht ein bißchen zu dünn? Mir müßte das mal so gehen, nicht auf die Linie achten zu müssen! – Wenn ich an das Konfekt in meiner Kühltruhe zu Hause nur denke, wird mir schon ganz schwach davon, und ich nehme zu." Sie lachte wieder. „Ach, Vicky, ich kann es immer noch nicht fassen, daß ihr bald weg seid!" –

„Die beiden gehen ja auch demnächst in den Kamerun, er wartet nur noch den Nachfolger ab."

Sie tauschten Neuigkeiten aus und freuten sich an den Bildern.

„Da seid ihr ja endlich!" Der Spitzbart und die Goldrandbrille Ousmans wurden in der Tür sichtbar. „Sich einfach in die Bibliothek zurückzuziehen!", grollte er. „Wir werden es verhindern, daß ihr beide fortgeht!", bemerkte er zu Vicky und zwinkerte dabei.

Sie sprachen über dieses und jenes, sie ließen sich Zeit.

Ousman lächelte verschmitzt. „Vicky, laß uns Tee trinken!" Er war aufgestanden und legte den Arm um ihre Schultern. Monique sah ihnen belustigt zu.

Vicky sah zu ihm hoch, seinen schelmischen Blick erwidernd. Für einen Moment war sie versucht, ihm zuzustimmen, doch etwas hielt sie zurück und sie sagte bestimmt, aber so höflich wie möglich: „Seit der Krankheit von Simon hat Tee für uns eine besondere Bedeutung. Ich trinke keinen Tee. Ne jamais, niemals mehr!"

*

Jeden Freitag versammeln sich die Gläubigen von Bamako zum Gebet, eine Gelegenheit, die Geschäftsleute zusammenführt, um Neuigkeiten auszutauschen und wichtige Vereinbarungen zu treffen.

Der Himmel war trübe. Die Türme des Palastes verloren sich im milchigen Dunst. Roter Staub rieselte herab auf die Knienden, die wie formlose Bündel in Reihen dalagen. Das Kreischen der Fle-

dermäuse und fernes Gehupe durchdrang die Stille. Allmählich gerieten die Gestalten in Bewegung. Auch aus der Moschee strömten sie in den Hof, wo sie in Gruppen beieinander standen und die Köpfe wiegten. Vor allem beschäftigte sie das Unglück, das schon wieder die vornehme Händlersippe betroffen und wiederum deren Haupt hinweggerafft hatte.

Ein stattlicher Mann mit einem Aktenkoffer bahnte sich einen Weg durch den äußeren Rand der Menge. Er hielt Ausschau. Er entdeckte den Hageren im Gespräch mit einigen Leuten in hellblauen Gewändern und weißen Kopfbedeckungen. Das Gewicht mal auf den einen, mal auf den anderen Fuß verlagernd, wartete er abseits. Der Hagere redete, seine Zähne glitzerten von Zeit zu Zeit. Schließlich schüttelte er die Hände seiner Partner. Mit raschen Schritten kam er auf den Wartenden zu.

„Allah, der Allmächtige sei gelobt!"

„Friede sei mit dir!" –

Die Augen des Hageren waren belebt, ein Licht schien in der Tiefe zu glimmen.

„Du bist froh gestimmt", stellte der mit dem Aktenkoffer fest.

„Alle Tage haben nicht den gleichen Morgen", entgegnete der Hagere. „Die Zeiten, in denen wir uns verstecken mußten, sind vorbei. So wie die Mondsichel schmal und doch wieder rund und voll wird, geht es auch mit uns wieder aufwärts. Wir sind einen großen Schritt weitergekommen, ich sehe das Ziel nahe vor uns."

Sie überquerten den Platz. Eine Sandwolke stob darüber hinweg. Ihre Gewänder flatterten. Sie steuerten auf die Hauptstraße zu.

„Wir haben Verbündete gewonnen, grundlegende Geschäfte bahnen sich an", sagte der Hagere.

„Die Waffen?" –

„Du sagst es", bemerkte der Hagere.

Der Aktenkoffer schwang im Takt ihrer Schritte. Der Jüngere drehte sich um.

„Was ist mit dem Deutschen, hast du mit ihm gesprochen?"

„Wir haben Frieden geschlossen!"

„Frieden?" – Verblüfft musterte ihn der Jüngere, und sein glattes Gesicht verzog sich zu einem breiten Grinsen. „Das kann nicht sein!"

„Was bedeutet schon Frieden?" – die Stimme des Hageren klang tief: „Frieden ist ein Arrangement zwischen Feinden!" – Er lächelte zurück, aus seinen Augenwinkeln blitzte es triumphierend.

„... Verbündete gewonnen ...": Zwei Tuaregs in Gao.

Als der Chauffeur sie kommen sah, erhob er sich schwerfällig von der Strohmatte und klopfte sich den Staub von der Hose. Die beiden Herren rafften die Falten ihrer langen Bubus und stiegen in den Geländewagen ein. Der Chauffeur schob die Tür hinter ihnen zu. Der Hagere gab ihm noch eine knappe Anweisung, ehe der Wagen davonrollte.

*

Simon hatte seine Auswertungen beendet. Bis in die Morgenstunden hatten sie gepackt. Vicky war noch nicht ganz angezogen und zu verschlafen, um zu protestieren, als die Leute das Bett heraustrugen. Für ihren Möbelverkäufer waren sie bereits abgereist. Eine bloßgelegte Kakerlake krabbelte über die Fliesen, niemand beachtete sie. An den Wänden hatten die Bilder rötliche Ränder hinterlassen, sie würden bald übertüncht sein.

Im Garten schlug Vicky die Luft so lau wie im Gewächshaus entgegen. Der Hund folgte ihr nicht, sie hatte ihn schon am Abend davor zu Freunden gebracht.

Das nächtliche Gewitter war vorüber. Der Wind spielte in den Papyrusstengeln. Der Gummibaum breitete seine Zweige bis über das Dach. Von den fleischigen Blättern dampfte es. Ein dicker Ast war heruntergebrochen und hielt sich nur noch an einigen Fasern. Aus der Narbe tropfte es weißlich. Der Hauswirt hatte bei seinem letzten Besuch keinen Zweifel gelassen, er würde alles abhacken lassen. Seine Erben sollten es auch so halten. Ein morscher Stamm, den die Lianen umwuchert hatten, war zu einem grünen Haufen zusammengesunken. Schmetterlinge taumelten über die trompetenartigen Blüten hinweg. Daneben lag ein Stoß Bretter und Stangen durcheinander.

Eine zierliche, schwarze Katze strich darüber hinweg und huschte über die Mauer, vielleicht war sie die scheue Dame, die Black Jack vergeblich versucht hatte, bei ihnen einzuführen. Er hatte ihr den Platz vor der Küchentür gezeigt, wo das Schüsselchen mit Milch stand, in das nachgefüllt wurde, wenn er miaute, und hatte ihr sogar ein paar von den raren Fleischbrocken nachgetragen, denn sie war zu scheu, um auf der Terrasse zu bleiben. Vicky hatte nie gedacht, daß Kater so fürsorglich sein könnten. Vielleicht war sie einer seiner zahlreichen Nachkommen, die das Viertel weiter bevölkerten, lange nachdem er nicht wieder aufgetaucht war.

An einer Stelle, wo das Gras nur kümmerlich sprießen wollte, war die Erde angesengt wie nach einem Lagerfeuer. Hier hatten sie das Dokument mit den Bilanzen verbrannt.

Viele Freunde waren zum Flugplatz gekommen, um sie zu verabschieden. Aus den Dörfern, die Vicky betreut hatte, waren zwei Trommler und ein paar Maskentänzer erschienen. Sie wirbelten durch die Halle und ängstigten einige Reisende. Noch nie hatten sie so viele schwarze Hände geschüttelt und so viele Afrikaner umarmt. Von der Balustrade winkten sie ihnen zu und riefen. Erst als das Flugzeug Kurs auf Europa nahm, wurden sie zu ganz gewöhnlichen Passagieren.

Die Stadt entschwand, nur der Fluß lag noch unter ihnen, einer silbernen Schlange ähnlich. Als die ockerfarbene Weite der Sahara sich auszubreiten begann, funkelte ihnen ein Spiegel entgegen, ein neues Wellblechdach. Vielleicht, daß auch die Gesundheitsstation in Juwaru so ein Dach trug.

Die letzten Nächte hatten sie gefeiert und gepackt, langsam wurde Vicky müde. Im Halbschlaf nahm sie wahr, wie das Flugzeug ächzte. Plötzlich hörte sie ein klatschendes Geräusch. Das weiße Hemd an seiner Brust war dunkelrot, purpurn tropfte es die helle Hose herunter. Die Wand vor ihm war wie mit Blut überspritzt. Für einen Moment sah sie das Feuer unter sich.

„Was ist?", stieß sie aufgeregt hervor.

Er grinste. „Ich hätte den Rotwein lieber getrunken!"

Die französische Stewardeß war rot angelaufen, immer wieder entschuldigte sie sich. Simon kam orientalisch gewandet aus dem Waschraum. Die Hose spannte er über die Kabinenwand zum Trocknen, die Mitreisenden zeigten darauf und amüsierten sich. Die Stewardeß brachte, um sie zu entschädigen, Champagner. Sie prosteten sich zu, und Vicky dachte an Oliver, in wenigen Tagen würde sie ihn in die Arme schließen.

„Auf das Neue!" – Sie küßten sich.

Feine Eissplitter setzten sich außen am Fenster fest. Ein weites Wolkenfeld breitete sich unter ihnen aus, angestrahlt von einem kühlen Licht, das aus dem Weltraum zu kommen schien. Mali lag hinter ihnen, noch durchglüht und erdwarm, in einer Kapsel eingeschlossen.

Vor fünf Jahren waren sie in umgekehrter Richtung geflogen. Wie fremd ihnen Mali damals gewesen war und wie vertraut jetzt. Wieviele Freunde sie gefunden hatten, die sie schon allmählich zu vermissen begannen. Wenn sie damals gewußt hätten, was sie heute wissen!

Vicky drückte Simons Hand. „Was hättest du anders gemacht?" Sie musterte ihn von der Seite, sein Bart erschien ihr eine Spur weißer als sonst.

Er sah auf sein Kleidungsstück, welches wie eine Fahne im Luftzug flatterte, er lächelte.

„Alles –, nichts –, wie soll man das wissen? Wäre auch ziemlich langweilig, noch einmal dasselbe zu erleben! – Meine wissenschaftlichen Arbeiten möchte ich nicht noch einmal schreiben, ich bin froh, daß ich das hinter mir habe!"

Der Jumbo landete in Paris. Sie standen auf dem Laufband, das sie der Ankunftshalle von Charles de Gaulle zutrug. Die Hose von Simon war trocken, die Flecken waren herausgegangen, sie sah jedoch etwas zerknittert aus. Sie war beachtlich sauber geworden, fand Vicky. Ein vornehm gekleideter Malier mit einem kleinen Aktenkoffer hatte es offenbar sehr eilig. Sie drängten sich an die Seite, um ihn vorbeizulassen. Simon lachte plötzlich über das ganze Gesicht.

„Was hast du?"

„Mir ist soeben etwas eingefallen. Jetzt wird mir alles klar. Als ich das letzte Mal nach Deutschland flog – du erinnerst dich doch

– wurde ich hier an der Gepäckausgabe von so ähnlichen Typen wie dem da eben empfangen. Es waren gleich drei von denen in dunklen Anzügen, weißen Hemden und Schlipsen, die mich erwarteten."

Er lachte so, er konnte kaum weitersprechen.

„Sie sagten, sie kämen von der Botschaft. Mich würdigten sie keines Blickes, sie interessierten sich nur für den Karton, den ich befördert hatte. Und was meinst du wohl, was er enthielt? – Bestimmt keine Yamswurzeln!"

Vicky sah ihn ungläubig an.

„Es war Gold."

„Das Gold der Präsidentin?"

„Schon möglich, und ich habe es für sie geschmuggelt."

„Hätten wir den Persilkarton doch behalten!"

Vicky hielt immer noch den Plastikbeutel in der Hand, mit dem sie schon in Bamako ins Flugzeug gestiegen war. Sie sah sich jetzt mehrfach um. Daß Schuhe so schwer sein konnten! Sie mußte sie endlich loswerden.

Es waren nicht die eleganten Slipper, wie sie sie einst Abdul zum Geschenk gemacht hatte. Diese hier hatten sich der Form von Simons Füßen angepaßt, waren sogar noch breiter geworden. Die Absätze waren schief von den endlosen Touren, nur das Oberleder war noch gut, abgesehen davon, daß es an den Hakken angesengt war. Sie hatte die Schuhe in die rauchende Tonne vor dem Gartentor geworfen und sie später zufällig unter dem Gerümpel in der Vorküche entdeckt. Sie konnte gerade noch verhindern, daß Elias sie auf sein Moped schnallte und sie den Weg zu denen fanden, die sie mißbrauchen würden.

Die Dinge haben nur den Wert, den wir in sie hineinlegen, hätte Simon dazu gesagt.

Als sie sich vorstellte, daß der Zollbeamte sie vielleicht gleich auffordern würde, den Inhalt des Beutels vorzuzeigen, war sie doch erleichtert, neben den Sitzbänken einen Abfallbehälter zu entdecken. Der Qualm einer Kippe stieg ihr in die Augen, während sie mit beiden Händen das Gepäckstück durch den Schlitz zwängte. Sie hörte ein Poltern und dann das feine Rieseln des Sandes. Eine Weile stand sie unschlüssig da, ehe sie losrannte. Die Haare klebten ihr an den Lippen. In der Schlange vor der Paßkontrolle holte sie Simon ein. Keuchend strich sie sich die Strähnen aus dem Gesicht.

„Wo bleibst du denn so lange!", sagte er und wunderte sich, daß sie rot war.

„Ein Kasten!“, stammelte sie, „für die Briefe, die wir einstekken wollten.“

„Die Post ist unten, und . . . was brauchen wir noch Briefe.“ Er holte seinen Paß hervor.

Sie machten die Runde durch die Geschäfte für zollfreien Einkauf und waren verwirrt von den Auslagen, deren Überfluß sie berauschte. Er machte sie auf eine Lampe aufmerksam, die aus einem rosa Neonstab bestand, der wie ein Pfeil geformt war.

„Ist das nicht das, was du dir immer gewünscht hast? – Sollen wir sie kaufen?“

„Ich weiß nicht.“

Sie schlenderten weiter und unterhielten sich. Unvermittelt blieb Simon stehen, stellte seine Reisetasche auf den Boden und umarmte und küßte sie. Ein Passant wäre fast gestolpert, andere drehten sich nach ihnen um.

Sie fühlte nach dem Beutel, es kam ihr so vor, als habe sie ihn liegenlassen. Da begriff sie, daß sie frei davon waren. Der Zauber war gebrochen.

In der Nacht träumte sie von ihrem Haus in Mali. Es segelte in gekreuzten Balken davon . . .

Nachtrag

Wenig später, im Sommer 1990, entlud sich die lange aufgestaute Unruhe im Norden von Mali in einem Aufstand der Tuareg-Nomaden gegen die Zentralregierung. Er wurde brutal niedergeschlagen. Anschließend kam es auch in der Hauptstadt zum Aufruhr.

Im Frühjahr 1991 eröffneten regierungstreue Soldaten das Feuer auf Demonstranten, die gegen Korruption und für ein Mehrparteiensystem eintraten. Mehr als 200 Menschen, darunter Frauen und Kinder, starben im Kugelhagel. Die Krankenhäuser von Bamako waren nicht in der Lage, die Verwundeten zu versorgen. Im ganzen Land streikten die Arbeiter. Teile der Armee schlossen sich der aufbegehrenden Bevölkerung an. Mehrere Minister und Kaufleute, die das Regime in illegaler Weise unterstützt hatten, wurden verhaftet und ihre Häuser und Geschäfte angezündet. Der Staatspräsident wurde am Flughafen festgenommen, als er zu fliehen versuchte. Frau Präsidentin gelang es vorübergehend, ins Ausland zu entkommen. Nach unterschlagenen Staatsgeldern wird gefahndet.

Die Übergangsregierung hat inzwischen die Pressezensur aufgehoben und mehrfach freie Wahlen angekündigt. Etwa 40 politische Parteien haben sich gebildet. Durch die Städte ziehen demonstrierende Schüler und Studenten.

Obwohl mit der neuen demokratischen Ordnung im Süden Ruhe einkehrte, haben sich die Hoffnungen führender Kräfte im Norden, die sich eine größere Unabhängigkeit wünschen und denen die Wiedereinsetzung traditioneller Lebensformen vorschwebt, nicht erfüllt. Die Unruhe unter den Stämmen im Norden dauert an.